An seinem Schreibtisch hat **Thomas Kowa** schon unzählige Morde verübt, nie wurde er erwischt. Zur Tarnung schreibt er absurd-komische Romane, doch auch hier kommen immer wieder Gerüchte auf, es hätten sich schon Leser:innen totgelacht.
Doch Kowa kann auch anders. Er organisiert den Zürcher Krimitag, ist Juryvorsitzender des Kurt-Marti-Preises des Berner Schriftsteller:innenverbands und hat den Schweizer Krimipreis initiiert.

THOMAS KOWA

TODES GELÜBDE

Überarbeitete Neuausgabe Oktober 2022

Copyright © 2022 dp Verlag, ein Imprint der
dp DIGITAL PUBLISHERS GmbH
Made in Stuttgart with ♥
Alle Rechte vorbehalten

TODESGELÜBDE

ISBN 978-3-96087-956-8
E-Book-ISBN 978-3-96087-836-3

Copyright © 2012, Bastei Lübbe
Dies ist eine überarbeitete Neuausgabe des bereits 2012
bei Bastei Lübbe erschienenen Titels Das letzte Sakrament
(ISBN: 978-3-40416-674-9).

Covergestaltung: Emily Bähr
Umschlaggestaltung: ARTC.ore Design
Unter Verwendung von Abbildungen von
shutterstock.com: © MM_photos, © Yeti studio, © Robert Avgustin
Lektorat: Nadine Buranaseda, typo18, Bornheim
Satz: dp DIGITAL PUBLISHERS GmbH
Druck und Bindung: Books on Demand GmbH, Norderstedt

VORWORT

Liebe Leserinnen und Leser,

dieser Roman ist vor zehn Jahren unter dem Titel *Das letzte Sakrament* bei Bastei Lübbe als Taschenbuch erschienen.

Es war mein Debüt, die zweite Auflage musste schon nach sechs Wochen gedruckt werden, es gab sogar eine eigene Bertelsmann-Buchclub-Ausgabe, und ein italienischer Verlag hat die Lizenz gekauft.

Der italienische Verlag ging dann leider kurz darauf pleite – was sicher nicht daran lag, was sie für das Buch bezahlt hatten –, und irgendwann war *Das letzte Sakrament* von den Tischen mit den Neuheiten verschwunden. Der Roman geriet in Vergessenheit.

Das Thema ist aber immer noch aktuell, und auch wenn ich heute einiges anders schreiben würde, mag ich die Story nach wie vor.

Also habe ich mir den Text erneut vorgenommen, und obwohl man denken könnte, das wäre nur ein weiterer Vatikanthriller, war ich selbst überrascht, wie zeitlos die Geschichte ist.

Daher habe ich den Inhalt nur behutsam überarbeitet und hoffe, der Titel findet im neuen Gewand ebenso seine Leserinnen und Leser.

Viel Spaß damit
Thomas Kowa

Ist Christus aber nicht auferstanden,
so ist Euer Glaube eitel.

1. Korinther, 15,17

1

»Das Leben geht weiter«, flüsterte er und tötete ihn. »Immer weiter, weiter, endlos weiter.«

Er zog das Messer aus der Brust des Mannes, hielt ein paar Sekunden inne und biss sich auf die Lippen. Er hatte den Rubikon überschritten.

Der rote Saft des Lebens floss aus der Wunde, als stammte er aus einer jungfräulichen Quelle. So durchdrungen von ewiger Vitalität, so rein, so geheimnisvoll und doch Träger exakter Informationen. Selbst in Tausenden von Jahren konnte daraus immer noch Leben entstehen.

Roland Obrist zuckte ein letztes Mal, dann sackte sein Kopf zur Seite. Blut färbte Obrists Arbeitskittel tiefrot. Die Furchen in seinem Gesicht ließen ihn älter aussehen als die sechzig Jahre, die sein Gott ihm zugestanden hatte.

Die heruntergelassenen Jalousien vor dem gekippten Fenster flatterten im Wind. Die Deckenleuchten warfen kaltes Licht in den Raum. Er war vollgestellt mit drei Stahlschränken, mehreren Arbeitstischen mit eingelassenen Spülbecken und ein paar Analyseautomaten. Von der Decke hingen zwei Abzugshauben. Über dem mit säureresistentem Kunststoff bezogenen Arbeitstisch waren Regale mit Ordnern und Fachbüchern angebracht. In jeder freien Ecke stapelten sich Autoklaven und Zentrifugen, umrahmt von zahllosen Reagenzgläsern und Erlenmeyerkolben. Der gekachelte Gang zwischen den Labortischen war der einzige freie Platz.

Gewesen.

Denn dort lag nun Roland Obrist.

Als es zu Ende ging, hatte Obrist versucht, ein letztes Gebet gen Himmel zu schicken.

Er war nicht bis zum Amen gekommen.

Aber was spielte das jetzt noch für eine Rolle? Den letzten Atem hatte Roland Obrist schon lange vor seinem Tod ausgestoßen. Obrist war nur noch eine Hülle gewesen, ein Befehlsempfänger, ein blind Glaubender.

Bis zur Kommunion war auch *er* ein blind Glaubender gewesen. Hatte an das Gute im Menschen und in der Kirche geglaubt. *Du sollst glauben wie ein Kind.* Das hatte er wahrlich getan. *Ein Kind kann sich nicht wehren.*

Inzwischen konnte er es.

Nie hatte er erzählt, was vorgefallen war. Er wollte nicht sein wie diejenigen, die nur ihr Leid beklagten. Seine Kindheit hatte ihn gelehrt, dass es einen Unterschied gab zwischen Schein und Wirklichkeit.

Die Seele von Roland Obrist müsste eigentlich gerade im Himmel angekommen sein, dachte er. Also dort, wo der Mann zeit seines Lebens hingestrebt hatte. Dafür sieht er nicht gerade glücklich aus.

Lag es daran, dass gar keine Seele existierte? Nur der vergängliche Körper, bestehend aus Millionen von Genen? War die Wiederauferstehung kein seelischer, sondern ein körperlicher Prozess? Nicht mehr als die Geburt eines Zwillings? Nur zu einem anderen, frei wählbaren Zeitpunkt?

Oder war der Himmel eine Erfindung des Teufels, um den Menschen schon auf Erden das Leben zur Hölle zu machen?

Er hatte das tausendfach durchdacht und seine Wahrheit gefunden.

Jede Wahrheit ist schwach, wenn niemand sie kennt. Wenn niemand sie kennen *will.*

Es war an der Zeit, das zu ändern. Ein Opfer musste gebracht werden, um Millionen die Freiheit zu schenken. War das nicht wahre Humanität?

War das nicht die Quintessenz des Christentums?

Bei dem Gedanken musste er lachen. Er richtete sich auf und wischte die Klinge mit einem feuchten Lappen ab. Das Messer packte er in ein Lederetui und beseitigte gewissenhaft alle Spuren. Dann nahm er drei Ordner aus dem Regal über dem Arbeitstisch und verstaute sie in seine Tasche. Am Schluss ging er durch das Labor und vergewisserte sich, dass er nichts vergessen hatte.

Ein Opfer, um Millionen die Freiheit zu schenken.

Er würde sie mit ihren eigenen Waffen schlagen!

2

Es war mitten in der Nacht. Alex Pandera nahm eine Flasche San Miguel, Alpkäse und eine Packung Rindsmöckli aus dem Kühlschrank.

Dann hielt er inne.

Hilft diese Kombination wirklich gegen Schlaflosigkeit?

Was für eine blöde Idee.

Alex Pandera stellte die Sachen zurück in den Kühlschrank und öffnete eine Dose Katzenfutter. Skater hatte sich schnell daran gewöhnt, dass es neuerdings mitten in der Nacht eine Kleinigkeit zu essen gab.

»Na, schmeckt's?« Pandera streichelte über Skaters Nacken.

»Kannst du wieder nicht schlafen?«

Pandera drehte sich um. Jackie stand in der Küchentür. Sie sah so müde aus, wie er sich fühlte. Ihre Augen waren klein, ihre dunkelbraunen Locken zerzaust. Sie gähnte.

Er zuckte mit den Schultern. »Skater hatte Hunger.«

»Wenigstens bist du diesmal nicht über den Kühlschrank hergefallen.« Sie kam zu ihm, zwickte ihn an der Stelle, von der sie hartnäckig behauptete, dort habe sich ein Rettungsring eingenistet, und küsste ihn.

Er strich durch ihre Locken und kräuselte sie sanft um seine Finger. Er sog den Duft von Rosen ein, der auf ihren Haaren lag. Das beruhigte ihn ein wenig.

»Geht es um Kurt?«, fragte sie.

Pandera nickte. »Ich weiß nicht, wie ich das ohne ihn schaffen soll.«

»Vielleicht überlegt Edeling es sich ja ...«

»Der? Nie im Leben«, sagte Pandera. »Kurt hat ihm die Nase gebrochen! Dem Polizeichef! Vor fünf Kollegen. Edeling kann sich gar nicht leisten nachzugeben.«

»Gestern hast du deinen Chef nicht verteidigt.«

Pandera seufzte. »Mir liegt es auch fern, diesen Idioten zu verteidigen. Aber Kurt hat seine Entlassungspapiere erhalten, was soll ich da machen? Er war der einzige Kollege, zu dem ich Vertrauen hatte, der mich akzeptiert hat. Für die anderen bin ich nur der spanische Latin Lover.«

»Latin Lover?« Jackie zwinkerte ihm zu. »Davon hab ich bisher gar nichts mitbekommen.«

Pandera winkte ab. »Bei der Kriminalpolizei ist das kein Lob.«

»Du bist genauso Schweizer wie die«, sagte sie. »Und das nicht nur, weil es in deinem Pass steht.« Sie nahm seine Hand und strich darüber. »Das gibt sich noch. Schließlich bist du der Neue, und die anderen sind ewig dabei. Außerdem ist jetzt Wochenende.«

Er versuchte ein Lächeln. Es misslang.

»Wollen wir wieder schlafen gehen?«

Pandera nickte, hob sie hoch und trug sie ins Bett. Wie jeden Abend seit ihrer Hochzeitsnacht. Sie hatten einfach nicht damit aufhören können. Es war ihr kleines Geheimnis. Niemand wusste davon, nicht einmal Lara und Ben. Es war ein Ritual geworden, das zum Schlafengehen dazugehörte. Ihre Locken in seinem Gesicht, der Duft nach Rosen, ihre zarte Haut. Das war Glück.

Normalerweise.

»Mach dir nicht so viele Gedanken«, flüsterte sie, nachdem er sie aufs Bett gelegt hatte. Wie auf Knopfdruck schlief sie ein.

Pandera legte sich neben sie und versuchte, an nichts zu denken.

Vergeblich.

Kurt Sanders Entlassung ging ihm nicht aus dem Kopf. War Sanders Vorgehen mutig gewesen? Oder einfach nur unendlich dumm?

Mutig, beschloss Pandera, auch wenn er darunter zu leiden hatte.

Gerade als der Schlaf ihn endlich holen wollte, klingelte sein Mobiltelefon laut und schrill. Pandera griff blind danach und drückte die Taste für die Rufannahme.

»Wir haben einen Vorfall im Science Park«, hörte er eine weibliche Stimme. Die Frau aus der Zentrale war schlecht zu verstehen.

Er stand auf und ging zur Schlafzimmertür, dort war der Empfang am besten. »Was ist passiert?«

Die Antwort bestand aus einem Rauschen, unterbrochen von den Worten »*Science Park*«, »*tot*« und »*noch nicht identifiziert*«.

»Wie lautet die Adresse?«

»Hochbergerstrasse 60, Basel-Kleinh...« Der Rest ging im Rauschen unter.

»Wer ist noch informiert?«

Wieder nur Rauschen. »Krr ... krrch ... unterwegs ...«

»Ich komme sofort.« Pandera legte auf.

»Was ist?« Jackie blickte ihn aus verschlafenen Augen an.

»Tut mir leid, ich muss los. Ein Mordfall.«

»Also wieder ein Sonntag ohne dich.« Sie seufzte. »Die Kinder haben sich so auf dich gefreut. Und ich auch.«

Er ging zu ihr, beugte sich über sie und küsste sie auf die Stirn. »Ich weiß. Ich mache es wieder gut.«

Pandera ließ die Jeans liegen und nahm stattdessen den schwarzen Anzug, den er am Freitag aus der Näherei geholt hatte. So eine Runderneuerung täte mir auch gut, dachte er, wird ja auch Zeit nach vierzig Jahren. Er ignorierte sein Spiegelbild im Badezimmerspiegel so gut es ging, warf sich kaltes Wasser ins Gesicht und fuhr sich mit der nassen Handfläche über die Bartstoppeln. Das musste reichen. Dann zog er sich an.

Er ging zu seinem alten Seat, öffnete mit der Fernbedienung das Garagentor, setzte sich hinters Steuer und startete den Motor. Langsam fuhr er auf die Straße und gab Gas.

Es dämmerte, die Vögel zwitscherten, und ein alter Mann trug Zeitungen aus. Pandera achtete nicht darauf, denn er hatte nur einen einzigen Gedanken.

Wie soll ich das ohne Kurt nur schaffen?

3

Bereits von Weitem entdeckte Pandera den lang gezogenen Quader des Basler Science Park. Jedes der sechs Stockwerke war in der unteren Hälfte mit einer Welle aus Beton verkleidet, in der oberen mit einer aus spiegelndem Glas. In einigen Büros brannte Licht.

Der Science Park war die Heimat erfolgversprechender Start-up-Unternehmen und einiger geplatzter Träume. Manche Firmen hatten den Absprung indes geschafft, insbesondere im Pharmabereich, dem in Basel dominierenden Wirtschaftszweig. Vor dem Gebäude standen zwei Streifen und ein Krankenwagen. Pandera erkannte keines der Autos. Er parkte und lief zu dem blau beleuchteten Eingang des Science Park. Ein älterer Streifenpolizist hielt dort Wache.

Pandera spürte, wie sich sein Magen zusammenkrampfte. Er hasste Tatorte. Der Tod, das Blut, der Gestank. Und doch gehörte all das zu seinem Job.

»Wo muss ich hin?«, fragte er.

Der Polizist wies nach oben. »Vierter Stock, hinten links.«

»Ist schon jemand da?«

»Irgend so eine Neue.« Der Polizist zog die Mundwinkel nach unten. »Konnte gar nicht glauben, dass die bei uns ist.«

Pandera ging in das Gebäude und stieg die Treppe hoch. Im vierten Stock öffnete sich ein mit Linoleum ausgelegter Gang. Die Türen auf beiden Seiten standen offen. Laborräume reihten sich aneinander, die mit irgendwelchen Apparaturen so vollgestellt waren, dass dort kaum Platz für Mitarbeiter blieb. Es war seltsam still im Gebäude, nur vereinzelt ratterte irgendwo eine Maschine.

Überall prangte der Schriftzug *SEQUENZA46*. Er war in dieser eckigen Computerschrift gestaltet, die in den Achtzigern des letzten Jahrhunderts als futuristisch gegolten hatte. Heute wirkte sie beinahe altbacken.

Vor einer Labortür war ein Streifenpolizist postiert. Pandera nickte kurz, atmete tief durch und blickte in den Raum. Eine Frau beugte sich über eine Person am Boden.

Pandera betrat das Labor. Es roch nach Schwefel. Und nach Parfüm. Irgendetwas mit Lavendel.

Er räusperte sich. Sofort richtete sich die Frau auf und drehte sich um. Sie sah sehr jung aus, war schlank, fast burschikos und hatte einen schwarzen Teint. Dunkle Rastalocken umgaben ihr hübsches Gesicht.

»Ich glaube, wir kennen uns noch nicht.« Sie hielt Pandera die Hand hin. Als sie bemerkte, dass sie noch Einweghandschuhe trug, zog die Frau sie schnell ab. »Ich bin Tamara Aerni.«

»Alex Pandera.« Er ergriff ihre Hand und schüttelte sie. »Ich leite die Ermittlungen. Und was tun Sie hier?«

»Ich bin wohl Ihre neue Partnerin.«

»Schön, Sie kennenzulernen«, sagte Pandera, doch es war nicht mehr als eine Floskel.

Er hatte gehofft, Edeling würde ihm einen der erfahrenen Kollegen zur Seite stellen. Es war sein erster großer Fall ohne Kurt Sander, und der Chef ließ ihn nicht nur im Stich, nein, Edeling fiel nichts Besseres ein, als ihm eine blutjunge Anfängerin zuzuteilen.

»Wissen wir schon, wer das Opfer ist?« Pandera richtete seinen Blick auf den Toten. Er lag auf dem Rücken, Arme und Beine weit ausgestreckt. Eine Blutlache hatte sich unter seinem Oberkörper gebildet.

»Er heißt Roland Obrist«, erklärte Tamara Aerni. »Der Name steht jedenfalls auf seinem Firmenausweis. Er war hier als wissenschaftlicher Assistent angestellt. Ein Mitarbeiter vom Sicherheitsdienst hat ihn um fünf Uhr dreißig gefunden und die Polizei informiert.«

Pandera ging in die Knie. In der Brust, direkt über dem Herzen, klaffte eine tiefe Stichwunde.

Selbst nach zehn Jahren als Kriminalkommissär tat sich Pandera schwer, dem Tod ins Gesicht zu sehen. Viele seiner Kollegen hatten sich angewöhnt, am Tatort ein paar lockere Sprüche von sich zu geben. Wer Mitglied im Club der coolen Cops bleiben wollte, durfte keine Gefühle zeigen. Und so gab es bei der Basler Kriminalpolizei fast ausschließlich coole Cops, und es war ein offenes Geheimnis, dass nicht wenige der vermeintlich Abgehärteten ihre Ängste im Alkohol ertränkten.

Pandera zählte sich nicht dazu. Er hatte sich stattdessen angewöhnt, nur das Nötigste zu sagen.

»Erstochen also?«, sagte er fast unbeteiligt. Sein Schutz funktionierte.

»Sieht so aus«, antwortete Tamara Aerni auf dieselbe nüchterne Art. »Wo bleibt eigentlich die Spurensicherung?«

»Deckert kommt immer zu spät.« Pandera schaute sich im Labor um. Es schien penibel aufgeräumt, nichts lag herum, nichts war durchwühlt. »Tatwaffe?«

»Hab ich noch nicht gefunden. Bin selbst erst vor zehn Minuten gekommen.« Tamara Aerni blickte suchend über den Fußboden. Plötzlich stand sie auf, lief zu einem Mülleimer und öffnete ihn. »Leer. Entweder der Täter hat den Müll weggebracht, oder die sind hier sehr pingelig.«

Dann wandte sie sich dem Computer zu, der auf einem mit Ordnern beladenen Schreibtisch stand, und schaltete ihn an. Der Rechner ratterte kurz und verlangte eine Passworteingabe. Tamara Aerni hob die Tastatur hoch. Nur ein paar Staubkrümel lagen darunter.

»Wäre auch zu schön gewesen«, sagte sie.

»Warten wir damit auf Deckert«, sagte Pandera. Die Neue war ihm viel zu hektisch. Er ließ den Tatort lieber auf sich wirken, anstatt sich in Details zu verlieren. Dafür war ohnehin die Spurensicherung zuständig. »Sind Sie schon länger bei uns?« Er konnte sich nicht an die Kollegin erinnern.

»Vier Wochen«, antwortete sie. »Die meiste Zeit war ich auf irgendwelchen Seminaren. Das hätte so weitergehen sollen, aber dann ist ja diese Geschichte mit Herrn Sander passiert.«

Pandera nickte nur.

»Wie ich gehört habe, hat er sich ziemlich danebenbenommen.«

Pandera atmete tief durch. Er hasste Klatsch. Vor allem dann, wenn es einen Kollegen betraf. »Vielleicht war er nicht der Einzige.«

Tamara Aerni biss sich auf die Unterlippe und schaute einen Moment zu Boden. »Sie sind auch noch nicht so lange hier, oder?«

»Drei Monate.« Obwohl er mit dem Gespräch begonnen hatte, verspürte er nicht die geringste Lust, es fortzusetzen. »Wo ist der Wachmann, der den Toten gefunden hat?«

»Er wartet nebenan.«

»Hat er irgendwas gesehen oder gehört?«

Tamara Aerni schüttelte den Kopf. »Der Mörder hatte den Tatort wohl bereits verlassen, als der Wachmann das Gebäude betrat.«

»Ich liebe ruhige Sonntagmorgen«, brummelte eine tiefe Stimme von hinten.

Pandera drehte sich um.

Beat Deckert, der Leiter der Kriminaltechnik, stand in der Tür. Er grinste, als wäre gerade ein guter Zeitpunkt, um Scherze zu machen. Wie immer hatte er sein Resthaar über die Glatze gekämmt und seinen unförmigen Körper in einen karierten Anzug gesteckt. Darüber trug er einen transparenten Plastikoverall, der mindestens zwei Nummern zu groß war und von dem die Kollegen hinter vorgehaltener Hand tuschelten, dass es sich um ein Partyzelt handele. »Ist ja 'ne Stimmung hier wie auf dem Friedhof.«

Tamara Aerni sah Deckert mit großen Augen an.

An den Humor wirst du dich gewöhnen müssen, dachte Pandera. Und an einiges andere auch.

»Das ist Tamara Aerni«, sagte er zu Deckert. »Sie ist neu im Team.«

Tamara Aerni nickte freundlich, diesmal verzichtete sie darauf, dem Kollegen die Hand zu reichen.

»Beat Deckert«, antwortete der Kriminaltechniker. »Willkommen bei der besten Polizei der Welt.« Er lächelte die Neue an, dann sah er auf den Toten hinunter und seufzte. »Keine Tatwaffe?« Er zog die Einweghandschuhe an und beugte sich über die Leiche.

Pandera schüttelte den Kopf. »Nein.«

»Wär ja auch zu schön gewesen.« Deckert nahm einen kleinen Metallstab und betrachtete die Wunde. »Nur ein Stich. Mitten ins Herz. Das war entweder ein Profi oder ein Glückstreffer.«

Tamara Aerni kräuselte die Stirn. »Es deutet nichts auf einen Einbruch hin. Entweder Obrist hat seinen Mörder gekannt, oder der Kerl arbeitet hier. Vielleicht hat er auch einen Komplizen im Labor.«

»Wir werden uns das Schließsystem genauer anschauen«, sagte Deckert und untersuchte den Kopf des Toten. »Ein ziemlich großes Hämatom am Hinterkopf«, stellte er fest. »Und das hier könnten Würgemale sein.« Er zeigte auf den Hals des Toten. »Sieht nach einem Kampf aus ... Nicht gerade das, was man in einem Labor erwartet.«

»Wie lange ist er schon tot?«, fragte Pandera.

»Ich würde sagen, zwischen vier und acht Stunden«, antwortete Deckert. »Genaueres wissen wir nach der Obduktion.« Er räusperte sich. »Übrigens, der Inhaber des Labors ist da. Hab ich unten mitbekommen.«

»Ich habe ihn holen lassen«, sagte Tamara Aerni.

Pandera nickte und ging zur Tür. »Dann wollen wir uns mal mit ihm unterhalten.«

Tamara Aerni folgte ihm. Im Vorbeigehen öffnete sie eine Schublade und warf einen Blick hinein.

»Das überlassen wir mal schön den Profis.« Deckert schaute sie tadelnd an.

Ich bin auch Profi, schien sie sagen zu wollen, doch sie beschränkte sich auf ein »Okay«. Sie schob die Schublade wieder zu. »Was analysieren die hier eigentlich?«

Pandera hielt ihr die Tür auf. »Das werden wir sicher gleich herausfinden.«

4

»Was wissen wir über den Laborleiter?«, fragte Pandera auf dem Weg zum Aufzug.

»Er heißt Doktor Jürg Plattner und ist Inhaber sowie Geschäftsführer des Instituts«, antwortete Tamara Aerni. »Das steht zumindest auf dem Briefpapier.« Sie fuhr sich mit den Fingern über die rechte Braue. Erst jetzt fiel Pandera das Piercing daran auf.

Die Aufzugtür öffnete sich. Der Mann, der heraustrat, trug einen knittrigen braunen Anzug und darunter ein auberginefarbenes Hemd. Seine Schuhe sahen alt aus und schlecht gepflegt. Die wenigen Haare auf seiner Halbglatze standen wirr in alle Richtungen ab.

»Doktor Jürg Plattner?«, fragte Pandera.

Der Mann nickte. »Man hat mich gebeten zu kommen.« Er knöpfte sein Jackett auf. »Man wollte mir aber nicht sagen, weswegen. Ich hoffe, Sie können das aufklären.« Er blickte Pandera stirnrunzelnd an.

»Ein Mitarbeiter von Ihnen ist ermordet worden.« Pandera beobachtete Plattners Reaktion.

Der zuckte regelrecht zusammen. Fast ein wenig übertrieben.

»Ein Mitarbeiter? Ermordet?« Plattner schluckte.

»Sieht so aus.«

»Wer ist es?«, fragte Plattner.

»Ich denke, das können Sie uns sagen.«

Zu dritt gingen sie zurück zum Labor. Pandera öffnete die Tür.

Plattner blieb im Türrahmen stehen, blickte auf die Leiche am Boden und stürzte zu ihr. »Mein Gott, Roland!«

»Nichts anfassen!«, brüllte Deckert und hielt den Laborleiter zurück. »Oder wollen Sie, dass Ihre Spuren auf der Leiche sind?«

Plattner wich einen Schritt zurück und schüttelte benommen den Kopf.

»Ein ... ein ... so guter Mann.« Tränen traten ihm in die Augen. »Warum?«

»Ist das Roland Obrist?«, fragte Pandera.

Plattner nickte.

Pandera überlegte, wie er Plattners Reaktion einschätzen sollte. Entweder er war ein verdammt guter Schauspieler, oder er war tatsächlich betroffen vom Tod seines Mitarbeiters.

»Können wir Ihnen in Ihrem Büro ein paar Fragen stellen?« Pandera führte Plattner aus dem Labor.

»Geben Sie mir fünf Minuten«, bat Plattner. Auf seiner Stirn standen Schweißperlen, sein Gesicht war blass, seine Augen flackerten.

Pandera nickte. »Wir warten hier auf Sie.«

Wie in Trance schlurfte der Laborleiter über den Flur. Vor einer der Türen verharrte er, und es schien, als könnte er nicht die Kraft aufbringen, sie zu öffnen. Schließlich schüttelte er den Kopf und trat ein.

Tamara Aerni lief zu einem Wasserspender, füllte zwei Becher, trank einen leer und goss noch einmal nach. Den anderen reichte sie Pandera.

»Danke.«

»Auf eine gute Zusammenarbeit.« Sie hielt ihren Becher hoch und prostete ihm zu.

»Hoffen wir, dass sie erfolgreich wird«, sagte Pandera ausweichend. Er fühlte sich unwohl, nicht nur wegen des Mordfalls, sondern auch wegen der neuen Kollegin. Das ging ihm alles zu schnell. Er brauchte Zeit, bis er mit jemandem warm wurde. Oder war es, weil sie am Tatort herumgerannt war wie ein Duracell-Häschen? Trotzdem wollte er nicht unhöflich wirken. »Sind Sie hier geboren?«, fragte er deshalb.

»Nein, in Haiti«, antwortete sie, als wäre es das Selbstverständlichste auf der Welt.

»Und wie sind Sie nach Basel gekommen?«

»Ich hab mit fünfzehn auf einem Schiff angeheuert, um meinen Daddy zu suchen.«

»Und? Haben Sie ihn gefunden?«

Tamara Aerni nickte. »Allerdings ist er vor ein paar Jahren gestorben. Immerhin hat er noch die Vaterschaft anerkannt. Sonst hätte ich wohl kaum meinen coolen Namen, oder?« Sie lächelte und zeigte dabei ihre blendend weißen Zähne. »Und Sie? Alejandro Javier Pandera Alvarez ist auch nicht gerade ein urschweizerischer Name, oder?«

Pandera blickte sie irritiert an. Woher kennt sie meinen vollen Namen? »Meine Eltern stammen aus der Extremadura. Ich bin aber in Basel geboren.«

»Haben Sie immer hier gelebt?«

»Überall und nirgendwo«, antwortete er. »Und jetzt wieder Basel.«

Sie schien zu merken, dass er nicht länger darüber reden wollte, also wandte sie sich um und zeigte auf ein Plakat an der Wand. »Haben Sie das gesehen?« Das Plakat war ganz in Schwarz gehalten, mit einem Text in der Computerschrift des Firmenlogos. »Klingt irgendwie beängstigend.«

Eine Stechmücke verfügt über 6 Chromosomen, das Opossum über 18 und der Mensch über 46. Der Schimpanse hat hingegen 48, eine Weinbergschnecke 54, und die Süßkirche nennt je nach Gattung bis zu 144 Chromosomen ihr Eigen. Nicht die Zahl der Chromosomen ist entscheidend, sondern was man damit macht. SEQUENZA46.

»Solange sie dem Menschen nicht ein paar zusätzliche Chromosomen verpassen, finde ich es nicht so beängstigend«, sagte Pandera.

»Das klingt aber ganz danach«, erwiderte Tamara. »Ich hab da gar kein gutes Gefühl.«

5

Bevor Pandera reagieren konnte, kehrte Plattner zurück. Seine Augen waren gerötet.

Wortlos führte er Pandera und Tamara Aerni in sein Büro.

Regale, die bis zum Bersten mit Büchern vollgestopft waren, zogen sich an den Wänden entlang, durch die Fensterfront fiel trübes Morgenlicht. Sie setzten sich auf zwei Besucherstühle aus Metallgitter, die sich für Pandera kalt und unbequem anfühlten.

»Seit wann hat Roland Obrist für Sie gearbeitet?«, fragte er.

»Er war seit gut drei Jahren bei uns«, erklärte der Laborleiter. »Wir kannten ihn von einem Projekt, an dem wir zusammengearbeitet haben. Er war ein sehr zuverlässiger Mitarbeiter.«

»War er alleinstehend?«, fragte Pandera.

»Das nehme ich an.« Plattner fuhr sich über die Stoppelhaare. »Roland hat oft am Wochenende im Labor gearbeitet.«

»Das heißt, es war nicht ungewöhnlich, dass er in der Nacht von Samstag auf Sonntag hier war?«, fragte Tamara Aerni. »Immerhin war erster August.«

»Er ... er hat sich nicht viel aus dem Nationalfeiertag gemacht«, sagte Plattner. »Er hat gerne allein gearbeitet und konnte kommen und gehen, wann er wollte.«

»Hatte er Feinde?«, fragte sie.

Plattner zögerte. Nur wenige Augenblicke, doch Pandera entging es nicht.

»Das glaube ich nicht«, antwortete Plattner schließlich. »Die Kollegen hatten Respekt vor ihm ...« Er ließ den Satz in der Schwebe.

»Aber?«

»Sie kennen die Vorgeschichte von Roland Obrist nicht, oder?«

Pandera schüttelte den Kopf.

»Nun, Sie müssen wissen, Roland Obrist hat viele Jahre als Mönch gelebt.« Plattner zuckte mit den Schultern, als könnte er das nicht verstehen. »Erst kurz bevor er bei uns anfing, hat er den Orden verlassen. Er war immer noch sehr, sehr gläubig. Er hatte in manchen Dingen seine eigenen Ansichten, und nicht alle Mitarbeiter haben die geteilt.«

»Wer, zum Beispiel?«, fragte Pandera.

»So genau weiß ich das nicht.«

»Hatte er mit Mitarbeitern Streit?«

»Nein ... nein, wirklich nicht«, sagte Plattner schnell. »Aber mit einem Wissenschaftler kann man wohl kaum über die Heilige Dreifaltigkeit diskutieren.«

»Was wissen Sie über Obrists Privatleben?«, fragte Tamara Aerni.

Warum wechselt sie das Thema? Pandera legte die Stirn in Falten.

»Er hat nie darüber gesprochen«, antwortete Plattner.

Pandera trank einen Schluck Wasser. Ein ehemaliger Mönch in einem Gentechniklabor, das passte überhaupt nicht zusammen. »Wissen Sie, weshalb er den Orden verlassen hat?«

Plattner holte ein Briefchen weißen *Snus* aus einer Dose und steckte es in den Mund. »Die Wissenschaft hat ihn immer fasziniert. Doch sein Orden ließ eine tiefergehende Beschäftigung damit nicht zu. Roland Obrist war überzeugt davon, dass Gott uns die Wissenschaft gegeben hat, um die Welt zu ergründen. Das konnte die Ordensleitung nicht tolerieren.«

»Er hat den Orden demnach nicht im Frieden verlassen?«, fragte Pandera.

Der Doktor kratzte sich an der Stirn. »Wissen Sie, die Kirche verliert ungern eines ihrer Schäfchen.«

»Aber er war nach wie vor gläubig, oder?«

»Das war er.« Plattner nickte.

»Was untersuchen Sie eigentlich?«, fragte Tamara Aerni.

Schon wieder wechselt sie einfach das Thema, dachte Pandera. Das scheint ihr Markenzeichen zu sein.

»Wir analysieren Blutproben, detektieren genetische Defekte, führen radiologische Altersbestimmungen durch oder begleiten forensische Untersuchungen.« Es klang, als hätte Plattner seinen eigenen Werbeprospekt vorgelesen.

»Das heißt, Sie entscheiden darüber, ob jemand in einem Gerichtsprozess schuldig ist oder nicht?«, fragte Tamara Aerni.

»Wir unterstützen forensische Gutachter bei ihrer Arbeit«, sagte Plattner reserviert.

Pandera rutschte in dem unbequemen Stuhl hin und her. »Kann es sein, dass jemand diese Proben stehlen wollte?«

»Wir bekommen niemals die komplette Probe, das wäre viel zu riskant. Ergo würde der Diebstahl nichts nützen.«

»Machen Sie auch Dopingtests?« Pandera erinnerte sich an einen Fall, bei dem ein Sportler, der des Dopings verdächtigt wurde, ein Labor ausgeraubt hatte.

»Solche Tests darf nur ein zertifiziertes Dopinglabor durchführen. Wir haben uns auf genetische Untersuchungen spezialisiert.«

»Die von Roland Obrist durchgeführt wurden?«, fragte Pandera.

»Beispielsweise. Er war einer unserer Fachleute.«

Pandera rieb sich die Stirn. Plattner schien nur das Nötigste erzählen zu wollen, meist ein Hinweis, dass jemand etwas zu verbergen hatte. »Woran hat er zuletzt gearbeitet?«

»Gensequenzierung, diverse Auftragsarbeiten.«

Pandera atmete tief aus. »Können Sie das konkretisieren?«

»Diese Themen sind sehr komplex ... Ohne Ihnen zu nahe treten zu wollen, ich befürchte, das würden Sie nicht verstehen, Herr Kommissär.«

»Wir sollten es auf einen Versuch ankommen lassen«, entgegnete Pandera.

»Also gut.« Plattner seufzte. »Roland Obrist hat sich mit Chromosomenaberrationen befasst.«

»Können Sie mir ein Beispiel geben?« Pandera versuchte, sich nicht anmerken zu lassen, dass er tatsächlich nichts verstand.

»Die bekannteste Chromosomenaberration ist das Downsyndrom, auch Trisomie 21 genannt, weil das 21. Chromosom dreifach vorliegt«, erklärte Plattner.

»Obrist hat sich folglich mit Genmutationen befasst.«

»So könnte man es sagen.«

»Was war das Ziel dieser *Untersuchungen*?«, fragte Pandera.

»Diese Krankheiten zu verstehen und zu verhindern.«

»Auch am lebenden Objekt?« Tamara Aerni setzte sich leicht auf.

Diese Frage hätte ich auch gestellt, dachte Pandera.

»Stammzeilen, Eizellen, Embryonen. Selbstverständlich nur, was erlaubt ist«, antwortete Plattner.

Pandera fixierte den Laborleiter. Wie nebenbei sagte er: »Obrist wurde also vom Paulus zum Saulus, oder?«

»Ich sagte ja schon, dass er den Orden nicht im Guten verlassen hat.« Plattner zog entnervt die Brauen hoch und schob die Snus-Dose auf der Schreibtischunterlage hin und her.

»Hatte er noch Kontakt zu den Mitgliedern des Ordens?«, fragte Pandera.

»Das ließ sich wohl kaum verhindern.«

»Weshalb?«

»Er war der Bruder des früheren Abtprimas der Jesuiten Johann Obrist.«

»Früherer Abtprimas?«, wiederholte Pandera. Er hatte keine Ahnung, wovon Plattner sprach.

»Der Abtprimas ist der Vertreter des Ordens beim Heiligen Stuhl in Rom«, sagte Plattner.

»Und was macht dieser Bruder heute?«, fragte Pandera.

»Das wissen Sie nicht?« Plattner runzelte die Stirn. »Johann Obrist ist seit drei Jahren aus Rom zurück. Er hat ganz schön Karriere gemacht.«

»Was für eine Karriere?«, fragte Pandera.

Plattner faltete demonstrativ die Hände. »Nun, Johann Obrist ist der katholische Bischof von Basel.«

6

Alex Pandera blickte am Fuß der breiten Steintreppe nach oben. Die pompöse Pforte, die strengen Säulen, der helle, an Marmor erinnernde Stein und die ausladende Treppe mit den zwei statuengeschmückten Brunnen ließen die Kathedrale wirken, als stünde sie mitten in Rom.

Die Gebäude ringsum, vor allem das Basler Tor mit seinen zwei steinernen Wehrtürmen, die aussahen wie riesige Bierfässer, machten jedoch jedem Besucher klar, dass er sich nicht in der Ewigen Stadt befand, sondern in der beschaulichen Schweiz.

Die Kathedrale war in der Grundform eines Kreuzes erbaut, über dem Schnittpunkt von Langhaus und Querschiffen thronte eine Kuppel. Links neben dem Chor erhob sich ein Turm, der ursprünglich geplante zweite war nie gebaut worden.

Pandera erinnerte sich, dass sein Schwiegervater ihm einmal erzählt hatte, der Untergrund an dieser Stelle sei für einen zweiten Turm nicht geeignet.

Spötter behaupteten hingegen, das Gottvertrauen sei an diesem Ort nicht groß genug. Schon beim Vorgängerbau, dem St.-Ursen-Münster, das an derselben Stelle errichtet worden war, hatte man aus statischen Gründen auf den geplanten zweiten Turm verzichtet. Was nicht viel brachte, denn der erste Turm stürzte trotzdem ein. Kurz darauf baute man die heutige Kathedrale und sah, als wäre nichts geschehen, wieder zwei Türme vor.

Doch der Glaube war nicht stark genug gewesen. So war es bis heute bei einem geblieben.

Die Geschichte des Bistums war nicht nur reich an baulichen Kuriositäten. Pandera hatte bei seinen Recherchen überrascht festgestellt, dass sich der Bischofssitz des Bistums Basel gar nicht in Basel befand, sondern in Solothurn. Im 16. Jahrhundert war im Zuge der Reformation fast die halbe Schweiz zum protestantischen Glauben konvertiert, darunter die Baseler Bevölkerung. Der nächstgrößere Ort, der in der Hand der Katholiken geblieben war, hieß Solothurn. Und so hatte der katholische Bischof vor ein paar Jahrhunderten seine Zelte in eben dieser Stadt aufgeschlagen. Weil ein Zelt für einen Bischof ein wenig karg ist, hatte er sich eine Kathedrale bauen lassen. Jene, vor der Alex Pandera nun stand.

Nachdem sich Tamara Aerni bei der Befragung des Wachmanns ebenso sprunghaft verhalten hatte wie bei dem Gespräch mit Plattner, hatte Pandera beschlossen, allein nach Solothurn zu fahren. Er würde sie nicht auf den Bischof loslassen. Tamara Aerni hatte geschluckt, aber seine Entscheidung akzeptiert.

Der Wachmann selbst hatte nicht viel zu erzählen gehabt. Er habe die Leiche auf seiner üblichen Runde gefunden und vorher wie nachher nichts Auffälliges beobachtet. Davor sei er in anderen Objekten unterwegs gewesen. Pandera hatte Tamara Aerni aufgetragen, die Angaben des Wachmanns zu überprüfen und erste Recherchen über die Mitarbeiter von *SEQUENZA46* in die Wege zu leiten. So war sie eine Weile beschäftigt. Das war seine Art, sich an sie zu gewöhnen.

Während Pandera die Steintreppe hochging, hörte er leise Orgelmusik, offensichtlich lief der Gottesdienst noch.

Er öffnete die hölzerne Eingangstür und warf einen Blick in die Kirche. Erstaunt bemerkte er, wie viele Gläubige den Weg in die Kathedrale gefunden hatten. Das Hauptschiff war einer Bischofskirche würdig, groß und mächtig, ganz in Weiß gehalten und mit goldenen Ornamenten verziert. Pandera setzte sich leise auf eine der hinteren Bänke.

Die Orgel verstummte. Der Geistliche am Hochaltar trug ein kostbares, reich verziertes Gewand. Mit leiser und gleichzeitig fester Stimme wandte er sich an seine Gemeinde. Er mahnte sie, mehr Nächstenliebe und Menschlichkeit zu üben, doch er tat es nicht anklagend, sondern auf eine Art, die an einen gutmütigen Großvater erinnerte.

Pandera dachte an die katholische Kirche, in die er als Kind ab und an gegangen war. Dort war häufig von Sünde und Fegefeuer die Rede gewesen, und jedes Mal hatte er Angst davor bekommen. Der Geistliche hier schien einen friedlicheren Zugang zu Gott gefunden zu haben.

Der Gottesdienst endete mit einem Schlussgesang. Pandera wartete, bis die Gläubigen die Kathedrale verlassen hatten, dann ging er nach vorn zum Chor.

Er stand schon eine ganze Weile allein in der Kirche, als ein noch recht jung aussehender Geistlicher aus einer Seitentür trat und auf ihn zukam. Trotz der schwarzen Robe konnte Pandera die athletische Statur darunter erkennen. Sein Schädel war kahl rasiert, Kinn und Oberlippe bedeckte ein gestutzter dunkler Bart.

»Mein Name ist Alex Pandera. Ich habe einen Termin bei Bischof Obrist.«

Der Priester schüttelte ihm die Hand. Er drückte dabei so kräftig zu, dass Pandera leicht zusammenzuckte.

»Wir haben telefoniert«, sagte der Geistliche. »Ich bin Simon Kunen, Generalvikar und Stellvertreter seiner Exzellenz.«

»Ist der Bischof informiert?«, fragte Pandera.

Kunen nickte. »Wir können kaum glauben, was geschehen ist.«

Er führte Pandera aus der Kathedrale hinaus und in ein Gebäude hinter dem Chor.

Dort angekommen, betraten sie ein Büro im Erdgeschoss. An einem großen Eichenschreibtisch saß der Priester, der den Gottesdienst gehalten hatte. Seine Augen, die unter buschigen Brauen hervorschauten, verrieten Trauer.

»Eure Exzellenz«, begann der Vikar und verbeugte sich, »darf ich vorstellen? Leutnant Pandera von der Kantonspolizei.«

Pandera schluckte. *Mierda*, Solothurn ist ein eigener Kanton, andere Dienstgrade, andere Zuständigkeiten. Das hatte er glatt vergessen. Das kommt davon, wenn man zu lange im Ausland gelebt hat. Ich darf gar nicht hier sein.

Um sich nichts anmerken zu lassen, verbeugte sich auch Pandera. Plötzlich fiel ihm ein, dass er nicht einmal wusste, wie man einen Bischof korrekt anredete. Der Vikar wird es schon richtig gemacht haben, dachte er und setzte sich auf den altertümlichen Holzstuhl vor dem Schreibtisch. »Eure Exzellenz, es tut mir leid, dass ich so kurzfristig um ein Treffen gebeten habe, aber Sie sind der nächste Angehörige des Opfers.«

»Sie haben richtig gehandelt«, sagte der Bischof mit sanfter Stimme und strich sich durch den langen grauen Vollbart. »Mein Sekretariat ist manchmal ein wenig zu sehr auf meinen Schutz bedacht. Selbstverständlich müssen wir uns unterhalten.«

»Möchten Sie das Gespräch unter vier Augen führen?« Pandera schaute zu Vikar Kunen, der sich einen Stuhl herangezogen und sich neben den Bischof gesetzt hatte, als wäre er sein Wachhund.

Der Bischof wies zu seinem Stellvertreter. »Wir haben keine Geheimnisse voreinander. Außerdem ist Vikar Kunen als Abt des Jesuitenordens genauso von Rolands Tod betroffen wie ich.«

»Ihr Bruder war doch nicht mehr Mitglied des Ordens, oder?«

Der Bischof seufzte. Er schien zu überlegen, was er antworten sollte.

Der Vikar kam ihm zuvor. »Den Jesuitenorden verlässt man nicht einfach«, sagte er steif. »Im Herzen bleibt man immer Jesuit.«

»Roland Obrist hat ein weltliches Leben geführt und in einem Labor gearbeitet«, widersprach Pandera.

»Uns Jesuiten als Regularklerikern ist das weltliche Leben nicht fremd«, erwiderte der Vikar. »Wir kennen keine einheitliche Ordenstracht und lehren an Universitäten und Schulen. Wir schließen uns nicht ein, wir sind Teil der Gesellschaft. Wussten Sie, dass Descartes und Voltaire Schüler von Jesuiten waren?«

»Das heißt, Roland Obrist hat mit Billigung des Ordens in dem Labor gearbeitet?«, fragte Pandera.

Bischof Obrist räusperte sich. »Wir haben darüber einen langen Disput geführt. Rolands Ziele waren fraglos die richtigen. Nur über den Weg dahin, über den waren wir uns nicht einig.«

»Hatten Sie noch Kontakt zu Ihrem Bruder?«

Der Bischof rieb sich über die Stirn. »Roland hat gewusst, dass er jederzeit zurückkehren kann.«

»Was er nicht getan hat«, erwiderte Pandera. »Wann haben Sie ihn das letzte Mal gesehen?«

Wieder ergriff Vikar Kunen das Wort. »Was spielt das für eine Rolle?« Er funkelte Pandera aus stahlblauen Augen an.

»Das hier ist kein Verhör«, sagte Pandera ruhig. »Wenn ich allerdings den Eindruck gewinne, dass Sie kein Interesse daran haben, den Mörder von Roland Obrist zu finden, können wir das gerne offiziell machen.«

»So war das nicht gemeint«, beeilte sich der Bischof zu versichern. »Ich habe Roland das letzte Mal vor gut zwei Jahren gesehen, hier in der Kathedrale. Er hatte Zweifel, was seine Tätigkeit in dem Labor anging, und wir haben darüber diskutiert.«

»Vor zwei Jahren?«, wiederholte Pandera. »Eine lange Zeit, nicht wahr?«

Bischof Obrist reagierte nicht.

»Die Aufgaben eines Bischofs sind vielfältig und sehr zeitaufwendig ...«, warf Vikar Kunen ein.

»Ich habe den Bischof gefragt und nicht Sie«, unterbrach Pandera ihn. Der Verlauf des Gesprächs gefiel ihm überhaupt nicht. Kunen sah nicht nur aus wie ein Wachhund, er benahm sich auch so.

Mit einem eindringlichen Blick bedeutete der Bischof dem Vikar sich zurückzuhalten. »Wir waren auf besondere Weise miteinander verbunden. Diese Verbundenheit war unabhängig von Ort und Zeit. Man kann tiefe Liebe zueinander empfinden, auch wenn man sich nicht sieht. Jesus selbst lehrt uns das.«

»Und Sie?«, fragte Pandera den Vikar. »Wann haben Sie Roland Obrist das letzte Mal gesehen?«

»Das ist auch schon länger her«, antwortete Kunen ausweichend.

»Können Sie das präzisieren?«

»Ungefähr ein Jahr. Wir haben uns auf einer kirchlichen Veranstaltung zufällig getroffen und miteinander gesprochen.«

Pandera wandte sich wieder an den Bischof. »Der Vorgesetzte von Roland Obrist, Doktor Plattner, hat angedeutet, dass es zwischen Ihrem Bruder und der Ordensleitung Konflikte gegeben habe.«

»Doktor Plattner ist ein unverantwortlicher Scharfmacher.« Der Vikar ballte eine Hand zur Faust, als hälfe ihm das sich zu beherrschen. »Er sollte besser auf sein Labor aufpassen, als uns einen Konflikt mit Bruder Obrist anzudichten!«

Der Bischof räusperte sich. »Vikar Kunen möchte damit sagen, dass mein Bruder das Opfer einer weltlichen Verschwörung ist und nicht einer kirchlichen.«

»Einer weltlichen Verschwörung?«, echote Pandera.

Bischof Obrist fuhr sich mit der Hand über den Mund, als bereute er, was er gerade gesagt hatte. »Wie soll ich es ausdrücken?« Er seufzte. »Mein Bruder stand in Konflikt mit heidnischen Kräften.«

»Wie meinen Sie das?«

»Er war den Agnostikern, den Fehlgeleiteten, die an nichts glauben, ein Dorn im Auge.«

»Weshalb?«, fragte Pandera irritiert. »Ich denke, er war Wissenschaftler?«

»Mein Bruder war mit einer Untersuchung beschäftigt, die nicht in das Weltbild der Agnostiker passt.«

Pandera verstand kein Wort mehr. »Würden Sie mir bitte erklären, wovon Sie sprechen?«

Der Bischof schloss die Augen und atmete tief durch. »Mein Bruder war früher wissenschaftlicher Sekretär des Jesuitenordens. Vor seinem Umzug nach Basel hat er an der Päpstlichen Universität Gregoriana in Rom gearbeitet. Er kam dann im Rahmen einer Forschungsarbeit nach Basel.«

Vikar Kunen räusperte sich, als wollte er den Bischof stoppen.

Doch der redete weiter. »Die Forschungen und deren Ergebnisse sollten geheim gehalten werden und in absolut neutraler Umgebung stattfinden, hier in der Schweiz, in einem unabhängigen Labor. Mein Bruder hat diese Forschungen im Auftrag des Papstes begleitet. So ist er zu diesem Labor gestoßen, in dem er jetzt tot aufgefunden wurde.«

»Und weswegen wurde er angefeindet?«, fragte Pandera. »Ich denke, die Untersuchungen waren geheim?«

»Die Resultate der Untersuchungen sind nie veröffentlicht worden«, antwortete Bischof Obrist. »Aber es gab Gerüchte. Manche glauben, die Kirche hielte unliebsame Forschungsergebnisse zurück.«

»Das ist nicht gerade überraschend, wenn die Ergebnisse nicht veröffentlicht werden.«

»Das ist noch nicht alles«, fuhr der Bischof fort. »Mein Bruder hat mir erzählt, dass es Wissenschaftler gab, die versucht haben, an Proben des Forschungsobjekts zu gelangen.«

»Kennen Sie diese Wissenschaftler?«

Der Bischof schüttelte den Kopf. »Mein Bruder hat keine Namen genannt.«

»Könnte Doktor Plattner diese Wissenschaftler kennen?«

Der Bischof zuckte mit den Schultern. Kunen schaute zu Boden. Der Mann wusste etwas.

»Was war das für ein Forschungsobjekt?«, fragte Pandera.

Vikar Kunen räusperte sich. »Eure Exzellenz, ich glaube nicht, dass Leutnant Pandera Untersuchungen interessieren, die seit drei Jahren abgeschlossen sind ...«

»Es geht um den Mord an meinem Bruder!«, unterbrach der Bischof ihn. »Herr Pandera soll alles wissen, was von Bedeutung sein könnte.«

Pandera nickte. »Also, worum ging es bei den Untersuchungen?«

»Es gibt eine Reliquie, die beweist, dass Jesus Christus gelebt hat, dass er gekreuzigt wurde und wiederauferstanden ist«, sagte der Bischof.

Pandera sah ihn fragend an.

»Ich spreche von der größten Reliquie der Menschheit.« Die Stimme des Bischofs klang verschwörerisch.

»Die größte Reliquie der Menschheit?« Pandera kam sich vor wie ein dummer Schuljunge.

Der Bischof seufzte. »Haben Sie noch nie etwas vom Leichentuch Jesu gehört?«

»Sie meinen das Turiner Grabtuch?«

Die beiden Geistlichen schwiegen. Doch ihr Nicken verriet Pandera, dass er recht hatte.

7

»Du bist die Zukunft«, sagte er. »Die Vergangenheit, die Gegenwart und die Zukunft.«

Der Zweijährige sah ihn mit großen Augen an. »Sukunft«, wiederholte er und lachte.

Er saß neben dem Kind auf dem Parkettboden und blätterte in einer Bibel mit ledernem Einband.

Eine Weile suchte er darin, dann legte er sie zur Seite.

»Wir werden bald an die Öffentlichkeit gehen.« Er strich dem Jungen durch das schwarze Haar. »Die Zeit ist reif, der Welt zurückzugeben, worauf sie zweitausend Jahre lang gewartet hat.«

Der Junge spielte mit einem Kreisel. Das war sein Lieblingsspielzeug. Durch die schnellen Drehungen leuchteten die Dioden im Inneren auf und blinkten wie Sterne. Der Junge klatschte freudig in die Hände. Für ihn war das Leben noch ein Spiel. Er wusste, dass der Kleine bald zum Spielball werden würde. Es war unvermeidlich.

Er nahm eine Videokamera und filmte den Jungen. Doch er tat es nicht mit der Euphorie eines begeisterten Vaters, er tat es vielmehr nüchtern und besonnen wie ein Dokumentarfilmer.

Nach wenigen Minuten legte er die Kamera wieder zur Seite. Die Aufnahmen, die er vorgestern gemacht hatte, waren besser. Sie hatten etwas Königliches, etwas Entrücktes, die würde er verwenden.

So überwältigend seine Botschaft auch war, ohne Bilder würde sie nicht funktionieren. Die Bibel war ebenfalls voller Bilder, allerdings keine, die gezeichnet oder gar fotografiert waren. Es waren die Worte, die darin malten.

Er stand auf, ging zum Fenster, öffnete den Vorhang und blickte auf die nachtdunkle Stadt. Das glitzernde Wasser des Tibers schlängelte sich unter dem Ponte Sant'Angelo hindurch. Die Engelsbrücke war fast zweitausend Jahre alt, ein stummer Zeitzeuge der römischen Geschichte.

Heutzutage zeigten Verliebte einander ihre ewige Treue, indem sie kleine Vorhängeschlösser an die metallenen Ornamente der Engelsbrücke hängten. Es war ein schönes Bild, wenngleich manche mit Zahlenschlössern Zweifel an der Ernsthaftigkeit ihres Versprechens aufkommen ließen.

Ahnte überhaupt irgendjemand von diesen Unwissenden, welche Funktion die Brücke nur fünfhundert Jahre zuvor innegehabt hatte?

Damals war sie kein Ort der Liebe gewesen. Wahrlich nicht. Sie war Verkehrsweg gewesen, aber auch Hinrichtungsstätte. Einige Päpste hatten auf dieser Brücke die aufgespießten Köpfe ihrer Gegner zur Schau gestellt. An manchen Tagen, so hieß es in den alten Schriften, seien dort mehr Köpfe zu sehen gewesen als Melonen auf den römischen Märkten.

Das war finsterstes Mittelalter, hörte er seine Gegner rufen. Nur warum hatte der Vatikan dann noch bis 1870 Menschen hingerichtet und die Todesstrafe erst 1969 abgeschafft?

Doch das war Geschichte. Die Kirche hatte sich gewandelt. Und sie würde sich weiter wandeln, über Grenzen hinaus. Niemand konnte sich das heute vorstellen, dennoch würde es geschehen.

Der Professor zog den Vorhang wieder zu, nahm den Jungen auf den Arm und strich ihm durch die schwarzen Haare. Es war schon merkwürdig. Als Molekularbiologe konnte er so viel verändern, er hatte so viele Gene identifiziert und ihnen bestimmte Funktionen zugeordnet, seine eigenen Haare mussten jedoch grau bleiben.

Wenn er sie nicht färbte. Was er getan hatte, denn wer wollte mit fünfundvierzig aussehen wie Caesar?

Ein blonder Vater und ein schwarzhaariger Junge. Das fiel heute gar nicht mehr auf. Zum Glück, denn bald mussten sie an die Öffentlichkeit, ins grelle Scheinwerferlicht der Fernsehkameras. Dieser kurze Moment würde ausreichen, um alles ins Rollen zu bringen. Das Schneeflöckchen namens Wahrheit würde zu einer Lawine anwachsen und mit sich reißen, was nicht auf seinen Grundfesten erbaut worden war.

Der Mann, der ihnen dabei helfen würde, hieß Roger Simovic. Ein Reporter, ehrgeizig, mutig und wahnsinnig genug, um sich auf die Story einzulassen. Und er arbeitete bei *Biggest News*, dem weltweit operierenden Nachrichtensender mit über zwei Milliarden potenziellen Zuschauern. Bald war es so weit.

Dann würde das Spiel beginnen.

Er setzte den Jungen auf den Boden. Dann nahm er noch einmal die Bibel und blätterte darin.

Schnell hatte er gefunden, was er gesucht hatte.

»Du wirst in Gefahr geraten«, sagte er zu dem Jungen. »Unsere Gegner sind stark, und sie schrecken nicht vor Gewalt zurück.«

Er setzte sich an den Tisch vor seinen Laptop und tippte die Worte, die er soeben gefunden hatte.

Danach klappte er das Buch zu und stellte es zurück ins Bücherregal. Er sah auf den Bildschirm und las die Verse stumm.

Als Herodes merkte, dass ihn die Sterndeuter getäuscht hatten, wurde er sehr zornig, und er ließ in Bethlehem und der ganzen Umgebung alle Knaben bis zum Alter von zwei Jahren töten, genau der Zeit entsprechend, die er von den Sterndeutern erfahren hatte.

Matthäus 2,16

8

»Wusstest du, dass die Jesuiten im 17. Jahrhundert nur Mitglieder aufgenommen haben, die mehr als fünf Generationen lang judenfrei waren?« Beat Deckert hob den Zeigefinger. »Kommt dir das irgendwie bekannt vor?«

Pandera nickte, so richtig war er allerdings nicht bei der Sache. Gestern hatten sie bis spät in die Nacht gearbeitet, Befragungen geführt und später noch im Waaghof, ihrer Dienststelle, Berichte geschrieben.

Und obwohl er gegen zwei Uhr nachts übermüdet nach Hause gekommen war, hatte es ewig gedauert, bis er endlich eingeschlafen war. Lag es daran, dass sie mit ihren Ermittlungen bisher kaum vorangekommen waren?

Bis zum Nachmittag hatten sie mit allen Mitarbeitern von *SEQUENZA46* gesprochen. Eine Spur oder ein Motiv hatten sie nicht gefunden. Vielleicht war an der Geschichte mit dem Turiner Grabtuch wirklich etwas dran.

Wenn jemand bei der Basler Polizei Ahnung von dem Grabtuch hatte, dann Beat Deckert. Doch darüber schien der erst einmal nicht reden zu wollen.

»Ist dir bekannt, dass es in der Schweizer Verfassung einen Jesuitenartikel gab, der dem Orden jegliche Tätigkeit im Land untersagt hat?«, dozierte er. »Und dass dieser Artikel erst 1973 aufgehoben wurde?«

Pandera zuckte mit den Schultern, er fühlte sich erneut wie ein Schuljunge.

Die Tür öffnete sich, und Tamara Aerni trat ein. »Schneller ging's leider nicht«, sagte sie außer Atem. »Was ist los?«

»Hallo, Tamara.« Deckert bot ihr einen Stuhl an.

»Danke.« Sie setzte sich und sah Deckert erwartungsvoll an.

Die beiden sind schon per du, fiel Pandera auf. Hätte ich ihr das nicht längst anbieten sollen? Außer Edeling duzt hier schließlich jeder jeden.

»Ich kläre ihn gerade ein wenig über die Jesuiten auf«, sagte Deckert. »Ich habe ihm eben erzählt, dass die Jesuiten in der Schweiz lange Zeit verboten waren. Selbst der Papst hat die Tätigkeit des Ordens früher einmal untersagt.« Er räusperte sich. »Natürlich nur für ein paar Jahrzehnte. Nach der Wiederzulassung im 19. Jahrhundert wuchs der Jesuitenorden genauso schnell wieder zur alten Größe heran, wie er zuvor verschwunden war. Und weshalb?« Er machte eine Pause und blickte von Pandera zu Tamara Aerni. »Weil es die Jesuiten gewohnt sind, im Verborgenen zu operieren!«

»Ich denke, du bist selbst katholisch?«, sagte Pandera.

»Ich bin nicht katholisch«, erwiderte Deckert. »Ich bin *christkatholisch!* Das ist ein himmelweiter Unterschied. Wir erkennen zum Beispiel die Unfehlbarkeit des Papstes nicht an, während die Jesuiten einen Eid auf ihn schwören. Wir glauben auch nicht an die unbefleckte Empfängnis, wir kennen kein Zölibat, und bei uns können auch Frauen Priester werden. Wir ...«

»Ist gut.« Pandera winkte ab. »Klingt ja wie ein moderner Laden.«

»Finde ich auch«, sagte Tamara Aerni. »Fast so cool wie Voodoo.«

»Voodoo?«, fragte Pandera. »Das ist nicht Ihr Ernst, oder?«

»Wieso? Voodoo ist in Haiti Staatsreligion.«

»Ihr habt beide so viel Ahnung von unserer Kirche wie ein Topflappen vom Kochen«, brummte Deckert. »Wir Christkatholiken führen das weiter, was vor dem Ersten Vatikanischen Konzil für die ganze katholische Kirche gültig war. Daher nennt man uns auch altkatholisch.«

»Danke für die Lektion«, sagte Pandera. »Aber abgesehen davon, dass der Bischof, sein Vikar und das Opfer Jesuiten sind, was hältst du von der Geschichte?«

»Dass Obrist wegen des Grabtuchs umgebracht worden ist?« Deckert schüttelte den Kopf. »Was soll das denn für einen Sinn ergeben?«

»Wenn *SEQUENZA46* das Grabtuch untersucht hat, dann wollte vielleicht jemand die Ergebnisse stehlen«, sagte Pandera. »Ich könnte mir vorstellen, dass sie brisant sind.«

Deckert rieb sich das Doppelkinn. »Wissenschaftler, Halbwissenschaftler und Laien streiten schon seit Jahren über die Echtheit des Tuchs. Und sie werden weiter streiten, egal was die Untersuchungen ergeben haben. Glauben und Wissenschaft sind eben zwei grundverschiedene Dinge.«

»Und was sagt der Papst dazu?«, fragte Pandera.

»Der hält sich raus und meint, die Kirche müsse sich zu dem Tuch nicht offiziell äußern. Benedikt XVI. hat hingegen von einer mit Blut gemalten Ikone gesprochen, als er das Tuch im Frühjahr 2010 besucht hat. Mehr als zwei Millionen Menschen sind damals in den Dom von Turin gepilgert, um es zu besichtigen.«

»Warst du auch dort?«, fragte Tamara Aerni.

Deckert nickte zaghaft, als wäre es ihm peinlich. »Mehr aus forensischem Interesse.«

»Und wie ist deine Meinung zu dem Tuch?«, fragte sie.

»Viel konnte ich damals nicht sehen, deshalb hab ich vorhin mein Wissen ein wenig aufgefrischt.«

Pandera war perplex. Deckert wich normalerweise jeglicher Form von Arbeit instinktiv aus. Das Thema schien ihn wirklich zu interessieren.

»Angeblich gab es die Blutgruppe AB, die man Jesus aufgrund der Analyse des Grabtuchs zugeschrieben hatte, damals in Judäa noch gar nicht«, erklärte Deckert. »Aber es ist ohnehin umstritten, ob auf dem Grabtuch tatsächlich Blut zu finden ist. Außerdem haben die letzten offiziellen Untersuchungen ergeben, dass der Stoff sehr wahrscheinlich aus dem Mittelalter stammt.«

»Und was glaubst du?«, hakte Tamara Aerni nach.

»Dass es eine Fälschung ist«, sagte Deckert. »Wenn auch eine gute.«

»Du bist trotzdem in Turin gewesen, um es anzusehen«, warf Pandera ein.

»Du warst letztens in Disneyland«, sagte Deckert, »und hast sicher nicht erwartet, dort Micky Maus zu treffen, oder?«

»Eins zu null für dich.« Pandera grinste. »Und weshalb bist du dir sicher, dass es eine Fälschung ist?«

Tamara Aernis Mobiltelefon klingelte.

»Das ist der Richter«, sagte sie und nahm das Gespräch an.

»Richter?«, flüsterte Deckert in Panderas Richtung. »Habt ihr einen Verdächtigen?«

Er schüttelte den Kopf. »Geht nur um eine Kontoüberprüfung.«

Tamara Aerni stand auf und hielt die Hand über das Telefon. »Ich muss leider los«, sagte sie und verließ das Büro.

Deckert sah ihr hinterher. »Die ist ganz schön auf Zack.« Er hob seine Hosenträger an und ließ sie auf den Bauch schnalzen. »Und optisch hast du dich auch verbessert.«

»Mir wäre trotzdem lieber, Kurt wäre noch da.«

»Ist er aber nicht. Also finde dich mit der neuen Situation ab. Je früher, desto besser.«

Pandera seufzte. »Und weswegen ist das Grabtuch jetzt eine Fälschung?«

»Ganz einfach«, antwortete Deckert. »In den ersten tausend Jahren nach Jesus' Tod wurde kaum über Reliquien von ihm berichtet. Im Mittelalter tauchten plötzlich jede Menge davon auf. Wo sollen die in der Zwischenzeit gewesen sein?«

»Vielleicht hatten Gläubige sie versteckt«, sagte Pandera. »Schließlich wurden die Christen lange Zeit verfolgt.«

»Es kann sein, dass es einzelne Fälle gegeben hat, doch die erklären nicht die Reliquieninflation im Mittelalter«, widersprach Deckert. »Die Sandalen, die Tunika, das Grabtuch, das Schweißtuch, irgendein Schleier. Allein aus den Splittern, die angeblich vom Kreuz Jesu stammten, hätte man ein ganzes Haus bauen können. Und weißt du, was das Beste ist?«

Pandera schüttelte den Kopf.

Deckert grinste. »Mehrere kirchliche Institutionen haben in der Vergangenheit behauptet, im Besitz der heiligen Vorhaut unseres Heilands zu sein.«

»Der Vorhaut? Sag mal, für wie blöd hältst du mich eigentlich?«

»Du glaubst mir nicht? Wollen wir wetten?« Deckert war im Kollegenkreis dafür bekannt, wegen jedem möglichen Unsinn zu wetten.

Angeblich verlor er meist.

»Wenn ich recht habe, lädst du mich zum Hamburgerbrater meines Vertrauens ein«, sagte er und strich sich über den üppigen Bauch. »Und ich darf essen, bis ich nicht mehr kann.«

»Dann bin ich pleite!« Pandera lachte. »Und was ist, wenn ich gewinne?«

»Du darfst mit Jackie im *Les Trois Rois* zu Abend essen, auf meine Kosten. Dann bin ich auch pleite.«

Pandera pfiff durch die Zähne. Das *Les Trois Rois* war die vornehmste Adresse in Basel.

»Also gilt die Wette?«, fragte Deckert.

»Klar.«

Deckert tippte etwas in seinen Computer ein und drehte den Bildschirm zu Pandera. »Bitte schön!«

Pandera blickte auf einen Wikipedia-Artikel. Er trug die Überschrift *Heilige Vorhaut.* Pandera überflog ihn. Tatsächlich hatten im Mittelalter vierzehn Orte den Besitz dieser Reliquie für sich in Anspruch genommen.

»Das gibt's doch nicht!« Pandera deutete auf den Monitor. »Selbst das berühmte Kloster in Andechs hat früher behauptet, im Besitz der heiligen Vorhaut zu sein. Ich glaube, die haben zu viel Bier getrunken.« Er sah Deckert misstrauisch an.

Der strahlte, als hätte er im Lotto gewonnen.

»Warum ausgerechnet die Vorhaut?« Pandera verzog angewidert das Gesicht.

»Ganz einfach! Da nach christlichem Glauben Jesus mit seinem ganzen Körper in den Himmel aufgefahren ist, kann es auf der Erde nur solche Überbleibsel von ihm geben, die er im Laufe seines Lebens verloren hat. Und das ist nun mal seine Vorhaut, da er als Jude beschnitten wurde.«

Pandera las weiter. »Bis 1962 war seine Beschneidung sogar ein kirchlicher Festtag.« Er rümpfte die Nase. »Genau acht Tage nach der Geburt, also am 1. Januar. Na dann, Prosit Neujahr!«

»So, genug davon«, drängte Deckert und schaltete den Rechner aus. »Ich hab nämlich einen Hunger, das kannst du dir gar nicht vorstellen.«

9

Tamara Aerni setzte den Blinker des Dienstwagens und bog ab. Natürlich war es aufwendiger, direkt bei der Bank vorbeizuschauen, aber Telefonate und E-Mails konnte man viel besser ignorieren als Menschen.

Außerdem war es an der Zeit, Alex Pandera zu zeigen, dass mehr in ihr steckte, als nur die Assistentin zu spielen. Sie verstand nach wie vor nicht, dass er sie nicht nach Solothurn mitgenommen hatte. Und dass er ihr nicht gesagt hatte, warum. Sie hatten sich nicht gestritten, die Befragung von Plattner hatte erste wichtige Ergebnisse gebracht, also weshalb?

Auch als er nach Basel zurückgekehrt war und sie gemeinsam die anderen Mitarbeiter von *SEQUENZA46* befragt hatten, war ihr nichts aufgefallen. Wieder war er distanziert gewesen, kühl, gar nicht so, wie sie ihn sich vorgestellt hatte. Ein lockerer Typ, war ihr erster Eindruck gewesen, schließlich war er gerade mal vierzig, wie sie gelesen hatte, und er sah gut aus. Doch er war ihr gegenüber irgendwie verschlossen.

Vielleicht brauchte er Zeit, um mit anderen Menschen warm zu werden. Schließlich waren sie beide neu in Basel und Außenseiter, das schweißte zusammen, oder? Sie beschloss, ihm Zeit zu geben.

Tamara parkte den Wagen auf dem Kundenparkplatz, der bis auf einen Bentley leer war. Darin saß ein Chauffeur im Anzug. Tamara schaute an sich hinunter. Mit Jeans und Poloshirt war sie für dieses Geldinstitut wahrscheinlich nicht passend gekleidet.

Sie zuckte mit den Schultern, nahm ihre Tasche und ging zur Bank. Obwohl diese geöffnet hatte, war die hölzerne Eingangstür verschlossen. *Kein Wunder, das Ding heißt schließlich* Bank Privé. Tamara klingelte an der Tür, wartete einen Moment und klingelte ein zweites Mal.

»Wie kann ich Ihnen behilflich sein?«, fragte eine männliche Stimme, die aus einer Gegensprechanlage drang. Direkt darüber befanden sich ein Zahlenterminal und eine Überwachungskamera.

»Ich würde gerne mit Herrn Siegentaler sprechen«, antwortete Tamara.

»Haben Sie einen Termin?«

»Den brauche ich nicht.« Sie hielt ihren Polizeiausweis vor die Überwachungskamera.

Die Tür klackte auf, und Tamara betrat den Empfangsraum der Bank. Mit seinem Marmorboden und dem Empfangstresen aus Walnussholz erinnerte er an ein Luxushotel.

Ein junger Mann in dezentem schwarzem Anzug kam auf sie zu. »Würden Sie bitte einen Moment warten?« Er zeigte auf eine dunkelrote Couch im Biedermeierstil.

»Wenn es nur ein Moment ist.« Sie lächelte verbindlich.

»Natürlich. Ich werde Herrn Siegentaler umgehend informieren.«

Tamara setze sich auf die Couch und betrachtete die Magazine auf dem Tisch daneben. *So machen Sie Ihre zweite Million!*, stand auf dem ganz oben. Ich könnte eher Hilfe bei der ersten benötigen, dachte sie, nahm das Heft und blätterte darin. Oder wenigstens dabei, mein Konto auf null zu bringen.

Wenige Minuten später war der Bankangestellte zurück und riss sie aus ihren Gedanken. »Würden Sie mir bitte folgen?«

Sie nickte, stand auf und wollte das Magazin zurücklegen.

»Das können Sie gerne behalten«, sagte er mit einstudierter Großzügigkeit.

»Danke«, erwiderte sie, obwohl sie gar nicht wusste, was sie damit sollte.

Mit dem Lift fuhren sie in den dritten Stock. An den Wänden des breiten Flurs hingen einige Ölgemälde, die anscheinend so wertvoll waren, dass man sie mit einem Alarmdraht sicherte. Selbst hier gab es also Kunden, die nur beschränktes Vertrauen genossen.

»Da wären wir.« Der Angestellte klopfte an eine der vielen Türen und öffnete sie. »Frau Aerni ist da.«

»Ich freue mich, Sie kennenzulernen«, sagte der Mann hinter dem Schreibtisch und stand auf. »Mein Name ist Siegentaler.« Er streckte die Hand aus. »Danke, Sie können gehen«, sagte er zu dem Angestellten, der sich sofort entfernte.

Tamara lief auf Siegentaler zu und schüttelte ihm die Hand. Dann setzte sie sich auf den Besucherstuhl, das Heft legte sie in ihren Schoß.

»Möchten Sie einen Espresso?«, fragte Siegentaler. »Oder lieber einen Cappuccino?«

»Danke. Ich würde gerne direkt zur Sache kommen.«

»Das ist mir sehr recht«, sagte Siegentaler. »Wenngleich ich Ihren Besuch nicht ganz verstehe. Ich habe Ihnen doch schon am Telefon gesagt, dass wir die Kontodaten unseres Kunden nicht herausgeben können.« Er ging zu einem offenen Schrank, goss sich einen Espresso ein und setzte sich. »In der Schweiz gilt immer noch das Bankgeheimnis.«

»Da sind einige anderer Meinung«, sagte Tamara. »Aber das ist im Grunde auch egal.« Sie öffnete ihre Tasche, nahm ein Blatt Papier heraus und reichte es Siegentaler. »Denn bei begründetem Verdacht auf Geldwäsche sind Sie verpflichtet, uns das zu melden. Und wenn Sie das unterlassen, können Sie im schlimmsten Fall sogar Ihre Bankbewilligung verlieren.« Sie lächelte kühl. »Und jetzt schauen Sie sich das betreffende Konto bitte ganz genau an, und dann bin ich gespannt, was Sie mir mitzuteilen haben.«

10

Beat Deckert machte sich gerade daran, in seinen dritten Hamburger zu beißen, als Pandera die beiden Kollegen von der Sitte entdeckte. Sie saßen zwei Tische weiter.

»Wir stecken mitten in den Ermittlungen«, flüsterte Pandera Deckert zu. »Wir können hier nicht stundenlang rumhängen.«

»Wette ist Wette«, sagte Deckert mit vollem Mund. »Außerdem sind wir nicht mal eine halbe Stunde hier«, fügte er schmatzend hinzu. »Und ich muss mein Mittagessen nachholen. Es ist vier Uhr nachmittags, ich hab heute noch keinen Bissen zu mir genommen!«

Das solltest du öfter machen, wollte Pandera sagen, stattdessen schaute er gehetzt auf die Uhr.

Deckert stieß versehentlich so laut auf, dass sich die anderen Gäste umblickten, auch die Kollegen von der Sitte. Sie grinsten wissend.

»Im Augenblick kann ich ohnehin nichts tun«, sagte Deckert ungerührt. »Außer auf die Ergebnisse meiner Mitarbeiter zu warten. Also lass uns das hier genießen.«

Pandera konnte sich tausend andere Dinge vorstellen, die ihm mehr Genuss versprachen. »Hast du dir den Bericht der Rechtsmedizin angeschaut?«

»Nö.« Deckert biss in seinen Hamburger. »Was steht denn drin?«

»Am Hals des Toten finden sich Würgemale, am Kopf ein Hämatom, sonst gibt es keine Anzeichen für einen Kampf«, erklärte Pandera. »Ich schätze, der Mörder hat

Obrist überrascht. Eine kurze Auseinandersetzung, ein gezielter Stich ins Herz, das war's.«

»Wie ich schon vermutet habe«, sagte Deckert. »Und der Todeszeitpunkt?«

»In der Nacht von Samstag auf Sonntag, zwischen null und vier Uhr«, antwortete Pandera. »Habt ihr am Tatort noch Spuren gefunden, die uns weiterbringen könnten?«

»Schwer zu sagen, schließlich ist das ein Analyselabor.« Deckert schob sich den Rest des Hamburgers in den Mund. »*SEQUENZA46* untersucht jede Woche Tausende von Proben. Jede kann fremde DNA eingeschleust haben. Das ist wie die Suche nach der Nadel im Heuhaufen, zumal die Tatwaffe nach wie vor fehlt.«

»Vermutlich ein handelsübliches Fleischermesser«, sagte Pandera. »Und der Täter ist wahrscheinlich Rechtshänder.«

»Toll«, sagte Deckert. »Dann bin ich ja auch verdächtig. Was habt ihr sonst noch für Erkenntnisse?«

»Wir haben alle Mitarbeiter von *SEQUENZA46* befragt«, sagte Pandera. »Obrist war ein Einzelgänger. Auf den ersten Blick hatte niemand aus der Firma ein Motiv, ihn umzubringen. Nicht ein einziger Angestellter ist vorbestraft oder hat sich verdächtig verhalten. Wir tappen ziemlich im Dunkeln.«

»Na also«, sagte Deckert. »Dann können wir in Ruhe hier sitzen.« Er stand auf, um die nächste Portion zu bestellen. »Dein Portemonnaie bitte.«

Pandera gab es ihm. Er überlegte, ob Jackie die Geschichte glauben würde, wie es sich geleert hatte. Er beschloss, ihr lieber nichts zu sagen.

»Warum isst du eigentlich nix?«, fragte Deckert, als er mit einem vollen Tablett wiederkam. »Du verpasst was, das schmeckt super!«

»Vieiras con Jamón wären mir lieber«, sagte Pandera.

»Was für'n Zeug?«

»Jakobsmuscheln, mit Schinken aus der Extremadura umhüllt, von allen Seiten angebraten und auf frischem Salat serviert.«

»Schinken lasse ich mir ja noch gefallen, bloß was willst du mit dem Salat?«

»Der ist gesund«, erwiderte Pandera.

»Pah!«, rief Deckert. »Die Kuh isst das Grünzeug, und ich ess die Kuh. Also bekommt mein Körper genug von dem Zeug. Buy one, get one free, nennt man das.«

Pandera musste lachen. Er war kurz davor, sich auch einen Hamburger zu bestellen, als sein Mobiltelefon klingelte. Es war Tamara Aerni.

»Wo sind Sie denn?«, fragte sie.

»Erkläre ich Ihnen später«, antwortete Pandera. »Was gibt es?«

»Vor drei Jahren hat Plattner auf sein eigenes Konto anderthalb Millionen Schweizer Franken eingezahlt. In mehreren Tranchen. Und immer in bar.«

Pandera pfiff durch die Zähne.

»Hat der Bischof nicht gesagt, dass vor drei Jahren dieses Grabtuch untersucht wurde?«, fragte sie.

»Das stimmt. Wir kommen.«

Deckert sah ihn mit großen Augen an. »Was? Ich bin mitten beim Essen. Eigentlich hab ich noch nicht mal richtig angefangen!«

Pandera seufzte und blickte auf die Uhr. »Ich löse unsere Wette ein anderes Mal ein, okay?« Ungeduldig stand er auf.

»Na gut.« Deckert wischte sich den Mund ab und stand ebenfalls auf. Sehnsüchtig blickte er auf das Tablett. »Die nehm ich noch mit!« Er packte die beiden restlichen Kalorienraketen. »Als Wegzehrung.«

Pandera war schon an der Tür.

»Warte doch mal!«, rief Deckert ihm hinterher. »Wo willst du jetzt eigentlich hin?«

11

»Da sind ja meine beiden Ermittler!«

Alex Pandera und Tamara Aerni waren gerade von ihren Schreibtischen aufgestanden und drehten sich um. Mark Edeling, der Leiter der Kriminalpolizei, stand vor ihnen. Wie immer trug er einen dunkelgrauen Maßanzug. Mit seiner blonden Stoppelfrisur und seinem breiten Oberkörper sah er jedoch so aus, als wäre ihm Tarnkleidung lieber. Auf seiner Nase klebte ein unförmiger Verband.

Seine sonst so durchdringende Stimme klang dadurch ein wenig piepsig, was ihn noch mehr aufzustacheln schien.

»Wo wollen Sie denn hin?« Edeling verschränkte die Arme vor der Brust und sah sie wütend an. »Schon wieder in den Drive-in?«

Da haben die Kollegen von der Sitte wohl geplaudert, dachte Pandera. »Das war ein Arbeitsessen.«

»Soso, ein Arbeitsessen im Drive-in, bei dem der eine offenbar einen neuen Weltrekord im Hamburgeressen aufstellen will und der andere sein Geld zählt.«

»Das sah nur so aus …«

»Haben Sie sich Ihre Ausreden von den Verdächtigen abgeschaut? Herr Pandera, es sieht verdammt schlecht aus, wenn der zuständige Kommissär und der Leiter der Kriminaltechnik am Anfang einer Mordermittlung in aller Ruhe ein ausgedehntes Festmahl zu sich nehmen!«

»Wird nicht wieder vorkommen.« Pandera zwang sich, freundlich zu bleiben. Er hatte schnell gelernt, dass es wenig Sinn machte, Edeling zu widersprechen, wenn der wütend war. Eigentlich machte es nie Sinn, ihm zu widersprechen, aber das war ein anderes Thema.

»Und Sie, Frau Aerni, haben Sie nichts Besseres zu tun, als irgendwelche Magazine auf der Arbeit zu lesen?« Er zeigte auf ein Heft, das auf Tamara Aernis Schreibtisch lag. »Habe ich deswegen noch keinen Bericht von Ihnen erhalten?«

»Ich habe die Konten von *SEQUENZA46* überprüft«, antwortete sie. »Und ich habe herausgefunden ...«

»... dass die zweite Million leichter zu machen ist als die erste?« Edeling zeigte wieder auf das Magazin. »Anscheinend verdienen Sie zu viel und haben es daher nicht nötig, Berichte zu schreiben.«

»Ich komme gerade erst von der Bank ...«

»Wir wollten die neue Spur überprüfen«, fiel Pandera ihr ins Wort. »Wir sind auf dem Weg zu *SEQUENZA46*.«

»Und eines noch«, schob Edeling im Befehlston nach. »Lassen Sie Sander aus dem Spiel!«

»Wie kommen Sie denn darauf?« Manchmal konnte Pandera seinem Vorgesetzten einfach nicht folgen.

»Falls ich erfahre, dass Sander an den Ermittlungen beteiligt wird, hat das ernste Konsequenzen für Sie!« Edeling blickte ihn herausfordernd an.

Pandera nickte nur.

»Und, Frau Aerni, gehen Sie mal zum Coiffeur, und nehmen Sie diese furchtbare Nadel aus der Braue«, schoss Edeling im Gehen hinterher. »Wir sind hier bei der Kriminalpolizei und nicht bei einer Kifferbande!«

Tamara Aerni schaute Edeling fassungslos an. Sie war offenbar viel zu perplex, um etwas erwidern zu können. Edeling wandte sich um und ging über den Gang zurück Richtung Aufzug.

Das Gesicht seiner Kollegin war rot vor Zorn. Urplötzlich machte sie einen Satz nach vorn, als wollte sie Edeling hinterherlaufen, doch Pandera hielt sie zurück.

Edeling schien etwas gehört zu haben. Er drehte sich um. »War noch was?«

Pandera schüttelte den Kopf. »Nein, alles in Ordnung.«

Der Leiter der Kriminalpolizei warf ihnen noch einen misstrauischen Blick zu, dann ging er weiter.

»Warum haben Sie mich festgehalten?«, fragte Tamara Aerni, ihr Gesicht war immer noch feuerrot.

»Ich wollte nicht schon wieder einen Kollegen verlieren.«

»Ich wollte Edeling nur zur Rede stellen!«

»Und was hätte das gebracht?«

Tamara Aerni kaute auf der Unterlippe herum. »Hat Edeling auch Ihren Ex-Kollegen provoziert?«

Pandera nickte. »Edeling hat zu Kurt Sander gesagt, dass er es in seinem Alter nicht mal mehr mit einem Rollstuhlfahrer aufnehmen könne.«

»Ich glaube, da hätte ich ihm auch die Nase gebrochen«, sagte Tamara Aerni. »So ein Arschloch!«

»Eben, und was gibt ein Arschloch von sich?«

»Scheiße!«, antwortete sie und musste lachen.

»Genau.«

»Danke«, sagte Tamara Aerni. »Den Anfang unserer Zusammenarbeit haben Sie sich wahrscheinlich anders vorgestellt, oder?«

»Kann man so sagen. Aber nichts verbindet so sehr wie gemeinsame Feinde.«

»Ich bin übrigens Tamara.« Lächelnd reichte sie ihm die Hand.

»Alex«, sagte er, weil es sich gerade richtig anfühlte, und schüttelte ihre Hand. »Dann fahren wir mal ins Labor, oder?«

Tamara nickte. Zusammen gingen sie in die Tiefgarage.

»Eines möchte ich allerdings noch wissen«, sagte sie, als sie sich ins Auto setzte. »Ihr habt wirklich im Drive-in Hamburger verdrückt? Während ich in der Bank einen auf Buchhalterin gemacht habe?«

»Hm«, murmelte Pandera. »Ich hatte eine Wette gegen Deckert verloren und musste ihm das Essen zahlen.«

»Eine Wette? Um was ging's dabei?«

»Das«, begann Pandera und musste grinsen, »das willst du gar nicht wissen.«

12

Dr. Jürg Plattner saß hinter seinem gläsernen Schreibtisch, legte die Hände auf die Tischplatte, die von mehreren Kaffeeflecken verziert wurde, und sah sie mit ausdruckslosem Blick an. Pandera und Tamara hockten wieder auf den runden Besucherstühlen aus Metallgitter, die Pandera in unangenehmer Erinnerung geblieben waren.

»Wie läuft Ihr Labor eigentlich so?«, begann Pandera.

»Die Zeiten waren schon mal besser«, antwortete Plattner.

»Wann? Vor drei Jahren?«, fragte Tamara.

Plattner sah sie irritiert an.

»Als Sie Proben des Turiner Grabtuchs im Haus hatten?«

»Ich … ich verstehe nicht, worauf Sie hinauswollen.«

»Warum haben Sie uns bei unserem ersten Besuch nicht gesagt, dass Roland Obrist das Turiner Grabtuch untersucht hat?«, fragte Pandera.

Plattner senkte den Kopf und strich über die Tischplatte. Als er wieder aufsah, lag Unsicherheit in seinem Blick. »Woher haben Sie Ihre Informationen?«

Pandera ignorierte die Frage. »Fakt ist, wir wissen, dass dieses Tuch in Ihrem Labor untersucht wurde. Und dass Roland Obrist maßgeblich daran beteiligt war.«

Plattner wollte ein Briefchen aus der Snus-Dose nehmen, doch seine Hände zitterten so sehr, dass er es sich anders überlegte.

»Warum hat man in der Öffentlichkeit nichts von den Untersuchungen erfahren?«, fragte Tamara.

Plattner legte die Snus-Dose auf den Schreibtisch und atmete tief aus. »Im Regelfall entscheidet der Auftraggeber über eine Veröffentlichung.«

»Also der Vatikan«, stellte sie fest. »Liegt es vielleicht daran, dass Sie herausgefunden haben, das Tuch ist eine Fälschung?«

Plattner schüttelte den Kopf. »Die Untersuchungen waren von Anfang an nicht für eine Veröffentlichung vorgesehen.«

»Weswegen wurden sie dann durchgeführt?«, fragte sie.

»Das darf ich Ihnen nicht sagen«, antwortete Plattner. »Wir haben uns gegenüber dem Vatikan zu absolutem Stillschweigen verpflichtet.«

»Was ist so eine Probe vom Turiner Grabtuch eigentlich wert?« Pandera hätte sich jetzt gerne zurückgelehnt, um Gelassenheit zu demonstrieren, aber in diesen Stühlen war das ein Ding der Unmöglichkeit.

»Man kann ihren Wert nicht bemessen. So etwas ist unbezahlbar«, sagte Plattner.

»Was haben Sie mit den Proben gemacht, nachdem die Untersuchung beendet war?«

»Die Textilprobe wird bei der Untersuchung komplett vernichtet.«

»Wieso das?«

»Bei der Radiokarbonanalyse wird die Probe verbrannt«, erklärte Plattner. »Denn erst die Messung des beim Verbrennen entstehenden Kohlendioxids liefert nach weiteren Umwandlungsprozessen das korrekte Datierungsergebnis. Deswegen ist der Vatikan auch nicht allzu freigiebig mit Untersuchungsmustern. Das Tuch soll schließlich erhalten bleiben und nicht zu Tode analysiert werden.«

»Wenn Sie einen Teil der Probe vor Beginn der Untersuchung abgezweigt hätten, könnte Ihnen das niemand nachweisen, oder?«, fragte Tamara.

»Das ist eine völlig absurde Unterstellung!« Plattner schnellte aus seinem Stuhl hoch.

Sie blickte ihn ruhig an. »Ist es auch eine absurde Unterstellung, dass Sie vor drei Jahren insgesamt anderthalb Millionen Schweizer Franken auf Ihr Privatkonto eingezahlt haben?«

Plattner sank zurück. Er schien nach Worten zu suchen.

»Den Vatikan wird es sicher interessieren, dass Sie ihn hintergangen haben«, sagte Pandera.

»Das können Sie nicht machen!« Plattner fuhr sich durch die ungekämmten Stoppelhaare. »Ich müsste eine absurd hohe Konventionalstrafe zahlen ... Das ... das Labor würde so etwas nicht überleben! Denken Sie an die Mitarbeiter, die hier arbeiten.«

»Wir müssen einen Mordfall aufklären«, entgegnete Pandera. »Wenn wir dazu die Hilfe des Vatikans benötigen, weil Sie uns Angaben verweigern ...«

Plattner ließ die Schultern sinken. »Ich werde kooperieren. Wenn Sie den Vatikan aus dem Spiel lassen.« Er wischte sich mit den Fingern über die Augen. »Die Firma ist alles, was ich habe.«

»Sie haben also eine Probe des Grabtuchs verkauft?«, fragte Tamara.

Plattner nickte.

»Wusste Roland Obrist davon?«

»Nein. Ich habe ihm nichts davon gesagt.«

»Aber er hätte es herausfinden können?«

»Es handelte sich um ein winziges Teilstück, zwei auf drei Millimeter«, sagte Plattner. »Ich habe es abgezweigt, bevor Roland die Probe überhaupt zu Gesicht bekommen hat.«

»Was meinen Sie, wurde Obrist wegen des Grabtuchs umgebracht?«

»Das glaube ich nicht. Sie müssen wissen, das Tuch wurde nicht nur von uns untersucht, sondern gleichzeitig in Labors in Boston und Oxford. Der Vatikan hat sicher auch eigene Untersuchungen angestellt.«

»Hielt Obrist das Tuch für eine Fälschung?«, fragte Pandera.

Plattner schüttelte den Kopf.

»Und Sie?«

»Sie wollen doch nicht, dass ich meinen Vertrag mit dem Vatikan breche, oder?« Plattner seufzte. »Ich sagte ja, dass ich über Inhalt und Ergebnis der Untersuchung keine Auskünfte geben darf.«

»Dann stelle ich Ihnen eine Frage, die Sie ganz einfach beantworten können«, sagte Pandera. »Wo waren Sie in der Nacht von Samstag auf Sonntag?«

»Daheim«, antwortete Plattner. »Weshalb wollen Sie das wissen?«

»Haben Sie Zeugen dafür?«

»Meine Frau und ich haben uns getrennt. Ich lebe allein.«

»Und an wen haben Sie die Probe verkauft?«

»Was tut das zur Sache?«

»Denken Sie an Ihre Firma«, sagte Pandera.

»Ich komme in Teufels Küche, wenn ich Ihnen das verrate.«

»Sind Sie da nicht schon?«, fragte Pandera.

Plattner schob die Snus-Dose hin und her. »Die Proben gingen an Doktor Leuenberger«, sagte er schließlich. »Er leitet das Labor des Inselspitals in Bern.«

»Das Inselspital?«, fragte Pandera. »Was wollen die denn mit dem Turiner Grabtuch?«

13

Warum heißt es eigentlich Rushhour, wenn alle im Schneckentempo fahren? Roger Simovic blickte genervt aus dem Taxi. Vor gut zwei Stunden war er in Rom gelandet, aber immer noch nicht im Hotel.

Als würden tatsächlich alle Wege nach Rom führen. Und keiner wieder hinaus.

Und trotzdem würden diese Straßen in ein paar Tagen verwaist sein. Alle würden vor dem Fernseher sitzen. Gut, er übertrieb ein wenig. Wie es sich gehörte im Fernsehen. Nicht alle würden die Sendung verfolgen und nicht alle von Anfang an. Alle würden jedoch darüber reden.

Vorher musste nur noch dieses verdammte Taxi ankommen. Simovic überlegte gerade, ob er nicht zu Fuß gehen sollte, als der Fahrer endlich weiterfuhr.

Simovic hatte seine TV-Karriere als Börsenreporter begonnen und schon bald festgestellt, dass die menschlichen Abgründe ihn mehr reizten als das Pokerspiel um Obligationen und Derivate. Trotzdem war er immer noch gekleidet, als wäre er an der Wall Street zu Hause. Mit seinen dreiunddreißig Jahren könnte er jederzeit als jung-dynamischer Analyst durchgehen. Seine solariumgetunte Haut war so glatt wie seine Sprüche.

Doch das waren Äußerlichkeiten. Das Wichtigste war, dass er immer noch über die drei elementaren Tugenden eines Analysten verfügte: Selbstbewusstsein, Selbstbewusstsein und Selbstbewusstsein.

Obwohl er sich nur mit dem Liebesleben der Stars, Sternchen und Sternschnuppen befasste, bezeichnete er sich als Gesellschaftsredakteur. Seine Welt war die der A-, B- und C-Promis. Die D-, E- und F-Loser überließ er den Kollegen. Seine Aufgabe war es, alles über Arsch, Busen und Cellulitis in Erfahrung zu bringen, wie er die A-, B- und C-Promis nach zwei bis drei Cocktails für gewöhnlich titulierte. Ihn interessierte vor allem, wer mit wem in die Kiste stieg und wer sich wann und weshalb von wem wieder trennte. Die Nachrichten der großen, weiten Welt.

Und genau deswegen arbeitete Simovic bei *Biggest News*, dem zweitgrößten Nachrichtensender der Welt. Eine riesige Maschinerie mit Reportern in hundertachtzig Ländern, Büros in über sechzig Städten und eigenem TV-Programm für Europa mit Sitz in Genf. Er war allerdings meist unterwegs, mal in Davos, mal in St. Moritz oder Crans-Montana, seltener in Zürich, Bern oder Zermatt. Vor wenigen Tagen war er sogar mal wieder in seiner Heimatstadt Basel gewesen.

Dort hielt er sich sonst nur noch zur *Art Basel* auf, denn das war der einzige Zeitpunkt, an dem die Stadt am Rhein ein wenig Glitzer und Glamour auflegte.

Seit drei Jahren war er bei *Biggest News*, und genauso lange wartete er auf Anerkennung. Denn er war nur der Pausenclown, der Mann für die unwichtigen News. Für die Nachrichten, die aus dem Programm flogen, wenn ein Selbstmordattentäter oder ein durchgedrehter Staatschef eine Bombe zündete.

Er stand nur dann in der ersten Reihe, wenn einer der wirklich großen Stars heiratete oder den silbernen Löffel abgab. Nur was hatte er dann schon Besonderes zu berichten? Nichts, weil alle Reporter entweder ausgeschlossen waren oder live dabei. Und das zu bringen, was alle brachten, war nicht sein Anspruch. Auch nicht der des Senders. Sie wollten das Gleiche: möglichst schnell die Nummer eins werden.

Da seine Zweifel gewachsen waren, ob *Biggest News* das wirklich schaffen würde, hatte er Verhandlungen mit der Konkurrenz aufgenommen. Nur noch ein paar Punkte waren zu klären, Nichtigkeiten, wie sich sein Verhandlungspartner ausdrückte, indes genau diese Nichtigkeiten waren für Simovic Wichtigkeiten.

Seit zwei Tagen konnte er es sich leisten zu pokern. Ja, vielleicht musste er gar nicht kündigen, um die Nummer eins zu werden. Der größte Triumph bei der Konkurrenz war nichts im Vergleich zu dem Gefühl, ihn gegen die eigenen Kollegen erzielt zu haben.

Warum hatte man ihm die Story überhaupt angeboten? Wegen seiner Glaubwürdigkeit?

Nun, seit er vor wenigen Monaten behauptet hatte, der französische Präsident habe eine Affäre, ein Alkoholproblem und eine inzwischen volljährige uneheliche Tochter, war es damit nicht mehr weit her.

Dabei hatte er sich nicht in allen Punkten getäuscht, aber wer den Mund nicht voll genug kriegen kann, der muss auch schlucken können.

Er hatte daraus gelernt. In Zukunft würde er sich nur noch auf ein Thema konzentrieren. Man durfte sein Publikum nicht überfordern. Hätte er nur das an die Öffentlichkeit gebracht, was er beweisen konnte, wäre er immer noch oben.

So war er auf der Karriereleiter ein paar Stufen hinuntergerutscht. Pah! Jetzt war wenigstens wieder ordentlich Luft nach oben für einen Karrieresprung.

Warum also hatte man ihm diese Story angeboten? Weil er mutig war?

Mutige Reporter gibt es überall. Weil er risikofreudig war?

Möglicherweise, doch manches Mal war er ungeduldig gewesen, zu früh gekommen. Und das war im Fernsehen genauso unerfreulich wie im Bett.

Der Wagen bog in die Via Veneto ab. Es waren nur noch ein paar Meter zum *Splendid Royal*.

Keine Minute später stieg Simovic aus. Mit Genugtuung registrierte er die fünf Sterne, die auf dem blank polierten Messingschild neben dem Eingang prangten. Endlich mal wieder standesgemäß.

Er nahm den Aufzug, gab dem Kofferboy ein üppiges Trinkgeld und ging auf die Terrasse seiner Suite. Die Sonne strahlte auf den Marmorboden, als wollte sie die Kacheln schmelzen. Das Thermometer zeigte über dreißig Grad. Er hätte schwören können, es wären fünfzig.

Simovic schaltete den großen Standventilator an, mixte sich einen Gin Tonic und stellte sich an das Geländer. Von hier aus konnte er die Gärten der Villa Borghese sehen, die frühere Stadtmauer, die Villa Medici und die Altstadt und den Petersdom. So ließ es sich aushalten.

Also, weswegen hatte man ausgerechnet ihm diese unglaubliche Story angeboten?

Morgen würde er es endlich erfahren. Morgen würde er den *Professore* zum ersten Mal treffen. Und zwar nicht im Verborgenen, sondern im Auge des Sturms, der bald wüten würde. Mitten im Vatikan!

14

Pandera parkte seinen Wagen zwischen den Fahrrädern und dem ausrangierten Kühlschrank. Es war Anfang August, doch er hatte das Hardtop immer noch nicht abgenommen.

Heute war er wenigstens früher zu Hause. Gestern hatte sich Jackie beklagt, dass er erst mitten in der Nacht heimgekommen war. Kaum hatte er sie wieder ins Bett getragen, war ihr Ärger verraucht. Pandera freute sich auf sie, auf ihre Locken, auf den Duft nach Rosen, auf ihre braunen Rehaugen, auf ihr Lächeln. Und er freute sich auf Lara und Ben, die sicher voller Energie in der Wohnung herumwuselten.

Er schloss das Garagentor und ging durch die Feuerschutztür in die Wohnung. Sofort lief Skater auf ihn zu.

Pandera beugte sich hinunter und streichelte ihn am Hals. »Was ist denn los? Du kümmerst dich ja sonst nicht darum, wenn ich heimkehre.« Lächelnd öffnete er die Wohnzimmertür.

Sein Lächeln gefror im nächsten Augenblick.

Nein, es lag nicht daran, dass Jackies Eltern mit riesengroßen Koffern mitten im Raum standen. Es lag auch nicht daran, dass Lara und Ben ein klobiges Paket auspackten, dessen Inhalt aussah wie dieser Spielzeugroboter, vor dem er immer gewarnt hatte.

Nein, es waren die Locken, die wunderschönen Locken seiner Frau. Sie waren verschwunden, einfach verschwunden ins Nirwana namens Coiffeursalon.

»Wie gefällt dir meine neue Frisur?«, fragte Jackie.

Pandera wusste, dass es wie bei einer Vernehmung darauf ankam, das Richtige zu sagen, nicht das Wahre. Er hingegen blickte sie nur entgeistert an. »Deine ... deine Locken ...«, stammelte er.

»... sind ab«, vervollständigte sie seinen Satz. »Nach fünf Jahren war mal Zeit für eine neue Frisur.«

»Ihm gefällt es nicht«, sagte Jackies Mutter im Hintergrund.

Als ehemalige Lehrerin tadelte Hilde Remady immer noch gerne, mit Vorliebe ihren Schwiegersohn. Sie hatte gut reden! Sie trug ihre Locken noch, wenngleich sie so grau wie kurz waren und einbetoniert aussahen. Dann lieber gar keine Locken, dachte Pandera. Was sollte er jetzt sagen? Am besten gar nichts. Er ahnte jedoch, dass er nicht so leicht davonkommen würde.

»Es ist eine schöne Sommerfrisur«, versuchte Jackie zu erklären, was nicht zu erklären war. »Ein eleganter Pagenschnitt, wie in den Zwanzigern.«

Er sah genauer hin. Ihre Haare waren auf Kinnlänge gekürzt und außerdem schwarz gefärbt. Glänzend und dennoch irgendwie kalt.

»Es sieht sexy aus«, murmelte er und staunte über sich selbst. Die Urinstinkte funktionieren noch.

Jackie lächelte verlegen und wechselte das Thema. »Schau, wer uns besuchen kommt.« Sie zeigte auf ihre Eltern, die immer noch mitten zwischen ihren Koffern standen.

»Schön, dass ihr da seid.« Pandera lächelte wie einstudiert. »Was darf ich euch zu trinken anbieten?« Die Bar war immer ein guter Fluchtpunkt. In den nächsten Tagen würde er sich dort wohl häufiger aufhalten.

»Ich hätte gerne einen Single Malt.« Urs Remady strich sich über den akkurat geschnittenen weißen Schnurrbart.

»Sie bleiben bei uns, bis sie eine Wohnung in Basel gefunden haben«, erklärte Jackie. »Sie haben diese Woche ein paar Besichtigungstermine, daher haben wir kurzfristig beschlossen ...«

»Kein Problem.« Pandera nickte und warf einen Blick in die Bar. Er fand nur verschiedene Bourbons und einen Canadian Whisky. Das war ein Problem. »Darf es auch ein *Crown Royal* sein?«, fragte er vorsichtig. »Der Whisky wurde anlässlich eines Besuchs des englischen Königspaars in Kanada gebraut, ein milder und doch ...«

»Von mir aus, aber nur mit Eis.« Urs seufzte.

Ihm war anzumerken, dass dieser Besuch nicht seine Idee gewesen war. Kein Wunder, ihr Verhältnis war kühl und distanziert. Urs war fast doppelt so alt wie Pandera, stolze fünfundsiebzig. Und der Alte machte keinen Hehl daraus, dass er sich mehr als doppelt so erfahren fühlte wie sein Schwiegersohn.

»Ich habe eine neue Kollegin«, erzählte Pandera, während er den Whisky eingoss. Sie würden ihn sowieso gleich nach seinem Job fragen, da fing er besser selbst damit an.

»Und wie ist sie?«, fragte Jackie. »Nett oder zickig?«

Er reichte seinem Schwiegervater das Glas. »Sie lässt sich jedenfalls nichts gefallen.«

»Wieso?«, fragte Jackie. »Wollte Sie eurem Chef auch die Nase brechen?«

Pandera räusperte sich. »Beinahe.«

Jackie starrte ihn entgeistert an. »Sind die alle so drauf?« Sie sah zu ihren Eltern. »Sein Kollege ist letzte Woche entlassen worden, weil er den Chef k. o. geschlagen hat.«

Urs schüttelte den Kopf, seine Frau zog die Brauen hoch. Ihr Schweigen war eine mehr als deutliche Reaktion.

»Gehst du eigentlich immer unrasiert zur Arbeit?«, fragte sein Schwiegervater schließlich und setzte sich auf die Couch.

Pandera ärgerte sich, dass seinen Schwiegervater anscheinend nur sein Aussehen interessierte, und fuhr sich über den Dreitagebart. »Ist viel los momentan. Der Bruder des Basler Bischofs ist ermordet worden.«

Hättest eben etwas Vernünftiges lernen sollen, erwartete Pandera als Antwort, doch sie blieb aus.

»Harte Zeiten, oder?«, sagte der Alte stattdessen und kippte den Whisky in einem Zug herunter.

15

Obwohl am nächsten Tag die Sonne so kräftig schien, wie sie es nur im Hochsommer konnte, hatte Pandera das verbeulte Hardtop seines Cabrios immer noch nicht abgenommen. Als Tamara ihn deswegen in der Tiefgarage der Polizei fragend ansah, zuckte er entschuldigend mit den Schultern. »Wir müssen ohnehin den Dienstwagen nehmen.«

»Und die Berner Kollegen haben der Vernehmung einfach so zugestimmt?«

»Es ist nur ein informelles Gespräch.«

Tamara blickte ihn irritiert an, sagte aber nichts.

Sie stiegen in einen zivilen Mercedes, und obwohl Pandera alle Seitenscheiben hinunterließ, kam nicht mal im Ansatz das Gefühl von Freiheit auf.

Während der Fahrt nach Bern fiel kaum ein Wort zwischen ihnen. Tamara versuchte es mehrmals mit Small Talk, Pandera blieb einsilbig. Er wollte sich lieber in Ruhe überlegen, was er den Laborleiter im Inselspital fragen würde.

Sie waren schon kurz vor Bern, als Tamara auf einmal ihre Handtasche öffnete und eine Voodoopuppe herausnahm.

»Was machst du denn da?«, fragte Pandera. Mit der blonden Stoppelfrisur und der Polizistenuniform hatte die Stoffpuppe große Ähnlichkeit mit ihrem Vorgesetzten. »Soll das Edeling sein?«

»Sieht ihm total ähnlich, oder?« Tamaras Augen funkelten vor Freude. »Das ist meine Form der Rache.«

»Du glaubst da nicht dran, oder?« Pandera warf seiner jungen Kollegin einen skeptischen Blick zu.

»Was ich glaube, spielt keine Rolle.« Tamara grinste. »Es hilft mir, den Frust über den Scheißkerl loszuwerden. Solltest du auch mal tun.« Sie murmelte ein paar geheimnisvoll klingende Worte. Dann stach sie mit einer kleinen Nadel in den Bauch der Puppe. Sie zwinkerte Pandera zu und hielt ihm die Stoffpuppe hin. »Und jetzt du.«

»Ich ... ich konzentriere mich lieber aufs Autofahren.«

»Die Autobahn ist so leer, da könnte ein Blinder fahren«, frotzelte Tamara. »Ich nehm das Steuer und du die Puppe. Wirst sehen, du fühlst dich danach viel besser.«

»Und Edeling?«, fragte Pandera.

»Du willst mir nicht erzählen, dass du daran glaubst, oder?« Sie lachte. »Also, was soll passieren?«

»Lass mal gut sein.«

»Sei nicht immer so verdammt steif!«

Pandera blickte sie überrascht an. Das hatte noch niemand zu ihm gesagt. Steif? Er war überhaupt nicht steif! Cool und locker, so war er schon immer gewesen. Oder hatte er sich das nur eingebildet? »Woher hast du die Klamotten?« Er zeigte auf die Polizistenuniform der Puppe.

»Die ist von Ken. Barbies Stecher. Hatte ich daheim noch rumfliegen.« Sie ließ die Voodoopuppe vor Panderas Augen hin und her baumeln. »Das tut echt gut.«

Pandera schüttelte den Kopf, aber er grinste dabei.

»Was ist jetzt?«, fragte sie.

Er nickte. Tamara nahm das Lenkrad und gab ihm die Voodoopuppe. Er hielt sie in der Hand und zog mit spitzen Fingern die Nadel aus dem Bauch.

»Weißt du, wie ich gemerkt habe, dass es Edeling ist?«, fragte sie.

»Wegen der blonden Haare?«

»Ja, auch.« Tamara nickte. »Weißt du, was mich wirklich überzeugt hat?«

»Keine Ahnung.«

»Na, ganz einfach.« Sie grinste. »Im Kopf der Puppe ist nur Stroh ...«

Pandera lachte laut auf.

»Los!«, rief sie.

Er berührte mit der Nadel den Bauch der Puppe.

»Du musst zudrücken. Sonst macht das keinen Spaß.«

Entschlossen stieß er die Nadel in die Strohpuppe und stellte sich vor, es wäre sein Chef.

Plötzlich fühlte er sich befreit. Alles ging auf einmal leichter. Er lachte und lachte.

Bis der Blitz kam.

Pandera stieg auf die Bremse und ließ die Puppe fallen. »Wurden wir gerade geblitzt?«

»Ich glaube, ja.« Tamara nickte. »Du warst zu schnell, oder?«

»Sieht so aus.«

»Und was jetzt?«

»Wir sind auf einer Dienstfahrt«, antwortete Pandera. »Da kann uns eigentlich nichts passieren.«

»Na, da bin ich ja beruhigt.« Tamara hob die Puppe vom Boden auf und steckte sie zurück in ihre Tasche. »Hat gutgetan, oder?«

»Ich hoffe nur, der liebe Gott petzt das nicht dem Bischof.«

Tamara hob eine Braue. »Du bist also doch Katholik.«

Pandera reagierte nicht. Schweigend blickte er geradeaus. Das war seine Sache. Und die seiner Eltern, die viel zu früh gestorben waren. Vielleicht hatte er deshalb nie einen richtigen Zugang zu Gott und zum Glauben gefunden. Noch nie hatte er darüber geredet. Und das würde er auch heute nicht tun.

»Sorry«, bemerkte Tamara nach einer Pause. »Ich wusste nicht, dass es ein wunder Punkt ist.«

»Schon gut. Wir sind gleich da.«

16

Pandera verließ die Autobahn, und bald lag vor ihnen das Inselspital, die größte Klinik im Kanton Bern. Das Krankenhaus bestand aus einer Ansammlung von Betonklötzen, die darum zu konkurrieren schienen, wer der hässlichste war.

Sie parkten den Wagen und gingen in einen der Betonklötze, in dem das zentrale Krankenhauslabor untergebracht war. Alles dort erinnerte an *SEQUENZA46*, die Räume waren vollgestopft mit Analysegeräten, Kühlschränken und Probengefäßen. Es roch wie nach einem Frühjahrsputz.

Ein mittelgroßer Mann mit kurzen braunen Haaren trat auf sie zu. Er trug einen Laborkittel und eine Schutzbrille, die er zur Begrüßung absetzte. »Mein Name ist Leuenberger. Sie möchten mich sprechen?«

Sie nickten und stellten sich vor.

»Ich habe das nicht richtig verstanden«, sagte Leuenberger, während er sie durch die Räume zu seinem Büro führte. »Weswegen sind Sie nach Bern gekommen?«

Pandera ging nicht auf Leuenbergers Frage ein. »Was untersuchen Sie hier eigentlich?«

»Alles, was im Spital an Labordiagnostik anfällt. Vor allem Blut- und Urinuntersuchungen, dazu Gewebeproben.«

»Vergeben Sie manchmal Aufträge an andere Institute oder Firmen?«

»Nein, wir sind bestens ausgestattet. Chemolumineszenz, Gensequenzierung, RNA-Analysen, alles unter einem Dach.« Leuenberger zeigte auf die großen Analyseautomaten, die unermüdlich ratterten.

»Nehmen Sie auch Proben von außen an?«

»Nein. Wir arbeiten nur im Auftrag des Spitals.«

»Und Ihre Untersuchungen sind alle medizinischer Natur?«

Leuenberger nickte. »Alles, was die In-vitro-Diagnostik hergibt.«

»*In vitro*?«, fragte Pandera.

»Das heißt *im Glas*«, erklärte Leuenberger. »Wir diagnostizieren im Labor nicht am Menschen selbst, das wäre *in-vivo*, sondern in einer kontrollierten künstlichen Umgebung außerhalb des Organismus.« Er nahm ein Proberöhrchen aus einem der Geräte. Es sah aus wie ein geschrumpftes Reagenzglas und war nicht größer als ein Fingerglied. »In diesem Gefäß befindet sich das Blutplasma eines Patienten. Mit einer einzigen Messung können wir bis zu dreißig Parameter bestimmen.«

»Machen Sie auch Kohlenstoffdatierungen?«, fragte Tamara, die sich bisher im Hintergrund gehalten hatte.

Leuenberger sah sie verdutzt an. »Nein, das ist nicht unser Fachgebiet.«

»Und wie sieht es aus mit forensischen Untersuchungen?«, fragte sie weiter. »Blut auf einer Stoffprobe, zum Beispiel?«

Leuenberger blieb vor seiner Bürotür stehen und räusperte sich. »Führen wir gerade ein Beratungsgespräch, oder was soll das Ganze?«

»Würden Sie die Frage bitte beantworten?« Pandera lächelte so freundlich, wie es seine Bemerkung zuließ.

»Nein, das tun wir nicht«, sagte Leuenberger. »Sie arbeiten doch sicher mit einem Rechtsmedizinischen Institut zusammen, oder?«

»Das tun wir«, bestätigte Pandera.

»Handeln Sie mit Proben?«, fragte Tamara dazwischen.

»Nein«, antwortete Leuenberger spitz. »Das ist untersagt.«

»Und ebenso kaufen Sie keine Proben?«

»Was würde das für einen Sinn ergeben?«, fragte er. »Wir sind schließlich ein Krankenhaus.«

»Und privat?« Pandera wartete gespannt, wie Leuenberger reagieren würde.

»Was heißt, *privat?*« Leuenberger schüttelte entrüstet den Kopf. »Glauben Sie, ich sammle Blutproben, oder was?«

»Nur um das noch mal klarzustellen: Sie kaufen und verkaufen keinerlei Probenmaterial?«, fragte Pandera.

»Richtig.«

»Und früher?«, fragte Tamara.

»Auch nicht!« Leuenberger war sichtlich genervt. »Wenn das ein Verhör sein soll, würde ich gerne mit meinem Anwalt sprechen.«

»Das ist nicht nötig«, sagte Pandera. »Wir sind fertig.«

Leuenberger blickte Pandera verständnislos an, genau wie Tamara.

»War das alles?«, fragte Leuenberger.

»Ja«, sagte Pandera und machte eine Pause. »Außer, wir finden Anhaltspunkte, dass Sie nicht die Wahrheit gesagt haben.« Er lächelte. »Aber Sie haben ja nichts zu befürchten, oder?«

Leuenberger schüttelte wie benommen den Kopf. Sie verabschiedeten sich und ließen ihn stehen.

»Was war das denn?«, fragte Tamara, als sie das Gebäude verließen.

»Wenn ich ihm von unserem Verdacht erzählt hätte, was würde er dann tun?«

»Die Beweise vernichten?«

»Eben«, sagte Pandera. »Der Mann lügt wie ein Revolverblatt. Wir müssen sein Labor auf den Kopf stellen. Dazu brauchen wir die Berner Kollegen und den Staatsanwalt. Und zwar möglichst schnell.«

17

Wie ein Tiger im Käfig ging Simon Kunen in seinem Büro auf und ab. Vor dem Eichenschreibtisch blieb er stehen, warf einen Blick auf den Computermonitor und ging weiter. Ja, die katholische Kirche war eine große Gemeinschaft. Sie hatte über eine Milliarde Mitglieder und über eine Million Priester und Ordensleute. Und doch fühlte er sich allein.

Es fiel ihm immer schwerer, Entscheidungen umzusetzen, die von anderen getroffen worden waren. Er musste sie aushalten, überzeugend erklären und so tun, als wären es seine eigenen. Sogar wenn er sie für falsch hielt. Aber auch wenn er selbst etwas entscheiden konnte, war er alles andere als frei. Neuerdings neigte der Bischof dazu, seine Vorschläge zu hinterfragen. Bisher hatte der Alte ihm immer vertraut. Der Tod von dessen Bruder hatte vieles verändert.

Kunen strich sich über die Glatze. War er denn der Einzige im Bistum, der über den Tag hinaus dachte? Der einer Strategie folgte? Die Kirche konnte nicht nur aus Männern bestehen, die der Obrigkeit hörig waren!

Wenn er sich die Novizen anschaute, zweifelte er daran. Was hatte die jungen Männer in die Kirche geführt? Ihr Glaube? Sicher. Und was noch? Der Wunsch, ihren Eltern zu gefallen? Materielle Absicherung? Der Status als Priester? Das konnte nicht alles sein.

Gab es denn niemanden, der für Jesus in die Kirche gekommen war, um Ihm zu dienen?

Es klopfte an der Tür, leise und vorsichtig. Kunen wusste sofort, wer es war. Er schaltete den Monitor aus, lief zur Tür, drehte den Schlüssel herum und ließ den Bischof ein. »Es ist schwer, in diesen Zeiten Ruhe zu finden«, sagte er entschuldigend und setzte sich an den Schreibtisch.

»Ruhe findet man, indem man sein Herz öffnet«, erwiderte der Bischof sanft.

»Wenn man stark ist«, sagte Kunen. »Ich finde sie in der Selbstbesinnung.«

Der Bischof setzte sich auf den Holzstuhl vor den Schreibtisch. »Dieser Pandera ...«, begann er und senkte den Kopf. »Wir müssen ihm sagen, was wir wissen.«

»Wir haben ihm gesagt, was wir wissen.«

»Das haben wir nicht«, widersprach der Bischof und hob den Kopf. »Wir haben ihm nichts von den Nachforschungen meines Bruders erzählt.«

»Was würden wir damit gewinnen?«

»Die Polizei könnte den Mörder so vielleicht finden.«

»Trauen Sie der Polizei mehr zu als unseren eigenen Leuten?« Kunen faltete die Hände. »Sie wissen nicht, wie die Welt dort draußen ist. Ich kenne die Polizisten, die Anwälte, die Richter, die Journalisten. Wenn nur ein Wort von Bruder Rolands Vermutungen nach außen dringt, kommt eine Maschinerie in Gang, die wir nicht mehr stoppen können.«

»Aber ...«

»Und was ist, wenn sich Ihr Bruder getäuscht hat?«, fragte Kunen. »Wir wissen doch gar nicht, ob der Junge existiert.«

Der Bischof atmete tief durch. Schließlich bekreuzigte er sich und nickte. Dann stand er auf und verließ schweigend das Büro.

Simon Kunen blickte ihm hinterher. Es würde nicht mehr lange gut gehen. Er musste sich auf das Schlimmste vorbereiten.

18

Es war schon fast Abend, als Tamara Aerni und Alex Pandera wieder in ihr Büro zurückkehrten. Die Mühlen in Bern mahlten langsam. Nur mit viel Mühe hatten sie gemeinsam mit den Berner Kollegen den Staatsanwalt überzeugen können, dass Leuenberger überwacht und sein Telefon abgehört wurde. Eine Durchsuchung von Arbeitsplatz und Wohnung hatte der Staatsanwalt abgelehnt. Ohne konkrete Beweise war er dazu nicht bereit.

»Ich hoffe, wir haben Leuenberger nicht gewarnt mit unserem Besuch«, sagte Pandera.

»Wenn er wirklich mit Genmaterial handelt, wird er kaum als Erstes an drei Jahre alte Proben denken«, erwiderte Tamara. »Vielleicht hat er mit Embryonen gehandelt oder mit menschlichen Stammzellen oder was sonst noch verboten ist. Falls das bekannt wird, ist er seinen Job los. Das wird er um jeden Preis verhindern wollen.«

»Ich hoffe, du hast recht«, sagte Pandera. »Blöd nur, dass alle am Tatort gefundenen DNA-Spuren von *SEQUENZA46*-Mitarbeitern stammen.«

»Meinst du, es war einer von denen? Womöglich Plattner selbst?«

Pandera zuckte mit den Schultern. »Wir müssen auf alle Fälle in die Richtung weiterermitteln.«

»Und was ist mit den Jesuiten?«

»Die verheimlichen uns irgendwas, davon bin ich überzeugt.«

»Wieso bist du dir so sicher?« Tamara blickte ihn fragend an.

»Ist nur ein Bauchgefühl.«

»Ich geh nach Hause und schlaf mich aus«, sagte sie. »Mein Freund hat mich die letzten zwei Tage kaum zu Gesicht bekommen. Der ist sauer wie ein Korb Zitronen.«

Pandera ahnte, dass es sich mit Jackie nicht viel anders verhielt.

Als er eine halbe Stunde später daheim ankam, wurde aus der Ahnung Gewissheit. Seine Frau versuchte zwar, sich nichts anmerken zu lassen, aber das wurde von ihren Eltern mehr als kompensiert. Hilde saß in Panderas Lieblingssessel und las in einem Frauenmagazin. So nett die junge Frau auf dem Cover lächelte, so mürrisch blickte seine Schwiegermutter, als Pandera sie begrüßte. Sein Schwiegervater legte die Zeitung gar nicht erst beiseite.

Lara und Ben hingegen waren völlig überdreht. Sie hatten anscheinend den ganzen Tag mit dem Spielzeugroboter gespielt, den die Großeltern ihnen geschenkt hatten. Dabei hatten sie ein Programm namens *Decider* entdeckt.

»Wenn du nicht weißt, ob du Marmelade zum Frühstück essen willst oder Nutella, fragst du einfach Robi, und der entscheidet«, erklärte Ben ihm stolz. »Er hat einen Entscheidomaten eingebaut!«

Pandera lächelte gequält. Manchmal könnte er so etwas auch gebrauchen, einen Entscheidomaten. Wie immer das Ding funktionierte.

»Du bist übrigens in der Zeitung«, sagte Urs.

»Ich weiß.« Pandera seufzte. In dem viertelseitigen Artikel wurde der Basler Polizei vorgeworfen, sie tappe bei den Ermittlungen völlig im Dunkeln. Zu allem Überfluss war daneben ein Foto von Pandera abgebildet. Klar, Edeling war nur dann in der Presse zu sehen, wenn es Erfolge zu vermelden gab. Er wechselte das Thema. »Habt ihr heute ein paar Wohnungen besichtigt?«

»Wir haben noch nichts gefunden, was unseren Ansprüchen genügt«, antwortete Hilde und warf ihm über den Rand ihrer Illustrierten einen kalten Blick zu. »Ich vermisse die Aussicht auf den See.«

»Einen See hat Basel leider nicht«, sagte Pandera. »Dafür haben wir eine schöne Altstadt, hundertsiebzig Brunnen, weltbekannte Museen und original Basler Leckerli.«

»Und das Klima ist auch milder in Genf«, entgegnete sie und widmete sich wieder ihrem Frauenmagazin.

Lara stürmte herein, setzte sich auf einen seiner Oberschenkel. Kaum hatte Ben das gesehen, setzte er sich auf den anderen.

»Aber hier wohnen die nettesten Enkelkinder der Schweiz«, sagte Pandera und strich seiner Tochter übers Haar.

Er erntete nur ein verkniffenes Lächeln seiner Schwiegermutter. Und Lara und Ben waren plötzlich auch ganz still.

»Was habt ihr denn angestellt?«, fragte Pandera.

»Wir haben nur gespielt«, antwortete Lara.

»Mit dem Robi«, sagte Ben. »Kannst du uns morgen Batterien für den mitbringen?« Er blickte ihn aus großen Augen an. Wie immer, wenn sein Sohn etwas wollte.

»Ich ... ich muss arbeiten, Ben«, entschuldigte sich Pandera. »Vielleicht bringen dir ja die Großeltern welche mit.«

»Aber Oma hat doch heute selbst Geburtstag«, erwiderte der Kleine.

Mierda! Pandera lächelte ertappt. Ihr Traumschwiegersohn werde ich wohl nicht mehr.

»Wir haben ihr das Fondueset geschenkt, von dem wir gesprochen hatten«, warf Jackie ein, um die Situation zu retten.

»Alles Gute«, sagte Pandera und schüttelte seiner Schwiegermutter die Hand. Sie fühlte sich so frostig an, als wäre eine neue Eiszeit angebrochen. Er hatte sich auf einen ruhigen Abend gefreut und jetzt ... Nein, das würde er nicht lange aushalten. »Ja ... also ... Ich muss leider noch mal ins Büro. Ich hab was vergessen.« Hastig verließ er das Wohnzimmer und ging zur Haustür.

Von hinten hörte er die Stimme seiner Schwiegermutter. »Er sollte sich einen anderen Beruf suchen.«

Er schloss die Tür etwas lauter als sonst, lief in die Garage und setzte sich in den Wagen. Er suchte einen Radiosender, der keine Schnulzen spielte, gab entnervt auf, legte eine CD ein, denn etwas Moderneres kannte sein Auto nicht, drehte die Lautstärke voll auf und fuhr los.

Er mochte seine Familie, seine Schwiegereltern waren allerdings der Auffassung, ihre wohlgebildete Tochter hätte etwas Besseres verdient als einen Polizisten. Irgendwann würde er ihnen beweisen, dass er mehr war als das.

19

»Hallo, Alex«, sagte Kurt Sander erstaunt, als er die Tür öffnete. Seine grauen Haare waren wie immer so akkurat gescheitelt, als wären sie frisch frisiert. »Was treibt dich denn hierher?«

»Meine Schwiegereltern sind zu Besuch.«

»Und?«, fragte Sander, während er Pandera hineinließ. »Meine sind total nett.«

Pandera seufzte. »Meine ja auch ... irgendwie ... ich versteh nur nicht, warum Rentner immer am Meckern sind.«

»He, pass auf, was du sagst!« Sander grinste. »Beleidige nicht meinen elitären Club!«

»Du bist noch nicht lange genug bei diesen Miesepetern dabei, das zählt nicht.« Pandera setzte sich auf die Couch im Wohnzimmer. »Hast du sturmfreie Bude?«

»Gabriele ist in der Tanzschule, Salsakurs.«

»In dem Alter?«, platzte es aus Pandera heraus.

Sander winkte ab. »Das hab ich ihr auch gesagt. Kaum könnte man daheim entspannt die Füße hochlegen, entdeckt sie auf einmal irgendwelche neumodischen Freizeitbeschäftigungen. Ich brauch nicht mehr als Wandern, Fernsehen und gutes Essen.«

»Hast du nicht was vergessen?«, fragte Pandera mit spitzbübischem Lächeln.

»Darüber redet ein Gentleman nicht.«

Pandera lachte. »Ich meinte eigentlich die *Basel Flyers*.«

»Im Eishockey ist Sommerpause, falls du das noch nicht mitbekommen hast.«

»Seit du nicht mehr bei uns bist, kriege ich nichts mehr mit«, gab Pandera zu.

»Whisky?«, fragte Sander und ging zur Bar.

Pandera nickte nur.

»Ich hab vor Kurzem einen geschenkt bekommen, der wurde anlässlich eines Besuchs des englischen Königspaars in Kanada gebraut. Ein sehr edler Tropfen.«

Pandera lachte auf. »Du hast unser Abschiedsgeschenk noch nicht geöffnet?«

»Seit ich Edeling los bin, muss ich mich nicht mehr so viel aufregen.« Sander goss den Whisky in zwei Gläser. »Und? Was gibt's Neues?«

»Deine Nachfolgerin ist da«, sagte Pandera. »Sie ist erst vierundzwanzig.«

»Sieht sie gut aus?«

»Ich bin verheiratet.«

»Da die meisten Kriminellen Männer sind, ist es nicht schlecht, eine gut aussehende Frau im Team zu haben. Ich hätte mir das damals auch gewünscht.« Sander grinste. »Stattdessen haben sie mir einen Spanier vorgesetzt.«

Pandera musste wieder lachen.

Sander gab ihm das Glas mit dem Whisky. »Hat sie was drauf?«

»Ich glaub schon«, sagte Pandera. »Sie ist nur sehr … ein bisschen ungestüm.«

»Waren wir das nicht alle in dem Alter?«

»Na ja, ich weiß nicht. An ihrem ersten Tag hätte sie Edeling beinahe angegriffen.«

Sander pfiff durch die Zähne und prostete Pandera zu. »Die musst du mir mal vorstellen. Wird mir immer sympathischer. Und sonst? Hast du was mit dem Mord an dem ehemaligen Mönch zu tun?«

Pandera nickte und hob das Glas. Das Eis knackte, und der sanfte Hauch des Whiskys roch nach Feierabend. Er trank einen Schluck. Der *Crown Royal* schmeckte mild und doch charaktervoll. Plötzlich musste er an Edeling denken. Der hatte ihm strikt untersagt, mit Sander über den Fall zu reden.

Egal.

Er berichtete Sander ausführlich, was sie bisher herausgefunden hatten.

»Ich glaube nicht, dass die Jesuiten dahinterstecken«, sagte Sander, nachdem er sich alles angehört hatte. »Deckert war bei dem Thema schon immer ein bisschen unentspannt.«

»Aber der Bischof und sein Vikar verheimlichen irgendwas«, erwiderte Pandera. »Wenn ich nur wüsste, was.«

»Da sind sie nicht die Einzigen, oder?«

»Das stimmt.« Pandera trank sein Glas leer.

»Noch einen?«

»Ich weiß nicht. Alkohol löst keine Probleme.«

»Milch auch nicht.«

Pandera grinste. »Also gut.«

Sander nahm die Flasche und goss nach. »Du hast gesagt, dass dieses Grabtuch in zwei weiteren Labors untersucht wurde, oder?«

»In Boston und Oxford.«

»Hast du mal überprüft, ob dort auch Priester arbeiten?«

»Hab ich nicht«, sagte Pandera und leerte sein Glas. »Das müssen wir unbedingt nachholen.«

»Vielleicht war Obrist so eine Art Geheimagent«, sagte Sander. »Und hat im Auftrag des Vatikans in dem Labor gearbeitet und auf die Proben aufgepasst.«

»Wenn du recht hast, hätte er sicher bemerkt, dass ein Teil der Proben verkauft wurde. Dann gab es einige, die ein Motiv hatten, ihn zu töten.«

»Plattner, Leuenberger ...«

»Der wirkliche Käufer«, fügte Pandera hinzu.

Sander nickte. »Noch einen Whisky?«

»Na gut, einen noch.«

Es blieb nicht bei einem. Als Sanders Frau Gabriele in ihrem Salsakleid die Wohnzimmertür aufschwang, waren sie sturzbetrunken. Unter den missbilligenden Blicken Gabrieles verabschiedete sich Pandera schnell. Nach kurzem Überlegen ließ er sein Cabrio stehen und ging zu Fuß nach Hause.

20

Erst kam die Nacht zu langsam und plötzlich viel zu schnell. Er spürte das Verlangen. Wie jeden Abend. Er kämpfte eine Zeit lang, manchmal weil er hoffte zu gewinnen, doch meist nur, um den Schein zu wahren. Um sich nicht eingestehen zu müssen, wie tief er gesunken war.

Dann folgten die dunklen Stunden.

Und er ergab sich.

Jedes Mal.

Er erinnerte sich daran, wie alles begonnen hatte. Wie er seine Frau kennengelernt hatte. Anna. Damals, in dieser Disco, die fast schon ein Nachtclub war. Zumindest gab es dort Frauen, die für ein paar Scheine alles taten. Zu jener Zeit war er noch unschuldig, ein blutjunger Doktorand, unerfahren, strebsam, abgebrannt. Seine Kommilitonen schleppten ihn mit, damit er mal etwas anderes vor seiner Linse herumflirrte als DNA-Fragmente.

Und dann sah er sie. Bildhübsch, exaltiert. Und so erwachsen.

Dabei war sie nur ein Jahr älter als er. Doch sie schien die Stufen der Erfahrung doppelt so schnell zurückgelegt zu haben als er. Sie hätte jeden haben können. Und trotzdem entschied sie sich für ihn. Damals war er stolz darauf gewesen. Heute fragte er sich, warum sie es getan hatte.

Geld konnte es nicht sein, er hatte damals nicht mal ein Auto besessen.

Erfahrung? Auch die schied aus.

Brauchte sie eine starke Schulter zum Anlehnen? Die hatten andere Männer ebenso.

Was war es dann? Klar, er sah er nicht übel aus, vielleicht ein bisschen bleicher als seine Freunde.

Nein, sein Aussehen war nur ein Ausschlusskriterium, das genügend andere Männer auch überstanden hatten.

War es vielleicht seine Naivität? Seine Unvoreingenommenheit ihr gegenüber?

Erfahrene Männer hätten Anna trotz ihres blendenden Aussehens links liegen gelassen, sie wären vielleicht mit ihr in die Kiste gestiegen, mehr nicht. Er hingegen hatte ihr das gegeben, was sie immer gewollt hatte. Sex, aber vor allem Aufmerksamkeit. Ungeteilte Aufmerksamkeit.

Er massierte sich die Stirn, sein Kopf schmerzte. Wie immer wenn er über die Vergangenheit nachdachte. Trotzdem, was wäre geschehen, wenn damals ein anderer Mann mit Anna mitgegangen wäre? Wenn er später vielleicht eine Frau kennengelernt hätte, die besser zu ihm passte? Die seine guten Seiten hervorgehoben hätte und nicht seine schlechten? Die ihn gestärkt hätte, die gemeinsam mit ihm gekämpft hätte?

Anna war anders. Intelligent und durchtrieben. Er hätte es schon am ersten Abend wissen müssen. Als sie ihn in ihre Wohnung mitgenommen hatte. Nein, es war keine Studentenbude wie jene, die er sich damals mit drei Kommilitonen teilte.

Anna wohnte in einem Penthouse über den Dächern der Stadt. Mit weißen Designermöbeln, goldenen Armaturen und einer Bar, die selbst eine gut trainierte Fußballmannschaft nicht an einem Abend leertrinken konnte. Das Wasserbett nicht zu vergessen, in dem sie mehr taten, als nur den Rausch auszuschlafen.

Rausch. Genau darum war es schließlich gegangen. Und darum ging es immer noch. Jeden Tag. Jede Nacht.

Er fühlte sich wie Sisyphus. Anfangs merkte man den Stein gar nicht, den man auf den Gipfel mitnahm.

Mit der Zeit wurde der Stein immer größer, und es folgten die ersten Abstürze. Er hatte sie ignoriert. Und jetzt war es zu spät, jetzt war er längst zum Sklaven geworden.

In jener Nacht hatte alles begonnen. Mit routinierten Bewegungen hatte sie zwei Lines gezogen und ihm einen Hunderter hingehalten.

Er hatte nicht *Nein* gesagt.

Würde er heute stark bleiben? Wo er endlich zu der Einsicht gelangt war, was in seinem Leben verkehrt lief?

Nur warum ausgerechnet heute?

War morgen nicht auch ein guter Tag, um aufzuhören?

Ein letztes Mal noch über die Stränge schlagen und dann für immer Abschied nehmen?

Ja, Abschied. Er musste sie verlassen, das war ihm klar geworden. Sonst würde er es nicht schaffen. Niemals!

Er trat hinaus in die dunkle Nacht.

Zwei Männer folgten ihm. Er hatte damit gerechnet. Ganz so dumm war die Polizei anscheinend nicht.

Allerdings auch nicht allzu schlau. Er spazierte zum Bahnhof und ging durch den Haupteingang.

Gemächlich stapfte er hinunter zu einem der Bahnsteige und stieg hinten in einen zufällig wartenden Zug mit Doppelstockwagen ein. Er liebte diese Waggons. Auf der oberen Ebene konnte man vom Bahnsteig aus nicht gesehen werden. Oben angekommen, rannte er los, durch mehrere Waggons, und stieg ganz vorn wieder aus, direkt neben dem zweiten Zugang zu den Gleisen, den man *die Welle* nannte.

Er hastete die Treppe hinauf, lief zur Bushaltestelle und nahm den erstbesten Bus, der gerade stoppte. Von seinen Verfolgern war weit und breit nichts zu sehen.

Kurz vor der Endstation klingelte sein Mobiltelefon. Er sah aufs Display.

Was wollte der Kerl jetzt noch?

Er überlegte, dann traf er eine Entscheidung.

21

Roger Simovic war genervt. Nein, er war nicht nur genervt, er war mit seinen Nerven am Ende. Ich habe alles auf eine Karte gesetzt, und keiner spielt mit mir.

Gestern hatte er zwei Stunden in der Sixtinischen Kapelle auf den Mann mit der Basler Zeitung unter dem Arm gewartet.

Doch der war nicht aufgetaucht. Keine Entschuldigung, keine Erklärung, nur am Abend eine kurze E-Mail mit der Aufforderung, heute wieder zu warten. Diesmal im Ägyptischen Museum des Vatikans. Er wusste gar nicht, dass es dort so etwas gab.

Simovic überlegte, ob er sich wirklich ein zweites Mal vorführen lassen sollte. Wollte er gedemütigt werden, wie damals als Kind, wenn er immer als Letzter für die Fußballmannschaft gewählt worden war? Man hatte ihn oft ins Tor abgeschoben, nur dann nicht, wenn der dicke Hanspeter mitspielte, der nur deswegen besser war als er, weil er das Tor beinahe ganz verstopfte. Dann hatte er als Linksaußen auf Bälle gewartet, die nie gespielt wurden.

Nein, er wurde nicht gerne abgeschoben, und er wurde nicht gerne sitzen gelassen.

Aber er gab auch nicht gerne auf.

Er beschloss, es noch einmal zu versuchen, rief sich ein Taxi und ließ sich zum Vatikan fahren.

Am Petersplatz stieg er aus und lief an der imposanten Stadtmauer des Kirchenstaats vorbei zum Eingang der vatikanischen Museen. Die Stadtmauer beeindruckte ihn genauso wie am gestrigen Tag, er schätzte, dass sie an manchen Stellen fünfzehn Meter hoch war. War das ein Zeichen für mangelndes Vertrauen des Kirchenstaats in den Schutz Gottes, oder war das ein Zeichen für Vernunft?

Simovic ging durch den Eingang der vatikanischen Museen und steuerte auf das Museo Gregoriano Egizio zu, das er vor vierundzwanzig Stunden nicht einmal bemerkt hatte. Er betrat es durch ein monumentales Portal aus rotem ägyptischem Marmor.

Museen ermüdeten ihn normalerweise nach wenigen Minuten. Das war einfach nicht seine Art der Informationsvermittlung, definitiv nicht. Keine Action, keine Intrigen, ja, nicht einmal bewegte Bilder.

Heute hingegen schoss so viel Adrenalin durch seine Adern, dass er sich stundenlang hier aufhalten könnte.

Dummerweise hatte er nur noch zwei Minuten Zeit, um die Statue zu finden, vor der sie sich treffen wollten. Er schaute auf den Übersichtsplan. Da! Im übernächsten Saal.

Simovic atmete tief aus und ging bewusst langsam durch den zweiten Saal auf den Treffpunkt zu. Dort hielt er fasziniert inne.

Ein hell glänzender Steinboden und ein blauer, sanft illuminierter Sternenhimmel an der kuppelartigen Decke fingen seinen Blick ein. Mitten im Saal reihten sich mehrere dunkle Marmorskulpturen auf einem Podest aus rotem Ziegelstein aneinander.

Simovic schaute sich um, neben dem Durchgang stand er: über zwei Meter groß, mit ägyptischem Kopfschmuck, in einer Haltung, die sowohl majestätisch wie auch kriegerisch war. Der unbekleidete Oberkörper muskulös, die Beine und Arme angespannt, der Blick geradeaus – Antinoos.

Die Statue beherrschte den Raum. Doch wo war derjenige, den er hier treffen sollte?

Simovic ließ die Augen schweifen. Er entdeckte sechs Personen. Ein älteres Ehepaar, einen hageren Mittvierziger, einen grauhaarigen Priester, einen Mann im Rollstuhl und einen jungen Rucksacktouristen.

Sie wirkten alle nicht wie ein *Professore*. Wahrscheinlich war er noch nicht da.

Simovic stellte sich vor die Antinoos-Statue und betrachtete sie eingehender. Auch auf den zweiten Blick war sie beeindruckend.

»Es ist schon bemerkenswert, dass ausgerechnet im Herzen der Christenheit eine solche Menge an heidnischen Götterstatuen zu finden ist, nicht wahr?«

Simovic drehte sich um und sah den Mann an, der ihn angesprochen hatte. Es war der hagere Mittvierziger.

»Wussten Sie, dass in dieser Statue Antinoos mit Osiris verschmilzt? Osiris, nehme ich an, sagt Ihnen etwas.«

Simovic schüttelte den Kopf. Was fiel diesem Kerl ein, ihn vollzulabern? Er wartete auf die Story seines Lebens, nicht auf das Gesülze irgendeines Freizeithistorikers.

»Osiris ist eine der bedeutendsten ägyptischen Gottheiten«, fuhr der Mann fort. »Er ist der Gott der Fruchtbarkeit, des Jenseits und der Wiedergeburt. Letzteres ist kein Wunder, denn er ist von den Toten auferstanden.« Er fixierte Simovic durchdringend. »Erinnert Sie das an etwas?«

22

Endlich verstand Roger Simovic. Das war der *Professore*.

»Ich bitte um Verzeihung, dass ich unser gestriges Treffen nicht wahrgenommen habe.« Der Mann hielt Simovic die Hand hin. »Ich wollte mich vergewissern, dass Sie ernsthaft an dieser Geschichte interessiert sind. Anscheinend geben Sie nicht so schnell auf.«

»Hätte Michelangelo schnell aufgegeben, wäre die Sixtinische Kapelle nie fertig geworden.« Simovic war innerlich längst nicht so ruhig, wie er sich gab. Er war es nicht mehr gewohnt, dass er von jemandem geprüft wurde. Doch diesmal legte nicht er die Spielregeln fest. Noch nicht.

»Ich schlage vor, dass wir uns an einen weniger gefährlichen Ort begeben«, sagte der Mann und zwinkerte ihm zu.

Simovic schaute ihn fragend an.

»Schließlich hat der Vatikan die höchste Kriminalitätsrate der Welt.« Der Professore lachte. »Auf einen Einwohner kommen zwei Straftaten. Pro Jahr!«

»Bei knapp fünfhundert Einwohnern und achtzehn Millionen Besuchern ist das auch kein Wunder.« Simovic wusste nur zu gut, wie man eine Statistik manipulierte, damit sie spektakulär klang.

»Sie lassen sich nicht an der Nase herumführen.« Der Professore rieb sich über das glatt rasierte Kinn. »Ich habe nichts anderes erwartet. Mittelmäßige Journalisten gibt es zur Genüge. Ich brauche jemanden, der intelligent ist, der keine Vorurteile hat und bereit ist, eine brandheiße Story anzupacken. Eine Story, die so kontrovers diskutiert werden wird wie keine andere zuvor.«

Simovic fühlte sich geschmeichelt und lächelte. »Ich glaube, das wird eine erfolgreiche Zusammenarbeit.«

»Es ist schön, dass Sie das glauben«, sagte der Professore. »Aber bedenken Sie, der Weg zum Glauben ist kurz und eben, der Weg zum Wissen hingegen lang und steinig.«

»Nicht wenn man eine Abkürzung kennt«, entgegnete Simovic.

Der Professore lächelte mild und wies mit dem Kopf Richtung Ausgang. Dann ging er los, Simovic folgte ihm.

Vor dem Museum wartete ein dunkler Bentley mit laufendem Motor. Ein Chauffeur stieg aus und öffnete die Tür zum Fond. Der Professore ließ Simovic einsteigen, dann setzte er sich neben ihn. Sofort fuhr der Wagen los.

»Möchten Sie einen Aperitif?«

Simovic nickte. »Gerne.«

Der Professore schenkte zuerst ihm und dann sich selbst einen Drink ein. »Entschuldigung, dass ich mich noch nicht vorgestellt habe«, sagte er. »Mein Name ist Professor Franz Wismut.«

»Dass Sie Professor sind, liegt auf der Hand«, erwiderte Simovic. »In welchem Fachgebiet?«

»Molekularbiologie.«

»Ich dachte, Geschichte«, versuchte Simovic zu scherzen.

»Sollte nicht jeder gebildete Mann auch Historiker sein? Nur aus der Geschichte kann man lernen, ohne selbst Fehler zu machen.«

Ich hoffe, du hast noch was anderes drauf als diese Weisheiten, dachte Simovic und lächelte.

Der Professor prostete ihm zu.

Keine zehn Minuten später erreichten sie die Ponte Sant'Angelo. Der Wagen hielt. Ohne ein Wort zu sagen, stieg Professor Wismut aus. Simovic blickte durch die getönten Scheiben nach draußen. Auf der gegenüberliegenden Seite des Tibers ragte das Castel Sant'Angelo auf.

Auch er stieg aus und folgte dem Professor zu einem mehrstöckigen Altbau, in dessen Erdgeschoss ein Antiquitätenladen untergebracht war. Das Gebäude wirkte wenig einladend aus, der Putz war gleich an mehreren Stellen abgebröckelt. Doch bereits der Hausgang mit seinem weißen Stuck und der geschwungenen Steintreppe bot ein anderes Bild.

Wismut nahm die Steintreppe so schnell, dass Simovic Mühe hatte, mit ihm Schritt zu halten. Vier Stockwerke höher endeten die Stufen vor einer Wohnungstür. Der Professor hatte die Tür schon geöffnet. Sie wirkte, als wäre sie ganz aus Holz, aber an der Zarge erkannte Simovic, dass sie mit einem Metallkern verstärkt war. Daneben leuchtete ein Zugangsterminal mit Nummerntastatur. Deswegen hat er sich so beeilt, dachte Simovic. Er wollte nicht, dass ich die Kombination sehe.

Simovic betrat hinter dem Professor die Wohnung. Direkt neben dem Eingang lagen ein kleines biochemisches Labor und ein Arbeitszimmer. Dahinter befand sich ein Raum, der ihn an einen War Room erinnerte. Mehrere 70-Zoll-Monitore und eine Leinwand mit Beamer hingen an der Wand, daneben einige kleinere Displays, auf denen die Videosignale verschiedener Überwachungskameras übermittelt wurden. Sie zeigten den Hauseingang, die Wohnungstür und die einzelnen Zimmer, selbst die Dachluken wurden überwacht. Offensichtlich hatte Professor Wismut an alles gedacht.

Nur eine Puppensammlung, die in einer gläsernen Vitrine ausgestellt war, irritierte Simovic. Einige ältere Holzpuppen waren darunter, bei denen die Farbe abgeblättert war.

»Eine heimliche Leidenschaft von mir«, erklärte der Professor. »Die erste Form menschlicher Kopien. Inzwischen sind sie fast perfekt.« Er zeigte auf zwei lebensgroße Babypuppen, die tatsächlich echt aussahen.

Irgendwie hat jeder einen Knall, dachte Simovic und nickte freundlich. »Lehren Sie eigentlich noch an einer Universität?«

»Schon lange nicht mehr«, antwortete Wismut. »Ich besitze ein privates Forschungsinstitut. Wenn es mir in der Schweiz zu ungemütlich wird, komme ich hierher.«

»Momentan ist es sehr gemütlich in der Schweiz.« Simovic lächelte. »Blauer Himmel, Sonnenschein. Ein Traumwetter.«

»Nur es gibt nicht so gutes italienisches Eis, um sich abzukühlen.« Wismut grinste.

Sie setzten sich auf eine Ledercouch im Wohnzimmer. Der Professor zerstieß einen kleinen Eisblock und schenkte ungefragt zwei Gläser Whisky ein.

»Sie sind Linkshänder?«, fragte Simovic.

Der Professor nickte irritiert. »Weshalb fragen Sie?«

»Ich war es auch einmal, man hat es mir ausgetrieben. Als Kind habe ich das gehasst. Sie hatten wohl liberalere Eltern.«

»Wie man es nimmt«, sagte Wismut. »Also, auf unsere Story!«

Sie stießen an. Der Professor nippte bedächtig an dem Whisky, Simovic tat es ihm nach. Sein Blick fiel auf ein großes Tuch, das wie ein Gemälde hinter einer randlosen Glasscheibe an der Wand hing. Es war wahrscheinlich mehr als vier Meter lang und etwa einen breit, es wurde von hinten angestrahlt und schimmerte rötlich braun. Simovic hatte einige Abbildungen des Turiner Grabtuchs gesehen, dennoch stand er auf und betrachtete es so gespannt, als würde er es das erste Mal zu Gesicht bekommen.

Dabei fielen ihm mehrere dreieckige Flickstellen aus anderem Stoff auf, außerdem entdeckte er einige Brandflecke. Das war es jedoch nicht, was seine Aufmerksamkeit fesselte. Nein, es war nicht das Tuch selbst, es war die Person, die man darauf erkennen konnte.

Wie ein unheimlicher Schatten und trotzdem klar in den Umrissen. Es wirkte tatsächlich so, als hätte das Tuch den toten Körper des schmalen, groß gewachsenen Mannes komplett bedeckt. Simovic erkannte Wundmale an Händen und Füßen, und er erkannte auf den ersten Blick Statur und das markante Gesicht mit den langen Haaren. Es war Jesus Christus!

»Ein Replikat.« Wismut stellte sich neben ihn. »Aber ein sehr gelungenes, wie ich finde. Sehen Sie nur!« Er zeigte auf die Kopfpartie. »Überall Blutspuren. Interessanterweise stammen sie nicht, wie aufgrund der Darstellung des gekreuzigten Jesus im Allgemeinen angenommen wird, von einer Dornen*krone*, sondern von einer Dornen*haube*, die den ganzen Kopf wie ein Helm umfasst. Sie war damals üblich bei Hinrichtungen. Wie wir heute wissen, wurde die Dornenkrone damals in Judäa gar nicht verwendet.« Der Professor nippte an seinem Whisky. »Die Wundmale an den Händen sind in der Hand*wurzel* lokalisiert, obwohl die kirchlichen Abbildungen diese immer auf der Hand*fläche* darstellen. Auch hier bestätigt die neueste Forschung, dass unser Grabtuch der Realität entspricht.«

»So?«

»Ja. Man hat nämlich bei Kreuzigungen die Handwurzel mit Nägeln durchschlagen, weil die Handfläche viel zu instabil ist und das Opfer nicht tragen kann. Das Tuch ist also ein reales Abbild dessen, was geschehen ist. Nur leider widerspricht es damit den falschen Bildern, die sich in den Köpfen der Menschen festgesetzt haben.«

»Ich bin beeindruckt«, sagte Simovic. »Die Echtheit des Tuchs ist umstritten, oder?«

»Wenn der Vatikan mit offenen Karten spielen würde, wäre diese Frage ein für alle Mal geklärt«, erwiderte Wismut.

»Wie meinen Sie das?«

»Der Vatikan hat das Tuch vor drei Jahren untersuchen lassen. Mit eindeutigem Ergebnis.«

»Warum hat man davon nichts erfahren?«, fragte Simovic.

»Man hat nicht nur ein Tuch untersucht, sondern gleich zwei«, erklärte der Professor. »Das Turiner Grabtuch und das Schweißtuch von Oviedo, das Schweißtuch Jesu. Ein Ziel der damaligen Untersuchungen war es, die Tücher auf Übereinstimmungen hin zu prüfen.«

»Und die Untersuchungen haben nichts erbracht, oder?« Simovic sah seine Story davonfliegen.

»Nein, sie waren ein voller Erfolg«, widersprach Wismut. »Ein *zu* großer Erfolg.«

»Ein *zu* großer Erfolg?«, wiederholte Simovic ungläubig.

»Nun, die Untersuchungen haben ergeben, dass sowohl optisch wie auch genetisch eindeutige Übereinstimmungen zwischen diesen beiden Reliquien existieren.«

»Genetische Übereinstimmungen?«, fragte Simovic. Sein Herz schlug schneller. Wismut schien zum Zweck ihres Treffens vorzudringen. Endlich.

»Man hat im Blut der Tücher DNA-Fragmente gefunden, die in den wesentlichen Kriterien übereinstimmen. Deswegen hat man die Forschungsergebnisse nicht veröffentlicht.«

»Warum nicht?«, fragte Simovic. »Das wäre doch eine tolle Story!«

»Der Vatikan befürchtete, dass diese DNA verwendet werden könnte, um ein Genprofil unseres Heilands zu erstellen.«

»Und das wäre möglich?«, fragte Simovic.

Wismut lächelte. »Nicht nur das, mein Freund, nicht nur das.«

23

Die Sekretärin warf Alex Pandera einen Blick zu, der verriet, dass sie am liebsten nur mit Personen aus der Teppichetage sprach. »Herr Edeling ist krank«, sagte sie knapp und widmete sich wieder ihren bunt lackierten Fingernägeln.

»Wie bitte?«, fragte Pandera. »Der war doch noch nie krank, seit er hier ist.« Er hatte sich schon gewundert, dass er den ganzen Tag bisher keinen der üblichen Kontrollanrufe von Edeling bekommen hatte. Das war auch gut so, denn er hatte vom gemeinsamen Abend mit Kurt Sander einen ordentlichen Kater.

»Er hat eine Magenverstimmung«, fügte die Sekretärin hinzu und verzog angewidert das Gesicht. »Ich habe nur mit seiner Frau sprechen können. Sie meinte, er würde ein paar Tage zu Hause bleiben. Ich bin mir aber sicher, er ist morgen wieder da.«

Plötzlich fiel es Pandera ein. Die Voodoopuppe! Quatsch! Das ist sicher nur ein Zufall. Obwohl, es wäre zu schön ... Ein Lächeln umspielte seine Lippen.

»Gibt's sonst noch was?«, fragte die Sekretärin und betrachtete wieder ihre Fingernägel.

»Nein, nein!« Pandera verabschiedete sich und ging zurück in sein Büro.

In Bern kamen sie nicht voran, auf seine Anfrage hin, wie die Überwachung von Leuenberger laufe, hatten die Kollegen nur ausweichend geantwortet, dass es Anfangsprobleme gebe. Anfangsprobleme oder Anfängerprobleme? Was war denn so schwer daran, den Mann zu überwachen?

Sie selbst waren ebenso wenig nicht weitergekommen. Tamara Aerni war bei *SEQUENZA46* und kämpfte mit dem Erinnerungsvermögen der Mitarbeiter. Und Beat Deckert war wie immer im Drive-in. Er war allein dorthin gefahren, denn er fühlte sich angeblich nicht fit genug, um die Wette einzulösen. Unter diesen Umständen käme Pandera viel zu billig davon.

Pandera setzte sich an seinen Rechner und schaltete ihn an. Plattner hatte ihnen inzwischen die Namen der Labore gegeben, die außer *SEQUENZA46* das Grabtuch untersucht hatten: *Boston Genetics* in den USA und *Oxford Trulab* in Großbritannien. Pandera überlegte, ob er Anfragen an die Kollegen in Oxford und Boston schicken sollte, aber dann recherchierte er selbst.

Nach wenigen Minuten fand er heraus, dass in Boston eine der ältesten und größten Jesuitenhochschulen beheimatet war, das Boston College, und das seit über hundert Jahren. Heute studierten dort zwar nicht mehr nur Jesuiten, die Leitung hingegen war immer noch in ihrer Hand.

Auch ein Teil der renommierten britischen Universität Oxford wurde von Jesuiten geführt, die Campion Hall.

In Frankfurt hatte Pandera anfangs im Dezernat für Wirtschaftskriminalität gearbeitet. Das war zwar langweilig gewesen, er hatte jedoch einiges gelernt. Zum Beispiel, dass es auch in anderen Staaten Handelsregister gab, mit deren Hilfe jeder die Geschäftsführer einer Firma herausfinden konnte. Online.

Pandera rief die Seite der *U. S. Security and Exchange Commission* auf und klickte sich zu den dort hinterlegten Daten von *Boston Genetics*. Anschließend suchte er auf der Website des Boston College nach Jesuiten-Absolventen. Er wurde schnell fündig. Tim Warner, dreiundfünfzig, Jesuit und Geschäftsführer von *Boston Genetics*. Kein Wunder, dass der Vatikan dieses Labor für die Untersuchung des Grabtuchs ausgewählt hatte.

Zuversichtlich startete er eine neue Suche, diesmal auf den entsprechenden britischen Seiten. Obwohl er seine Daten zweimal überprüfte, fand er keine Übereinstimmung zwischen den Mitarbeitern von *Oxford Trulab* und den Absolventen der Campion Hall.

Schließlich googelte er einzeln die Namen der Mitglieder der *Trulab*-Geschäftsführung und fand keine Hinweise, dass sie mit den Jesuiten in Verbindung standen. Das einzig Bemerkenswerte schien ihm, dass der Vorstandsvorsitzende Max Eber gebürtiger Deutscher war. Kurz entschlossen nahm Pandera sein Diensttelefon und wählte die Nummer der *Trulab*-Zentrale.

Eine Frau meldete sich.

»Hello, here is Simon Kunen speaking«, sagte er. »I'm the vicar-general of the diocese of Bâle and I would like to speak to Mister Eber.«

Er hörte ein paar Sekunden lang Warteschleifenmusik und dann eine männliche Stimme. »Hallo, Simon, was kann ich für dich tun?«

Pandera erschrak.

»Hallo, Max«, sagte er vorsichtig. Kunen hatte eine höhere Stimme als er, aber er hoffte, Eber würde das nicht auffallen. »Hast du von Rolands Tod gehört?«

»Wir haben doch schon darüber gesprochen«, antwortete Eber. Plötzlich hielt er inne.

Ein paar Sekunden herrschte Schweigen in der Leitung, dann kam nur noch ein Tuten.

Pandera schaltete das Mobiltelefon aus. Die Jesuiten waren besser organisiert, als er gedacht hatte. Und sie wussten weit mehr, als sie ihm bisher erzählt hatten.

24

Nur vierundzwanzig Stunden später war Pandera um ein paar Illusionen ärmer. Er hatte sich überlegt, die Bistumsleitung vorerst nicht erneut zu befragen, sondern sie observieren zu lassen. Der Oberstaatsanwalt hatte sich jedoch geweigert, zu unkonkret sei Panderas Verdacht und die Angelegenheit viel zu heikel.

Auch außerhalb von Basel mahlten die Bürokratiemühlen mal wieder unendlich langsam. Erst gegen Nachmittag fanden Pandera und Tamara mithilfe der Kollegen von Interpol heraus, dass die Laborleiter Eber und Warner nicht vorbestraft waren, die beiden hatten bisher nie etwas mit der Polizei zu tun gehabt.

Wahrscheinlich waren die Jesuiten nur Gehilfen des Vatikans, damit die Proben des Grabtuchs geschützt wurden. Und Roland Obrist war diese Aufgabe zum Verhängnis geworden.

Während Tamara Kaffee holen ging, nahm sich Pandera die Tatortakten vor, die er bisher nur überflogen hatte. Er blieb bei einem Foto hängen, das Deckert vom Tatort mitgenommen hatte. Darauf war Roland Obrist vor seinem Arbeitsplatz abgebildet. Im Hintergrund ein Monitor, darüber ein Regal mit mehreren Ordnern und Büchern. Rechts waren ein paar bunte Luftballons zu erkennen und ein Blatt mit der Zahl sechzig, links auf dem Schreibtisch standen eine Flasche Champagner und mehrere Sektgläser. Das Foto war offensichtlich an Obrists letztem Geburtstag aufgenommen worden.

Pandera legte es zur Seite und blätterte zu den Tatortfotos. Er fand eines, auf dem Obrists Arbeitsplatz aus ähnlicher Perspektive zu erkennen war. Er betrachtete es genau, dann schaute er wieder auf das Geburtstagsbild und erneut auf das Tatortfoto.

Und dann sah er es.

Auf dem Tatortfoto fehlten drei Ordner, die an Roland Obrists Geburtstag noch im Regal gestanden hatten. Auf allen drei Ordnerrücken stand nur ein einziges Wort: *Sacramentum.*

Er rief Deckert an, doch der sagte, die Ordner befanden sich nicht in der Asservatenkammer. Weder im Labor noch in Obrists Wohnung hatten die Kriminaltechniker sie gefunden.

Bevor Pandera darüber nachdenken konnte, wer die Ordner mitgenommen hatte, tauchte Edeling in der Tür auf.

Sein Vorgesetzter war so blass wie eine Leiche. Aber er kochte vor Wut. »Ich hatte beim letzten Mitarbeitermeeting ausdrücklich darauf hingewiesen, dass Tempoübertretungen ohne Blaulicht in Zukunft nicht mehr toleriert werden!«, schrie er. »Sie zahlen fünfhundert Franken in die Teamkasse!«

Bevor Pandera widersprechen konnte, warf Edeling ein Foto auf den Schreibtisch. »Können Sie mir das erklären?«

Pandera blickte auf das Bild. *Mierda!* Es zeigte ihn und Tamara auf der Fahrt nach Bern. Pandera saß auf dem Fahrersitz, hatte die Hände nicht an Lenkrad, sondern hielt eine Stoffpuppe. Tamara neben ihm hatte die Linke am Steuer. Wenigstens konnte man auf dem Bild das Gesicht der Puppe nicht erkennen, dafür war es zu klein.

»Das war auf der Fahrt zu Leuenberger nach Bern …«, begann Pandera, ohne zu wissen, wie er den Satz beenden sollte. Er räusperte sich. »Die Puppe war heruntergefallen, und damit ich sie wieder hochnehmen konnte, hat Tamara kurz das Steuer gehalten.« Innerlich atmete er auf, er hatte gerade noch so die Kurve gekriegt.

»Aha!«, bemerkte Edeling spitz und holte ein zweites Foto heraus, das einen vergrößerten Ausschnitt des ersten zeigte. »Und warum sieht die Puppe so aus wie ich? Und warum hat sie eine Nadel im Bauch?«

Pandera blickte zur Wand. Ihm fielen tausend Flüche ein, doch das war kaum die richtige Antwort. Gab es überhaupt eine? Auf keinen Fall wollte er Tamara anschwärzen, das kam nicht infrage. »Das war Frustabbau«, sagte er schließlich.

»Und warum hatte ich dann eine Gastritis?« Edeling baute sich drohend vor Pandera auf. »Ich will diese Puppe!«, tobte er. »Wo ist sie?«

»Ich weiß nicht …«, antwortete Pandera ausweichend.

Da machte sich Edeling schon an Tamaras Schreibtisch zu schaffen.

»Die mit ihrem verdammten Voodoo!«, schrie er und riss eine Schublade nach der anderen auf. In der dritten fand er die Puppe. Triumphierend hielt er sie in die Luft, dann steckte er sie in seine Anzugtasche. »Das wird Folgen haben, Pandera!«, giftete er, stürzte hinaus und schlug die Tür hinter sich zu.

Pandera atmete tief durch.

Dann lächelte er. Das war es trotzdem wert gewesen.

Endlich kehrte Tamara aus der Cafeteria zurück. Sie hatte zwei Becher Kaffee in den Händen. Einen stellte sie Pandera hin. »Warum gehen Ameisen eigentlich nicht in die Kirche?«, fragte sie.

Er zuckte mit den Schultern.

»Weil Sie Insekten sind«, antwortete sie und lachte.

»Weil Sie Insekten sind?« Er runzelte die Stirn. Dann verstand er und lächelte. »Es gibt übrigens Nachrichten von Edeling.«

»Und, lebt er noch?«

»Er hat deine Puppe.«

»Warum das denn?«

»Er hatte eine Gastritis.«

»Was hatte er?« Tamara grinste. »Alex, ich hab dir doch gesagt, du sollst nicht so fest zustechen.«

»Hab ich gar nicht«, widersprach Pandera und musste selbst lachen.

»Wie hat er das eigentlich erfahren?«

»Offensichtlich lässt sich Edeling die Radarbilder geben, die im Dienst von uns geschossen werden.«

»Ui!« Tamara verzog das Gesicht. »Ich fürchte, da kommt noch was auf mich zu.«

Bevor Pandera ihr von den fehlenden Ordnern erzählen konnte, klingelte sein Mobiltelefon. Es waren die Kollegen aus Bern. Je länger das Gespräch dauerte, desto finsterer wurde seine Miene. »Okay, wir sind auf dem Weg«, sagte er schließlich und trennte die Leitung.

»Was ist passiert?«, fragte Tamara.

»Wir fahren nach Bern«, antwortete Pandera. »Leuenberger ist tot.«

25

Roger Simovic stand am Rand des Petersplatzes. Hinter ihm leuchtete der Petersdom in der späten Nachmittagssonne. Ein perfektes Bild für seine Verkündigung. Er richtete seine Krawatte und blickte in die Kamera.

»Die Aufnahme beginnt in fünf Minuten«, sagte sein Assistent Jerome.

Alle waren nervös, sie spürten, dass etwas Großes bevorstand. Doch das Beste war, niemand wusste, was es sein würde. Er hatte von *Biggest-News*-CEO Vinzenz eine Stunde Sendezeit verlangt, Donnerstag, 6. August, ab 18 Uhr.

Simovic hatte dem CEO erklärt, entweder er bekomme die Stunde weltweite Ausstrahlung oder er verlasse den Sender sofort und würde mit der Story zur Konkurrenz gehen.

Simovic wusste, dass Vinzenz schon immer viel von ihm gehalten hatte, trotzdem war er sich nicht sicher gewesen, ob der mitspielen würde.

Schließlich hatte der Geschäftsführer dem Deal zugestimmt, zähneknirschend zwar, aber er hatte zugestimmt.

Er würde es nicht bereuen. Wahrscheinlich würde es anfangs viele Skeptiker geben, doch war das bei Watergate nicht auch so gewesen?

Mit der Zeit setzte sich die Wahrheit immer durch, das wusste Simovic. Er grinste. Sicherlich hatte er in der Vergangenheit die Wahrheit das ein oder andere Mal so verdreht, dass er sie im Grunde erwürgt hatte, aber ab heute begann eine neue Zeitrechnung!

Er glaubte an diese Story, so wie er noch nie an etwas geglaubt hatte. Professor Wismut hatte ihn voll und ganz überzeugt. Und zwar nicht nur mit Worten, sondern auch mit Beweisen. Es konnte keinen Zweifel mehr geben, das müssten früher oder später selbst jene einsehen, die nach der Sendung auf ihn einprügeln würden.

Die Schergen des Vatikans, die Armee der konservativen Journalisten, die ewigen Zweifler. Er wusste genau, dass sie jeden Hebel in Bewegung setzen würden, um die Story zu bekämpfen. Das gehörte zum Spiel.

Denn erst der massive Einsatz all dieser Gegner würde das Thema auf jede Titelseite bringen. Je verbissener sie kämpften, ja, je brutaler sie ihn bekriegten, desto glanzvoller würde sein Triumph ausfallen.

»Noch drei Minuten!«, rief Jerome.

Es wird Zeit, dass ich mir einen neuen Assistenten suche, dachte Simovic. Jerome ist nicht mehr als ein Kabelhalter mit Zeitansage. Ich brauche jemanden mit Biss, jemanden wie mich.

Noch war es jedoch zu früh, den Kerl rauszuschmeißen, denn eines konnte Jerome fraglos am besten: mit zuckersüßen Worten die Meute besänftigen und ihm vom Hals halten. Jerome umgarnte jeden mit seinem Charme. Das war der Vorteil an einem Mann mit einer anderen sexuellen Orientierung.

Nein, Simovic hatte nichts gegen Schwule, im Gegenteil, sie bereicherten die Gesellschaft. Nur manchmal waren sie einfach nicht hart genug. Vor allem Männern gegenüber. Eigentlich ein Paradox, dachte er und lächelte.

Wie immer kurz vor einem Auftritt sprangen Simovics Gedanken wild hin und her. Es musste wohl so sein, damit er sich, während die Kamera lief, hundertprozentig auf die Sendung konzentrieren konnte. Er hatte sich lange überlegt, wie er seinen großen Auftritt beginnen sollte. Professor Wismut hatte ihm schließlich den entscheidenden Hinweis geliefert. Der Mann war ein Genie.

»Sie müssen Ihren Bericht vor dem bedeutendsten Symbol für die Spaltung der christlichen Kirche halten«, hatte er gesagt.

Simovic verstand kein Wort und schaute den Professor fragend an.

Der Wissenschaftler erklärte es ihm. Anfang des 16. Jahrhunderts wollte der damalige Papst Julius II. einen neuen Dom bauen, aber er hatte nicht genügend Geld. Kein Wunder, denn er liebte das Luxusleben und führte nebenbei ein paar Kriege. Er war nichts anderes als ein weltlicher Herrscher mit Papstkrone. So nannte er mehrere Paläste sein Eigen, einen Hofstaat und drei uneheliche Töchter. Da die Zahl seiner Feinde schneller wuchs als die seiner Freunde, gründete er zu seinem persönlichen Schutz die Schweizergarde. Die Finanzierung des Dombaus kam jedoch nicht recht voran, und er starb, bevor mit dem Bau des Doms begonnen wurde.

Leo X., sein Nachfolger, stammte aus der Finanzdynastie der Medici. Er war der Meinung, dass es für jedes Problem eine finanzielle Lösung gäbe. Und so führte er zur Finanzierung des Dombaus den Ablasshandel ein, bei dem sich jedermann mit Geld von seinen Sünden reinwaschen konnte. Dieser Ablasshandel war der entscheidende Grund für die Reformation und damit für die Abspaltung der protestantischen Kirche. Der Papst hätte diese Entwicklung wahrscheinlich aufhalten können, indem er auf den Dombau verzichtet hätte, doch er gab nicht nach.

Seine Nachfolger taten es ebenso wenig. Der Dom wurde gebaut, und die christliche Kirche brach auseinander. Es dauerte über hundert Jahre, bis der Dom fertiggestellt war. Er stand heute noch. Es ist der Petersdom, das bekannteste kirchliche Bauwerk der Welt.

Roger Simovic blickte über seine Schulter, genau da stand er, der Petersdom.

Und gleich würde er ihn erschüttern.

26

Alex Pandera parkte den Dienstwagen unweit der Berner Lorrainebrücke, einer fast hundert Jahre alten steinernen Bogenbrücke. Er und Tamara gingen darüber, dabei blickte Pandera hinab und hielt sich instinktiv an der Brüstung fest. Trotzdem wurde ihm schwindelig, und er zwang sich, tief durchzuatmen.

Schwindelfrei werde ich in dem Leben wohl nicht mehr.

In einem tiefen Graben, fast vierzig Meter unter der Brücke, bahnte sich die Aare ihren Weg. Ihr glasklares Wasser umrahmte die Berner Altstadt wie eine in der Sonne glitzernde Halskette.

Pandera und Tamara liefen zum Kopf der Brücke und durch ein steil abfallendes Uferwäldchen hinunter zur Aare. Direkt am Flusslauf befand sich der kaum zehn Meter hohe Blutturm mit seinem braunen Ziegeldach. Wie alle historischen Gebäude in Bern war er aus grünem Sandstein gebaut. Der Stein war an einigen Stellen abgebröckelt und im unteren Bereich mit Graffiti besprüht.

Die Polizei hatte das Gelände weiträumig abgesperrt, so auch den schmalen Uferweg, auf den sie trafen. Er führte durch einen kleinen Torbogen aus Stein am Turm vorbei und schlängelte sich an der Aare entlang. Pandera erinnerte sich daran, dass er hier ein paarmal gejoggt war, als er während der Polizeiausbildung ein Jahr in Bern verbracht hatte. Es war ein schöner Weg gewesen, der ihm in der Dunkelheit aber immer ein wenig unheimlich erschienen war.

An der Absperrung zeigten Pandera und Tamara einem Streifenpolizisten ihre Dienstausweise. Ein Schlauchboot mit ein paar grölenden Jugendlichen trieb an ihnen vorbei. Ihr Blick fiel auf die Absperrbänder der Polizei, sie verstummten, dann wandten sie sich ab und feierten weiter.

Ein grauhaariger Mann mit Hornbrille trat auf sie zu.

»Grüß euch«, sagte er und hielt Pandera die rechte Hand hin. »Ich bin Stefan Zumstein von der Kantonspolizei Bern. Ich leite die Ermittlungen.«

»Alex Pandera. Und das ist meine Kollegin Tamara Aerni.«

»Meine Kollegen haben mir von der Überwachung erzählt, das lief ja nicht so gut.« Zumstein zupfte sich verlegen an seinem Schnurrbart. »Leuenberger hat wohl geahnt, dass wir ihn observieren, und ist uns im Bahnhof entwischt. Seitdem hatten wir ihn nicht mehr gefunden. Jetzt wissen wir, weswegen.«

Pandera biss sich auf die Unterlippe. Er ärgerte sich, doch er wusste, auch in Basel lief häufig einiges schief. »Danke, dass Sie uns so schnell informiert haben.«

»Das war das Mindeste, was wir tun konnten.« Zumstein hob das Absperrband hoch. »Dann kommen Sie mal mit.« Vor dem Turm stoppte er. »Der Blutturm war früher ein Verteidigungsturm. Danach diente er als städtisches Leichenhaus. In gewisser Weise ist das immer noch so, denn seit der Turm leer steht, ist er zum Treffpunkt der lokalen Drogenszene geworden.«

Zumstein öffnete die hölzerne Eingangstür und leuchtete mit einer Taschenlampe hinein. Ein muffig riechender Raum ohne Fenster erwartete sie. Panderas Blick fiel auf die Überreste einer Bar aus Holz, bedeckt von mehreren Generationen Staub. Auf dem Boden lagen Scherben, ein umgekippter Putzeimer und ein paar Lappen. Hinter der massiven Theke waren mehrere Holzstühle und Hocker gestapelt. Davor stand ein einziger Stuhl, die Armlehnen waren zersplittert. Darauf saß Dr. Walter Leuenberger, blass, den Kopf zurückgelehnt. Eine dunkelrote Linie zog sich von der Nase über seinen Körper bis auf den Betonboden. Geronnenes Blut.

»Vermutlich eine Überdosis Kokain«, sagte Zumstein. »Er sitzt wohl schon länger als einen Tag hier.«

»Wer hat ihn gefunden?«, fragte Pandera.

»Ein Drogenabhängiger«, antwortete Zumstein. »Der Mann hat angegeben, dass die Tür offen war. Das mag sein.«

»War Doktor Leuenberger drogenabhängig?« Pandera war bei dem Gespräch nichts aufgefallen, was hätte darauf hinweisen können. Manchmal sah man das erst, wenn es zu spät war.

»Wir haben einen Schnelltest machen lassen, und das Ergebnis deutet darauf hin, dass er regelmäßig Suchtmittel genommen hat«, sagte Zumstein.

»Glauben Sie, Leuenberger hat sich umgebracht?«, fragte Tamara.

»Das können wir momentan nicht ausschließen. Es kann sich jedoch auch um einen Unglücksfall handeln. Vielleicht war der Stoff mit zu viel Lidocain gestreckt, oder Leuenberger hat unabsichtlich zu viel davon genommen. Das übliche Risiko.«

»Sie meinen, Leuenberger ist hierhergekommen, um zu koksen?« Pandera blickte durch den Raum. »Ein

Mann in seiner Position würde das Zeug doch eher daheim nehmen oder von mir aus auf einer Party.«

»Da haben Sie recht.« Zumstein nickte. »Allerdings gibt es hier vorn in dem Wäldchen den Stoff zu kaufen. Vielleicht konnte er es nicht abwarten und hat sich deshalb Zutritt zu dem Raum verschafft.«

»Irgendwelche Spuren eines Kampfes?« Pandera deutete auf die zersplitterten Armlehnen.

»Die waren wohl schon vorher kaputt.«

»Trotzdem, ich habe das Gefühl, dass jemand ihn gezwungen hat, das Zeug zu nehmen. Das ist kein Zufall. Ich denke, es war Mord.« Pandera fixierte den Berner Kollegen. »Und Sie anscheinend auch. Sonst hätten Sie uns nicht sofort hergerufen, oder?«

27

»Mein Name ist Roger Simovic, und ich werde Ihnen heute nicht weniger als ein Wunder präsentieren.« Er strahlte in die Kamera. »Heute ist der 6. August, die katholische Kirche begeht heute den Festtag *Verklärung des Herrn*.« Simovic nahm eine Bibel zur Hand. »Im Buch der Bücher steht, an diesem Tag habe sich Gott zu Jesus bekannt und verkündet, dass er auferstehen werde. Sie können das selbst nachlesen, im Markusevangelium, Kapitel neun, Vers eins bis zehn.«

Simovic blickte in die Runde. Jerome sah ihn entgeistert an, und die Schaulustigen, die sich um ihn herum versammelt hatten, schienen nicht weniger irritiert. Schließlich war er nicht dafür bekannt, ein Verkündigungsprediger zu sein. Er arbeitete ja auch nicht beim Bibelfernsehen, sondern bei *Biggest News*, dem bald größten Nachrichtensender der Welt.

»Sie fragen sich sicher, wie ausgerechnet ich dazu komme, Bibelverse zu zitieren, zumal hier, auf dem Petersplatz in Rom«. Simovic schenkte der Kamera sein freundlichstes Lächeln.

Der Kameramann fing es ein, machte einen Schwenk über den Platz und zeigte den Obelisken in der Mitte und zuletzt den Petersdom, der noch immer in der Sonne glitzerte.

»Dort oben residiert der Papst«, fuhr Simovic fort und zeigte auf den Apostolischen Palast hinter sich. »Doch Sie werden es kaum glauben: Er weiß nicht, was wir gleich über Jesus Christus berichten werden.« Er räusperte sich. »Jesus Christus. Die meisten von uns glauben an ihn. Nur wie sah er eigentlich aus?«

Eine Filmsequenz startete. Sie zeigte einige Gemälde mit dem Antlitz von Jesus. Als Erstes sah man den jugendlichen Jesus des *Letzten Abendmahls* von Leonardo da Vinci, mit langem Haar und Vollbart. Als Nächstes erschien eine Ikone aus der Hagia Sophia, auf der Jesus deutlich weniger europäisch wirkte, sondern fast orientalische Gesichtszüge aufwies. Dann folgten eine Reihe weniger bekannter Gemälde und die Bilder eines asiatischen, eines südamerikanischen und gar eines dunkelhäutigen Jesus.

»Jeder hat seine eigene Vorstellung vom Sohn Gottes«, kommentierte Simovic. »Aber welche ist die richtige? Ich persönlich favorisiere eine andere. Ich erkläre Ihnen gleich, weshalb.«

Auf dem Bildschirm erschien ein Farbfoto. Man sah den Kopf eines ungefähr dreißigjährigen Mannes mit langen schwarzen Haaren und Vollbart. Er hatte lebhafte Augen, einen durchdringenden Blick und ruhte in sich selbst. Das Bild erinnerte durchaus an den europäischen Jesus, auch wenn er einen etwas dunkleren Teint hatte und eine Spur orientalischer anmutete.

»Was Sie hier vor sich haben«, sagte Simovic, »ist nur eine Computersimulation. Sie ist eine Verschmelzung der Abbilder auf dem Turiner Grabtuch und aus dem Schweißtuch von Oviedo. Und jetzt kommt das Entscheidende: Was ich Ihnen hier zeige, dürfen Sie eigentlich gar nicht sehen. Zumindest nicht, wenn es nach dem Vatikan geht. Vor drei Jahren hat er diese beiden Tücher untersuchen lassen, und zwar von drei unabhängigen renommierten wissenschaftlichen Instituten in Boston, Oxford und Basel.«

Simovic sprach frei, ohne Notizen oder sonstige Hilfsmittel. Er hasste Teleprompter, ohne sie war es viel authentischer. Und darum ging es letztendlich. Um Authentizität.

»Dieses Bild von Jesus ist eines der Resultate der damaligen Untersuchungen. Es zeigt Jesus Christus kurz nach seinem Tod. Die Wundmale wurden mithilfe einer Interpolationstechnik entfernt, sodass wir mit der Computersimulation visualisieren können, wie Jesus aussah, bevor er ans Kreuz genagelt wurde.« Simovic blickte verschwörerisch in die Kamera und machte eine kleine Pause, um die Spannung zu steigern. »Doch was wäre, wenn wir mehr hätten als nur eine Simulation?«

Immer mehr Schaulustige stellten sich im Kreis um ihn und den Aufnahmewagen.

»Was wäre also, wenn wir ein echtes Bild von Jesus Christus hätten und nicht nur eine Simulation?«, fragte er. »Und was wäre, wenn wir nicht nur ein *Bild* von Jesus Christus hätten, sondern noch einiges mehr?« Die Kamera zoomte heran und zeigte sein Gesicht in der Totalen. »Eine leere Behauptung? Nein! Überzeugen Sie sich selbst. Gleich nach der Werbepause.«

Kaum war das Aufnahmelicht erloschen, stürmte Jerome auf ihn zu. »Was gibt das denn?«

»Wart's ab«, sagte Simovic. »Auf mein Kommando startet der nächste Einspielfilm, alles klar?«

Der Assistent nickte abwesend, er bereitete sich in Gedanken offenbar schon auf einen Jobwechsel vor.

Sein Telefon klingelte. »Es ist der CEO.« Er blickte Simovic Hilfe suchend an.

»Geh nicht dran!«, rief Simovic. »Diese Stunde gehört mir! Das hat er mir zugesichert! Danach könnt ihr mit mir tun, was ihr wollt: kreuzigen, vierteilen oder in den Himmel heben!«

28

Im 18. Jahrhundert hatte man in Bern offensichtlich ein großes Herz für kleine Kinder besessen. Vor allen Dingen für Kinder ohne Eltern. Denn damals hatte man ihnen ein Waisenhaus gebaut, das heutzutage fast feudal aussah, wie ein kleines, aber feines Hotel. Außerdem hatte man es nicht außerhalb der Stadt gebaut, wo das Elend nicht zu sehen gewesen wäre, sondern in unmittelbarer Nähe der Altstadt.

Das reich verzierte Portal, das Erdgeschoss, die Fensterumrahmung und die Ecken des Alten Waisenhauses bestanden aus hellgrünem Sandstein, der Rest des dreistöckigen Gebäudes war ockerfarben gestrichen. Die grasgrünen hölzernen Fensterläden gaben dem Gebäude ein freundliches Gesicht.

Doch heute erinnerte nur noch der Name des Gebäudes an seine ursprüngliche Bestimmung. In den Dreißigerjahren des letzten Jahrhunderts, die auch in der Schweiz dunkler gewesen waren, hatte man die Waisen vor die Tore der Stadt abgeschoben. Die Polizei hatte das Gebäude übernommen und saß noch heute darin.

Zumstein führte sie in sein Büro. Es lag im dritten Stock und bot einen schönen Blick auf die Altstadt. Ein riesiger Gummibaum nahm fast die gesamte Breite des Büros ein. Pandera musste unweigerlich an die Yuccapalme denken, die nach Sanders Kündigung in Rekordtempo eingegangen war.

Wahrscheinlich weil Pandera sie zu übereifrig gegossen hatte.

Hier ließ es sich fraglos besser arbeiten als im Basler Waaghof, einem hässlichen Betonquader direkt neben dem Untersuchungsgefängnis. Manchmal dachte Pandera, der Architekt des Waaghofs hätte die gleichen Bedingungen für Polizisten wie für Häftlinge schaffen wollen. Bei den Polizisten hatte er lediglich die Gitter vor den Fenstern weggelassen.

Eine Besonderheit war, dass die Basler Kriminalpolizei der Staatsanwaltschaft angegliedert war und nicht der Kantonspolizei, das war in jedem Kanton anders geregelt, so auch in Bern.

»Wie geht es weiter, Stefan?«, fragte Pandera. Sie waren inzwischen zum Du gewechselt, in Bern ging das schnell.

Zumstein schenkte ihnen Kaffee ein und setzte sich in seinen Bürostuhl. »Wir schicken zwei Kollegen zum Inselspital, die das Krankenhauslabor durchsuchen sollen, und zwei zu Leuenbergers Privatwohnung. Der Rest vernimmt die Angehörigen und Zeugen. Tamara kann sich einem der Teams anschließen, wenn sie möchte.«

»Ich fahre mit ins Inselspital«, sagte sie. »Wenn wir was finden, dann dort.«

»Und wir?«, fragte Pandera.

»Wir unterhalten uns mit der Witwe«, antwortete Zumstein. »Sie wartet nebenan.«

Zumstein und Pandera gingen in einen Raum, der als Vernehmungszimmer diente. Er war zwar spartanisch eingerichtet, aber selbst hier blühten Blumen auf der Fensterbank, als hätte das gesamte Kommissariat einen grünen Daumen.

Auf einem gepolsterten Holzstuhl saß Frau Anna Leuenberger und rauchte eine Zigarette. Sie trug ein weiß glänzendes, elegantes Kleid, ihre langen wasserstoffblonden Haare hatte sie hochgesteckt. Sie sah aus, als käme sie direkt aus einer Opernaufführung. Pandera tat sich schwer, ihr Alter zu schätzen, alles zwischen fünfunddreißig und fünfundfünfzig schien möglich, je nach Talent ihres Chirurgen. Ihre Augenpartie zeigte keine einzige Falte, wirkte aber irgendwie leblos. Ihre Pupillen zuckten unsicher.

»Würden Sie so freundlich sein und Ihre Zigarette ausmachen?«, bat Zumstein und hielt ihr einen Einweggaschenbecher aus Aluminium hin. »Hier herrscht Rauchverbot.«

Sie seufzte auf und zog noch einmal an der Zigarette, dann drückte sie sie aus.

»Wer hat meinen Mann ermordet?«, fragte sie mit zitternder Stimme.

»Weshalb denken Sie, dass er ermordet wurde?«, entgegnete Zumstein.

»Ja ... Wie soll er denn sonst gestorben sein?«

Unter Kollegen wirkte Zumstein wie ein väterlicher Freund, jetzt wurde er hart und direkt. »Hat Ihr Mann Kokain genommen?«

Die Frau riss die Augen auf. Sie öffnete den Mund, um etwas zu sagen, blieb jedoch still.

Zumstein klopfte mit den Fingerkuppen auf den Tisch. »Frau Leuenberger, würden Sie bitte die Frage ...«

»Frau *Doktor Leuenberger-Seidler,* bitte!«, korrigierte sie ihn. Offenbar hatte sie ihre Sprache wiedergefunden.

»Gut, Frau Doktor Leuenberger-Seidler, hat Ihr Mann Kokain genommen?«

»Das ... kann ich mir nicht vorstellen. Wie kommen Sie auf diese absurde Vermutung?«

»Weil man eine Überdosis Kokain in seinem Körper gefunden hat.« Zumstein zog die Brauen hoch.

»So muss ich mich nicht behandeln lassen!« Empört stand sie auf. Sie schluchzte, nur Pandera sah keine Tränen.

Zumstein murmelte eine Entschuldigung, worauf sich die Frau wieder hinsetzte.

»Hätte Ihr Mann einen Grund gehabt, freiwillig aus dem Leben zu scheiden?«, fragte er.

»Nein, natürlich nicht!«

»Hatte er Feinde?«

»Das weiß ich nicht. Warum fragen Sie?« Mit fahrigen Bewegungen schob sie eine Haarsträhne, die sich gelöst hatte, aus der Stirn.

»Frau Leuenberger ...«, begann Zumstein, dann schien ihm klar zu werden, dass ihren Doppelnamen schon wieder vergessen hatte. Er grummelte etwas Unverständliches hinterher, beugte sich vor und sah ihr direkt in die Augen. »Sie müssen uns helfen, wenn wir den Mörder Ihres Mannes finden sollen.«

»Aber das tue ich doch!«, protestierte sie.

»Sie haben uns bisher nicht eine einzige konkrete Antwort gegeben.«

»Wir hatten eben jeder unsere eigenen Interessen, mein Mann und ich«, sagte sie. »Er war ständig im Labor, wahrscheinlich kennen die ihn dort besser als ich.«

Pandera gab Zumstein ein Zeichen, dass er sich in das Gespräch einschalten wollte. Zumstein nickte knapp.

»War Ihr Mann gläubig?«, fragte Pandera.

»Was hat das denn damit zu tun?« Sie sah ihn an, als hätte er den Verstand verloren.

»Könnten Sie die Frage bitte beantworten?«, erwiderte Pandera ruhig.

»Wir sind vor langer Zeit aus der Kirche ausgetreten.«

»Stand er mit jemandem aus der Kirche in Verbindung?«

»Nein. Wir wissen nicht einmal, wie der örtliche Pfarrer heißt. Also, was soll Ihre Frage?«

Pandera ignorierte die Frage. »Kannten Sie Roland Obrist?«

Sie schüttelte den Kopf. »Den Namen habe ich noch nie gehört.«

»Sind Sie sich sicher?«

»Vielleicht ein Freund meines Mannes ... Die kenne ich nicht. Er hat sein eigenes Leben gelebt.«

»Hatte er ein Verhältnis?«

»Er war mir immer treu.«

»Und Sie?«, fragte Zumstein.

»Wie bitte?«, entgegnete die Frau, obwohl sie ihn sehr wohl verstanden haben musste.

»Haben Sie ein Verhältnis?«, wiederholte Zumstein.

Anna Leuenberger fuhr hoch. »Also, das geht zu weit! Was bilden Sie sich eigentlich ein?« Sie stürmte aus dem Zimmer und warf die Tür hinter sich zu.

»Danke, wir haben keine Fragen mehr!«, rief Zumstein ihr hinterher. »So eine Zicke! Oder nicht?« Er blickte Pandera an.

»Fünf Minuten mit der verheiratet und ich würde freiwillig ins Kloster gehen.«

Zumstein lachte. »Ich glaube der übrigens kein Wort. Das fängt beim Koksen an und hört bei ihrem Verhältnis auf. Wir sollten sie uns genauer anschauen.«

»Was schlägst du vor?«

»Den ersten Schritt dazu haben wir schon getan.« Zumstein grinste.

»Wieso?«

»Wir haben eine Speichelprobe von ihr.«

Pandera blickte ihn überrascht an.

Zumstein nahm den kleinen Aschenbecher, den er der Frau hingehalten hatte, und fischte die Kippe heraus. »Damit ist heutzutage problemlos ein Kokaintest möglich.«

29

Professor Wismut saß in seinem War Room und lächelte. Auf allen Monitoren lief dasselbe Programm. Sie faszinierten ihn immer wieder aufs Neue, diese kleinen Verzögerungen im Millisekundenbereich, diese Farbabweichungen bei den einzelnen Monitoren, diese minimal verschobenen Bildausschnitte. Es war immer das identische digitale Signal, die gleichen Nullen und Einsen. Und dennoch sahen sie überall anders aus. Zumindest für einen Fachmann.

Im Grunde war das pure Genetik. Das menschliche Gen war auch nur ein Signal, das sich je nach RNA verschieden ausprägen konnte. Selbst kleinste Abweichungen konnten zu vollkommen verschiedenen Ergebnissen führen.

Nur was gerade über den Bildschirm lief, interessierte ihn nicht. Er hasste Werbung. Es war allerdings zu früh, auf andere Sender zu schalten. In zwei Stunden dürfte es so weit sein. Für die Zwanzig-Uhr-Nachrichten mussten sich die Redakteure entscheiden. Angesichts des Sommerlochs würden sie über Simovics Auftritt berichten, wenn auch mit der gebotenen Distanz.

Doch noch war die Sendung nicht gelaufen, im Gegenteil.

Biggest News zeigte immer noch Werbung, und Wismut fragte sich, ob ein neues Vollwaschmittel wirklich zur Verkündigung des Herrn passte. Aber das war das Problem des Senders, nicht seines.

Bis jetzt lief alles perfekt. Simovic machte einen guten Job. Wismut mochte ihn trotzdem nicht. Das spielte keine Rolle. Der Reporter wusste um seine Macht und Ausstrahlung, er wusste nur nicht, dass er Mittel zum Zweck war.

Wismut hatte vor seiner Entscheidung unzählige Sendungen und Interviews gesehen, sowohl Simovic als auch andere Fernsehjournalisten geprüft, die infrage gekommen wären. Er hatte sich für Simovic entschieden, weil der zweifellos der beste war: intelligent, risikofreudig und mit genau der richtigen Portion Überheblichkeit, die seine Gegner provozieren würde ...

Endlich, der Werbeblock war zu Ende. Gespannt beugte er sich vor.

***

Normalerweise hasste Simovic es, wenn die Werbung seine Sendung zerstückelte wie eine geschnittene Salami. Heute sorgte sie dafür, dass die Spannung immer weiter stieg.

»Erinnern Sie sich noch, was Sie am 20. Juli 1969 gemacht haben?«, fragte Simovic in die Kamera. »Viele von Ihnen waren an diesem Tag nicht einmal geboren. Und doch weiß jeder, was am 20. Juli 1969 geschehen ist: Neil Armstrong hat als erster Mensch seinen Fuß auf den Mond gesetzt.«

Er genoss es, in die verwirrten und gleichzeitig gespannten Gesichter seines Publikums zu sehen. Wie lange hatte er auf einen solchen Moment gewartet!

Er liebte diesen Job.

»Die Mondlandung war ein wahrhaft historisches Ereignis, auch wenn nur noch unscharfe Bilder davon erhalten sind. Die Technik hat sich inzwischen weiterentwickelt, und das, was wir heute Abend senden, ist ein

Zeitdokument, das für immer zugänglich sein wird. Diese Livesendung können Sie fünf Minuten nach dem Ende in kompletter Länge auf der Homepage von *Biggest News* anschauen – kostenlos und in bester Qualität.«

Simovic verkniff sich ein Grinsen. Auch dieses Zugeständnis hatte er CEO Vinzenz abgerungen. Letztendlich waren sie ein Fernsehsender und kein Internetportal, selbst wenn der Unterschied allmählich verschwand. Wer die Nummer eins werden wollte, musste neue Wege gehen.

Auf dem Petersplatz strömten immer mehr Zuhörer zusammen, inzwischen waren es schon über hundert. Nicht viel für diesen großen Platz, aber ausreichend, um aufzufallen.

Selbstverständlich verfügten sie über eine Drehgenehmigung, unterschrieben vom Generalsekretär des Vatikans. Heute war nämlich ein kirchlicher Festtag, und *Biggest News* wollte live darüber berichten. Exklusiv. Das allein hätte die Herren im Vatikan eigentlich skeptisch machen müssen.

»Und Sie, meine verehrten Zuschauer, haben das Privileg, das Wunder als Erste zu sehen.« Simovic räusperte sich. »Wie Sie sich erinnern, habe ich Ihnen vorhin ein Bild von Jesus gezeigt, das aus den Abbildungen auf dem Turiner Grabtuch und dem Schweißtuch von Oviedo entstanden ist. Viele von Ihnen wissen, dass die Diskussion um die Echtheit der Grabtücher anhält. Doch es existieren eindeutige Beweise, dass beide Tücher tatsächlich echt sind.«

Auf dem Bildschirm erschien das Turiner Grabtuch mit der Jesusabbildung.

»Frühere Radiokarbonuntersuchungen aus den Achtzigerjahren des letzten Jahrhunderts haben ergeben, dass der Stoff erst im Mittelalter entstanden ist. Die Proben, die man damals verwendet hat, stammen allerdings vom Randbereich des Tuchs, einer von Fremdkörpern kontaminierten Stelle, und das hat zu falschen Ergebnissen geführt. Für die jetzigen Untersuchungen des Vatikans wurden hingegen Proben von fünf verschiedenen Abschnitten des Tuchs entnommen. Mir liegen die Ergebnisse dieser Untersuchungen vor. Sie bestätigen, dass der Stoff zu Lebzeiten von Jesus Christus gewebt wurde.«

Im Einspielfilm, der nun folgte, wurden einige Dokumente mit dem vatikanischen Siegel gezeigt. Die markierten Textstellen belegten Simovics Erklärungen.

»Die Art der Darstellung ist auf dem Tuch bis ins kleinste Detail authentisch«, fuhr er fort. »Es handelt sich um Details, die man im Mittelalter gar nicht kennen konnte. Eine Fälschung auf diesem Niveau wäre damals nicht möglich gewesen, nicht einmal einem Genie wie Leonardo da Vinci. Ja, sogar heute könnten wir ein solches Tuch nicht so perfekt fälschen, dass es wissenschaftlichen Untersuchungen standhalten würde. Wie also soll das im Mittelalter möglich gewesen sein? Es gibt nur einen logischen Schluss: Das Tuch ist echt, und es ist das Grabtuch von Jesus Christus!«

Zufrieden bemerkte Simovic, wie die Zuschauer ihm atemlos zuhörten. Dabei hatte er das Spannendste noch nicht einmal gesagt.

Er nahm wieder die Bibel und blätterte darin. »Ich habe eine interessante Stelle für Sie: Johannesevangelium, Kapitel zwanzig, Vers drei bis sieben.« Mit strengem Blick, als wäre er ein Priester, schaute er in die Runde und las mit ernster Stimme vor: »*Da gingen Petrus und der andere Jünger hinaus und kamen zum Grab; sie liefen beide zusammen dorthin, aber weil der andere Jünger schneller war als Petrus, kam er als Erster ans Grab. Er beugte sich vor und sah die Leinenbinden liegen, ging aber nicht hinein. Da kam auch Simon Petrus, der ihm gefolgt war, und ging in das Grab hinein. Er sah die Leinenbinden liegen und das Schweißtuch, das auf dem Kopf Jesu gelegen hatte; es lag aber nicht bei den Leinenbinden, sondern zusammengebunden daneben an einer besonderen Stelle.*«

Simovic ließ das Foto eines anderen Tuchs einblenden, auf dem bis auf Blutflecke nicht viel zu erkennen war. Eine Computersimulation legte das Bild des Turiner Grabtuchs darüber, und plötzlich passte alles zusammen. Man konnte das Abbild Jesu sehen, das zuvor schon gezeigt worden war.

»Das ist das Schweißtuch von Oviedo, das Schweißtuch Jesu. Es hat nach seinem Tod seinen Kopf und Teile des Oberkörpers bedeckt. Die Abbildungen stimmen mit der des Turiner Grabtuchs überein, auch die Altersdatierung und weitere Indizien sprechen eine eindeutige Sprache. Es sind beides die Grabtücher von Jesus Christus.«

Er legte die Bibel zur Seite und ließ kirchliche Dokumente folgen, die Wismut ihm zugespielt hatte. Simovic hatte nicht herausfinden können, wie der Professor an diese Dokumente gelangt war, aber sie stammten offensichtlich aus dem Vatikan und bestätigten die Echtheit der Tücher.

»Das sind nicht die einzigen Ergebnisse der vatikanischen Untersuchungen«, erklärte Simovic. »Es gibt noch andere, die so unglaublich sind, so weltbewegend, dass, wenn sie an die Öffentlichkeit gerieten, die Kirche in ihren Grundfesten erschüttert würde.«

Nun erschien wieder eine Großaufnahme des Turiner Grabtuchs.

»Wie man hier sieht, ist auf dem Tuch Blut zu erkennen. Lange Zeit haben sich die Forscher gestritten, ob es sich um echtes Blut handelt oder um Farbe. Die vatikanischen Untersuchungen sind zu dem Schluss gekommen, dass es eindeutig echtes Blut ist.« Er lächelte. »Wie könnte es auch anders sein? Ein Tuch, in das ein blutüberströmter gekreuzigter Mensch eingewickelt wurde, soll kein Blut aufweisen?« Er schüttelte den Kopf. »Ich bitte Sie! Doch diese Wahrheit möchte der Vatikan Ihnen vorenthalten. Und warum? Die Antwort liefere ich Ihnen gleich auf diesem Kanal.«

30

»Vinzenz will dich sofort sprechen!«, rief Jerome, kaum hatte die Werbepause begonnen. Er hielt Simovic sein Smartphone hin. »Er hat schon wieder angerufen!«

Simovic nahm das Telefon, wog es einen Moment in der Hand und warf es dann im hohen Bogen über die Schaulustigen hinweg auf den Petersplatz.

»Ich hatte dich gebeten, kein Gespräch anzunehmen«, sagte er, während im Hintergrund das Mobiltelefon auf den Boden knallte. »Heute sind wir für niemanden mehr zu erreichen.«

Jerome blickte seinem Smartphone hinterher, als hätte Simovic gerade einen Ferrari an die nächstbeste Hauswand gesetzt. »Wie ... wie soll ich jetzt ...?«, stammelte er.

Simovic baute sich breitbeinig vor ihm auf. »Ich bin seit drei Jahren bei diesem Sender, und man könnte meinen, ich hätte ein wenig Vertrauen und Respekt verdient.«

Jerome traute sich offenbar nicht, auch nur einen Ton von sich zu geben. Er sah aus wie ein kleiner Junge, dem man sein Lieblingsspielzeug weggenommen hatte.

»Und erspar mir diesen Mitleidsblick!«, giftete Simovic. »Kapierst du nicht, dass du gerade die einmalige Chance hast, bei einer Story dabei zu sein, von der die Welt in zehn Jahren noch reden wird? Entweder du bringst das jetzt zu Ende, oder du kannst gehen!«

»Ich will eure Liebesszene ja nicht stören«, mischte sich der Kameramann ein. »Aber in dreißig Sekunden geht's weiter.«

Simovic ließ sich den Schweiß von der Stirn tupfen und stellte sich wieder in Position. Jerome seufzte tief, sah auf den Timer und zählte mit ausgestreckten Fingern rückwärts. Drei, zwei, eins.

»Warum also hat man Ihnen nicht erzählt, dass die Blutspuren auf beiden Grabtüchern echt sind?«, fragte Simovic, nachdem die Kamera wieder auf ihn gerichtet war. »Warum hat man Ihnen nicht erzählt, dass die Proben dieselbe Blutgruppe haben? Und zwar die sehr seltene Blutgruppe AB? Und warum hat man Ihnen nicht erzählt, dass sie nicht nur dieselbe Blutgruppe aufweisen, sondern auch dieselben genetischen Merkmale? Ja, warum verheimlicht der Vatikan, dass sie von derselben Person stammen?«

Auf dem Monitor erschien ein vergrößerter Ausschnitt des Turiner Grabtuchs, auf dem die Blutspuren an Jesus' Kopf zu erkennen waren.

»Das ist doch eine fantastische Neuigkeit für die Kirche! Die Tücher sind echt und stammen von Jesus Christus!« Er wandte sich zur Seite und zeigte auf den Apostolischen Palast. »Nur, der Papst will offensichtlich nicht, dass Sie davon erfahren. Warum?« Simovic fühlte, wie sein Puls schneller ging. »Ich kann Ihnen sagen, weshalb der Vatikan geschwiegen hat. Bisher galt es nämlich als unmöglich, aus den Blutresten auf dem Turiner Grabtuch die DNA des Verstorbenen zu extrahieren.«

Simovic blickte in die Runde. Die ersten Zuschauer schienen zu ahnen, was er als Nächstes verkünden würde.

»Einem Forscherteam aus Basel ist es nun gelungen, die Blutspuren des Turiner Grabtuchs mit denen des

Schweißtuchs von Oviedo zusammenzufügen. Jede fehlende Sequenz, jeder fehlende DNA-Strang konnte wiederhergestellt werden. Die Forscher haben es geschafft, das vollständige Genom von Jesus Christus zu rekonstruieren!«

Er sah zweifelnde Gesichter im Publikum und ließ die Kamera über ein paar Dokumente schwenken.

»Mehrere auf gentechnologische Untersuchungen spezialisierte Labore der Universitäten Harvard, Cambridge, Heidelberg und Zürich haben unabhängig voneinander bestätigt, dass die gefundenen Blutelemente die vollständige Erbinformation eines Menschen tragen.«

Simovic war wieder zu sehen.

»Diese Dokumente, die ich hier nur vorstellen, aber nicht im Detail besprechen kann, liegen wie alle anderen Unterlagen nach der Sendung zum Download bereit. Jeder, ob Wissenschaftler oder Laie, kann sich von der Echtheit dieser Ergebnisse selbst überzeugen.«

Simovic blickte zu Jerome. Sein Assistent schien auf einmal genauso gepackt zu sein von der Story wie alle anderen.

»Diese renommierten wissenschaftlichen Institute haben nicht nur nachgewiesen, dass die Blutspuren auf den Tüchern zu einem einzigen Menschen gehören, sie haben auch bestätigt, dass sie mit einer zweiten Blutprobe identisch sind.«

Simovic legte eine Pause ein, damit seine Zuhörer Zeit hatten, das Ungeheuerliche zu begreifen.

»Die DNA, die auf den Tüchern gefunden wurde, stammt von einem Mann um die dreißig, sie weist die genotypischen Eigenschaften der damaligen Bevölkerung von Judäa auf. Da bewiesen ist, dass die Tücher echt sind und auf ihnen das Abbild von Jesus Christus zu erkennen ist, gibt es nur eine logische Schlussfolgerung: Das Blut auf den Tüchern ist das Blut von Jesus Christus.« Er räusperte sich. »Wie ich soeben angedeutet habe, ist dieses Blut auf dem Tuch aber auch identisch mit einer anderen Blutprobe. Und zwar mit einer Blutprobe, die einem lebenden Menschen vor nicht einmal zwei Monaten entnommen wurde.«

Simovic beobachtete sein Publikum. Er spürte deutlich, sie waren überfordert, sie konnten nicht verstehen, was seine Worte bedeuteten.

So waren die Menschen schon immer gewesen. Passte etwas nicht in ihr Weltbild, dann glaubten sie es nicht.

Doch er würde ihnen die Augen öffnen.

»Ja, Sie haben richtig gehört«, fuhr er fort. »Es gibt einen Menschen, der dieselben Gene besitzt wie Jesus Christus. Er ist in jeder Hinsicht identisch mit dem Sohn Gottes! Er ist genauso Gottes Sohn wie der Heiland selbst!«

Das war für einige Zuschauer zu viel. Er hörte Buhrufe, ein paar Schaulustige fluchten und hoben drohend die Fäuste, bevor sie den Kreis um ihn verließen.

Andere jedoch, die hinter ihnen gewartet hatten, stießen sofort in die Lücken vor. Immer mehr Personen blieben stehen und hörten ihm zu.

Simovic fühlte, wie seine Macht größer wurde. Er kam sich vor wie ein Verkündiger, wie jemand, der Gottes Botschaft zu den Gläubigen sendet.

»Wir sehen jetzt ein Interview mit Professor Wismut, einem weltweit anerkannten Schweizer Reproduktionsmediziner und Molekularbiologen. Er wird uns erklären, wie es möglich ist, dass ein Mensch mit der DNA von Jesus Christus existiert.«

Man sah nun Wismut und Simovic in Wismuts Wohnzimmer, im Hintergrund das Bild des Grabtuchs.

»Professor Wismut«, begann Simovic. »Man hört ja immer wieder davon, dass bei Gentests die Wahrscheinlichkeit, ein DNA-Profil mit jemandem zu teilen, nahezu ausgeschlossen ist, aber eben nur *nahezu*. Woran liegt das?«

»Ganz einfach«, antwortete der Professor. »Bei einem DNA-Profil, wie es zum Beispiel in der Verbrechensbekämpfung verwendet wird, werden aus Zeit- und Kostengründen nur Bruchteile des gesamten Genoms analysiert. Man untersucht dabei recht kleine und schnell zu identifizierende Gensequenzen, die zwar genügend Unterscheidungsmerkmale besitzen, damit eine qualifizierte Aussage getroffen werden kann, die allerdings nicht, wie das komplette Genom, hundertprozentig einmalig sind. Bei diesen Verfahren liegt die Wahrscheinlichkeit, einen Zufallstreffer mit zwei identischen DNA-Profilen zu landen, zwischen eins zu hunderttausend und eins zu hundert Millionen.«

Simovic erinnerte sich daran, wie sie vor drei Stunden das Interview aufgezeichnet hatten. Bei diesem Argument war selbst er ins Zweifeln geraten, schließlich lebten mehrere Milliarden Menschen auf der Erde. Doch Wismut hatte ihn auch in diesem Punkt überzeugt.

»Analysiert man hingegen das komplette Genom, gibt es schlichtweg keine Zufallstreffer«, sprach Wismut weiter. »Das komplette Genom ist immer eindeutig einem Menschen zuzuordnen, es gibt keine zufällige Übereinstimmung.«

»Wie ist das zu erklären?«

»Das menschliche Genom besteht aus bis zu fünfzigtausend Genen und drei Milliarden Basenpaaren, die, miteinander kombiniert, nahezu unendliche Variationen ermöglichen. Also jedes Genom ist einmalig! Das wäre selbst dann der Fall, wenn die Erde von hundert oder zweihundert Milliarden Menschen bevölkert wäre.«

»Das klingt überzeugend«, sagte Simovic. »Aber was ist mit Zwillingen?«

»Ich sehe, Sie denken mit«, erwiderte Wismut. »Es gibt nur zwei Ausnahmen von der Regel des einmaligen Genoms. Zum einen sind das eineiige Zwillinge. Sie verfügen logischerweise über dasselbe Genom.«

»Bezogen auf unseren speziellen Fall Jesus Christus kann man ja wohl ausschließen, dass es einen zweitausend Jahre alten Zwilling gibt«, sagte Simovic mit einem überlegenen Lächeln. »Was ist also die zweite Möglichkeit?«

»Jeder kennt sie«, antwortete der Professor. »Man hat sie schon im letzten Jahrhundert bei einem Schaf angewendet, dann bei Pferden, Hunden und Affen. Ich spreche vom Nukleustransfer des Erbmaterials in eine Eizelle. Im allgemeinen Sprachgebrauch nennt man das Klonen.«

Wieder hörte Simovic Buhrufe aus den Zuschauerreihen. Das hatte er erwartet. Zu viele schlechte Science-Fiction-Filme zu dem Thema waren gedreht worden, und zu viele Ankündigungen von betrügerischen Wissenschaftlern hatte es bereits gegeben, sie könnten einen Menschenklon erschaffen. Doch jeder wusste insgeheim, dass es einmal möglich sein würde, einen Menschen zu klonen. Es war nicht zu verhindern, dass die Wissenschaft diesen großen Schritt machen würde. Jetzt war es so weit.

»Ich dachte, Klonen ist eine unzuverlässige Technik?« Simovic gab sich skeptisch.

»Früher waren Klone nicht perfekt, das ist korrekt. Die tierischen Klone lebten kürzer, waren krankheitsanfälliger und wirkten, als wären sie nicht richtig zusammengebaut. Das lag vor allen Dingen darin begründet, dass damals die Mitochondrien-DNA, die aus der Eizelle stammt, nicht ausgetauscht werden konnte. Ein zu hundert Prozent identischer Klon war deshalb vor einigen Jahren noch unmöglich.«

»Und heute?«

»Heute ist das kein Problem mehr«, erklärte der Professor. »Die Verfahren sind so verfeinert worden, dass ein absolut identischer Klon entstehen kann, der sich in nichts von seinem Ursprung unterscheidet, außer in seinem Alter und in seiner Sozialisation. Diese wissenschaftlichen Fortschritte lassen sich auch auf den Menschen anwenden.«

»Aber das hat bisher noch nie jemand getan, oder?«

»Vor uns nicht, das ist korrekt.« Der Professor lächelte, wenn auch nur für einen Moment.

»Vor *Ihnen* nicht?«, fragte Simovic.

»Richtig. Wir sind die Ersten, denen es gelungen ist, einen menschlichen Klon zu erzeugen.«

»Und dieser Klon lebt?«

»Natürlich, er ist quicklebendig.«

»Und wen haben Sie geklont?«

»Das liegt doch wohl auf der Hand, oder?« Wismut strahlte.

Die Aufzeichnung endete, und Simovic war nun wieder live.

»Professor Wismut hat also nicht irgendjemanden geklont. Nein, er hat Gottes Sohn geklont, Jesus Christus! Ja, Sie haben richtig gehört: Jesus Christus ist von den Toten auferstanden! Gleich können Sie ihn sehen. Hier bei *Biggest News*.«

31

Kriminalkommissar Zumstein hielt den schmalen Test-streifen gegen das Licht und zog die linke Braue nach oben. »Der ist rot wie ein Ferrari! Also wenn die liebe Frau Leuenberger-Irgendwas nicht kokst, dann kokst niemand in der ganzen Schweiz!«

»Nur heißt das längst nicht, dass sie etwas mit seinem Tod zu tun hat«, sagte Pandera. »Und mit dem von Ob-rist erst recht nicht.«

»Dann müssen wir die Verbindung finden zwischen Leuenberger und Obrist«, erwiderte Zumstein. »Eine Person, die beide kennt.«

Pandera nickte. Die Opfer könnten gemeinsame Kun-den oder Lieferanten haben. »Weißt du schon etwas über die Durchsuchung von Leuenbergers Labor?«

»Die Kollegen stellen alles auf den Kopf, bisher haben sie nichts gefunden.« Zumstein seufzte. »Und das an-dere Team wartet auf den Durchsuchungsbefehl des Staatsanwalts, um sich Leuenbergers Privatwohnung vorzunehmen. Ich hoffe, das geht schnell. Die Leuen-berger schnupft uns sonst alles weg.«

Pandera lächelte. Zumstein erinnerte ihn ein wenig an Kurt Sander. Er wünschte, der Alte wäre noch im Dienst. Seine Erfahrung könnten sie gut gebrauchen.

In diesem Augenblick klingelte Panderas Mobiltele-fon. Es war Tamara Aerni.

»Wie läuft es?«, fragte er.

»Ich glaube nicht, dass wir was Interessantes finden«, antwortete sie. »Die haben im Labor wirklich alle Un-tersuchungen selbst durchgeführt, Proben versenden

33

Pandera starrte auf sein Telefon, den Hörer in der Hand, er ließ es bestimmt schon eine Minute lang klingeln.

Zuvor hatte er mit der Kollegin Monika Hasler von der Kantonspolizei Solothurn telefoniert, die nun mithörte.

Endlich nahm jemand das Gespräch an, eine ältere Dame meldete sich.

»Hier ist Kriminalkommissär Pandera. Ich würde gerne Bischof Obrist sprechen.«

»Es tut mir leid, aber das ist nicht möglich«, antwortete die Frau.

»Und Herrn Kunen?«

»Heute sind beide für niemanden mehr zu sprechen«, sagte sie. »Angesichts der Umstände nehme ich an, Sie haben Verständnis dafür.«

Pandera fragte sich, was sie meinte. War heute irgendein kirchlicher Feiertag?

Er kündigte an, sich morgen noch einmal zu melden. Dann klärte er mit der Kollegin aus Solothurn das weitere Vorgehen, verabschiedete sich im Büro und fuhr nach Hause. Es war schon spät.

Als er dort ankam, war einiges anders als sonst. Die ganze Familie saß im Wohnzimmer vor dem Fernseher. Das war ungewöhnlich genug, doch der Bildschirm zeigte nichts anderes als eine Störung. Trotzdem schauten alle in die Richtung, als hätten sie gerade einen Sprung zurück in eine Zeit gemacht, in der Fernsehen noch ein faszinierendes Technikerlebnis gewesen war.

Jackie, Urs und Hilde Remady, selbst Lara und Ben rührten sich nicht, die Augen auf den Bildschirm gerichtet. Nur Skater lag in der Ecke und leckte an seinen Pfoten, als wäre nichts geschehen.

Die Situation war so grotesk, dass Pandera lachen musste. »Was läuft denn da so Spannendes? Eine Hypnosesendung mit Uri Geller? Sind die Löffel verbogen? Muss ich neues Besteck kaufen?«

»Es geht bestimmt gleich weiter«, sagte Jackie. »Setz dich hin, und schau zu.«

Pandera zuckte mit den Schultern, ließ sich auf die Couch fallen und blickte wie die anderen auf den Bildschirm. Außer dem *Biggest-News*-Symbol und einer Entschuldigung für die Übertragungsstörung war nichts zu sehen.

»Das ist vorhin schon mal passiert«, sagte Lara wichtigtuerisch. Mit ihren sieben Jahren kam sie allmählich in das Alter, in dem sie überzeugt war, sie müsste ihrem völlig hinter dem Mond lebenden Vater die Welt erklären. »Dann hat allerdings der Papst die Sendung unterbrochen.«

»Der Papst?« Pandera zog die Stirn kraus.

»Das war nicht der Papst, das war die Schweizergarde«, bemerkte Jackie.

»Das war die Vatikanische Gendarmerie«, korrigierte ihr Vater sie. »Die Schweizergarde sieht ganz anders aus. Eher wie Fastnachtsmusiker, nicht wie italienische Polizisten.«

»Schön, dass ihr das geklärt habt.« Pandera zeigte auf das Standbild. »Und was ist jetzt so spannend?«

»Irgend so ein Reporter hat behauptet, er hätte Jesus geklont.« Hildes Tonfall ließ keinen Zweifel daran, dass sie das für völligen Unsinn hielt. Außerdem verdrehte sie die Augen, eine Geste, die offensichtlich ihrem Mann galt.

»Nicht der Reporter hat Jesus geklont, sondern ein Schweizer Wissenschaftler«, sagte Urs. »Er kommt aus Basel. Ich kann mir nicht vorstellen, dass er seinen Ruf aufs Spiel setzen würde, wenn er nicht ...«

»Blödsinn!«, fauchte seine Frau. »Du warst schon immer so leichtgläubig! Von jeder Kaffeefahrt kommen wir mit Rheumadecken und Heilsalben nach Hause, weil du diesen Bauernfängern jeden Unsinn glaubst!«

Urs erwiderte nichts, anscheinend steckte in den Vorwürfen ein wahrer Kern.

»Wie will der Wissenschaftler denn ausgerechnet Jesus geklont haben?«, fragte Pandera misstrauisch.

»Wie man eben klont«, antwortete die kleine Lara, als würde das heute bereits in der Grundschule gelehrt.

»Vor ein paar Jahren gab es eine Ufosekte, die ohne jeden Beweis behauptete, Jesus geklont zu haben. Natürlich war alles gelogen, jeder wusste das. Trotzdem kamen diese Pappnasen in allen Hauptnachrichten.« Pandera lehnte sich zurück. »War das auch so ein Unsinn?«

»Ich hab keine Ahnung, ob dieser Reporter die Wahrheit sagt«, erwiderte Jackie. »Vielleicht ist er nur ein Angeber, oder er ist auf einen Betrüger reingefallen. Aber was er erzählt hat, klang zumindest plausibler als alle Klongeschichten von früher.«

»Dennoch ist es verboten, einen Menschen zu klonen«, sagte Pandera.

»Kann man menschliches Leben verbieten?«, fragte Jackie. »Außerdem gilt das nicht für jedes Land der

Welt. Und bestimmt nicht für zweitausend Jahre altes Genmaterial.«

»Und woher hatte der Wissenschaftler das Blut von Jesus?«

»Woher wohl? Das liegt doch auf der Hand.«

Plötzlich wurde Pandera klar, warum ihn die Bistumsleitung in Solothurn vorhin am Telefon abgewiesen hatte. Das Blut stammte vom Grabtuch!

»Und was ist mit dem Sender los?«, fragte er.

»Vielleicht ist ihr Server zusammengebrochen, weil jeder das Video anschauen will«, mutmaßte Jackie.

»Oder der Vatikan hat seine Finger im Spiel.« Urs griff sich eine Zeitung und blätterte trotzig darin.

»Der Vatikan hat weniger Macht als unsere Kantonsregierung«, behauptete Hilde. »Er kann den Petersplatz räumen, er kann seine Meinung äußern, aber er kann keine Fernsehstation abschalten.«

»Und was bringen die anderen Sender?«, fragte Pandera.

»Ich nehme an, die spekulieren nur«, antwortete Jackie. »Dieser Reporter von *Biggest News* wurde verhaftet, der Aufenthaltsort des Wissenschaftlers und des kleinen Jungen ist unbekannt. Morgen wissen wir mehr.«

»Du bist ja sehr zuversichtlich.« Pandera lächelte. »Ob das die Jünger auch gesagt haben, nachdem sie das leere Grab von Jesus gefunden haben? Nach zweitausend Jahren wissen wir immer noch nicht mehr.«

»Nicht alle sind so schnell wie die Basler Kriminalpolizei.« Jackie gab ihm einen Kuss. »So, wir haben genug ferngesehen. Wer deckt den Tisch? Es gibt garantiert ungeklontes Biohühnchen in Honig-Rosmarin-Soße. Das wird ein Fest!«

Jackie hatte nicht zu viel versprochen. Das Essen verlief bemerkenswert harmonisch. Selbst als Panderas Blick auf den Spielzeugroboter fiel, der an einer automatischen Ladestation hing und ihn aus glücklichen Roboteraugen anblinzelte, änderte sich das nicht.

Pandera verschwendete einen kurzen Gedanken daran, wer diese verdammte Ladestation gekauft hatte. Sie würde dafür sorgen, dass dieses Ungetüm rund um die Uhr aktiv war. Doch dann biss er wieder in das zarte Hühnchen, und schon war ihm der Roboter egal. Selbst in hundert Jahren würden die Elektrobutler nicht lernen, so zu kochen.

34

Roger Simovic lächelte, obwohl ein blonder Riese ihn anschrie und damit drohte, ihn in dieser Zelle verschimmeln zu lassen. Aber er konnte den Typen einfach nicht ernst nehmen. Klar, die Kerle hatten den Aufnahmewagen konfisziert, die Kamera und die Bänder mit dem Video des kleinen Jesus.

Doch was waren Originale heutzutage noch wert? Nicht viel. Alles war live im Fernsehen übertragen und tausendfach mitgeschnitten worden, nicht zuletzt in der *Biggest-News*-Sendezentrale.

Die Sendung war mit Sicherheit schon im Internet aufgetaucht und verbreitete sich wie ein ansteckendes Virus. Damit war sein Beitrag so unauslöschlich wie alles, das einmal den Weg in das Netz der Netze gefunden hatte. Dort ging nichts verloren, erst recht nicht, wenn man das unbedingt wollte. Denn das weckte Interesse, und Interesse schraubte die Zugriffszahlen in die Höhe. Und Zugriffszahlen waren die Währung im Internet. So gesehen war er heute Abend Millionär geworden, wenn auch nur ein virtueller.

Jetzt musste er nur noch hier raus. Aus dem Kerker des Vatikans, der wie eine Besenkammer aussah. Ein kleiner Raum mit weiß verputzten, kahlen Wänden, allein geschmückt von einem schmalen Holzkreuz. Die Pritsche, auf der er saß, gegenüber ein Plastikpapierkorb, ein Waschbecken und eine übel riechende Nasszelle, das war alles.

Es gab keine Gitter, keine Fenster, nur eine verschlossene Metalltür. Ein paar Säcke mit Altkleidern zeugten davon, dass der Raum normalerweise als Lager genutzt wurde.

Angeblich hatten in diesem »*Gefängnis*« bisher nur vier Personen gesessen, das hatte Professor Wismut behauptet. Die Letzte sei ausgerechnet ein Schweizer Staatsbürger gewesen, der ein Mitglied der Schweizergarde beleidigt habe. Das dürfte einem Nigerianer sprachlich ungleich schwerer fallen. Simovic lehnte sich zurück und grinste sein immer noch schreiendes Gegenüber an.

Der Anzugträger in Blond erzählte etwas von einem kurzen Prozess und einer langen Haftstrafe. Dabei klang er, als wären Hexenverbrennung und Folter noch immer Mittel vatikanischer Machtpolitik. Die Wirklichkeit sah ganz anders aus. Der Vatikan war in den letzten paar Hundert Jahren zu einer zahnlosen Betroffenheitsmaschinerie mutiert, mit einem Pazifisten an der Spitze.

Was konnten sie schon tun? Sie hatten ihn in Einzelhaft gesteckt und seine Mitarbeiter getrennt von ihm verhört. Aber die Kollegen wussten überhaupt nichts. Ja, sie hatten nicht einmal etwas geahnt von der Sensation! Sie wussten weder, wer Professor Wismut war, noch, wo er sich aufhielt. Und genauso wenig wussten sie, ob er den Jungen mitgenommen oder in ein einsam gelegenes Kloster gebracht hatte.

Falls sich irgendwo in den Kerkern des Vatikans noch eine eiserne Jungfrau befand, würde niemand in Verlegenheit geraten zu plaudern.

Nicht einmal er, Starreporter Roger Simovic, war informiert über Wismuts Pläne. Er wusste nur, dass der

Professor Rom verlassen hatte. Wismut würde ihn kontaktieren, sobald ein wenig Ruhe eingekehrt war.

Dieser Teil ihrer Abmachung passte Simovic überhaupt nicht. Doch Wismut hatte darüber nicht diskutieren wollen, angeblich, um den Jungen zu schützen.

Egal. Bald würde er herausfinden, wo der Professor steckte. Denn wenn er als Reporter eines wusste, dann, wie man sich Informationen beschaffte.

Eigentlich empfand Simovic eine grundsätzliche Abneigung gegen Streber, wie Wismut einer war. Der Professor passte in die Schublade der Typen, die ihn in der Schule nie hatten abschreiben lassen und sich dabei auch noch moralische Überlegenheit empfanden.

Simovic hingegen gehörte zu jenen Jungs, die solche Streber im Pausenhof verdroschen hatten, und zwar, ohne sich hinterher schlecht zu fühlen. Normalerweise ging Simovic diesen bleichen Angsthasen aus dem Weg. Er musste jedoch zugeben, der Professor war mehr als ein wandelndes Lexikon mit Brille. Der Mann hatte eine Vision. Wismut nutzte sein Wissen, um die Welt zu verändern.

War ein langweiliger, aber genialer Wissenschaftler nicht sogar perfekt für eine solche Story?

War er nicht die passende Ergänzung für ihn? Nur gemeinsam konnten sie die Welt überzeugen, nur gemeinsam konnten sie die nötige Mischung aus Ernsthaftigkeit und Show, aus Fakten und Provokation auf die Fernsehbühnen der Welt bringen.

Es würde nur eine Zusammenarbeit auf Zeit sein. Irgendwann wäre das Thema so groß, dass er den Professor nicht mehr benötigte.

Doch der Professor würde ihn dann auch nicht mehr benötigen. Und irgendwann wäre der kleine Jesus so alt, dass er sich entscheiden musste. Entscheiden, wer ihm die Stimme leihen sollte.

Der Professor, für den er im Grunde nur ein Experiment war? Ein Vater, von dem sich jeder früher oder später löste?

Nein, der Junge würde sich für den Mann entscheiden, der ihm die große weite Welt zeigte. Für den Mann, der wusste, wie man die Massen begeisterte.

Für ihn, Roger Simovic.

Bevor sich Simovic diesen Traum ihn allen Farben ausmalte, zwang er sich in die Wirklichkeit zurück. Er verspeiste mal wieder den Braten, bevor er das Tier erlegt hatte.

Der Blonde redete noch immer auf ihn ein. Er schien zu glauben, er könnte die Situation unter Kontrolle bekommen. Sie könnten ihn hundert Jahre hier einkerkern, könnten ihn umbringen, die Story würden sie nicht aufhalten.

Nein, sie konnten nicht einmal ihn aufhalten.

Niemand würde ihm auch nur ein Haar krümmen. Er war vor laufender Kamera verhaftet worden. Ein Politikum. Spätestens in ein paar Tagen war er wieder auf freiem Fuß. Der Vatikan konnte es sich gar nicht leisten, an zwei Fronten zu kämpfen. Seine Verhaftung war nur ein Nebenkriegsschauplatz. In Wirklichkeit ging es um Jesus. Damit musste sich der Vatikan befassen und nicht damit, unschuldige Reporter gefangen zu halten.

Als hätte der Mann seine Gedanken lesen können, schüttelte er plötzlich den Kopf und klopfte an die

Metalltür. Ein Aufseher öffnete sie. Der blonde Hüne ging hinaus, dann zögerte er. Er drehte sich noch einmal um und schickte die Wache weg.

»Wir wissen von dem Mord an unserem Bruder in Basel«, flüsterte der Blonde und blickte Simovic mit durchdringenden Augen an. »Sie werden uns nicht entkommen!«

35

Die Schäfchen, die er zählen wollte, hatten auf ihrem Wollkleid das Antlitz von Jesus eingebrannt.

Seltsam.

In diesem Augenblick wusste Alex Pandera, er würde heute Nacht keinen Schlaf finden.

Ohne Jackie zu wecken, stand er auf, zog sich an und ging ins Arbeitszimmer. Dort setzte er sich vor seinen Laptop und klickte sich auf die Website von *Biggest News*.

Es dauerte erstaunlich lange, bis die Seite geladen war, doch als sie endlich erschien, glaubte er zuerst, sie wäre nicht vollständig. Normalerweise blinkte es dort an allen Ecken und Enden, und mehrere Schlagzeilen kämpften mit den Werbebannern um Aufmerksamkeit. Heute hingegen war die Startseite fast leer. Nur ein Videofenster öffnete sich, in dem man jene Sendung anschauen konnte, über die jeder diskutierte.

Pandera klickte auf den Abspielbutton und wartete. Der Fortschrittsbalken kroch dahin wie eine Schnecke im Rückwärtsgang. Offensichtlich waren die Server des Senders immer noch überlastet. Pandera kam sich vor wie im Steinzeitalter des Internets, als man ein paar Megabytes noch größere Bedeutung beigemessen hatte. Endlich, fünf Minuten später, begann das Video.

Mit jeder Minute, die er sah, verstand er besser, warum seine Familie so reagiert hatte. Spätestens jetzt würden auch die Herren in Solothurn begreifen, aus welchem Grund Roland Obrist ermordet worden war.

Wenn sie es nicht längst wussten.

***

Punkt sechs Uhr morgens stand Pandera vor der Tür der Bistumsverwaltung, neben ihm die Kollegin Monika Hasler von der Solothurner Kantonspolizei. Im Gegensatz zu Pandera war sie offensichtlich eine Frühaufsteherin, obwohl sie gut fünfzig war, wirkte sie wesentlich frischer, als er sich fühlte.

Es war eben eine wahrlich unchristliche Zeit. Er wusste jedoch, dass der Bischof und der Vikar hier wohnten. Vielleicht konnten ja auch sie nicht schlafen.

Als er beim dritten Mal den Klingelknopf ein wenig länger drückte, meldete sich eine Frauenstimme über die Türsprechanlage. »Gottfried Stutz! Wer ist denn da?«

»Pandera, Kriminalpolizei, würden Sie bitte öffnen?«

»Sie haben doch gestern schon angerufen. Ich kann …«

»Ja, ich habe gestern angerufen«, unterbrach er die Frau. »Und ich komme heute wieder, wenn Sie die Tür nicht öffnen. Aber dann habe ich einen Mannschaftswagen voller Kollegen dabei und die Presse im Schlepptau.«

Der Türöffner summte. Sie betraten die Eingangshalle. Die Nonne, die dort stand, war über sechzig und so drahtig wie ein Rosenstiel. Sie trug ihre Haube mit Würde. Mit prüfenden Augen sah sie Pandera an, die Kollegin musterte sie kaum.

»Ich muss mit dem Bischof reden«, sagte er.

»Das wird nicht möglich sein.« Die Nonne deutete auf eine vergoldete Wanduhr. »Um diese Zeit schläft seine Exzellenz noch.«

»Dann wecken Sie ihn heute bitte ein wenig früher«, bat Pandera. »Schließlich ist die Welt im Umbruch, und er ist mittendrin.«

Die Schwester drehte sich wortlos um. Pandera setzte sich auf einen der Holzstühle im Foyer, Monika Hasler blieb stehen.

»Mir wäre lieb, wenn ich mich zurückhalten könnte«, sagte sie. »In Solothurn legt man sich besser nicht mit dem Bischof an.«

Pandera nickte, ihm war es recht.

Eine Viertelstunde später betrat Generalvikar Simon Kunen die Halle und begrüßte Pandera und Monika Hasler mit einem kräftigen Händedruck.

»Sie sind ganz schön hartnäckig.« Kunen deutete mit der anderen Hand auf eine Tür. »Da drinnen sind wir ungestört.«

Der Vikar hatte in den letzten Tagen anscheinend nicht einmal Zeit gefunden, sein Kopfhaar zu rasieren. Selbst sein sonst so gepflegter Bart war nicht gestutzt.

»Der Bischof kommt gleich«, sagte Kunen und strich sich durch seinen dünnen gräulichen Haarkranz.

Sie gingen in einen modern eingerichteten Konferenzraum, an dessen Kopfende eine Leinwand montiert war, und setzten sich an einen langen Holztisch.

»Was sagen Sie zu den gestrigen Ereignissen?«, fragte Pandera.

»Das ist ein *Annus horribilis*.« Der Vikar seufzte.

Pandera blickte ihn fragend an.

»Ein Katastrophenjahr«, erklärte Kunen. »Erst stirbt der Bruder des Bischofs, und jetzt kommt noch dieser Scharlatan und behauptet, Jesus Christus geklont zu haben.«

»Sie glauben, er ist ein Betrüger?«

»Was sonst?«, erwiderte Kunen.

»Aber das Tuch ist echt«, entgegnete Pandera. »Das bescheinigt zumindest das Basler Labor, das es in Ihrem Auftrag untersucht hat.«

Kunen schwieg.

»Einen Menschen zu klonen, liegt wissenschaftlich im Bereich des Möglichen«, fuhr Pandera fort.

»Das eine hat mit dem anderen nichts zu tun!«, erwiderte der Vikar scharf und verschränkte die Arme.

»Auch nicht wenn Roland Obrist herausgefunden hat, was geschehen würde? Wenn er es verhindern wollte und deshalb ermordet wurde?«

»Was soll er denn herausgefunden haben?«

»Roland Obrist wusste, dass der Jesusklon kommen würde.«

Der Vikar saß mit offenem Mund da. Seine Gedanken schienen blockiert, er wirkte, als suchte er nach einer Rechtfertigung. Doch er fand offenbar keine. Er holte Luft und wollte etwas sagen, dann waren Schritte im Flur zu hören, und so blieb er stumm.

Die Tür öffnete sich, und der Bischof betrat den Raum. Johann Obrist trug ein einfaches weißes Leinengewand und Ledersandalen. Er hatte gerötete Augen und sah blass aus.

Der Bischof setzte sich so langsam zu ihnen an den Tisch, dass Pandera dem alten Mann beinahe helfen wollte.

»Wir müssen der Polizei jetzt alles erzählen.« Obrist seufzte. »Es ist nicht mehr die Zeit der Geheimnisse, sondern die Zeit der Wahrheit.«

36

Bischof Johann Obrist hielt einen Rosenkranz in der Rechten, seine Finger zitterten leicht. »Mein Bruder hat den Orden nicht im Unfrieden verlassen. Als ich noch Abtprimas des Jesuitenordens im Vatikan war, habe ich den Auftrag erhalten sicherzustellen, dass die beiden Tücher nur zum Zweck der wissenschaftlichen Untersuchung verwendet werden.«

»Und in jedem Institut, das Proben untersucht hat, saß ein Jesuit als kirchlicher Beobachter«, ergänzte Pandera. »Die Jesuiten arbeiteten danach weiterhin im Labor und taten so, als hätten sie den Orden verlassen. In Wirklichkeit waren sie so etwas wie Agenten des Vatikans.«

»Agenten gibt es nur im Kino«, widersprach der Bischof. »Die Männer sollten lediglich darauf achten, dass die Proben und alle Daten so benutzt wurden, wie es mit dem Vatikan vereinbart worden war. Für diese Aufgabe wurden absolute Vertrauenspersonen ausgewählt.«

»Also haben Sie Ihren Bruder damit beauftragt«, stellte Pandera fest. »Weil Sie in dieser wichtigen Frage nur ihm trauen konnten.«

Der Bischof nickte, eine Träne lief über seine Wange. Er schien jetzt erst zu begreifen, dass er mit diesem Auftrag das Todesurteil für seinen Bruder unterschrieben hatte.

»Warum haben die Männer im Verborgenen gearbeitet?«, fragte Pandera.

»Wenn man weiß, wo der Wächter ist, umgeht man ihn«, antwortete der Bischof. »Wir glauben zwar an das Gute, aber wir wissen auch um die Wege und die Kraft des Bösen.«

»Sie wussten, dass der Mord an Ihrem Bruder mit dem Jesusklon zusammenhängt«, sagte Pandera. »Warum haben Sie mich angelogen?«

»Herr Kommissär, lassen Sie mich eine Gegenfrage stellen.« Der Bischof sah Pandera direkt in die Augen. »Wie glaubwürdig wären wir gewesen, hätten wir Ihnen von dem Jesusklon erzählt?«

»Sie lösen das Problem nicht, indem Sie uns Informationen vorenthalten.«

»Sie müssen unsere Lage verstehen.« Der Bischof rieb sich über die Stirn. »Bis gestern haben wir immer noch die Hoffnung gehegt, dass sich mein Bruder getäuscht hat.« Nur mit Mühe hielt er die Tränen zurück.

Pandera glaubte, echte Reue bei ihm zu spüren. »Was wusste Ihr Bruder?«

»Er hat herausgefunden, dass eine Probe der beiden Grabtücher das Labor verlassen hat«, sagte Obrist.

»Und er hat das nicht verhindert?«

»Er konnte es erst zwei Jahre nach den Untersuchungen beweisen«, antwortete Kunen, bevor der Bischof etwas sagen konnte. Der Vikar verzog dabei das Gesicht, als hätte er auf eine Gewürznelke gebissen.

Es war offensichtlich, dass Kunen dem Ermordeten nie dasselbe Vertrauen entgegengebracht hatte wie der Bischof.

»Wussten Sie, dass Doktor Leuenberger die Proben gekauft hat?«, fragte Pandera.

Obrist schüttelte den Kopf. »Leuenberger war sicher nur ein Mittelsmann. Mein Bruder hat von einer Gruppe in Rom gesprochen, die Proben des Grabtuchs für ein geheimes Projekt kaufen wollte.«

»Glauben Sie, Professor Wismut gehört zu dieser Gruppe?«, fragte Pandera.

»Angeblich hat die Gruppe einen christlichen Hintergrund«, sagte Obrist. »Wismut dagegen ist ein Ungläubiger!«

»Offensichtlich hat Wismut Proben des Grabtuchs erworben und daraus Jesus geklont ...«

»Nein!«, widersprach Kunen. »Der Mann ist ein Betrüger. Er hat Jesus nicht geklont!«

»Woher wollen Sie das wissen?«, fragte Pandera.

Johann Obrist schwieg und krallte die Finger um den Rosenkranz. Simon Kunen sah zu Boden.

»Was wissen Sie noch von dieser christlichen Gruppe in Rom und ihrem Geheimprojekt?« Pandera sah den Bischof an.

»Nicht viel«, sagte Obrist. »Mein Bruder meinte, sie operiere unter dem Namen *Sacramentum*.«

Sacramentum! Die verschwundenen Ordner vom Tatort. Endlich fügte sich etwas zusammen. »Was bedeutet dieser Deckname?«

»Angeblich dient die Gruppe einem sogenannten *letzten Sakrament*. Vermutlich stammt daher der Name.«

»Und was ist das letzte Sakrament?«

»Der Begriff ist auch uns ein Rätsel«, sagte Kunen. »Denn es gibt in der katholischen Lehre kein *letztes* Sakrament.«

»Und wenn ich herausgefunden habe, was es damit auf sich hat, fällt es Ihnen plötzlich doch ein?«, fragte Pandera.

»Das ist eine Unverschämtheit!«

»Nennen Sie es, wie Sie wollen«, sagte Pandera. »Wenn Sie und Ihr Orden nicht mit uns kooperieren, werden Sie den Mörder von Roland Obrist nie finden.«

»Was ist denn das hier anderes als Kooperation?« Der Vikar schnellte von seinem Stuhl hoch.

Auch Pandera stand auf. Kunen war ein Stück größer und muskulöser als er, und obwohl Pandera durchaus athletisch war, wirkte er gegen ihn wie ein Strich.

»Herr Pandera hat nur auf etwas Selbstverständliches hingewiesen«, sagte der Bischof und blickte Kunen eindringlich an. »Wir werden in vollem Umfang mit der Polizei zusammenarbeiten.«

»Das will ich hoffen«, entgegnete Pandera und verabschiedete sich.

Er dachte an Tamara Aerni. Die Kollegin würde demnächst den Seelsorger im Berner Inselspital verhören, auch ein Jesuit. Er würde also bald erfahren, was von dem Versprechen des Bischofs zu halten war.

37

Roger Simovic erwachte. Er konnte immer noch nicht glauben, dass der Blonde bei seinem letzten Besuch gesagt hatte, sie wüssten von dem Mord an ihrem Bruder in Basel.

Woher, verdammt noch mal, sollte jemand im Vatikan etwas davon wissen? Es gab überhaupt keinen Beweis, der ihn mit diesem Mord in Verbindung brachte. Sie hatten nichts gegen ihn in der Hand!

Sollte das etwa der Beginn einer Schmutzkampagne sein, gesteuert ausgerechnet vom heiligen Vatikan? Oder war es nur ein billiges Ablenkungsmanöver, ein Bluff?

Natürlich würde der Mord an Roland Obrist in der Presse diskutiert werden, falls bekannt wurde, dass der Mann die Grabtücher untersucht hatte. Doch über ein Thema in der Presse zu berichten, hieß noch lange nicht, auch die Wahrheit zu sagen. Das wusste Simovic selbst am besten.

Ja, er hatte diesen ehemaligen Jesuiten getroffen, na und? Er hatte recherchiert, schließlich war er Journalist.

Zu einer solchen Story kam man nicht wie die Jungfrau zum Kinde, sondern nur durch harte Arbeit. Außerdem hatte Obrist ihn kontaktiert und nicht umgekehrt. Und viel hatte er ohnehin nicht erzählt. Anfangs wenigstens.

Simovic hielt den Kopf unter den Wasserhahn und drehte auf.

Es bringt überhaupt nichts, sich mit der Vergangenheit zu beschäftigen. Besser ich lege mich wieder schlafen. Wird in der nächsten Zeit nicht allzu viel Gelegenheit dazu geben.

Er nahm ein zerschlissenes Handtuch, trocknete sich die Haare, legte sich wieder auf die Pritsche und wickelte sich in die graue Decke. Ohne Fenster und ohne Uhr fehlte ihm jedes Zeitgefühl. Simovic gähnte ein paarmal und drehte sich auf die Seite. Kaum hatte er die Augen geschlossen, war er auch schon im Land der Starjournalistenträume, in dem es von Pulitzer-Preisen nur so wimmelte.

Doch er blieb nicht lange dort.

Die Tür öffnete sich, und er schreckte aus dem Halbschlaf. Der blonde Hüne trat in die Zelle und grüßte ihn barsch. Seinem Gesicht nach zu urteilen, hatte er keine guten Nachrichten mitgebracht. Fragte sich nur, für wen.

Der Blonde setzte sich an den kleinen Tisch und befahl Simovic wortlos zu sich. Er holte ein doppelseitig beschriebenes Blatt Papier heraus und legte es vor ihn. »Unterschreiben Sie das!«

»Ich habe dieses Hotel nicht gebucht, also unterschreibe ich keine Rechnungen«, erwiderte Simovic, nahm das Papier trotzdem in die Hand und überflog es.

Es enthielt ein Schuldanerkenntnis, aus dem hervorging, dass er eine nichtgenehmigte öffentliche Versammlung auf dem Staatsgebiet des Vatikans abgehalten und dabei gegen diverse Gesetze des Kirchenstaats verstoßen hatte. Des Weiteren beinhaltete das Papier eine Verschwiegenheitserklärung, wonach er nichts von dem verwerten oder weitergeben durfte, was ihm innerhalb der vatikanischen Mauern widerfahren war.

Außerdem musste er sich verpflichten, das Staatsgebiet des Vatikans nie wieder zu betreten. Über den letzten Punkt musste er fast lachen, da das kaum zu kontrollieren war, immerhin hatte der Vatikan ziemlich offene Grenzen, zumindest auf dem Petersplatz.

»Warum soll ich diesen Wisch unterschreiben?«, fragte er.

»Weil ich Sie sonst nicht gehen lassen kann.« Der Blonde verschränkte die Arme.

»Und wenn ich mich weigere?«

»Dann bleiben Sie bis auf Weiteres hier!«

»Gut.« Simovic zerknüllte das Papier und warf es im hohen Bogen in den Plastikpapierkorb, der ihm die ganze Zeit beschäftigungslos Gesellschaft geleistet hatte. Der Papierball prallte an die Kante des Korbs und fiel hinein. »Wissen Sie, ich hatte in Rom schon schlechtere Hotelzimmer als das hier.« Er blickte demonstrativ in seine Zelle umher und grinste.

Der Blonde knirschte mit den Zähnen, hielt sich aber zurück.

»Wir beide wissen, dass die Zeit für mich arbeitet«, bemerkte Simovic. »Also, entweder ich kann ohne Vorbedingungen gehen, oder ich möchte meinen Anwalt sprechen.«

»Sie werden mit niemandem sprechen«, entgegnete der Blonde und klopfte an die Tür. Sofort öffnete sie sich.

»Ist der Vatikan kein Rechtsstaat?«, fragte Simovic.

Der Hüne antwortete nicht. Er ging durch die Tür und ließ sie mit einem lauten Knall ins Schloss fallen.

Simovic wusste, mit jeder Minute, die er hier saß, erhöhte sich der Druck auf den Vatikan. Es gab genügend Journalisten, die sich im Namen der Pressefreiheit um seine Freilassung kümmern würden. Er musste nichts tun, nur warten.

Er legte sich wieder auf die Pritsche, drehte sich auf die Seite und wickelte sich in die kratzige Decke. Wenig später war er eingeschlafen.

38

Zurück im Waaghof ging Pandera sofort zu Deckert. »Ich nehme an, du bist der Richtige, der mir etwas zu den heiligen Sakramenten sagen kann, oder?«

Deckert sah von seinem Computerbildschirm auf. Pandera stutzte. Auf Deckerts Schreibtisch stand ein Schachbrett.

»Welche meinst du denn?«, fragte der Kollege.

»Wie? Welche?«

»Na, jede Kirche hat ihre eigenen Sakramente. Die katholische hat andere als die evangelische, die Freikirchen wieder andere ...«

»Halten wir uns mal an die katholische Kirche«, sagte Pandera. »Gibt es da ein *letztes* Sakrament?«

Deckert schüttelte den Kopf. »In der katholischen Kirche gibt es sieben Sakramente: Taufe, Firmung, Eucharistie, Buße, Krankensalbung, Weihe und Ehe.«

»Gibt es eine bestimmte Reihenfolge?«

»Nein, zumal auch die Kirche selbst als Sakrament angesehen wird, genauso wie das Wirken Jesu.«

»Und was ist mit der Letzten Ölung? Ist das nicht auch ein Sakrament?«

»Das fällt unter die Krankensalbung«, antwortete Deckert. »Das könnte man vielleicht als letztes Sakrament bezeichnen. Aber macht eigentlich niemand.«

»Und welchen Bezug könnte das letzte Sakrament zu unserem Jesusklon haben?«

»Gar keinen«, sagte Deckert. »Außerdem muss ich mich wieder meinem Fernschach widmen.«

»Fernschach?«

Deckert zeigte auf das Schachbrett neben seinem Computer. »Ich bekomme jeden Morgen eine Mail von einem Kollegen aus den USA, und abends sende ich ihm meine Antwort.«

»Ach, deswegen bist du so früh da.«

»Das nennt man Beziehungspflege«, sagte Deckert. »So hilft mir der US-Kollege auch ohne Interpolbürokratie.«

»Wobei muss er dir denn helfen?«

»Wie man den perfekten Hamburger brät, beispielsweise.« Deckert grinste.

Panderas Gedanken waren schon weitergesprungen. Konnte das sein? Waren die beiden Toten in der Schweiz auch nur Figuren in einem Spiel? Von der Ferne aus geführt? Obrist und Leuenberger hatten ein Geheimnis gekannt, deswegen hatten sie sterben müssen.

Plötzlich war sich Pandera sicher, die Lösung dieses Geheimnisses würde er nicht hier in Basel finden, sondern nur in Rom. Denn dort waren der Jesusklon, der Professor, dieser Reporter und die Wächter des letzten Sakraments.

Er ging zurück in sein Büro und schickte eine offizielle Anfrage an die italienische Polizei, ob dort eine Gruppe mit Namen *Sacramentum* bekannt sei. Dann nahm er sein Mobiltelefon und rief Kurt Sander an.

»Was hältst du von einem Kurzurlaub in Rom?«, fragte Pandera.

Sander schien ein paar Sekunden zu brauchen, um die Frage zu verstehen.

»Offiziell oder inoffiziell?«, wollte er schließlich wissen.

»Natürlich inoffiziell«, sagte Pandera. »Für ein paar Tage, am besten ab übermorgen.«

»Und wer zahlt den Spaß?«

»Da wird sich jemand finden.«

»Ich möchte nicht, dass du zahlst«, sagte Sander. »Wenn schon, dann soll Edeling zahlen.«

»Was? Das klappt niemals! Er hat mir verboten, mit dir auch nur ein Wort über den Fall zu reden.«

»Wie du ihm das verkaufst, ist mir egal. Außerdem soll er mir hinterher einen Brief schreiben und mir für meine Arbeit danken.«

»Edeling hat die Sache mit der gebrochenen Nase noch nicht vergessen.«

»Ich habe die Sache mit meiner Entlassung auch noch nicht vergessen!«, sagte Sander. »Trotzdem würde ich für dich sofort nach Rom fliegen. Allein, um dir zu helfen. Doch ich hab keine Lust, dass sich Edeling anschließend in unserem Erfolg sonnt.«

»Also gut.« Pandera seufzte. Er wollte lieber nicht darüber nachdenken, was Edeling ihm angedroht hatte, falls er Sander einschalten würde. »Du wirst für deine Mitarbeit entlohnt, und Edeling wird dir dafür danken. Dafür stehst du mir ab übermorgen in Rom zur Verfügung, okay?«

»Ehrensache.«

Pandera legte auf und überlegte, ob er zu Edeling gehen sollte. Nein, das war zu früh. Er musste noch mehr recherchieren. Und er brauchte Unterstützung.

Kurz nach Mittag kam Tamara Aerni aus Bern zurück.

»Was gibt es Neues?«, fragte Pandera.

»Nicht viel. Morgen ist Vogt wieder da, dieser Seelsorger im Inselspital. Dann werde ich ihn mal interviewen. Und bei dir?«

»Ich überlege, ob ich nach Rom fliegen soll …«

»Was?« Sie zog die Brauen hoch. »Ich meine, schau mich an, ich bin wirklich die Letzte, die etwas gegen eine lässige Arbeitshaltung hat, aber …«

»Tamara!«, unterbrach Pandera sie. »Wenn überhaupt, dann fliege ich *dienstlich*. Inzwischen ist wohl klar, dass dieser kleine Jesus etwas mit dem Fall zu tun hat.«

»Ein Zweijähriger? Also entweder ich ermittle in einem anderen Fall, oder …«

»Überleg doch mal«, unterbrach Pandera sie. »Roland Obrist hat das Grabtuch im Auftrag der Kirche untersucht und sich nur noch dafür interessiert. Der Bischof und sein Stellvertreter, Vikar Kunen, wussten, dass jemand Jesus klonen würde. Hier kämpft eine Macht gegen die andere. Roland Obrist stand auf der Seite der Kirche, die den Jesusklon verhindern wollte. Und der Mörder steht auf der anderen Seite.«

»Du meinst, es ist dieser schleimige Reporter?«

»Er hat sicher ein Motiv. Es geht um die Story seines Lebens. Die wird er sich nicht nehmen lassen wollen.«

»Und was ist mit dem Wissenschaftler, der den Klon geschaffen hat?«

»Für den gilt dasselbe. Außerdem hat der Bischof erzählt, in Rom gebe es eine christliche Gruppe, die sich *Sacramentum* nennt. Angeblich wollte diese Gruppe Proben des Grabtuchs kaufen, und Obrist war ihnen auf der Spur.«

»*Sacramentum*. Das passt zu den verschwundenen Ordnern.« Tamara schwieg einen Moment. »Aber wenn die Gruppe christlich ausgerichtet ist, ist sie auf der Seite der Kirche, oder?«

»Das Christentum besteht nicht nur aus der katholischen Kirche«, sagte Pandera. »Denk an die Protestanten, die Orthodoxen und die ganzen Sekten. Vielleicht hat jemand eine alte Rechnung mit der katholischen Kirche offen und begleicht sie jetzt. Wer weiß schon, wer oder was wirklich hinter dem neuen Jesus steckt?«

»Klingt nach einer Verschwörungstheorie.« Tamara winkte ab.

»Nur weil es so viele abwegige Verschwörungstheorien gibt, heißt das noch lange nicht, dass alle Unsinn sind.«

»Das ist wie mit Voodoo. Nur weil in Europa niemand Ahnung davon hat, heißt das noch lange nicht, dass es nicht funktioniert.« Sie zwinkerte ihm zu.

»Das könnte ich dir fast glauben«, sagte er. »Wie wäre es mit einem Kaffee? Der hilft immer.«

39

Ein paar Stunden und ein paar Tassen Kaffee später fuhr Pandera nach Hause. Je mehr er sich mit dem Fall beschäftigte, desto überzeugter war er, dass der Schlüssel zu dessen Lösung in Rom lag.

Unterwegs besorgte er einen großen Blumenstrauß für Jackie, Pralinen für die Schwiegereltern und ein Spanisch-Erweiterungskit für den Spielzeugroboter.

Dann hatte das Ding endlich einmal etwas Vernünftiges zu tun, und Lara und Ben konnten auf spielerische Weise ihr Spanisch verbessern. Das war in letzter Zeit ohnehin ein wenig zu kurz gekommen. Wie so vieles.

Vollgepackt öffnete Pandera die Haustür.

»Was hast du denn angestellt?«, fragte Jackie, nachdem sie ihm einen Begrüßungskuss gegeben hatte.

»Nichts«, antwortete Pandera. »Aber das kann ja noch werden.«

»Weich nicht aus.«

Pandera erzählte von seinen Plänen. Er erntete nicht gerade Begeisterung. Seine Schwiegereltern interpretierten das Ganze unverhohlen als Fluchtversuch. Allerdings nicht vor dem Täter, sondern vor ihnen.

Vielleicht war es ja wirklich eine Flucht. Oder er rannte einem Phantom hinterher, einer imaginären Gruppe, über die er trotz seiner Recherchen bisher nichts herausgefunden hatte.

»Hat Edeling schon zugestimmt?«, fragte Jackie.

Pandera schüttelte den Kopf. »Ich wollte erst mal dich fragen.«

»Ich bin auch leichter zu überzeugen als dein Chef, oder?« Jackie küsste ihn.

»Quatsch«, sagte Pandera und wusste, dass sie recht hatte.

»Hoffentlich wird es nicht gefährlich …« Jackie sah ihn besorgt an.

»Eine Lustreise nach Rom?«, erwiderte er. »Sicher nicht.«

Sie glaubte ihm nicht.

Kein Wunder, er glaubte es ja selbst nicht.

40

Tamara Aerni saß in der Cafeteria des Berner Inselspitals. Mit jeder Minute, die der Spitalseelsorger sie länger warten ließ, wurde sie aggressiver.

Dabei war sie eine Harmonie ausstrahlende Frau, deren Anblick manche dazu brachte, *Peace* zu rufen und rauchgeschwängerten Träumen nachzuhängen. Und sie hatte gegen ein hartnäckiges Vorurteil zu kämpfen – eine dunkle Hautfarbe und Dreadlocks. Das hieß für viele, die hat was mit Drogen zu tun. Sie wäre die perfekte Undercoverermittlerin im Rauschgiftdezernat, doch der Job interessierte sie nicht.

Sie hatte zwar etwas gegen die Dealer, nicht aber gegen die Abhängigen. Wenn es nach ihr ging, durfte jeder machen, was er wollte, solange niemand anders zu Schaden kam.

Endlich lief ein Mann mit hastigen Schritten in die Cafeteria. Er blickte sie an, stoppte und blieb dann unsicher in zwei Metern Abstand vor ihr stehen.

»Sind Sie Herr Vogt?«, fragte Tamara.

Der Mann nickte.

»Ich bin Tamara Aerni von der Basler Kriminalpolizei.«

»Ach so …«, sagte Vogt und gab ihr die Hand.

Tamara hatte sich schon oft gefragt, ob es an ihrem Geschlecht lag oder an ihrer Hautfarbe, dass man sie nicht für eine Polizistin hielt. Selbst wenn sie nicht so aussah, sie hatte ein Schweizerkreuz auf dem Pass, und ja, entgegen anderslautender Gerüchte galt auch in der Schweiz das Frauenwahlrecht.

Wenn auch erst seit 1971.

»Ich bin Christian Vogt, der Spitalseelsorger«, sagte der Mann. Sein Händedruck war weich und feucht. »Ich musste noch eine Salbung vornehmen. Es wäre unhöflich gewesen, das in fünf Minuten abzuwickeln.«

»Kein Problem.« Tamara stand auf. »Können wir in ein Besprechungszimmer gehen?«

»Meinen Sie, es dauert so lange?« Vogt strich sich über sein narbiges Kinn. Das Braun seiner Haare wirkte stumpf, und sein Gesicht war so blass, als hätte er trotz des Hochsommers die Sonne lange nicht mehr gesehen. Am Revers seines schwarzen Anzugs steckte eine rote Aidsschleife, daneben eine Anstecknadel, auf der *Jesus lebt* stand.

Tamar deutete auf die Nadel. »Wie recht Sie auf einmal haben.«

Er blickte gedankenverloren auf den Anstecker und schloss für einen Moment die Augen. »Eben, Sie können sich ja vorstellen, was momentan los ist.«

»Wie lange unser Gespräch dauert, hängt ganz von Ihnen ab.« Tamara nickte ihm freundlich zu.

»Gut, dann folgen Sie mir bitte«, sagte Vogt und eilte durch einen langen Gang.

Sie setzen sich in einen leeren Pausenraum, der trotz des Rauchverbots im Spital verdächtig nach Zigarettenqualm roch. Ein weißer Tisch, vier Stühle und eine Küchenecke standen darin. Im Ausguss der Spüle lag ein wenig Asche.

»Rauchen Sie?«, fragte der Priester, als wollte er ihr die Beichte abnehmen.

»Schon fast zwanzig Jahre nicht mehr«, antwortete Tamara. Sie sah jünger aus als die vierundzwanzig Jahre, die in ihrem Pass standen.

Vogt sah sie irritiert an.

»In Haiti fängt man früh an«, erklärte Tamara und schmunzelte. »Dafür hört man schnell wieder auf, wenn man schlau ist.«

»Das habe ich noch vor mir.« Der Priester ging zum Fenster, öffnete es, steckte sich eine Zigarette an und lächelte verlegen.

»Haben Sie eigentlich engen Kontakt zu Bischof Obrist?«, fragte Tamara.

»Ich bin nur ein unbedeutender Spitalseelsorger.« Vogt zog an seiner Zigarette. »Weshalb fragen Sie?«

»Weil Sie Jesuit sind.« Tamara zeigte auf Vogts Siegelring, in den die Buchstaben *IHS* eingraviert waren. »Und die Gemeinschaft der Jesuiten in der Schweiz ist recht klein.«

»Die kirchlichen Ämter werden nicht nach Ordenszugehörigkeit vergeben«, erklärte der Priester. Es klang belehrend.

»Aber Sie kennen ihn?«, fragte Tamara.

»Nicht besonders gut. Er hat lange Zeit in Rom gelebt. Einmal im Jahr spricht er zu den Mitgliedern unseres Ordens, bei der Gelegenheit wechsle ich ab und an ein paar Worte mit ihm.«

»Und wie gut verstehen Sie sich mit Generalvikar Kunen?«

»Mit ihm habe ich häufiger zu tun«, sagte Vogt und seufzte kaum vernehmlich. »Er ist Leiter der Ordenssektion.«

»Der Vikar ist nicht sehr beliebt, oder?«

»Ein Soldat bleibt immer ein Soldat.« Der Priester ging zur Spüle und drückte die Zigarette aus. Dann schloss er das Fenster und blieb davor stehen. »Bruder Kunen ist ein großer Freund der Disziplin.«

»Das sind doch die meisten ...«

»Nun ... Kunen ist manchmal sehr gebieterisch.« Er räusperte sich. »Ihm fehlt die ausgleichende Art des Bischofs.«

»Ich verstehe«, sagte Tamara. In Wirklichkeit verstand sie gar nichts. Was ging in einem Priester vor, der beim Militär diente? Waffensegnung war für Tamara Voodoo für Anfänger, nur in ein pseudoreligiöses Schafspelz verpackt.

Sie musste sich wieder auf den Fall konzentrieren. »Ich wusste gar nicht, dass der Vikar Soldat war. Hat er als Militärseelsorger gedient?«

»Soweit ich das weiß, war er damals noch kein Priester«, antwortete Vogt. »Kunen gehörte irgendeiner Eliteeinheit an. Er hat erst später zum Glauben gefunden.«

»Einer Eliteeinheit?« Tamara rief sich das Bild des Vikars in Erinnerung, er sah aus wie ein *Marine*, groß, breitschultrig, muskulös. »Eine ungewöhnliche Karriere, oder?«

»Mag sein.« Vogt zuckte mit den Schultern und blickte auf seine Uhr. »Haben Sie noch weitere Fragen? Ich verstehe nämlich nicht recht, was Sie von mir wollen.«

»Sie wissen, dass der Bruder des Bischofs ermordet wurde?«, fragte sie.

Er nickte. »Es ist schrecklich, was mit Roland Obrist geschehen ist, aber ...«

»Wie gut kannten Sie eigentlich den Laborleiter des Inselspitals, Herrn Doktor Leuenberger?«

Der Priester setzte sich an den Tisch und blickte auf die weiße Resopalplatte. Es dauerte lange, bis er weitersprach. »Deswegen wollen Sie mit mir reden ... Sie glauben, ich wäre ...«

»Ich glaube gar nichts, ich stelle nur Fragen«, entgegnete Tamara. »Also, wie gut kannten Sie ihn?«

»Es war ein merkwürdiger Kerl«, sagte der Priester, ohne zu zögern. »Er ist an einer Überdosis gestorben, nicht wahr?«

»Woher wissen Sie das?«

»Das stand in der Zeitung. Die Reporter verstehen sehr wohl, was es bedeutet, wenn man eine Leiche im Blutturm findet.«

»Wussten Sie von seiner Kokainsucht?«

»Nein.« Vogt biss sich auf die Lippe. »Aber es überrascht mich nicht.«

»Sie haben sich nicht besonders gut verstanden mit ihm, oder?«

»Sie werden lange suchen müssen, um jemanden zu finden, der sich mit Leuenberger verstanden hat.« Vogt steckte sich eine neue Zigarette an, stand auf und öffnete das Fenster.

Tamara dachte nach. Auch in den anderen Befragungen hatte sie die Abneigung gegen Leuenberger gespürt, nur nicht so deutlich wie bei Vogt.

»Bisher hat sich niemand negativ über den Mann geäußert«, behauptete sie, um den Priester aus der Defensive zu locken.

»Über Tote soll man ja auch nicht schlecht reden«, erwiderte Vogt.

»Und was haben Sie über ihn zu sagen?«

Der Geistliche sah zu Boden.

»Sie finden es früher oder später ja doch heraus.« Er nahm einen kräftigen Zug von seiner Zigarette. Den Rauch blies er in den wolkenverhangenen Himmel. »Also kann ich es Ihnen auch gleich erzählen.«

41

»Nach Rom?« Edeling schlug mit der Faust auf den Tisch. Der Leiter der Kriminalpolizei hatte die Tür zu seinem Büro offen stehen lassen, nun stand er auf und schloss sie unter den neugierigen Blicken seiner Sekretärin. »Eine Dienstreise nach Rom?«, wiederholte er. »Warum nicht gleich New York oder Tokio?«

»Weil dieser Reporter in Rom ist, im Vatikan«, erklärte Pandera. »Der geklonte Jesus hat etwas mit unserem Fall zu tun. Der Reporter weiß, wo sich dieser Wissenschaftler aufhält. Und er weiß vielleicht etwas von der Gruppe namens *Sacramentum*. Ich bin mir sicher, es gibt eine Verbindung zu den Morden an Roland Obrist und Doktor Leuenberger.«

Edeling seufzte. »Wie stellen Sie sich das vor? In Italien ermitteln?«

»Ganz einfach«, sagte Pandera. »Mit Reiseantrag, Spesenabrechnung und gemeinsam mit der italienischen Polizei.« Er legte ihm den Reiseantrag und ein Schreiben der römischen Polizei vor, das er sich inzwischen besorgt hatte. Darin wurde ihm zugesagt, dass er die Ermittlungen vor Ort beratend begleiten durfte. »Wenn wir das Angebot nicht wahrnehmen, wirken wir nicht besonders professionell.«

Edeling seufzte wieder. »Können Sie überhaupt Italienisch?«

»*So abbastanza parlare italiano per poter comandare un caffè o arrestare un assassino*«, antwortete Pandera.

»Bitte?«

»Ich kann genug Italienisch, um einen Espresso zu bestellen und einen Mörder zu verhaften.« Pandera lächelte.

Edeling schüttelte unwillig den Kopf.

»Die Weltöffentlichkeit schaut auf den Jesusklon. Wenn wir die Mordfälle lösen, die damit in Verbindung stehen, wird das Ansehen der Basler Kriminalpolizei und von deren Führung in neue Höhen ...«

»Jaja, dann fahren Sie halt!« Edeling unterschrieb den Reiseantrag. »Aber ich warne Sie vor überstürzten Aktionen!« Er richtete einen Zeigefinger auf Pandera, als wäre er eine Waffe. »Wir sind dort nur zu Gast. Jeder Ermittlungsschritt muss mit mir und den italienischen Behörden abgestimmt werden!«

Pandera nickte und dachte sich seinen Teil.

»Und ich warne Sie noch einmal davor, Sander ins Spiel zu bringen!«, sagte Edeling. »Wenn ich mitbekomme, dass der Kerl in die Ermittlungen einbezogen wird, können Sie sich in Zukunft mit ihm auf die Parkbank setzen!«

Dann brauche ich das Thema ja gar nicht mehr anzusprechen. Es ist ohnehin zu spät, einen Rückzieher zu machen.

»Wenn man gegen die Vergangenheit kämpft, kann man nichts aus ihr lernen«, sagte Pandera trocken und verabschiedete sich.

Trotz Edelings Drohung war seine Laune blendend. Er hatte bekommen, was er wollte. Kein Wunder, Edeling brauchte dringend einen Erfolg. Der Chef der Kriminalpolizei hatte mit seiner schroffen Art fast alle Polizisten gegen sich aufgebracht. Sein Stuhl war an mindestens drei Beinen angesägt.

Pandera hätte am vierten sägen können, doch er war hier, um einen Mörder zu fassen, und nicht, um sich an Intrigen zu beteiligen. Und wenn er den Fall erst einmal aufgeklärt hatte, würde er Edeling schon beibringen können, wer ihm dabei geholfen hatte.

Hoffentlich.

Er nahm sein Telefon und wählte Sanders Nummer.

Seine dunkle Brummbärstimme meldete sich. »Ja?«

»Hallo, Kurt.« Pandera grinste. »Edeling hat meinen Reiseantrag unterschrieben.«

»Und was hat er zu mir gesagt?«

»Er wird dir wohl kaum danken, bevor du gute Arbeit geleistet hast, oder?«

»Und was ist mit den Kosten?«

»Von dem Spesensatz können wir beide gut leben.«

»Äh, wir wären nicht zu zweit«, sagte Sander und holte tief Luft. »Ich konnte Gabriele nicht meine plötzliche Reisewut erklären. Also will sie mit.«

»Okay«, sagte Pandera zögernd. »Sie kommt in Rom sicher auch allein zurecht, oder?«

»Wenn du ihr deine Kreditkarte leihst, ganz bestimmt.«

Pandera stöhnte. »Hauptsache ihr seid morgen da.«

»Wir fliegen heute schon. Ich hab die Flüge vorhin gebucht. In weiser Voraussicht ...« Sander räusperte sich. »Eine Sache hast du mir noch gar nicht gesagt. Wobei soll ich dir überhaupt helfen? Ich hoffe, es ist was Einfaches. Auf eine Handtasche aufpassen, zum Beispiel. Was für einen Rentner ...«

»Wenn es so einfach wäre, hätte ich Deckert gefragt.« Pandera grinste. Schnell wurde er wieder ernst.

Nein, es würde nicht einfach werden. Weder für Sander noch für ihn selbst. Aber er wusste, er hatte keine andere Wahl.

42

Spitalseelsorger Vogt schnippte die halb gerauchte Zigarette aus dem Fenster. Er blickte hinauf zu den immer dunkler werdenden Wolken, als würden sie seinen Zustand spiegeln. Er seufzte. »Leuenberger hat versucht, mich zu erpressen.«

»Erpressen? Weswegen denn?«, fragte Tamara Aerni.

»Das ist eine lange Geschichte. Doktor Leuenberger war der Auffassung, ich hätte Probleme mit dem Zölibat.«

»Haben nicht viele Priester Probleme damit?«

Sie erntete einen sarkastischen Blick.

»Sie haben leicht reden«, sagte Vogt. »Geht man auf Distanz zu den Menschen, gilt man als kalt. Zeigt man Nähe, steckt hinter jeder Berührung gleich eine Sünde.«

»Das kann ich mir vorstellen.« Tamara blickte den Priester mit einem Anflug von Mitleid an. Er verflüchtigte sich schnell. »Andererseits weiß heutzutage jeder, worauf er sich einlässt.«

»Ich habe auch nicht gesagt, dass ich ein Problem mit dem Zölibat habe«, erklärte Vogt. »Ich habe nur gesagt, dass Leuenberger glaubte, ich hätte eines.«

»Und wieso konnte er das glauben?«

»Ich war mit einem der Pfleger recht gut befreundet«, erzählte der Priester. »Eine reine Männerfreundschaft.« Er zog die Stirn in Falten. »Leider habe ich nicht gewusst, dass der Mann Mitglied in einem Swingerclub ist …«

Und er hat dich abgefüllt und auf eine Party mitgenommen, dachte Tamara. Ist mir auch schon passiert. Aber ich bin ja kein Priester.

»Irgendwie hat Leuenberger das mitbekommen, er kannte sich wohl aus in solchen Kreisen«, fuhr Vogt fort.

»Leuenberger war doch verheiratet.«

»Das Sakrament der Ehe hat ihm nicht viel bedeutet. Und seiner Frau auch nicht. Beide führten eine offene Ehe, wenn Sie verstehen, was ich meine.«

Tamaras Blick fiel wieder auf die rote Aidsschleife am Revers des Priesters. Sie wurde einfach nicht schlau aus dem Geistlichen. Der Mann gehörte schließlich einer Religion an, in der einige HIV als Strafe Gottes interpretierten.

»Wie ist eigentlich Ihr Verhältnis zu gleichgeschlechtlicher Liebe?«, fragte sie und fand sich in diesem Augenblick fast ein wenig zu neugierig.

»Es ist, wie es ist«, sagte der Priester. »Ich kann diese Menschen nicht verurteilen. Können Sie es?«

Tamara hob ausweichend die Hände. »Wir haben bei der Polizei Besseres zu tun, als uns um die sexuellen Vorlieben der Bevölkerung zu kümmern. Und das ist auch gut so.«

Der Priester nickte, doch Tamara erkannte an seinem resignierten Blick, dass für ihn andere Regeln galten.

»Wie hat Leuenberger Sie erpresst?«, fragte sie.

Vogt schloss das Fenster. Er drehte sich um und sah Tamara direkt ins Gesicht. »Leuenberger war im Besitz von Bildern, die man falsch interpretieren kann.«

»Falsch interpretieren?«, fragte sie. Entweder die Bilder waren eindeutig, oder sie waren unverfänglich. Das hatte nichts mit Interpretation zu tun.

»Na ja, wir hatten zu viel getrunken«, gab Vogt zu. »Und auf einmal sind wir in diese Bar gegangen, von der ich dachte, sie wäre wie jede andere.«

Tamara musste sich ein Grinsen verkneifen. Sie hatte sich nicht getäuscht. »Die Bilder waren also ziemlich eindeutig.«

»Auf einmal waren da irgendwelche Stripper – und ich mit einem von denen zusammen auf dem Bild.«

»Was haben Sie wegen der Erpressung unternommen?«

Vogt seufzte. »Ich habe bezahlt.«

»Ihre Existenz stand auf dem Spiel. Und Sie haben einfach bezahlt und sich nicht gewehrt.«

»Wie hätte ich meine Unschuld denn beweisen sollen?«, fragte Vogt. »Sie kennen die wirkliche Welt dort draußen, so wie sie ist. Sie verstehen das. Aber meinen Sie, Vikar Kunen würde das auch verstehen?«

Tamara schüttelte den Kopf. »Ihnen ist klar, dass Sie mir gerade ein starkes Motiv für den Mord an Doktor Leuenberger genannt haben, oder?«

»Nur weil ich einen Fehler gemacht habe, werde ich nicht zum Mörder!« Vogts Gesicht verhärtete sich. Er funkelte sie aus dunklen Augen an. »Ich bin ein Priester!«

»Auge um Auge, Zahn um Zahn. Steht das nicht schon in der Bibel?«

»Das ist absurd!« Er schüttelte den Kopf.

»Dann können Sie mir sicher beantworten, wo Sie in der Nacht vom 4. auf den 5. August waren, die Nacht in der Doktor Leuenberger ermordet wurde.«

43

Jesus lachte.

Er freute sich, wie es nur ein kleines Kind konnte. Er war ganz und gar in dieser Welt versunken, als hätte er sie nie verlassen und als würde er es niemals wieder tun.

Doch auch sein Ende würde einmal kommen, so sicher wie das Amen in der Kirche. Niemand jedoch konnte wissen, wann es so weit war.

Schicksal ist eine Ausrede für Verlierer, dessen war sich Professor Wismut sicher.

Er musste daran denken, wie alles begonnen hatte. Wie er mit den Proben des Grabtuchs experimentierte. Wie er wieder und wieder versuchte, die DNA zu komplementieren und einen lebensfähigen Embryo zu erzeugen. Und wie er, Tag für Tag und Nacht für Nacht, jedes Mal aufs Neue scheiterte.

Er hatte schon jede Hoffnung aufgegeben, da war ihm doch noch, mitten in einem Traum, eine Eingebung gekommen, so intensiv und so überzeugend, als stammte sie von Gott selbst.

Das war natürlich Unfug. Denn Gott war nicht nur tot, wie Nietzsche sagte. Nein, er hatte nie existiert.

Und er würde nie existieren!

Alle, die ihm jetzt noch zujubelten, würden ein Wunder erleben! Ihr blaues Wunder.

Anfangs hatte er die Idee als absurd verworfen. Sie war jedoch gewachsen und immer stärker geworden. Schließlich hatte er verstanden, dass es die einzige Möglichkeit war, seinen Plan umzusetzen.

Niemand wusste, wie eine jungfräuliche Empfängnis vonstattenging. Oder wie Jesus wiederauferstanden war. Die mit einem Kreuz um den Hals glaubten trotzdem daran. Im Gegensatz dazu hatte bei seinem Wunder jeder sehen können, dass Jesus wirklich lebte, dass *er* ihn erschaffen hatte.

Wismut sah aus dem schmutzigen Fenster des Regionalzugs und legte die Tageszeitungen zur Seite, die er am Bahnhof Termini gekauft hatte. Selbst in den arabischen Zeitungen hatte er es auf die Titelseite geschafft, wenn auch nicht als Aufmacher. Zwar verstand er nicht, was *Al-Watan* und *Al-Hayat* geschrieben hatten, aber wenn sie die Meinung der westlichen Presse teilten, waren sie überzeugt davon, dass ein neuer Jesus geboren worden war.

Die ersten wissenschaftlichen Institute, die inzwischen die Blutproben des neuen und des alten Jesus erhalten hatten, bestätigten deren Übereinstimmung. Selbst die Wissenschaftsmagazine gaben ihre Zurückhaltung auf und kündigten Coverstorys zum Klonen von Menschen an. Er hatte sie überzeugt.

Kein Wunder, er hatte den Klonvorgang lückenlos dokumentiert. Bald würden andere Wissenschaftler nach seiner Anleitung in der Lage sein, Menschen zu klonen. Doch er hatte nicht irgendjemanden geklont, nein, es handelte sich um die wichtigste Person der Menschheitsgeschichte.

Jesus war die Hoffnung, der Glaube und das Gewissen von über zwei Milliarden Christen.

Und er war wiederauferstanden.

Wäre die Kirche ein Wirtschaftsunternehmen, würde der Papst von einem Wettbewerbsvorteil gegenüber anderen Weltreligionen sprechen. Schließlich war Mohammed schon lange tot, Abraham noch länger und Buddha nichts als eine goldene Statue.

Aber der Führer der Christen war wieder am Leben!

Gab es einen überzeugenderen Beweis für die Überlegenheit der christlichen Kirche?

Einen überzeugenderen Beweis für das Wunder der Auferstehung?

Die Kirche war jedoch kein Wirtschaftsunternehmen, selbst wenn viele Kirchenkritiker das behaupteten.

Ja, sie war ein Unternehmen, allerdings eines, das mit Ideologien handelte. Warum sonst bekämpfte der Papst den Jesusklon mit allen Mitteln? Der höchste Würdenträger der katholischen Kirche hatte sofort verstanden, worum es ging. Niemand brauchte einen Stellvertreter Christi auf Erden, wenn Christus selbst auf Erden weilt.

Das und nichts anderes war der Kern des katholischen Widerstands gegen den neuen Jesus.

Die Gläubigen hingegen waren geteilter Meinung.

In Südamerika und im christlichen Teil Afrikas war man begeistert. Ein neuer Erlöser hatte die Welt betreten. Er würde das Ungleichgewicht und die Ungerechtigkeit beenden.

Endlich!

Im säkularen Westen waren vor allen Dingen die sonst so religionskritischen Wissenschaftler auf der Seite des neuen Jesus, während die Gläubigen verunsichert nach Orientierung suchten.

War der neue Jesus wirklich wie der alte? Wie war der alte überhaupt gewesen?

So wie es in der Bibel stand oder so wie die Kirche die Schriften interpretierte?

Oder keines von beidem?

War er vielleicht sogar der streitbare, ja, kriegerische Jesus der Schriftrollen von Qumran?

Schon hatten sich die ersten christlichen Gruppen nach Rom aufgemacht, um dem neuen Jesus als Jünger zu folgen. Sie waren in die Ewige Stadt gekommen, obwohl niemand wusste, wo sich Jesus aufhielt.

Niemand außer ihm.

Und das sollte auch noch eine Weile so bleiben. Wismut zog sich die Schirmmütze tiefer ins Gesicht. Er hatte alles bis ins letzte Detail geplant. Trotzdem hatte er häufiger auf Plan B zurückgreifen müssen. Ja, er war Umwege gegangen, aber er war nie von seinem Ziel abgewichen, nicht ein einziges Mal.

Bereits vor Monaten hatte er gewusst, dass er in diesem Zug sitzen würde. Es war nur ein unbedeutender Regionalzug, der die Strecke mehrmals am Tag fuhr. Theoretisch hätte er jeden anderen davor und danach nehmen können. Doch er fuhr genau in dem Zug, den er sich vor Wochen ausgesucht hatte. Das gab ihm ein Gefühl von Macht.

Durch den Lautsprecher ertönte eine verzerrt klingende Durchsage. Professor Wismut wusste auch so, dass der Zug sein Ziel erreicht hatte. Seine Reise hatte gerade erst begonnen. Er stand auf, nahm den kleinen Jesus an der Hand, griff nach seinem Lederkoffer und blickte aus dem Fenster.

Als er den Namen des Bahnhofs las, nickte er zufrieden.

Dann mischte er sich unter die Menschen, die aussteigen wollten, und verschwand in der Masse.

44

»Das ist nicht dein Ernst!« Pandera hielt sein Smartphone näher ans Ohr. Im Flughafen herrschte das typisch italienische Flair, es war eben alles ein wenig lauter als in der beschaulichen Schweiz.

»Doch, wenn ich es dir sage«, erwiderte Tamara. »Der Kerl war bei der Fremdenlegion. Es gab deswegen sogar einen Prozess gegen ihn.«

»Jetzt erzähl mir nicht, der Herr Generalvikar ist auch noch ein Kriegsverbrecher.«

»Nein, aber es ist einem Schweizer Staatsbürger verboten, in der Fremdenlegion zu dienen«, sagte Tamara.

»Warum das denn?«

»Die Legion wurde 1831 unter anderem deswegen gegründet, weil man den damals noch zahlreichen Schweizer Söldnern ermöglichen wollte, in der französischen Armee zu dienen. Deswegen war der erste Kommandant auch ein Schweizer. Nach dem Ersten Weltkrieg sah man die Gefahr, dass Schweizer Söldner gegen das eigene Land kämpfen könnten. Daher hat die Regierung die Mitgliedschaft in der Legion 1927 verboten. Das Gesetz gilt noch heute.«

»Woher weißt du das denn alles?« Pandera hatte geglaubt, sich dank der unzähligen Lektionen seines Schwiegervaters in Schweizer Geschichte auszukennen.

»Wikipedia.«

Pandera sah sie förmlich durchs Telefon grinsen. »Und weswegen sind immer noch Schweizer in der Legion, wenn es verboten ist?«

»Weswegen werden Banken überfallen, obwohl es verboten ist?«, entgegnete sie. »Weil man glaubt, dass man nicht erwischt wird. Da man in der Fremdenlegion nicht unter seiner echten Identität dient, ist es schwer nachzuweisen, dass jemand dabei war. Die Legion selbst schweigt dazu wie ein Grab, und wenn man selbst dichthält, passiert einem nichts.«

»Und weshalb wurde Vikar Kunen angeklagt?«

»Weil jemand ihn verpfiffen hat«, antwortete Tamara. »Ich habe erst durch die Prozessunterlagen herausgefunden, dass er in der Legion war. Denn er hat dort unter falschem Namen gedient: Soliere.«

»Moment«, unterbrach Pandera sie. »Jemand hat ihn verpfiffen? Jemand, den wir kennen?«

»Du kommst nie drauf, wer das war.«

»Mach's nicht so spannend«, drängte Pandera. »So ein Auslandsgespräch ist ganz schön teuer.«

»Auslandsgespräch?«, wiederholte Tamara. »Bist du schon auf dem Weg nach Rom?«

»Bin gerade gelandet«, sagte Pandera. »Also, wer hat den Vikar verpfiffen?«

»Roland Obrist.«

»Was?«, fragte Pandera. »Woher weißt du das?«

»Der Bruder des Bischofs ist in dem Prozess gegen Kunen als Zeuge aufgetreten.«

»Das wird ja immer besser!« Pandera pfiff durch die Zähne. »Vorhin erzählst du mir, der Spitalseelsorger wurde von Leuenberger erpresst und hat kein Alibi für die Tatnacht.« Er schluckte. »Und jetzt sagst du mir, der Generalvikar ist ein ehemaliger Elitesoldat und wurde von einem seiner Glaubensgenossen verpfiffen, der inzwischen das Zeitliche gesegnet hat. Gibt es eigentlich auch normale Jesuiten?«

»Deckert meint, die sind alle kriminell«, sagte Tamara wie nebenbei.

»Deckert kann viel meinen. Der sieht überall Verdächtige.«

»Es gibt ja auch einige, die ein Motiv haben, eines der Opfer oder beide umzubringen. Vogt, Plattner, Kunen, Leuenbergers Frau ...«

»Nicht zu vergessen irgendwelche christlichen Gruppen in Rom«, ergänzte Pandera.

»Warum hast du mich eigentlich nicht mitgenommen?« Tamara klang beleidigt.

»Erstens hätte Edeling das nie erlaubt«, sagte er. »Und zweitens brauche ich jemanden, der die Ermittlungen in Basel weiterführt. Und da bist du die Einzige, die das kann.«

»Das war ja fast ein Lob«, sagte sie. »Aber noch mal zurück zum Fall. Vogt und Kunen stehen auf der Seite der Kirche. Also auf der Seite, von der du gestern gesagt hast, sie hat kein Motiv, Obrist zu ermorden.«

»Und weswegen hast du mich angerufen?«, fragte Pandera.

»Was hat das damit zu tun?«

»Kunen hat schon einmal die Seiten gewechselt. Wer sagt uns eigentlich, dass er es nicht wieder tut?«

»Oder dass er sie nie wirklich gewechselt hat«, meinte Tamara. »Ich glaube, da muss jemand mal in den Beichtstuhl.«

45

Die meisten Städte in der Schweiz gefielen Tamara Aerni, besonders Lausanne, Basel, Bern und Luzern.

Solothurn gehörte nicht dazu. Die Stadt hatte den Ruf, ein Nebelloch zu sein. Die Wolken hingen so tief über den Dächern, als wollten sie dort landen. Und das an einem Tag, an dem in Basel die Menschen im Rhein badeten.

Die Solothurner Altstadt war eigentlich farbenfroh, aber angesichts des trostlosen Wetters wirkte sie so grau wie eine gesichtslose Vorstadtsiedlung in der Mongolei.

Vielleicht kam ihr Solothurn auch nur so unfreundlich vor, weil sie mal wieder Mist gebaut hatte. Diese verdammte Radarfalle! Sie hatte keine Ahnung, wie sie das Edeling erklären sollte. Seufzend nahm sie sich vor, in Zukunft langsamer zu fahren.

Tamara überlegte, ob der Spider, den sie vor Kurzem bestellt hatte, ihr wirklich dabei helfen würde.

Sie stellte den Dienstwagen unweit der Kathedrale ab und ging die wenigen Meter zu Fuß. Vor der großen Treppe blieb sie staunend stehen.

Hier sind also die Kirchensteuern gelandet, die ich nicht zahle.

Sie hatte nichts gegen die Kirche, sie fand allerdings, Glauben war etwas viel zu Persönliches, als dass eine Organisation darüber bestimmen sollte.

Tamara wartete auf die Solothurner Kollegin. Als die zur vereinbarten Zeit nicht erschien, öffnete sie das schwere Portal der Kathedrale und trat in das große

Kirchenschiff. Sofort fühlte sie sich umschlossen von Weihrauchgeruch.

Sie atmete tief ein.

Weihrauch war eines der wenigen Dinge, die sie in einer Kirche mochte. Genauso wie die Stille, die dort herrschte. Nach dem Telefonat mit Kunen hatte sie sich gefragt, warum der Vikar sie ausgerechnet hier treffen wollte und nicht in der Bistumsverwaltung.

Jetzt wusste sie, warum.

Die Kirche war ein friedlicher Ort, ein Ort der Ruhe, an dem sie sich eine Konfrontation kaum vorstellen konnte. Auf den ersten Blick ein geschickter Schachzug des Vikars, doch auch ein gefährlicher, denn er würde sich genauso an die in einem Gotteshaus geltenden Regeln halten müssen.

Und das hatte er wohl vor. Freundlich lächelnd und mit ausgestreckter Hand kam Simon Kunen auf sie zu. Neben ihm lief Monika Hasler, die Solothurner Kollegin. Kannten sich die beiden etwa?

»Willkommen im Haus Gottes«, begrüßte Kunen Tamara ein wenig zu überschwänglich. Er hatte eine Soutane angelegt, unter der sein muskulöser Körper nur dezent zur Geltung kam. Um den Hals trug er eine silberne Kette, an der ein mit blauen Edelsteinen geschmücktes Kreuz hing. Seine Kopfhaut glänzte frisch rasiert, sein Bart war auf wenige Millimeter gekürzt. »Was kann ich für Sie tun?«

Der Vikar schüttelte Tamaras Hand so fest, dass es ihr wehtat. Er bot ihr einen Platz in einer der hölzernen Bänke am Rand des Kirchenschiffs an, kein Kirchenbesucher hielt sich in ihrer Nähe auf.

Tamara nickte und setzte sich, Kunen ging kurz in die Knie, bekreuzigte sich und nahm neben ihr Platz.

Monika Hasler hockte sich hinter sie, als hätte sie nichts mit dem Gespräch zu tun.

»Weshalb haben Sie uns verschwiegen, dass Sie in der Fremdenlegion waren?«, fragte Tamara den Vikar.

»Ich verstehe nicht, was das mit Ihren Ermittlungen zu tun hat«, sagte Kunen. »Ich war auch bei den Pfadfindern und habe ...«

»Haben Sie es uns verschwiegen, weil Sie ein Motiv hatten, Bruder Obrist zu töten?«

»Ich?«, fragte Kunen. »Wie kommen Sie denn auf so eine absurde Idee? Das ist ...«

»Wir wissen, Roland Obrist hat die Behörden seinerzeit informiert, dass Sie in der Fremdenlegion waren. Also spielen Sie uns nichts vor.«

Kunen nickte nur, er schien den Ernst der Lage begriffen zu haben.

»Warum hat Roland Obrist Sie verpfiffen?«

»Er hat mich nicht verpfiffen, wie Sie das nennen. Er wollte sich an das Gesetz halten. Er hielt es für seine Pflicht, die Behörden darüber zu informieren.« Kunen sprach langsam, er schien jedes Wort abzuwägen. »Es war ein Gewissenskonflikt, den er für sich auf diese Weise gelöst hat.«

»Ihr Verhältnis muss nach dem Vorfall ziemlich angespannt gewesen sein, oder?«

»Ich habe ihm vergeben, wenn Sie das meinen«, entgegnete Kunen, ohne eine Regung zu zeigen. »Im Übrigen bin ich nicht verurteilt worden.«

»Ich weiß, es gab eine außergerichtliche Einigung, weswegen wir den Vorfall auch nicht in Ihrem Führungszeugnis gefunden haben.« Tamara ärgerte sich darüber, dass ihr der Umstand bei den Recherchen über den Vikar entgangen war. »Woher wusste Obrist, dass Sie in der Legion gedient haben?«

»Ich nehme an, sein Bruder, der Bischof, hat es ihm erzählt«, sagte Kunen. »Ich habe bei meinem Eintritt in den Orden kein Geheimnis gemacht um meine Vergangenheit und meine Beweggründe. Hätte ich das getan, wüsste niemand davon. Dann säßen Sie jetzt nicht hier, und Sie würden den Mörder dort suchen, wo Sie ihn auch finden könnten.«

»Wo ich ihn suche, müssen Sie schon mir überlassen.« Tamara strich sich durch die Dreadlocks. »Warum haben Sie die Legion verlassen und sind zu den Jesuiten gegangen? Das ist ein recht ungewöhnlicher Weg, oder?«

»Gottes Wege sind unergründlich.« Kunen atmete tief durch. »Wir waren in Afghanistan im Einsatz. Ich war zwei Jahre dort.« Er rieb sich über die Stirn. Offenbar belastete ihn die Erinnerung daran. »Es ereignete sich in meinem letzten Dienstmonat. Drei Wochen noch und ich hätte nach Hause fahren können. Es geschah auf einer Routinepatrouille. Erst war alles wie immer, dann fuhren plötzlich zwei voll besetzte Kleinbusse an unseren Transporter heran.« Er räusperte sich.

Sie wartete, dass er weitersprach.

»Dann ging alles ganz schnell«, fuhr er schließlich fort. »Einer der Busse rammte uns von vorn, während der andere uns hinten den Weg abschnitt. Sofort eröffneten die Aufständischen das Feuer. Wir waren sechs Mann plus drei Einheimische. Die Angreifer waren in der Überzahl.« Der Vikar schluckte. »In diesem Augenblick habe ich mir geschworen: Wenn ich das überlebe, trete ich in den Orden ein.«

»Einfach so?«, fragte Tamara.

»Haben Sie schon einmal Todesangst gespürt?«

Tamara antwortete nicht. »Warum sind Sie damals überhaupt in die Legion eingetreten?«

»Das war ein Akt der Selbstdisziplinierung. Mehr möchte ich dazu nicht sagen.«

»Selbstdisziplinierung? Obwohl es verboten war?«

»Damals dachte ich, dass ein Gesetz, das keinen Sinn ergibt, nicht befolgt werden muss.«

»Und heute?«

»Heute sehe ich das anders. Manche Regeln muss man einhalten, auch wenn man nicht versteht, warum es sie gibt. Der tiefere Sinn erschließt sich einem mitunter erst nach langer Zeit.«

»Wie ist Ihr Verhältnis zu Bruder Vogt aus Bern?«, fragte Tamara unvermittelt.

»Ich verstehe nicht ...«

»Sie kennen ihn doch, oder?«

»Ja, nur was hat das mit Ihrem Fall zu tun?«

»Einer der Mitarbeiter des Berner Inselspitals wurde ermordet.«

»Und welche Rolle soll Bruder Vogt dabei spielen?«

»Halten Sie ihn für fähig, einen Mord zu begehen?«

»Jeder ist fähig, einen Mord zu begehen.« Obwohl der Vikar flüsterte, klang seine Stimme klar und bestimmt.

»Ungewöhnliche Worte für einen Priester.« Tamara ließ den Blick zum Altar schweifen. »Und das im Hause Gottes.«

»Die Wahrheit ist hier immer willkommen«, antwortete Kunen nun wieder etwas lauter. Er strich sich über die Glatze. »Nehmen Sie als Beispiel Georg Elser. Haben Sie von ihm gehört? Ein sehr gläubiger und friedlicher Mann. Aber er wollte einen Mord begehen, einen Mord, den jeder von uns auch begangen hätte. Zumindest jeder, der ein wenig Verstand besaß.«

»Elser? Nein.«

»Georg Elser war ein einfacher Schreiner. Und dennoch hat er 1939 versucht, Adolf Hitler und die ganze NS-Führungsriege in die Luft zu sprengen. Elser hat die Tat fast ein Jahr lang akribisch vorbereitet. Es war am 8. November 1939, kurz nach Ausbruch des Zweiten Weltkriegs. Hitler kam wie gewohnt in den *Bürgerbräukeller* in München und begann pünktlich um zwanzig Uhr seine Rede. Sie war bis zweiundzwanzig Uhr angesetzt. Alle SS-Größen waren anwesend. Elser hatte die Bombe in einer Säule versteckt.«

»Und dann? Hat die Bombe nicht gezündet?«

»Sie hat gezündet.« Kunen schüttelte den Kopf. »Pünktlich auf die Minute und doch zu spät, weil Hitler seine Rede wegen eines Unwetters früher beendet hat und abgereist ist. Dreizehn Minuten zu früh ... Das Attentat hat acht Menschen in den Tod gerissen.« Er machte eine Pause. »Dreizehn Minuten und die Weltgeschichte hätte einen anderen Verlauf genommen.«

»Das wusste ich nicht«, sagte Tamara leise. »Was ist mit Elser nach dem Attentat passiert?«

»Er wollte in die Schweiz flüchten, wurde jedoch noch auf deutscher Seite festgenommen, in ein KZ gesteckt und wenige Wochen vor Kriegsende auf Hitlers Befehl hin ermordet.«

»Und alles wegen eines Unwetters?«, fragte Tamara. »Hätte Gott das nicht verhindern können? Der Zweite

Weltkrieg wäre vielleicht schon zu Ende gewesen, bevor er richtig ausgebrochen war. Millionen von Menschen hätten den Krieg überlebt.«

»Sie besitzen eine sehr naive Form des Glaubens«, sagte Kunen. »Gott greift nicht einfach in das Weltgeschehen ein, auch wenn sich viele das wünschen. Er gibt nur die Regeln vor, nach denen wir uns zu richten haben.«

»Und eine der Regeln ist: *Du sollst nicht töten*«, widersprach Tamara.

»Wollen Sie jetzt mit mir über Ihren Glauben diskutieren, oder geht es um die Aufklärung eines Mordfalls?«

»Wir diskutieren nicht über *meinen* Glauben, sondern über *Ihren*. Doch wenn Sie so nett darum bitten, können wir gerne wieder über den Fall reden. Also, wo waren Sie in der Nacht vom 4. auf den 5. August?«

»Ich verbringe jeden Abend in der Bistumswohnung und gehe früh zu Bett«, antwortete der Vikar.

»Gibt es Zeugen dafür?«

»Nein, in der Regel bin ich allein in meiner Wohnung.«

»Gilt das auch für die Nacht, in der Roland Obrist ermordet wurde?«

»Exakt«, sagte Kunen. »Das Leben als Mönch verlangt, dass man viel Zeit im Gespräch mit sich selbst verbringt.«

»Das kann man ebenso im Gefängnis«, bemerkte Tamara. »Sie haben ein Motiv, aber kein Alibi.«

»Das Motiv ist genauso vage, als würde ich behaupten, ein Moslem hätte Bruder Obrist ermordet, weil der Koran fordert, die Ungläubigen zu töten.«

»Das fordert er nicht!«, widersprach Tamara.

»Dann sehen Sie ja selbst, wie widersinnig dieses Motiv ist.« Kunen erhob sich. »Haben Sie weitere Fragen?«

Tamara schüttelte den Kopf. Sie stand auf und ließ sich vom Vikar zum Portal der Kathedrale begleiten.

Monika Hasler nickte ihr zu und blieb in der Kirchenbank sitzen.

Tamara reichte Kunen die Hand. »Wie ist der Überfall auf Ihren Transporter damals ausgegangen?«

Der Vikar trat näher zu ihr. »Ich habe als Einziger überlebt.«

»Und von den Angreifern?«

»Ich habe doch gesagt, ich habe als Einziger überlebt«, wiederholte Kunen. »An dem Tag habe ich mehr Männer getötet als meine gesamte Einheit in den zwei Jahren zuvor. Aber glauben Sie nicht, dass ich stolz darauf bin.« Der Vikar bekreuzigte sich und sah sie mit festem Blick an. »Ich habe nur überlebt, weil Gott eine Aufgabe für mich hat. Einzig aus diesem Grund lebe ich noch.«

46

Roger Simovic lächelte. Es war kein vorgespieltes Lächeln wie jenes, das er den Aufsehern in seiner Besenkammer schenken würde. Gefängnis konnte man diesen Lagerraum ja wohl kaum nennen. Jeder Durchschnittskriminelle würde hier in weniger als fünf Minuten entwischen.

Aber er brauchte nicht auszubrechen, er würde entlassen werden. Jeder würde darin das Eingeständnis des Vatikans sehen, dass er unschuldig war. Seine Freilassung würde ihn wieder in die Schlagzeilen bringen. Und deswegen setzte er sein breites Gewinnerlächeln auf.

Simovic überlegte, ob er eine Sonnenbrille tragen sollte, um sich vor dem Blitzlichtgewitter der Fotografen zu schützen.

Er entschied sich dagegen. Schließlich war er kein Verbrecher, der unerkannt bleiben wollte. Im Gegenteil. Er wollte erkannt werden! Er würde seinen Auftritt zelebrieren. Er hatte sich sogar ein paar Worte für eine kleine Ansprache zurechtgelegt.

Sie alle haben vor Kurzem ein Wunder erlebt, würde er sagen. Dass ich heute die Freiheit wiedererlange, zeigt, das Wunder wird fortgesetzt.

Dann würde er über seinen furchtbaren Gefängnisaufenthalt im Vatikan sprechen und am Schluss ein Versöhnungsangebot machen. Ja, er würde dem Papst anbieten, mit ihm persönlich über den neuen Jesus zu diskutieren. Der Heilige Vater würde nicht sofort darauf eingehen, doch der Druck der Öffentlichkeit würde immer größer werden, und dann würde selbst der Papst weich werden.

Den restlichen Tag nach seiner Freilassung hatte Simovic auch schon verplant. Er würde Fernsehinterviews geben, nur den großen Kanälen.

»Wir lassen Sie gehen«, hatte der Blonde gesagt und ihm seine Papiere hingehalten. Dann war der Hüne wieder gegangen.

Und jetzt wartete Simovic.

Endlich öffnete sich seine Gefängnistür. Draußen waren zwei Wachen postiert. Einer der beiden Männer kam auf ihn zu, in der Hand hielt er eine Augenbinde. Simovics Gewinnerlächeln fiel in sich zusammen. Der Mann verband ihm die Augen, legte ihm Handschellen an und führte ihn aus der Zelle. Der zweite blieb dicht hinter ihm.

Simovic fragte nach seinem Smartphone. Der Aufseher vor ihm antwortete irgendwas auf Italienisch. Simovic glaubte zu verstehen, dass seine Sachen im Aufnahmewagen lagen. Das klang plausibel, schließlich hatte man das gesamte Equipment konfisziert. Wenn alles gut lief, stand der Wagen inzwischen wieder mit laufender Kamera vor den Toren des Vatikans. In der ersten Reihe. Wo sonst?

Schließlich waren sie *Biggest News*.

Während er ging, versuchte Simovic unter der Augenbinde hindurchzuschauen. Es gelang ihm nicht. Er glaubte dennoch spüren zu können, dass es in dem Flur dunkel war. Es roch muffig wie in einer Höhle.

Er war immer noch innerhalb der Mauern des Vatikans, womöglich sogar irgendwo unter der Erde. Ob sie ihn auf dem Petersplatz freilassen würden?

Nein, da erwarte ich wohl zu viel. Das Thema würde trotzdem in den Schlagzeilen bleiben.

Schon bald wäre er wieder da, wo er hingehörte – in den Fokus der Weltöffentlichkeit. Niemand könnte ihn von dort vertreiben! Er war wunschlos glücklich.

Nun ja, nicht ganz. Eine Sache störte ihn noch, nein, genau genommen, sogar zwei. Er musste den Kontakt zu Professor Wismut wiederherstellen. Und, fast genauso wichtig, seine Haare sahen furchtbar aus. Man hatte ihm während seines Zwangsaufenthalts nicht erlaubt zu duschen, und er wollte der Weltöffentlichkeit nicht als Mann mit den fettigen Haaren in Erinnerung bleiben.

Doch mit diesem Wunsch hatte er sich nicht durchsetzen können, sie hatten ihm lediglich eine Baseballkappe gegeben. Ein übergroßes Ding mit dem Konterfei des Papstes darauf. Egal, Hauptsache, das Teil lenkte von seinen Haaren ab.

Immer wieder bogen sie ab, gingen kurz geradeaus, bogen erneut ab. Er war sich nicht sicher, ob sie nicht im Kreis liefen, um ihn zu verwirren. Sie waren nun mindestens eine Viertelstunde unterwegs, wenn nicht länger.

Ihm brannten schon die Füße, seine Lackschuhe waren für solche Exkursionen denkbar ungeeignet.

Plötzlich wurde der Aufseher vor ihm langsamer. Aus dem Gemurmel der Männer schloss er, dass sie am Ziel waren. Er hörte, wie eine Tür aufgeschlossen und geöffnet wurde. Simovic spürte die frische Luft, die durch den Türspalt drang, und wollte sich in Bewegung setzen.

Der Mann hinter ihm hielt ihn an der Schulter fest. »Wait!«

Anscheinend sondierte der zweite Wachmann draußen die Lage. Simovic dachte wieder an seine Haare. Sie brauchten dringend eine Pflegespülung oder, noch besser, einen fachkundigen Friseur. Doch eins nach dem anderen.

Die Tür öffnete sich ganz, der zweite Aufseher kehrte offenbar zurück.

»You can go now«, sagte er und schloss die Handschellen auf.

Simovic riss sich die Augenbinde herunter, setzte sein Gewinnerlächeln auf, trat hinaus und sah – nichts.

Wo ist das Blitzlichtgewitter?

Die Tür fiel hinter ihm ins Schloss und wurde abgesperrt.

Warum ist es so still?

Jetzt erst registrierte er, dass es stockdunkel war. Er rieb sich die Augen. Schemenhaft erkannte er vor sich einen schmalen Feldweg, in der Ferne schienen Häuser zu stehen. Aber es brannte kein Licht.

Er drehte sich um. Nichts. Die verschlossene Stahltür war in einen Felsen eingelassen, dahinter erstreckte sich offenbar ein bewaldeter Hügel.

Keine Reporter, keine Kameras, keine Mikrofone. Die Wachmänner hatten ihn in die Einöde geführt.

Er fasste in seine Anzugtasche. Verdammt! Damit sein Portemonnaie nicht das Jackett ausbeulte, hatte er es vor der Sendung herausgenommen. Wie immer.

Schließlich wollte er nicht zu dick aussehen. Aber ohne Portemonnaie hatte er nicht einmal ein paar Cent, um jemanden zu Hilfe zu rufen. Und sein Smartphone fehlte auch. Wie lange hatten sie ihn im Vatikan behalten? War es Sonntagnacht? Oder Montag?

Fluchend ging er in Richtung der Siedlung und erreichte eine verlassene, unbeleuchtete Straße. Die Fensterläden an den Häusern waren zugeklappt. Er ging weiter und erkannte nichts, woran er sich hätte orientieren können. Er drehte sich um, suchte nach einem anderen Weg, doch es gab nur diesen einen.

Er fühlte sich einsam, verlassen, ja, er fühlte sich, als hätte man ihn vergessen. Ihn, den großen Starreporter Roger Simovic!

47

Kurt Sander schlug mit der Faust auf das Armaturenbrett. Er war das dritte Mal an derselben Stelle vorbeigekommen und hatte sich schon wieder verfahren. Kein Wunder bei der Dunkelheit!

Außerdem bewegte sich die Temperaturanzeige des Mietwagens nur noch im roten Bereich, und aus der Kühlerhaube stieg Rauch auf. Das war jedoch nicht mal das Schlimmste! Nein, das Schlimmste war, dass er keine Ahnung hatte, wo er noch suchen sollte.

Denn der Mietwagen hatte kein Navi und sein Schweizer Prepaidtelefon kein Roaming.

Die italienische Polizei und Alex Pandera hatten Wismuts Wohnung schnell ausfindig gemacht. Sie lag nahe der Engelsbrücke. So weit, so gut. Jetzt musste Sander sie nur finden, doch das war leichter gesagt als getan. In der Dunkelheit konnte er einfach nichts erkennen! War er, Kriminalkommissär Kurt Sander a. D., inzwischen zu alt für den Job?

Die Zusammenarbeit mit den italienischen Kollegen war gut und ihre Prinzipientreue beeindruckend. Und genau deswegen wollten sie mangels Beweisen gar nicht erst gegen den Professor ermitteln.

Also waren er und Pandera auf sich allein gestellt. Das kennen wir ja aus Basel.

Um Wasser in den Kühler zu füllen, hielt Sander an einem Brunnen an. Und plötzlich sah er es. Das Straßenschild, nach dem er die ganze Zeit gesucht hatte. Nur noch rasch einparken, und dann konnte es losgehen.

Eine Viertelstunde später kurvte er nach wie vor um den Block. Der Kühler dampfte schon wieder, und dieser hässliche und ausgesprochen riesige Fiat, den man ihm im Mietwagenverleih angedreht hatte, passte nirgendwo in eine Parklücke.

Als er überlegte, weiter außerhalb zu parken, fand er endlich eine Lücke, die groß genug war. Sie lag perfekt, schräg gegenüber befand sich der Eingang des Objekts, rechts ein Eiscafé und links eine Pizzeria. Schade, dass beide geschlossen hatten. Einen Teil seines Spesensatzes hätte er hier gerne angelegt.

Kurt Sander war sich unsicher, ob er mit seiner Forderung nach Wiedergutmachung nicht übertrieben hatte. Alex Pandera war der Letzte, dem er Ärger mit dem Idioten Edeling wünschte.

Trotzdem fand er, dass er die Anerkennung verdient hatte. Erst recht, weil Gabriele ihm immer noch vorhielt, dass er bei seiner Kündigung keine Abfindung erhalten hatte. Als ob das nach dem Vorfall überhaupt möglich gewesen wäre! Diesmal würde er ihr zeigen, dass er sich sehr wohl gegen Edeling durchsetzen konnte. Außerdem wollte er seinem Freund helfen.

Seinem Freund? Ja, obwohl sie nur wenige Monate zusammengearbeitet hatten, war Alex Pandera mehr geworden als ein Arbeitskollege. Für keinen sonst hätte er diese Observierung übernommen.

Eine ganz besondere Observierung – mit anschließendem Einbruch.

Doch zuerst musste er sich einen Überblick verschaffen und das schmale dreistöckige Haus eine Zeit lang beobachten.

Alle Fenster waren dunkel, schließlich war es zwei Uhr nachts. Außerdem hatte die italienische Polizei herausgefunden, dass die anderen beiden Wohnungen in dem Haus nach und nach von Wismut gemietet worden waren. Der Mann wollte wohl die maximale Diskretion.

Pandera war außerdem überzeugt, dass Wismut Rom verlassen hatte. Warum sollte der Mann auch länger als nötig in der Stadt bleiben?

Der Professor galt als öffentlichkeitsscheu. Es gab einen guten Grund, dass er die Geschichte ausgerechnet *Biggest News* anvertraut hatte. Der Sender würde sie am Köcheln halten. Und der Professor konnte in Ruhe verschwinden.

Das war auch besser für den Jungen, was immer man von ihm halten mochte. Sander war es gleichgültig, ob es der echte Jesus war oder nicht. Es war ein Kind, das beschützt werden musste. Sander bezweifelte, dass der Professor dazu in der Lage war. Schon deshalb mussten sie ihn finden.

Er wartete eine halbe Stunde im Auto, alles blieb ruhig.

Dann stieg er aus dem Wagen, schloss ab, nahm seinen Rucksack und schlenderte zum Eingang.

Er blickte sich um. Niemand war in der Nähe. Er ließ die mitgebrachten Lockpicks ins Schloss gleiten.

Es dauerte keine dreißig Sekunden und er hatte die Eingangstür geöffnet. Im Flur stapelte sich das Altpapier, Sander stieg die Treppen hoch in das oberste Stockwerk und blieb vor der Tür zu Wismuts Wohnung stehen.

Dort wo normalerweise das Türschloss war, befand sich ein Terminal zur Eingabe einer Zahlenkombination. Sander klopfte leise gegen das Holz. Dem dumpfen Pochen nach zu urteilen, war es mit Stahl verstärkt. Pandera hatte zwar gesagt, dass es nicht einfach werden würde, aber, Gottfried Stutz, das Ding war ein Tresor!

Sander ging ein Stockwerk tiefer, die dortige Haustür bestand hingegen fast aus Pappe, das Schloss war im Grunde nur Dekoration. Er öffnete die Tür im Handumdrehen und roch bereits beim Betreten, dass die Wohnung seit Längerem leer stand.

So war es auch, keine Möbel, keine Bilder, nichts.

In der Wohnung im Erdgeschoss sah es genauso aus.

Sander stieg wieder hoch in den dritten Stock, untersuchte das Zahlenschloss sowie die Türzarge und seufzte. Wenn man mal Pfusch am Bau brauchen konnte, wurde ausnahmsweise perfekt gearbeitet. Hier war nichts für ihn zu holen, schließlich war er kein Tresorknacker.

Er hastete wieder in die Wohnung im zweiten Stock, öffnete das Fenster zum Hinterhof und blicke hinauf in den dritten Stock.

Da war eine schmale Fensterbrüstung, und da hochzukommen, war auch nicht schwerer, als aufs Matterhorn zu steigen.

Und das hatte er schließlich schon dreimal geschafft.

Sander vergewisserte sich, dass im Innenhof alles ruhig war, nahm einen Glasschneider, kletterte aus dem Fenster, hangelte sich auf die Brüstung im dritten Stock und stellte sich darauf.

Die Fenster waren relativ neu, doppelte Verglasung, mit Schlössern an den innenseitigen Türgriffen.

Er nahm den Glasschneider und schnitt ein kreisrundes Loch durch die Doppelscheibe.

Leider war das nicht ganz geräuschlos, aber angeblich wurde das Haus nebenan nur von Senioren bewohnt. Wie er aus eigener Erfahrung wusste, hörten die ja nicht mehr so gut. Sander zweifelte nicht daran, dass Pandera gut recherchiert hatte, dennoch hatte er ein mulmiges Gefühl.

Schließlich führte er eine Hand durch das Loch und knackte das Schloss am Türgriff mit einem Lockpick.

Dann schwang er das Fenster auf und sich in die dunkle Wohnung.

Im Wohnzimmer fiel ihm als Erstes die riesige Abbildung des Turiner Grabtuchs auf, die an der Wand hing. Hier war er richtig.

***

Zwei Stunden später sank Kurt Sander erschöpft in die Couch. Wismut hatte weder einen Computer noch ein Mobiltelefon zurückgelassen, genauso wenig geschäftliche oder persönliche Unterlagen.

Einzig einen Krabbelkäfig hatte Sander gefunden, wohl für den kleinen Jesus. Sander sicherte die Spuren – darunter ein paar Haare für eine DNA-Analyse – und packte sie in den Rucksack.

Er blickte sich noch einmal um. Die Wohnung war penibel aufgeräumt, viel zu penibel. Der Kühlschrank war leer und ausgeschaltet, in der Küche gab es nur Konserven mit langem Haltbarkeitsdatum. Wismut schien nicht vorzuhaben, demnächst zurückzukehren.

Sander stieg aus dem Fenster, schloss es und schob die kreisrunden Glasstücke an ihren Platz. Das äußere fixierte er mit Klebestreifen.

Schließlich sollte alles seine Ordnung haben. Und die Kollegen von der italienischen Polizei etwas zum Nachdenken.

Aus der Wohnung im zweiten Stock ging er in den Flur und die Treppe hinab. Er wollte das Haus schon verlassen, als sein Blick das Altpapier im Hausflur streifte.

Wie Sander mitbekommen hatte, war auf die römische Müllabfuhr Verlass. Sie streikte mal wieder.

Auch wenn der Professor den Hausmüll irgendwie losgeworden war, hatte sich hier ordentlich Altpapier angesammelt, auf schweizerische Art gebündelt und verschnürt.

Sander setzte sich vor den Stapel, schnürte ihn auf und blätterte ihn durch. Wismut ließ sich offensichtlich die *Basler Zeitung* nach Rom liefern, sogar die Ausgabe, in der Pandera abgebildet war, lag hier.

Außer weiteren Tageszeitungen fand Sander lediglich einige Werbeprospekte. Es gab keine persönlichen Notizen, nichts!

Enttäuscht legte er den Papierstapel zur Seite.

Plötzlich fiel ihm etwas auf. Er nahm den Stapel noch einmal zur Hand. Einige der Prospekte waren mit Wismuts Adressaufkleber versehen. Neben zwei Katalogen für Laborausstattung gab es einen mit Kreuzfahrtangeboten. Wismut hatte ihn offensichtlich bestellt.

Es könnte sich auch um ein Ablenkungsmanöver handeln, vielleicht hatte der Professor den Katalog bewusst zurückgelassen. Er blätterte durch die Seiten, stockte, blätterte zurück und legte den Katalog in eine Klarsichthülle. Er würde sich im Hotel damit befassen. Doch sicher nicht, um zu verreisen, der Aufenthalt in Rom reichte ihm vollkommen.

48

In der Welt von Anna Leuenberger-Seidler schien das Wörtchen »*sofort*« die gleiche Bedeutung zu haben wie »Ich lass mir alle Zeit der Welt«. Zumindest warteten Tamara Aerni und Stefan Zumstein seit mehr als fünf Minuten vor der Gartentür.

Zumstein hatte Tamara angeboten, dass sie bei der Vernehmung dabei sein konnte. Die Ehefrau des ermordeten Laborleiters hatte den Termin immer wieder hinausgeschoben. Anfangs hatte sie mit ihrem Schock argumentiert, dann mit Arbeitsüberlastung und zuletzt mit ein paar nichtssagenden ärztlichen Attesten.

Schließlich hatte Zumstein an ihre Ehre appelliert, und jetzt standen sie hier in Muri vor einem in die Jahre gekommenen weißen Bungalow.

Der Ort Muri vor den Toren Berns war ein schönes Fleckchen Erde mit niedrigem Steuersatz und entsprechend hohem Einkommensdurchschnitt. An stattlichen Villen herrschte kein Mangel, sodass Leuenbergers Bungalow fast ein wenig deplatziert wirkte.

Zumstein drückte auf die Klingel, schon zum fünften Mal.

»Wahrscheinlich pudert sie sich gerade die Nase.« Er zupfte an seinem grauen Schnurrbart.

Tamara lächelte. Sie war froh, dass sie nach Bern gekommen war. So konnte sie die unzähligen Akten, die sich auf ihrem Schreibtisch stapelten, für ein paar Stunden allein lassen. Sie würden nicht weglaufen. Im Gegensatz zu den Verdächtigen.

Endlich hörten sie ein Summen, und die Gartentür sprang auf. Sie gingen über den schmalen Kiesweg zur Haustür.

Dort lehnte Anna Leuenberger-Seidler, wasserstoffblondes Haar, den roten Bademantel nur lässig zugebunden, das rechte Bein leicht nach vorn gestellt. Ihre Füße steckten in hochhackigen goldenen Sandaletten. Ihre Zehennägel glänzten so rot, als kämen sie direkt aus der Autolackiererei. An drei Zehen steckte jeweils ein goldener Ring. Tamara bezweifelte, dass die Frau barfuß gehen könnte, ohne zu klimpern.

Die Hausherrin hatte auch ihre Finger mit Ringen geschmückt, darüber hinaus besaß sie mehr Armreife als ein gut geführter Juwelierladen. Sie wirkte deutlich jünger als die dreiundfünfzig Jahre, die in ihrem Pass vermerkt waren.

»Ich war noch im Bad«, entschuldigte sie sich, dann bat sie Tamara und Zumstein in die Wohnung und führte sie durch einen mit unförmigen Möbeln vollgestellten Flur. Es roch übertrieben nach Parfüm, irgendetwas mit Flieder.

Im Wohnzimmer ließ sie sich in einen schweren Massagesessel fallen und bot ihnen einen Platz auf der Ledercouch an. In dem Bungalow schien es kein Möbelstück zu geben, das nicht glänzte oder glitzerte. Neben funkelnden Edelsteinen beherrschten Gold, Silber und Bronze die Farbauswahl, ganz so, als hätte die Leuenberger-Seidler alle Medaillen der Olympischen Spiele einschmelzen lassen, um die Wohnung auszustatten.

»Darf ich Ihnen etwas zu trinken anbieten?« Sie stand auf und trippelte zur Bar, ohne eine Antwort abzuwarten. »Einen Cognac, einen Sherry oder einen Scotch für die Dame und den Herrn?«

»Nein danke, wir sind im Dienst«, entgegnete Zumstein. »Ein Wasser wäre aber nett.«

Anna Leuenberger-Seidler blickte ihn mit hochgezogenen Brauen an, lief in die Küche, kehrte mit zwei Gläser Wasser wieder und stellte sie auf den Couchtisch. Mit deutlich mehr Begeisterung stolzierte sie zurück zur Bar, ließ die Finger über die Flaschen gleiten und schenkte sich einen doppelten Cognac ein. Ihre zahllosen Armreifen klimperten dabei, als wehte ein Orkan durch ein Windspiel.

»Was führt Sie zu mir?«, fragte sie endlich und nippte an ihrem Glas.

»Wie Sie wissen, möchten wir uns schon eine geraume Zeit mit Ihnen unterhalten«, sagte Zumstein. »Wir haben noch einige Fragen zum Verhalten Ihres Mannes.« Er räusperte sich. »Und zu Ihrem eigenen inzwischen auch.«

»Zu meinem Verhalten?«

Zumstein blickte sie ernst an. »Es ist sehr ungewöhnlich, dass sich die Frau eines Mordopfers einer Zusammenarbeit mit der Polizei so hartnäckig entzieht.«

»Wie bitte?«, fragte sie schrill. »Ich stand unter Schock! Ich musste den Tod meines Mannes verarbeiten.«

»Das wissen wir.« Zumstein nahm das Wasserglas vom Tisch. »Was wir jedoch nicht wissen, ist, warum Sie bei unserem ersten Gespräch Ihren Kokainkonsum verschwiegen haben.«

Tamara hatte gerade begonnen zu trinken und verschluckte sich beinahe. Staunend blickte sie Zumstein an, der Berner Kollege ließ die Bombe wohl gerne gleich am Anfang platzen.

»Bitte was?« Die Leuenberger-Seidler stellte ihr Cognacglas auf der Bar ab und stemmte die Hände in die Hüfte. Ihr Blick war so giftig wie Quecksilber, ihr Mund stand leicht offen, als wartete sie nur darauf zuzubeißen. »Ich ... ich möchte mit meinem Anwalt sprechen!«, rief sie und fuhr sich durch das wasserstoffblonde Haar.

Zumstein ließ sich nicht aus der Ruhe bringen. »Schauen Sie, wir möchten nichts anderes, als dass Sie uns die möglichen Feinde Ihres Mannes nennen, seine Kontakte und seinen Dealer.«

»Woher soll ich den, bitte schön, kennen?« Sie verschränkte trotzig die Arme vor der Brust.

»Wenn Sie sich weiterhin weigern, uns bei der Aufklärung des Mordes an Ihrem Mann behilflich zu sein, muss ich leider davon ausgehen, dass Sie selbst daran beteiligt waren.«

»Das ist ja wohl die Höhe!« Sie nahm das Glas und trank es in einem Zug leer. »Dass ich mir so was überhaupt anhören muss!« Sie griff in die Tasche ihres Bademantels und holte eine Zigarette heraus. Mit einem goldenen Feuerzeug versuchte sie, den schmalen Todbringer anzuzünden, doch ihre Hände zitterten. »Scheiße!«, rief sie plötzlich und warf das Feuerzeug auf den Boden. Es rutschte über das Parkett und wurde erst von der Terrassentür gestoppt.

Anna Leuenberger-Seidler hob den Handrücken an die Stirn, seufzte affektiert und sackte so rasch zur Seite, als hätte man ihr die Beine weggeschlagen.

49

Alex Pandera saß in einem Smart und kam sich sehr klein vor. Er beobachtete den Eingang des *Splendid Royal,* einer Luxusherberge, die ein Polizist wie er nur dann von innen sah, wenn dort eine Leiche lag. Roger Simovic hatte zwar wie eine ausgesehen, aber er war noch am Leben gewesen, als er am Morgen aus einem Taxi gestiegen war. Völlig übermüdet hatte sich der Reporter in das Hotel geschleppt.

Seitdem war eine Stunde vergangen. Pandera überlegte, wie er an den Journalisten herankommen sollte. Er wollte gerade die Fahrertür öffnen und zur Rezeption gehen, als er im Rückspiegel zwei breitschultrige Anzugträger auf sich zukommen sah. Hatten sie ihn entdeckt? Die Männer hielten zielstrebig auf seinen Mietwagen zu.

Pandera gab Gas und schoss aus der Parklücke. Im Rückspiegel beobachtete er, wie sich die Typen umdrehten und zu einer schwarzen Limousine liefen, die ein paar Autos hinter ihm geparkt hatte.

Nach weniger als zweihundert Metern wurde Pandera von einer roten Ampel gestoppt. Er vermisste sein Blaulicht. Vier Wagen hinter ihm hielt der Mercedes mit den beiden Gorillas. Endlich wurde es grün, er fuhr los, aber der Verkehr geriet sofort wieder ins Stocken. Wenige Meter hinter der Kreuzung musste er schon wieder anhalten. Im dichten Verkehr fand er selbst mit dem Smart keine Lücke.

Wenn mein Leben einmal verfilmt wird, gibt das die langsamste Verfolgungsjagd der Kinogeschichte.

Einer der Gorillas machte Anstalten, aus dem Wagen zu steigen, da setzte sich die Kolonne in Bewegung. Pandera bog in eine Seitenstraße und trat das Gaspedal durch.

Noch bevor er um die nächste Ecke fahren konnte, bemerkte er im Rückspiegel den Mercedes. So würde er die Kerle nicht abschütteln können. Sein Blick fiel auf einen kleinen Platz mit einem Straßencafé.

Er parkte in einer Lücke und stieg aus. Die schwarze Limousine fuhr an ihm vorbei und setzte den Blinker, um auch einzuparken. Pandera nahm seine Aktentasche, leerte sie schnell und schlenderte in das Café. Er fand, in seinem Anzug sah er aus wie ein harmloser Bankangestellter. Falls es so was überhaupt gab.

Vor dem Café setzte er sich an einen freien Tisch und stellte die Aktentasche auf den leeren Stuhl rechts von ihm. Die Morgensonne schien ihm ins Gesicht. Er hängte sein Jackett über den Stuhl und knöpfte das weiße Hemd auf. Hätte er Urlaub, könnte er diesen Augenblick richtig genießen. Ein schönes Café, nette Leute und angenehm zurückhaltende Musik.

Doch er versuchte, einen Mörder zu überführen. So schön die Ewige Stadt auch war, bisher hatte die Reise ihm nur Probleme beschert. Er musste sich dringend bei Tamara melden. Und bei Kurt.

Pandera bestellte einen doppelten Espresso, dazu ein Panino und nahm die Tageszeitung vom Zeitungsständer. Der Jesusklon beherrschte nach wie vor die Schlagzeilen. Das würde eine Weile so bleiben, zumal Simovic, jetzt da er wieder frei war, ganze Öltanker ins lodernde Pressefeuer gießen würde.

Der Ober brachte den Espresso und das Panino. Pandera lugte vorsichtig über die Zeitung. Die Gorillas schienen zu überlegen, was sie tun sollten.

Kurz darauf kamen sie zum Café und zwängten sich zwischen den Stühlen durch. Pandera musterte sie über den Zeitungsrand hinweg. Was der eine zu viel an Haaren hatte, die zu einem Pferdeschwanz zusammengebunden waren, das fehlte dem anderen, dessen Glatze in der Sonne glänzte. Ihre Jacketts waren auf Brusthöhe ausgebeult.

Ein wenig zu auffällig stierten sie zu ihm herüber. Pandera tat so, als würde er sie nicht beachten, und widmete sich seinem Panino. Es schmeckte gut, aber der Espresso war noch besser. So musste Kaffee sein!

Um so zu tun, als wartete er auf jemanden, blickte Pandera immer wieder auf die Uhr. In einem unbeobachteten Moment zog er einen Geldschein aus der Hosentasche und klemmte ihn unter den Aschenbecher.

Dann wartete er, bis die zwei Testosteronbolzen ihre Bestellung aufgaben. Schnell nahm er sein Jackett und stand auf. Den Rest des Paninos ließ er stehen und schweren Herzens auch den Espresso.

Und seine leere Aktentasche.

Mit schnellen Schritten schlängelte er sich durch die Stühle, ging um die Häuserecke, rannte ein paar Meter, lief auf die andere Straßenseite, wechselte die Richtung und versteckte sich hinter einem Lieferwagen. Vorsichtig schaute er Richtung Café.

Es passierte genau das, was er geplant hatte. Der eine Gorilla war ihm gefolgt, blieb stehen und suchte ihn mit Blicken. Schließlich lief der Mann zurück zum Café, wo der andere auf ihn wartete und etwas in ein kleines Drahtlosmikrofon an seinem Anzugrevers flüsterte. Jetzt sah Pandera auch die Knöpfe in den Ohren der Männer.

Anscheinend erhielten sie die Anweisung zu beobachten, wer kommen würde, um die Aktentasche zu holen.

Schließlich war Panderas Plan, dass alles wie eine Übergabe aussah. Doch es würde niemand kommen. Pandera wollte sich schon umdrehen, als das passierte, womit er nicht gerechnet hatte.

Ein älterer Mann hielt auf das Café zu. Da kein anderer Tisch mehr frei war, setzte er sich genau dorthin, wo Pandera gesessen hatte.

Mierda! Der Mann, ein etwa sechzigjähriger, schmächtiger Italiener, nahm die Zeitung, die Pandera liegen gelassen hatte, und schob sie zur Seite. Er entdeckte die Tasche und hob die Hand, wahrscheinlich um die Bedienung zu rufen.

Sofort standen die Gorillas auf und gingen zu dem Tisch des Mannes. Einer holte heimlich eine Pistole hervor und drückte sie dem Alten in den Rücken. Der andere beugte sich zu dem hilflosen Mann hinunter und flüsterte ihm etwas ins Ohr.

Sie gingen geschickt vor, keiner der Gäste bemerkte etwas. Schließlich nickte der Alte. Mit einer schnellen Bewegung nahm der zweite Gorilla die Tasche und gab dem anderen ein Zeichen. Der alte Mann stand zögernd auf und verließ zusammen mit ihnen das Café.

Der Alte tat Pandera leid. Er fluchte leise und schlich den dreien hinterher. Die Gorillas hatten den Mann in die Mitte genommen, einer hielt die Aktentasche in der Hand. Pandera ging schneller, und als er nur noch wenige Meter hinter ihnen war, rannte er los.

Wie ein Taschendieb riss er dem Gorilla die Aktentasche aus der Hand. Verdutzt ließen die beiden den Alten stehen und stürmten hinter Pandera her. Er wandte
sich um, der eine brüllte irgendetwas in sein Mikrofon.

Als Pandera um die nächste Ecke bog, kannte er die
Antwort. Ein Schlag, der so heftig war, dass er einen
Preisboxer umgehauen hätte, traf ihn am Oberkörper.
Er verlor das Gleichgewicht und stürzte auf das Pflas-
ter. Seine Rippen schmerzten brutal, er drehte sich und
hatte einen grauhaarigen Koloss über sich. Und einen
Baseballschläger. Das hölzerne Ungetüm sauste auf ihn
zu. Viel zu schnell. Dann wurde es dunkel.

50

Nachdem Anna Leuenberger-Seidler aus ihrer kurzen Ohnmacht aufgewacht war, weinte sie wie ein kleines Kind. Hätten Tamara Aerni und Zumstein für jede Träne einen Schweizer Franken bekommen, wären sie nach der Vernehmung Millionäre gewesen. Doch sie waren immer noch mittelmäßig verdienende Polizisten mit einem kaum erwähnenswerten Rentenanspruch.

Die Frau war so falsch wie ein Lacoste-Imitat. Immerhin hatte sie gestanden. Nur was war ein Geständnis wert, das nur das beinhaltete, was sie ohnehin schon wussten?

Ja, sie hatte Kokain genommen.

Ja, sie hatte diese Vorliebe mit ihrem Mann geteilt.

Ja, sie war immer noch süchtig.

Sie hatte ihnen sogar den Namen ihres Dealers verraten, aber das war sicher nur ein kleiner Fisch, wie Zumstein anmerkte. Außerdem hatte die Frau sie gebeten, sie in eine Suchtklinik einzuweisen, als wären damit alle Probleme aus der Welt und die Polizei dafür der richtige Ansprechpartner.

Zumstein gab sich nicht damit zufrieden. Er wartete seelenruhig, bis Anna Leuenberger-Seidler einen weiteren Cognac getrunken und sich ausgeschluchzt hatte, und zeigte ihr dann die Gehaltsabrechnung ihres verstorbenen Mannes. »Wovon leben Sie eigentlich?«

»Ich verstehe Sie nicht.«

»Arbeiten Sie? Gehen Sie einer Beschäftigung nach?«

»Ich kümmere mich um den Haushalt, den Garten und die Inneneinrichtung unseres Hauses.« Mit einer schwungvollen Armbewegung zeigte sie auf einige glitzernde Möbelstücke, als wäre das ihr ganzer Stolz.

Tamara musste aufpassen, nicht loszuprusten. Wenn Geld und Geschmack zusammenkamen, war das eine schöne Sache, doch wenn sie sich verfehlten, war es nur noch peinlich.

»Das heißt, Sie haben ausschließlich vom Verdienst Ihres verstorbenen Mannes gelebt?«, fragte Zumstein.

Anna Leuenberger-Seidler nickte. »Ist das so ungewöhnlich?«

»Laut diesen Unterlagen hat Ihr Mann keine achttausend Franken im Monat verdient«, erklärte Zumstein mit einem Blick auf die Gehaltsabrechnung. »Vor der Tür stehen ein SLK und ein Range Rover, und Sie besitzen dieses Haus. Ihr Lebenswandel spricht darüber hinaus nicht gerade für Sparsamkeit.«

»Was wollen Sie damit sagen?«

»Ganz einfach«, antwortete er. »Sie oder Ihr Mann hatten noch andere Einnahmequellen. Entweder waren die legal, dann müssten wir davon wissen, oder ...«

»Das ist eine Unverschämtheit!« Sie nahm das Cognacglas, als wollte sie trinken, bemerkte dann aber, dass es leer war, und stellte es mit einem lauten Knall wieder auf den Tisch. »Wie können Sie es wagen, meinen verstorbenen Gatten derart zu beleidigen?«

»Was sagt Ihnen der Name Christian Vogt?«, fragte Tamara. Sie hatte sich bisher im Hintergrund gehalten.

»Wer soll das sein?«, fragte die Leuenberger-Seidler. Ihre Stimme klang flatterig.

»Herr Vogt ist der Seelsorger des Inselspitals. Wir haben Hinweise, dass er beträchtliche Beträge an Ihren Mann gezahlt hat«, erklärte sie. »Und diese Zahlungen waren alles andere als freiwillig.«

»Diese P...!«, rief sie, brach dann ab, als wäre ihr gerade rechtzeitig eingefallen, den Mann besser nicht als *Petze* zu bezeichnen. »Dieser Pfaffe!«, korrigierte sie sich. »Wie heißt er noch mal?«

»Vogt«, wiederholte Tamara. »Christian Vogt.«

»Er hat meinen Mann nie gemocht«, sagte sie. »Seit wir aus der Kirche ausgetreten sind, hat er uns das Leben zur Hölle gemacht.«

»Sie kennen ihn also?«

»Natürlich kenne ich ihn«, erwiderte sie. »Das ist ein dreckiger und bigotter Fundamentalist! Wissen Sie, was er getan hat? Er hat eine Interessensvertretung im Spital gegründet, nur für Christen.«

»Das Inselspital ist doch gar nicht in kirchlicher Trägerschaft«, entgegnete Zumstein.

»Eben!«, rief sie triumphierend. »Das wollte Ihr Herr Vogt aber nicht einsehen, und deshalb hat er gegen uns intrigiert.«

»Wie hat er das angestellt?«

»Mit allen möglichen Tricks. Er wollte uns rausekeln.« Sie ging zur Bar und schenkte sich einen neuen Cognac ein.

»Warum wollte er sie rausekeln?«, fragte Tamara.

»Weil er ein Fanatiker ist!«, rief Anna Leuenberger-Seidler. Sie ließ sich in den Sessel fallen und nippte an ihrem Glas. »Der Kerl hat nichts als Lügen über uns verbreitet.«

»Und dann haben Sie oder Ihr Mann ihn erpresst.« Tamara beugte sich vor.

Die Augen der Leuenberger verengten sich zu Schlitzen. »Wie hätten wir das tun sollen?«

»Sie haben ihm vorgeworfen, homosexuell zu sein, und das wollten Sie zu Geld machen«, sagte Zumstein in seiner unnachahmlich direkten Art.

Anna Leuenberger-Seidler öffnete den Mund, sagte jedoch nichts. Stattdessen trank sie das Glas in einem Zug leer und schenkte sich mit zittrigen Fingern nach.

»Das ist mir total egal, ob der Kerl schwul ist, hetero oder eine Transe!«, rief sie. Offenbar war sie nicht mehr ganz nüchtern.

»Seinen Glaubensbrüdern dürfte das wohl kaum egal sein«, bemerkte Tamara.

Anna Leuenberger-Seidler lehnte den Kopf zurück, biss sich auf die Lippe und leerte das Glas. »Sind ja alle schwul in diesem Männerverein.«

»Glauben Sie, dass Pfarrer Vogt etwas mit dem Tod Ihres Mannes zu tun hat?«, fragte Zumstein.

»Der? Das ist ein Sesselfurzer!« Sie schüttelte den Kopf. »Aber mein Mann hat mir erzählt, dass es in diesem Orden Leute von ganz anderem Kaliber gibt. Die gehen sogar über Leichen.«

»Kennen Sie diese Personen?«, fragte Zumstein.

Anna Leuenberger-Seidler schien nachzudenken. »Da gibt es so einen muskulösen Kerl ... Mit Glatze und Gewerkschafterbart. Er hat meinen Mann bedroht.«

»War es dieser Mann?« Tamara zeigte ihr ein Foto von Vikar Kunen.

Anna Leuenberger-Seidler nickte nur.

Tamara hob eine Braue. Vielleicht hatte Deckert recht. Vielleicht steckten hinter all dem wirklich die Jesuiten.

51

Unermüdlich massierte Kurt Sander die Füße seiner Frau. Seit einer halben Stunde knetete er sie wie Brezelteig, doch sie hatte immer noch nicht genug. Seine Finger taten weh. Genau wie seine Füße. Die knetete niemand. Das war der Preis dafür, dass er Gabriele alles erzählt hatte. Nun gut, fast alles.

Er hatte ihr gebeichtet, dass er für die Basler Polizei ermittelte, aber nur ein bisschen. Vom Einbruch in die Wohnung von Wismut sagte er nichts. Trotz ihrer müden Füße war Gabriele fast an die Decke gesprungen. Wie konnte er nur hinter ihrem Rücken für die Polizei arbeiten!

Schließlich besänftige er sie damit, dass er ihr nur deswegen nichts von seinem kleinen Nebenjob erzählt hatte, weil er unbedingt wollte, dass sie mit nach Rom fuhr. Dadurch seien sie in ihrer Lieblingsstadt zu einer gut bezahlten Shoppingtour gekommen. Außerdem sei seine Arbeit ganz und gar ungefährlich und hundertprozentig legal.

Waren die ersten Argumente immerhin noch gut an den Haaren herbeigezogen, waren die letzten beiden schlichtweg gelogen. Nicht nur dass er einen Einbruch begangen hatte, nein, schlimmer noch, er hatte Angst. So große Angst, dass er Mühe hatte, nicht zu zittern.

Während er mit Unschuldsmiene Gabrieles Füße knetete, ließ er seine Gedanken zur vergangenen Nacht zurückspringen. Zu dem Augenblick, als er Wismuts Haus verlassen hatte. Er war in diesen hässlichen Fiat gestiegen, hatte ihn mühevoll aus der engen Parkbucht manövriert und Gas gegeben. Bald folgte ihm ein schwarzer Mercedes. An einer Ampel schoss er bei Dunkelgelb über die Kreuzung, der Mercedes blieb hinter ihm.

Vorsichtshalber fuhr Sander an seinem Hotel vorbei und hielt nicht an. Stattdessen bog er auf eine vierspurige Straße ein, auf der selbst mitten in der Nacht noch reger Verkehr herrschte. Erst nach einem waghalsigen Wendemanöver, das ihm die nicht jugendfreien Flüche mehrerer Autofahrer einbrachte, gelang es ihm, seine Verfolger abzuschütteln.

Da er davon ausging, dass sie sein Nummernschild notiert hatten, fuhr er zur Mietwagenfirma und gab den Wagen vorzeitig zurück. Mithilfe eines mehr als großzügigen Trinkgelds erinnerte er den Verleiher daran, dass sein Name Roberto Ferrara sei und er in Brescia wohne. Er hatte schon beim Mieten des Wagens darauf geachtet, dass er seinen Führerschein nicht vorzeigen musste, auch das hatte ihn eine üppig bemessene Schweigeprämie gekostet. Das würde eine dicke Spesenabrechnung geben.

Er sah auf seine Armbanduhr. Früher Nachmittag. Sander hatte gehofft, Alex Pandera im Hotel zu treffen. In seinem Zimmer war es vollkommen still gewesen. Sander versuchte es auf dem Mobiltelefon, doch nicht einmal die Mailbox meldete sich.

Normalerweise war Verlass auf Pandera. Sie wollten sich am Morgen im Hotel treffen, aber Pandera war nicht erschienen. Er hatte sich auch nicht gemeldet, was er immer tat, wenn er sich verspätete oder verhindert war. Er rief selbst dann an, wenn er nur ein paar Minuten zu spät kam. Und das passierte bei einem

Mann mit spanischem Blut in den Adern ziemlich regelmäßig.

Diesmal gab es keinen Anruf und auch sonst kein Lebenszeichen von ihm. Nichts, nicht der geringste Hinweis, wo sein Freund stecken könnte. Genau deshalb hatte Kurt Sander Angst.

Er spürte, dass Alex Pandera in Gefahr war.

In großer Gefahr.

52

»Die Gerüchte über einen geklonten Jesus sind haltlos.«
Der Papst stand auf einem Podest vor dem Petersdom,
prunkvoll in Weiß gekleidet. Hinter ihm ein goldglän-
zender Thron, vor ihm die Masse der Gläubigen, die
nicht nur den Petersplatz füllten, sondern auch die davon wegführenden Straßen. »Das Turiner Grabtuch
war nach Jesu Auferstehung über tausend Jahre ver-
schollen«, fuhr der Stellvertreter Christi auf Erden fort.
»Daher kann niemand mit Gewissheit sagen, auf wen
die Blutspuren zurückzuführen sind, die sich darauf
befinden. Nach unseren Untersuchungen stammen sie
von mehreren Personen. Wissenschaftliche Institute
werden in unserem Auftrag beweisen, dass man dem
Grabtuch keine individuelle DNA entnehmen kann.«

Professor Wismut schaute in den kleinen Bordfernseher und lächelte. Das kann man sehr wohl, dachte er.
Es ist alles eine Frage der Definition.

»Die Wissenschaft nimmt manchen Irrweg, und der
Eingriff in die Schöpfung ist sicherlich ihr größter«,
sagte der Papst. »Doch so sehr die Wissenschaft Gott
auch nacheifert, eines kann sie nie erreichen. Sie kann
vielleicht einen Körper klonen, aber sie wird niemals
die Seele eines Menschen klonen können.«

Auf dem Monitor wurden einzelne Besucher gezeigt.
Sie schienen ergriffen zu sein von den Worten des
Papstes.

»Was ist ein Klon wert ohne die Seele des Menschen?«, fuhr er fort. »Er ist nur eine leere, gottlose
Hülle!«

Die Menschen jubelten.

Der Papst hob die Arme zum Himmel, als empfinge er seine Botschaften direkt von dort. »Jeder, der diese gottlose Hülle anbetet, ist irregeleitet! Er betet den Teufel an, nicht den Sohn Gottes! Kehret um, und bekennt euch zum wahren, zum einzigen Gott!«

Wismut schaltete den Fernseher aus. Er hatte genug gesehen. Er musste zugeben, selbst auf dem kleinen Bildschirm verfehlte der Auftritt des Papstes seine Wirkung nicht. Der Mann hatte offenbar verstanden, dass es um alles ging.

Wismut öffnete die Balkontür seiner Kabine und ließ eine frische Brise herein. Er ging nach draußen und blickte in die Nachmittagssonne. Sie funkelte über dem Meer, genau wie auf den kitschigen Postkarten, die seine Kollegen ihm immer geschickt hatten. Doch er war hier nicht auf Urlaub, selbst wenn es so aussah. Die *MS Atlantis* war lediglich der sicherste Weg, um von A nach B zu kommen.

Im Hafen von Civitavecchia hatte man seinen gefälschten Ausweis nur oberflächlich geprüft. Was in gewisser Weise verständlich war, denn niemand konnte ein entführtes Kreuzfahrtschiff in das World Trade Center lenken, auch nicht mit zweitausendfünfhundert islamischen Terroristen an Bord.

Darüber hinaus sprach für diese Art des Reisens, dass es auf Kreuzfahrtschiffen keine Paparazzi, keine Polizei und keine Priester gab. Und dass der kleine Jesus nicht kontrolliert wurde. Als Zweijähriger war man für niemanden gefährlich. Trotzdem konnte man in dem Alter schon die Welt verändern.

Das war nicht die schnellste Art zu reisen, aber die Zeit arbeitete ohnehin für ihn. Er war froh, Rom hinter sich gelassen zu haben. Die Stadt war ein Moloch aus verstopften Straßen, unzähligen Touristen und einer alles überstrahlenden Scheinheiligkeit.

Seine Anwesenheit auf dem Schiff würde nicht weiter auffallen, dessen war er sich sicher. Falls ihn dennoch jemand bemerkte, war er einfach nur ein Vater mit seinem Sohn. Der Kleine machte das Versteckspiel gerne mit, schließlich war er es gewohnt.

Wismut ließ das Meer noch eine Weile vor sich hin plätschern, dann ging er wieder in seine Kabine zurück und schloss die Tür hinter sich. Er öffnete eine Verbindungstür zur Nachbarkabine und schaute in das rechteckige Reisebettchen.

Jesus schlief.

Wismut nahm den Stoffhasen, der aus dem Bett gefallen war, und legte ihn neben den Jungen. Der Hase war abgewetzt und alt, doch der Kleine mochte ihn. Er mochte vieles, das alt war.

Er kommt gar nicht nach seinem Vater. Wismut musste grinsen. Nein, er ist genau wie sein Vater. Dann erst fiel ihm die Ironie auf, und er lachte laut auf. Wen meinte er eigentlich damit? Sich selbst? Jesus? Oder jemand ganz anders?

Hatten nicht Generationen von Genforschern das Wissen gemehrt, auf dem er nun aufbauen konnte? Bereits 1962 hatte James Watson zusammen mit Francis Crick und Rosalind Franklin den Medizin-Nobelpreis für die Entdeckung der DNA bekommen. Mehr als zwanzig Genetiker hatten sich seitdem den Preis abgeholt. Noch nie war ein Wissenschaftler dabei gewesen, der sich mit den Klonen von Lebewesen beschäftigte. Man könnte meinen, die Reproduktionsmedizin wäre das schwarze Schaf der Wissenschaft.

Selbst Ian Wilmut und Keith Campbell, die 1996 das erste Lebewesen geklont hatten, waren bisher leer ausgegangen. Und das, obwohl sie mit Dolly ein weißes Schaf geklont hatten und kein schwarzes. Wenn das kein deutliches Zeichen war.

Würde er selbst einmal den Nobelpreis in Händen halten?

Wismut fand, wenn er nicht Jesus geklont hätte, sondern irgendeinen stinknormalen Menschen, wäre der Preis ihm trotz der Abneigung gegen die Reproduktionsmedizin irgendwann sicher. Aber es hatte Jesus sein müssen.

Das war schon immer das Ziel seiner Forschungen gewesen. Für keinen anderen hätte er Woche für Woche siebzig Stunden gearbeitet. Nein, für einen normalen Klon hätte er nicht die immense Summe in seine Forschungen investiert, mit der er eine Karibikinsel hätte kaufen können, mitsamt Strand, Villa und Cocktailversorgung auf Lebenszeit.

Doch ein Leben in Luxus interessierte ihn nicht. Und auch keine ebenso langbeinigen wie langweiligen Schönheiten. Nein, ihn interessierte nicht der Ruhm, der Nobelpreis oder schnödes Geld. Ihn interessierte nur eines: die Wahrheit und nichts als die Wahrheit.

53

Schwarz. Tiefstes Schwarz. Alex Pandera rieb sich die Augen. War er blind? Es machte keinen Unterschied, ob seine Lider offen waren oder geschlossen. Er sah nichts. Und er hatte Schmerzen.

Überall.

Ja, sie hatten ihn gefangen genommen, da war er sich sicher, obwohl seine Erinnerung mit dem Besuch des Cafés endete. Er tastete seinen Körper ab. Seine Anzughose war an den Knien aufgerissen, und er fühlte Blut, auch unter seinem Jackett. In seinen Haaren hatte sich so viel Staub gesammelt, als läge er schon Monate hier. Er fasste sich an den Hinterkopf und fuhr vorsichtig über die blutverkrustete Beule. Sein Schädel fühlte sich an, als hätten sie ihn aufgeschlagen wie ein rohes Ei.

Er langte in seine Jacketttasche. Die Schmerzen schossen hoch bis in die Schulter. Natürlich war sein Portemonnaie nicht mehr da, sein Ausweis, seine Kreditkarten, sein Geld – alles weg. Auch sein Mobiltelefon und seine Dienstwaffe.

Er überlegte, ob er um Hilfe rufen sollte, dann fiel ihm ein, dass so was nur Idioten in Hollywoodfilmen machten. Wenn er einen Vorteil hatte, dann den, dass niemand wusste, er war aufgewacht. Und diesen Vorteil würde er nicht leichtfertig aufs Spiel setzen.

Mühsam stand Pandera auf und tastete mit ausgestreckten Armen durch den tiefschwarzen Raum. Von oben strömte kühle Luft herein. Seine Hände berührten eine Wand. Sie war kalt und unverputzt. Er strich über die Steine. Was war das? Eine Tür? Aus Stahl? Der

Raum war klein, vielleicht drei auf vier Meter. Er glaubte, einen Holztisch, einen Stuhl, eine Matratze und eine Wolldecke unter seinen Fingern zu fühlen. Nichts zu essen oder zu trinken. Also würden sie irgendwann kommen, um nach ihm zu sehen. Zumindest hoffte er das. Sein Hals brannte vor Durst.

Er lehnte sich an die Wand und streckte die Arme nach oben, so weit es ging. Vor Schmerz zuckte er zusammen, dann versuchte er es ein zweites Mal. Wieder spürte er den kalten Luftstrom. Über ihm musste sich ein Lüftungsschacht befinden. Er schob den Tisch an die Wand und stellte sich darauf. Abermals reckte er die Arme. Da! Wenn er sich auf die Zehenspitzen stellte, ertasteten seine Finger ein Lüftungsgitter.

Er stieg hinunter, nahm den Stuhl, stellte ihn auf den Tisch an die Wand und kletterte wieder hinauf. Jetzt befand sich das Lüftungsgitter auf Kopfhöhe. Es bestand nur aus Blech, mit vier Schrauben in der Wand verankert. Er versuchte, die Schrauben zu lösen, aber sie bewegten sich nicht. Er drückte mit den Händen gegen das Blech, erfolglos. Er versuchte es noch einmal. Wieder nichts.

Er ignorierte seine Schmerzen und drückte erneut gegen das Blech. Doch er konnte das Blech nicht verrücken. Nicht in seinem Zustand. Enttäuscht stieg er vom Stuhl und setzte sich auf den Tisch.

Wenn ich nur einen Schraubenzieher hätte!

Plötzlich hatte er eine Idee. Er knöpfte sein Hemd auf und riss einen der schmalen Knöpfe am Ärmel ab. Dann kletterte er wieder auf den Stuhl, nahm den Knopf und schob ihn in den Schraubschlitz. Er passte!

Pandera drehte den Knopf und spürte, wie die Schraube nachgab. Langsam löste sie sich.

Bald hatte er die vier Schrauben herausgedreht, nahm das Lüftungsgitter ab und tastete den dunklen Hohlraum ab, der sich dahinter befand. Es war ein Schacht, ungefähr siebzig Zentimeter breit und genauso hoch. Er legte das Gitter auf den Boden des Schachts. Vielleicht würde er es noch benötigen.

Er zog sich an der Kante hinauf und zwängte den Oberkörper in den Hohlraum. Oben angekommen, atmete er erschöpft aus und legte sich auf den Schachtboden. Seine Muskeln schmerzten, sein Herz pochte.

Pandera robbte Zentimeter um Zentimeter tiefer in den Schacht hinein. Nach gut zwei Metern stieß er auf ein Stahlgitter. Schrauben hatte es keine, er rüttelte daran. Es saß bombenfest. Er bot seine ganze Kraft auf, spannte jeden Muskel an, als müssten sie nur noch das eine Mal funktionieren, doch es half nichts. Er war eingeschlossen. Allein der kalte Windzug, der ihm unaufhörlich entgegenblies, erinnerte an die Freiheit.

Seine Kraft reichte jedoch nicht aus, um weiterzukämpfen. Er packte das Gitter und stellte es zurück an seinen Platz, sodass niemand sofort erkennen würde, wo er sich befand. Dann legte er sich flach auf den Boden und deckte sich mit seinem Jackett zu. Er fror erbärmlich im kalten Luftzug, aber es war seine einzige Chance. Und dann war da wieder dieser Gedanke. Er machte ihm Angst, unglaubliche Angst.

Warum? Warum sollen sie eigentlich nach mir sehen?

54

Roger Simovic war glücklich. Vor zweitausend Jahren hatten hier, im Circus Maximus, die großen Wagenrennen stattgefunden. An diesem Ort hatten sich die Sieger feiern lassen, und die Verlierer waren gedemütigt von dannen gezogen.

Heute hingegen konnte man die Bedeutung des Circus Maximus nur noch erahnen, er sah aus wie ein mit Gras bewachsenes, trockengelegtes Flussbett. Keine Ruinen, weder Gebäude noch Tribünen, erinnerten an den damaligen Prunk.

Nicht das heutige Bild war das, was Simovic bezauberte, sondern die Symbolik. Der Circus Maximus war die größte Arena der Antike gewesen und hatte mehr als dreihundertfünfzigtausend Zuschauern Platz geboten. In späterer Zeit war der ovale Komplex dann verfallen und geplündert worden. Seine Überreste hatten unter anderem dem Bau des Petersdoms gedient. Womit sich für Simovic ein Kreis schloss, denn vor dem Petersdom hatte er bei seinem ersten großen Auftritt gestanden.

Nur zwei Stunden nachdem der Papst seine lang erwartete Rede auf dem Petersplatz gehalten hatte, waren die Übertragungswagen auf das Gelände des Circus Maximus gerollt. Direkt vom Vatikan in den Circus Maximus. Ja, das war ein Bild, das ihm gefiel. Es war ein Wettkampf. David gegen Goliath! Roger Simovic gegen den Papst!

Der alte Mann in Weiß hatte sich gut verkauft, das musste Simovic zugeben. Er hatte sich die Aufzeichnung der päpstlichen Rede fünfmal angeschaut und seine Replik mindestens genauso oft überarbeitet. Es hatte lange gedauert, aber jetzt war sie perfekt. Obwohl der Pontifex Maximus über seinen Schatten gesprungen war und eine beeindruckende Inszenierung geboten hatte, waren ihm zwei entscheidende Fehler unterlaufen.

Erstens hatte sich der Heiligen Vater direkt der Auseinandersetzung gestellt und versäumt, den Boden für seine Botschaften vorzubereiten. Mit seinem persönlichen Auftreten hatte der Papst den Jesusklon aufgewertet und ihn auf Augenhöhe gehoben. Der Mann war eben kein Politiker, sondern ein Ideologe.

Der zweite Fehler des Papstes war noch bedeutsamer. Seine Botschaft würde beim breiten Publikum nicht ankommen, denn sein Timing war das eines Anfängers. Wer am frühen Nachmittag eine Erklärung abgab, ging das Risiko ein, schon bis zu den Abendnachrichten widerlegt worden zu sein.

Genau das hatte Simovic vor.

Er spielte nicht in derselben Liga wie der Papst, das wusste sogar Roger Simovic. Aber er hatte den Jesusklon entdeckt, war vom Vatikan verhaftet geworden und erst gestern wiederaufgetaucht. Also würde man ihm zuhören.

Er sah zu seinem Assistenten Jerome, der die Sekunden bis zum Auftritt herunterzählte. Simovic dachte daran, dass es wirklich an der Zeit war, den Kerl zu feuern. Das Aufnahmelicht schaltete auf Rot, und er setzte sein freundlichstes Lächeln auf.

»Liebe Zuschauer«, begann er und strahlte in die Kamera, als wäre er in sie verliebt. »Hier ist Roger Simovic aus Rom. Ich freue mich sehr, wieder bei Ihnen sein zu dürfen.«

Er blickte in das Publikum vor ihm, das nicht nur aus Reportern bestand. Fünfhundert Schaulustige waren ihm gefolgt, ein paar von ihnen applaudierten, einige jubelten sogar.

Es waren deutlich weniger Zuschauer erschienen, als Simovic erwartet hatte. Er tröstete sich damit, dass die Sendung sehr kurzfristig angesetzt worden war, und lächelte weiter.

»Wie Sie wissen, musste ich mehrere Tage unschuldig im Kerker des Vatikans verbringen und konnte erst heute meine Arbeit wiederaufnehmen. Doch ich möchte Sie nicht mit meinen persönlichen Erlebnissen langweilen, so interessant diese auch waren.«

Er sparte sich die Bemerkung, dass diese Erlebnisse in der abendlichen Sondersendung ausgeschlachtet würden, in der ein einstündiges Interview mit ihm vorgesehen war. Dummerweise mit Treuhard, diesem Parasiten. Der Kerl hatte ihn während seiner Abwesenheit vertreten, ein anderer war so kurzfristig nicht aufzutreiben gewesen.

»Der Papst hat sich heute zum ersten Mal zu Wort gemeldet und alle Christen aufgefordert, nicht an den geklonten Jesus zu glauben, den wir vor wenigen Tagen kennenlernen durften«, sagte Simovic.

Ein Bild des Jungen aus dem Video wurde eingeblendet, natürlich eines, auf dem er aussah wie ein erleuchteter Heiliger.

»Davon abgesehen, dass der Papst nur für einen Teil der Christen spricht, ist er nun nicht mehr der einzige Stellvertreter Christi auf Erden.«

Aus dem Publikum kamen vereinzelte Zustimmungsrufe. Mehrere junge Männer in einem weißen Gewand applaudierten, die direkt vor ihm standen. Sie wirkten wie Jünger, die eine zweitausendjährige Zeitreise gemacht hatten.

»Lassen Sie uns die Fakten betrachten. Der kleine Junge ist ein echter Klon von Jesus Christus, das haben Untersuchungen mehrerer wissenschaftlicher Institute zweifelsfrei bewiesen. Auch die Nachforschungen des Papstes können nichts anderes ergeben, sofern sie nach wissenschaftlichen Maßstäben durchgeführt werden.«

Simovic hatte seine Stimme gegen Ende des Satzes deutlich angehoben und sprach wie ein Politiker bei einer Wahlkampfrede. Er zitierte einige prominente Wissenschaftler, ließ das bekannte Video des kleinen Jesus einspielen und wechselte anschließend das Thema. Für viele Zuschauer war Klonen noch immer etwas Unheimliches, und er wollte belegen, dass es inzwischen Routine war, wenn auch nicht am Menschen selbst.

»1996 kam mit Dolly das erste Klonschaf auf die Welt. Seitdem hat sich einiges verändert. Wie wir wissen, war Dolly alles andere als perfekt. Schon von Geburt an war sie altersschwach und starb bald. Aber überlegen Sie mal, welche Mobiltelefone wir 1996 noch hatten. Knochen, so schwer wie Blei, die nichts konnten außer eben telefonieren. Heute sind sie kleiner und leichter, doch wir rufen damit kaum mehr jemanden an, nein, wir gehen damit ins Internet, schießen Fotos und nutzen sie als Navigationssystem. Und genauso schnell hat sich das Klonen weiterentwickelt. Bereits zwei Jahre nach Dolly wurde, fast unbemerkt von der Öffentlichkeit, die erste Klonkuh geboren. Sie lebte quickfidel über zehn Jahre lang und wurde mehrfache Mutter, Großmutter und Urgroßmutter.«

Auf dem Bildschirm wurde ein Foto der Kuh gezeigt, die mit ihrem braun-weißen Fell aussah wie jede andere Kuh.

»Schon 2008 haben weltweit mehr als fünftausend Klonkühe auf den Weiden gegrast, dazu eine große Anzahl geklonter Schweine und Schafe. Selbst Katzen, Hunde und Fische wurden inzwischen geklont, und 2007 kam der erste Rhesusaffe hinzu. Und so ging es immer weiter. All diese Fortschritte wurden von der Öffentlichkeit kaum wahrgenommen. Daher glauben viele immer noch, Klonen wäre Hexenwerk. Dabei ist es tägliche wissenschaftliche Praxis. Allein in den USA gibt es mehr als ein Dutzend Firmen, die sich auf das Klonen von Haustieren spezialisiert haben.«

Simovic stellte fest, dass die Menschenmenge immer größer wurde. Zufrieden strich er sich durch die frisch frisierten Haare, währenddessen ließ er das Bild zweier menschlicher Zwillinge einspielen.

»Hat Gott selbst nicht das Klonen erfunden?«, fragte er. »Wie sonst sind all die Zwillinge, Drillinge und Vierlinge zu erklären, die unsere Erde bevölkern? Die Wissenschaft wiederholt nur das, was Gott selbst als Teil der Schöpfung erschaffen hat.«

Die Zustimmungsrufe wurden lauter und euphorischer. Er hatte sie überzeugt und wusste, dass auch die Menschen daheim an den Bildschirmen seinen Argumenten folgen würden.

»Obwohl Jesus zweifellos ein einzigartiger Mensch war, so hat Gott selbst ihm vier Brüder geschenkt«, erklärte Simovic und lächelte überlegen in die verdutzten Gesichter vor ihm. »Und ein paar ungenannte Schwestern. Und das alles, obwohl Maria immerwährende Jungfrau war.«

Er nahm die große Bibel, die er schon bei seinem ersten Auftritt verwendet hatte, schlug sie auf und zeigte mit dem Finger auf eine unterstrichene Stelle in Nahaufnahme.

»Ist das nicht der Zimmermann, der Sohn der Maria und der Bruder von Jakobus, Joses, Judas und Simon? Leben nicht seine Schwestern hier unter uns?«, las er mit der Stimme eines Priesters. »Diese Zeilen stammen aus dem Markusevangelium, Kapitel sechs, Vers drei. Überzeugen Sie sich selbst, auf unserer Website finden Sie weitere Bibelstellen zum Nachlesen, die Hinweise auf die Geschwister von Jesus geben.«

Er klappte die Bibel wieder zu.

»Ich frage Sie, was ist daran verwerflich, wenn sich die Menschheit, die von Gott selbst geschaffen worden ist, einen Bruder schenkt? Einen echten Zwillingsbruder des Heilands, einen Bruder, der heute lebt und der für uns Menschen da ist. Der *unsere* Sorgen und Nöte versteht und nicht die Sorgen und Nöte der Kirche. Um die Kirche kann sich gerne der Papst kümmern, so wie er es all die Jahrhunderte lang getan hat. Aber der neue Jesus ist für uns geschaffen worden und für niemanden sonst. Und genau aus diesem Grund bekämpft der Papst ihn!«

Er verbeugte sich, Applaus brandete auf. Dieser Augenblick, als er vor der jubelnden Menge stand – das war es, was er unter Glück verstand.

Das rote Licht der Kamera erlosch, und Simovic ließ sich auf den Regiestuhl fallen. Er war erschöpft. Er ließ sich ein Handtuch bringen, tupfte über die schweißnasse Stirn und nahm die Gratulationen der Kollegen entgegen.

Das zentrale Argument des Papstes – eine Seele könne man nicht klonen – hatte er unbeantwortet gelassen, er war nicht einmal darauf eingegangen. Der Papst musste sich selbst darum kümmern, wenn er wollte, dass es Gehör fand. Dann konnte er immer noch darauf reagieren. So wird das gemacht, dachte Simovic. So und nicht anders. Mit einem kräftigen Schluck trank er ein großes Glas Wasser leer.

Als die Gratulationen allmählich abebbten und er einen Moment lang allein war, fragte er sich, wie das alles enden würde. Er wusste es selbst nicht. Aber eines war sicher: Es würde spannend bleiben.

55

»Gehet hin in Frieden!«, rief Bischof Obrist in einem Ton, der Mahnung und Feierlichkeit miteinander verband, als wären es keine grundverschiedenen Dinge.

»Dank sei Gott, dem Herrn«, schallte es ihm von der Gemeinde entgegen, so laut und kräftig wie sonst nur an Ostern oder Weihnachten.

Die Kathedrale von Solothurn war bis zum letzten Platz gefüllt. Und das bei einem Abendgottesdienst unter der Woche.

Johann Obrist wartete, bis das Echo seiner Schäfchen verklungen war, dann senkte er die zum Segen erhobenen Arme und stieg die Altarstufen hinab. Der Organist spielte den Schlusschoral, getragen und doch düster. Gestützt auf einen goldenen Stock, ging Obrist durch das Kirchenschiff. Jeder Schritt auf dem harten Steinboden bereitete ihm Mühe.

Die Gläubigen hatten sich erhoben und betrachteten ihn mit großer Ehrfurcht, viele bekreuzigten sich. Johann Obrist hatte den Jesusklon in seiner Predigt nur indirekt angesprochen. Man solle sich nicht den *falschen Göttern* zuwenden, hatte er gesagt. Nicht jenen, die von Menschenhand erschaffen seien. Man solle nur den Worten glauben, die von Gott kamen.

Nach der Messe kehrte er zurück in die Priesterräume gegenüber der Kathedrale. Dort legte er seine Mitra ab, ebenso das Pallium und das Messgewand. Er formte mit den Händen einen Kelch, ließ kaltes Wasser hineinlaufen und spritzte es sich ins Gesicht.

Er hatte gehofft, dass die Andacht, bei der er sich Gott immer so nah fühlte, ihm den Weg weisen würde. Heute war es ihm erschienen, als wäre der Allmächtige gar nicht zu Besuch gewesen. Als hätte er sich von seinem Haus abgewandt.

War das ein Zeichen? War die Kirche vom richtigen Weg abgekommen? Wie stand es um ihn selbst? Kämpfte er sein letztes Gefecht?

Lag die Entscheidung überhaupt noch in seiner Hand? War es nicht unvermeidlich, was geschehen würde? Bischof Obrist blickte in den Spiegel, die Hände zittrig auf den Rand des Waschbeckens gestützt. Das kalte Wasser tropfte ihm von den Barthaaren.

Nein! Nichts war unvermeidlich! So leicht würde er nicht aufgeben! Noch war es nicht zu spät!

Im Orden gab es immer mehr Stimmen, die eine radikale Lösung forderten. Er wusste nur zu genau, wer derjenige war, der diese Idee geboren hatte. Aber es gab auch Brüder, die gar nichts tun und alles Gott überlassen wollten. Nein! Der Mensch war auf der Erde, um Gottes Willen zu erfüllen. Und nicht, um tatenlos dem Lauf der Welt zuzuschauen.

Obrist setzte seine Brille auf und strich sich durch die nassen Haare. Auf einmal erkannte er seinen Bruder Roland in sich. Auch wenn der keinen Bart getragen hatte und keine achtundsiebzig geworden war. Lediglich sechzig Jahre waren ihm vergönnt gewesen. Sein Bruder war ein Nachgeborener. Ein Agnatus. Wie ein eigener Sohn. Und er selbst wie ein Vater für ihn. Doch ein Vater beschützt seine Kinder.

Er hatte versagt.

Es klopfte, und Simon Kunen trat in den Raum. »Störe ich?«

Bischof Obrist schüttelte den Kopf. Wie immer in letzter Zeit, wenn er auf den Vikar traf, fühlte er sich seltsam unbehaglich.

»Wir wissen, wo er ist!«, platzte Kunen heraus. »Ihr Bruder hat recht gehabt!«

»Wie haben Sie ...?« Obrist brach mitten im Satz ab. Vielleicht war es besser, wenn er nicht alle Details kannte. »Und was sollen wir jetzt tun?«, fragte er stattdessen.

»Ich habe meine Meinung nicht geändert.«

Aber ich, hätte Johann Obrist sagen können, tat es jedoch nicht.

»Ich werde ihm folgen und ihn observieren«, sagte der Vikar.

Obrist nickte.

»Gott wird mir beistehen und mich leiten.« Kunen bekreuzigte sich. »Bei allem, was ich tue.«

Bischof Obrist nickte wieder. Er wusste, niemand konnte den Vikar von seinem Plan abbringen. Er konnte nur noch eines tun: beten, dass dieser Plan auch ein Plan Gottes war.

56

Das Öffnen der Gefängnistür weckte Alex Pandera. Als Erstes spürte er, dass er von der Kälte der Lüftung beinahe steif gefroren war. Als Zweites kam der Schmerz. Seine Knochen taten immer noch weh, als wären sie zersplittert. Und als Drittes sah er das Licht.

Einen winzigen Augenblick lang blendete es ihn, als würde er mit einem Fernglas direkt in die Sonne sehen. Er rieb sich die Augen. Wenigstens war er nicht blind.

»Scheiße!«, rief ein Mann, der offenbar die Zelle betreten hatte.

Es war nur eine Frage der Zeit, bis sie ihn entdeckten. Er musste reagieren, sofort.

Pandera robbte ein paar Zentimeter nach vorn, bis er mit den Füßen das Lüftungsgitter berührte. Er wusste, ihm blieb nur diese eine Chance. Er hörte, wie der Mann auf den Tisch stieg, den Stuhl zurechtrückte und hinaufkletterte. Pandera wartete einen Augenblick, dann zog er die Beine an und ließ sie mit aller Kraft nach vorn schnellen.

Mit voller Wucht traf er den Mann mit dem Lüftungsgitter am Kopf. Der verlor das Gleichgewicht und kippte rücklings von Stuhl und Tisch auf den Betonboden. Panderas Augen hatten sich zwar noch nicht an die Helligkeit gewöhnt, als er aus dem Schacht kletterte, konnte er bereits mehr als nur die Umrisse des Raums erkennen. Der Mann auf dem Boden rührte sich nicht. Pandera ließ sich vorsichtig hinunter und beugte sich über ihn.

Der Kerl war bewusstlos. Pandera spähte durch die angelehnte Tür seines Gefängnisses. Er sah einen halbdunklen Gang, der in eine nach oben führende Betontreppe mündete. Niemand war zu sehen oder zu hören. Pandera nahm die Schlüssel der Wache an sich, untersuchte sie nach Waffen, konnte jedoch bis auf einen Gummiknüppel nichts finden.

Jetzt erst entdeckte er das Sandwich und die Flasche Wasser. Beides musste der Mann mitgebracht haben. Er griff zur Flasche und wollte trinken, als ihm auffiel, dass sie schon einmal geöffnet worden war.

Was, wenn sie etwas beigemischt hatten?

Er stellte die Flasche zurück auf den Tisch. Seine Kehle brannte, aber er wollte kein Risiko eingehen. Sollte die Wache doch das Wasser trinken, wenn er wieder aufgewacht war.

Pandera betrachtete den Mann. Die Größe passte ungefähr, mit seinem Bierbauch wirkte der Kerl allerdings ein wenig unförmig. Pandera zog ihm Jacke und Hose aus, anschließend entkleidete er sich selbst und zog die Sachen der Wache an. Die Hose passte einigermaßen, er musste nur den Gürtel enger schnallen. Dann warf er sich die schwarze Bomberjacke über, schob den Gummiknüppel in die Innentasche und schloss den Reißverschluss.

Als Letztes setzte er die schwarze Baseballkappe auf. Er hasste die Dinger, aber anders ging es nicht. Vorsichtig schlich er sich hinaus und sperrte die Gefängnistür hinter sich zu.

Pandera spürte so viel Adrenalin im Körper, dass er die Schmerzen in seinen Muskeln kaum mehr wahrnahm. Nach wenigen Metern erreichte er die

Betontreppe, stieg ein paar Stufen hoch und schaute um die Ecke.

Vor ihm erstreckte sich ein Treppenaufgang aus Beton. Hinter jedem Vorsprung konnte sich ein Gegner verbergen. Oder eine Tür in die Freiheit.

Er nahm den Gummiknüppel in die Hand und schlich Stufe für Stufe nach oben. Nach ein paar Schritten traf er auf eine zweite Stahltür. Auf seiner Seite war keine Klinke, nur ein Sicherheitsschloss und ein runder Metallknauf.

Er nahm den Schlüsselbund der Wache heraus. Drei Schlüssel. Einer schien zu groß. Pandera versuchte den zweiten und führte ihn langsam in das Schloss. Schon nach wenigen Zentimetern blockierte er.

Pandera zog den Schlüssel heraus und horchte auf. Hinter der Tür bewegte sich etwas. Er wartete, dann nahm er den dritten Schlüssel, steckte ihn ins Schloss und drehte ihn vorsichtig herum. Die Tür sprang einen Spaltbreit auf, jedoch nicht so weit, dass er etwas sehen konnte.

»Bender ist immer noch zu doof, um den richtigen Schlüssel zu nehmen«, hörte er einen Mann sagen, zu seiner Verwunderung auf Deutsch, nicht auf Italienisch. Genau wie die fluchende Wache in seiner Zelle.

Ein anderer Mann lachte. Sie waren also zu zweit. Mindestens. Pandera schob den linken Fuß an die Tür, um sie mit einem Ruck aufstoßen zu können, und griff den Gummiknüppel fester. Er atmete tief durch und stieß die Tür auf.

Was er sah, hätte ihn eigentlich erschrecken müssen. Doch dazu blieb ihm keine Zeit. Er musste handeln. Sofort!

57

Simon Kunen schloss die Tür zu seinem Büro ab und nahm den alten Aktenkoffer aus dem Wandschrank. Das braune Rindsleder hatte im Lauf der Jahre einige Kratzer abbekommen. Aber der Inhalt zählte, nicht die Verpackung.

Er ließ die Messingverschlüsse des Koffers aufschnappen, öffnete ihn und sah hinein. Kunen spürte die Macht.

Es war keine kirchliche Macht und schon gar keine göttliche. Trotzdem war er davon überzeugt, dass Gott ihn beschützen würde. Als Generalvikar war er ein Würdenträger der Kirche, und wie ein solcher würde er auftreten. Er hatte sein bestes Priestergewand angelegt, nicht zu pompös und dennoch seiner herausgehobenen kirchlichen Position angemessen.

Normalerweise vermied Kunen es, in diesem Gewand zu verreisen, ja, er vermied es grundsätzlich, sich auf Reisen wie ein Priester zu kleiden, obwohl er die Sonderbehandlung durchaus zu schätzen wusste, die man in christlichen Ländern durch diese Uniform erfuhr.

Gleichzeitig wuchsen dadurch auch die Verpflichtungen. Genau wie ein Arzt oder Pilot war man als Priester auf einer Flugreise nie außer Dienst.

Ein Geistlicher zog einen bestimmten Typ von Reisenden magisch an: den des redseligen Passagiers mit Flugangst.

Hatte so jemand einen Mann des Glaubens erst einmal entdeckt, wich er ihm nicht mehr von der Seite. Heute würde er sich damit abfinden müssen.

Doch das war sein geringstes Problem.

Simon Kunen klappte den Aktenkoffer zu, drückte die Messingschnallen nach unten und nahm den goldfarbenen Schlüssel in die Hand. Er merkte, wie er zitterte. Er war so nervös wie am Tag seiner Priesterweihe.

Kunen führte den Schlüssel nacheinander in beide Schlösser und drehte ihn herum. Eigentlich waren es nur symbolische Schlösser, denn der Koffer war leicht aufzubrechen. Trotzdem waren die Schlösser für ihn immer ein Schutz gewesen, auch ein Schutz vor sich selbst.

Vor mehr als zehn Jahren hatte er den Koffer konfisziert und ihn seitdem nicht mehr geöffnet. Aber er hatte sich nicht entschließen können, den Koffer wegzugeben, als hätte etwas in ihm die ganze Zeit gewusst, dass der Tag kommen würde.

Der Tag, an dem der Inhalt seiner wahren Bestimmung zugeführt werden würde. Der Tag der Entscheidung! Zehn Jahre hatte er darauf gewartet. Es war eine lange Zeit gewesen. Für einen Menschen, nicht für Gott.

Kunen steckte den Koffer in seinen schwarzen Trolley, nahm einen fertig gepackten größeren Koffer, brachte beide hinaus auf den Flur und schloss sein Zimmer ab. Er verließ die Bistumsverwaltung und stieg in das wartende Taxi.

Am Basler Flughafen eingetroffen, ging er zum *Swiss*-Schalter und gab den großen Koffer auf. Mit einem Gefühl der Genugtuung registrierte er, dass seine drei Kilo Übergepäck nicht berechnet wurden, im Gegensatz zu der Familie vor ihm. Mit Bordticket und Trolley machte er sich auf den Weg zur Sicherheitskontrolle.

Er stellte sich ans Ende einer langen Schlange und wartete. Die Reisenden vor ihm unterhielten sich über den Fluglotsenstreik in Rom. Kunen war froh, dass er diesmal nicht in die Ewige Stadt flog.

Endlich war er an der Reihe. Er zögerte, bemerkte, dass sein Herz viel zu schnell klopfte und ihm Schweiß auf die Stirn trat. Dann riss er sich zusammen und hob den Trolley auf das Laufband mit dem Durchleuchtungsgerät. Er nahm Armbanduhr und Mobiltelefon, legte sie in eine graue Röntgenwanne und schob sie auf das Band. Danach ging er zu dem Metalldetektor und breitete die Arme aus. Kein Piepsen. Er durfte passieren.

Das hatte er nicht anders erwartet. Er drehte sich um und wartete auf seinen Trolley. Nun wurde es ernst. Da! Der Koffer fuhr aus dem Durchleuchtungstunnel. Er wollte schon danach greifen, als der Mann am Überwachungsmonitor seinem Kollegen am Band ein Zeichen gab.

»Wem gehört der schwarze Trolley?«, fragte der Mann.

Kunen hob unsicher den Finger. »Er gehört mir ... Ist etwas damit?«

»Er muss noch einmal durch die Kontrolle«, antwortete der Mann. Als er erkannte, dass Kunen ein Priester war, lächelte er freundlich.

Mit einem Taschentuch wischte sich Kunen den Schweiß von der Stirn. Er beobachtete, wie der Mann vom Sicherheitsdienst seinen Trolley nahm, ein paar Meter zurücktrug und vor dem Durchleuchtungstunnel wieder auf das Band setzte.

Der Mann am Monitor schüttelte erneut den Kopf.

»Was ist da drin?«, fragte der Kollege von der Sicherheit, nicht mehr so freundlich lächelnd.

»Ich ... ich verstehe nicht ...«, stammelte Kunen.

Er fragte sich, warum er sich keinen Plan B ausgedacht hatte. War er von seinem Gottvertrauen geblendet und hatte die Vernunft ausgeschaltet? »*Gott passt nur auf jene auf, die auf sich selbst achtgeben*«, hatte er immer gepredigt. Und jetzt hatte er sich selbst nicht daran gehalten!

»Es tut mir leid.« Der Sicherheitsbeamte strich über seine blaue Krawatte, als wollte er betonen, dass alles seine Ordnung haben müsse. »Wir müssen diesen Koffer öffnen. Sie haben doch nichts dagegen?«

»Nein, nein«, sagte Kunen schnell. »Ich verstehe nur nicht ...«

»Das wird sich bestimmt gleich aufklären«, sagte der Mann und lächelte wieder. Aber sein Lächeln sah nicht echt aus.

Ich hoffe nicht, dass sich das gleich aufklärt, dachte Kunen. Der Mann schob Kunen den Trolley hin. Er öffnete den Reißverschluss und klappte den Deckel auf.

Ein Fach mit Kleidern kam zum Vorschein, dazu ein Säckchen, in dem ein Paar schwarze Lackschuhe steckte, einige kirchliche Magazine und der verschlossene Aktenkoffer.

Zielsicher nahm der Beamte ihn heraus und platzierte ihn vor sich auf den Metalltisch. »Können Sie den bitte öffnen?«

»Selbstverständlich.« Kunen nahm sein Portemonnaie aus der grauen Plastikwanne und öffnete das Fach für die Münzen. Mit zitternden Fingern fischte er den kleinen goldfarbenen Schlüssel heraus und führte ihn in das erste Schloss ein. »Sie müssen entschuldigen. Ich fliege nicht so oft.«

»Kein Problem«, sagte der Beamte.

Kunen öffnete auch das zweite Schloss, klappte den Koffer auf und schob ihm dem Sicherheitsbeamten hin.

»Oh«, sagte der überrascht, als er das funkelnde Metall erblickte.

»Das ist eine Reliquie unseres Ordens.« Kunen lächelte verkrampft.

»Eine Reliquie? Darf ich sie aus dem Koffer nehmen?«

»Nur zu.« Kunen hoffe, dass seine Stimme nicht zittrig klang.

Der Beamte hob das funkelnde Metallstück heraus. »Ist ganz schön schwer«, sagte er beinahe ehrfürchtig. »Echtes Gold?«

»Das weiß ich nicht«, log Kunen. »Ich bin nur für den Transport zuständig. Sie verstehen, dass wir das nicht mit der Post verschicken können.«

»Natürlich.« Der Beamte legte das Metallstück vor sich auf den Tisch, prüfte tastend die Samtverkleidung des Koffers und stellte ihn noch einmal auf das Laufband vor das Durchleuchtungsgerät.

Die Reisenden, die hinter Kunen warteten, wurden langsam unruhig, und er war überzeugt, dass sie nur deshalb nichts sagten, weil er ein Priestergewand trug.

Es war das Einzige, was ihn jetzt noch retten konnte.

Hätte er den Koffer aufgegeben, wäre der herausgefischt worden. Ein anonymer Koffer kannte keinen Priesterbonus.

Der leere Koffer wurde durch das Röntgengerät geschoben, ein Kollege vom Band gegenüber trat hinzu, blickte auch auf den Monitor.

Endlich nickten beide.

»Was war da eigentlich drin?«, fragte der Kollege.

Der Beamte am Laufband legte das Metallstück zurück in den Koffer.

»Nur ein Kreuz«, antwortete er und gab den Koffer an Kunen zurück. »Entschuldigen Sie bitte die Unannehmlichkeiten.«

»Kein Problem.« Kunen zwang sich zu einem Lächeln, schloss den Koffer und steckte den Schlüssel hastig in die Hosentasche.

Anschließend stellte er den Aktenkoffer zurück in den Trolley und zog den Reißverschluss zu. Er tat so, als hätte er es eilig. Rasch nahm er den Rollkoffer vom Band und lief schnellen Schrittes den Gang entlang. Den Kopf hielt er gesenkt. Erst hinter einer Ecke blieb er stehen und bekreuzigte sich.

»Gott sei Dank«, flüsterte er. Mit dem Taschentuch tupfte er sich über die Stirn.

Auf dem Weg zum Gate betete er leise ein Vaterunser.

Sein Herz klopfte immer noch wie verrückt. Mit jedem Schlag schien es zu ahnen, dass die große Schlacht erst noch bevorstand.

58

Pandera wusste nicht einmal, ob er unter der tief ins Gesicht gezogenen Baseballkappe alle Männer gesehen hatte. Es waren mindestens fünf.

Fünf gegen einen, das konnte nicht gut gehen. Selbst dann nicht, wenn sie, wie diese fünf, am Tisch saßen, Poker spielten und nur Augen für ihre Karten und das Geld hatten.

Wenn Pandera zu der gegenüberliegenden Tür wollte, musste er an dem Tisch vorbei. Und er wollte zu dieser Tür, unbedingt. Durch das Sichtfenster darin strahlte die Sonne in den Raum. Und mit ihr die Freiheit.

»Bender, setz dich und spiel weiter!«, rief einer der Männer, ohne aufzublicken.

»Und bring ein paar Bier aus dem Kühlschrank mit!«, rief ein anderer.

»Ich erhöhe«, sagte der erste und schob einen Stapel Jetons in die Mitte.

»Du bluffst!«, schnauzte der zweite.

Pandera fühlte sich ertappt, aber noch hatte ihn niemand bemerkt. Seine Verkleidung als Wachmann Bender war besser, als er gedacht hatte.

Er steckte den Gummiknüppel in die Innentasche der Jacke und zog die Baseballmütze noch tiefer ins Gesicht. Auf der linken Seite des Raums führte eine offen stehende Tür in die Küche.

Er ging ein paar Schritte in den Raum und hielt direkt auf die Küchentür zu. Die Männer hatten tatsächlich nur Augen für das Spiel und beachteten ihn nicht. Da sie erwarten, dass er in die Küche ging, um Bier zu holen, tat er genau das.

Er öffnete den Kühlschrank, dessen große Tür ihm perfekten Sichtschutz bot. Die Küche bot nicht nur Sichtschutz, sondern zudem ein Fenster. Pandera warf einen Blick hinaus. Erdgeschoss!

Man darf auch mal Glück haben.

Ein paar leere Bierflaschen standen auf der Fensterbank. Er stellte sie lautlos auf den Boden.

»Wo bleibt das Bier?«, hörte er einen der Männer rufen.

Schnell öffnete Pandera das Fenster. Er stieg gerade über die Fensterbank, als er hinter sich Schritte vernahm. Jemand betrat die Küche.

»He! Das ist gar nicht Bender!«

Pandera hörte, wie die anderen Männer in die Küche stürzten, er hörte auch, wie sie nach ihm riefen, er drehte sich jedoch nicht um.

Er sprang von der Fensterbank auf den Gehweg, rannte über eine Straße und hielt auf die nächste Häuserecke zu. Er war anscheinend in einer Stadt, vielleicht noch in Rom.

Seine Muskeln brannten wie Feuer. Doch sie ließen ihn nicht im Stich.

Schritte klangen hinter ihm auf, Autotüren wurden zugeschlagen, dann startete ein Motor. Auch ohne sich umzusehen, wusste er, dass es der schwarze Mercedes war, den er vom Hotel *Splendid Royal* kannte.

Er rannte so schnell er konnte weiter, natürlich holte der Mercedes auf. Er warf einen schnellen Blick zurück. Der Mercedes raste über den Gehweg!

Wollten die Kerle ihn überfahren?

Er glaubte schon zu spüren, wie die Stoßstange seine Waden berührte, da erreichte er endlich die Straßenecke und sprang in eine Seitengasse.

Der Mercedes schoss vorbei.

Pandera hetzte über das unebene Pflaster und hoffte, dass die Gasse für den breiten Wagen zu schmal war. Bremsen quietschten, der Wagen fuhr rückwärts und beschleunigte wieder.

Erneut warf Pandera einen Blick zurück. Der Mercedes bog in die Gasse ein und folgte ihm. Innerhalb von wenigen Sekunden verringerte der Wagen den Abstand, nicht ohne ein Fahrverbotsschild, drei Briefkästen und ein Fahrrad in die Luft zu schleudern. Der Wagen hatte zwar einige Beulen abbekommen, näherte sich jedoch unaufhaltsam. Nur noch wenige Augenblicke und er würde ihn erreichen.

Im Laufen zog Pandera die Bomberjacke aus und warf sie gegen die Windschutzscheibe. Der Fahrer trat auf die Bremse und schaltete den Scheibenwischer ein. Der Wischer verfing sich in der Jacke und blockierte. Sofort gab der Fahrer wieder Gas. Er schien begriffen zu haben, dass er in der engen Gasse ohnehin nicht manövrieren konnte.

Pandera hatte ein paar Meter Vorsprung gewonnen, schon nach Sekunden war der Mercedes direkt hinter ihm. Er musste sich nicht mehr umdrehen, er wusste auch so, dass er keine Chance mehr hatte.

59

Fünfzehn lange Jahre hatte Simon Kunen keinen Alkohol mehr angerührt. Kein Bier, kein Schnaps, kein Whisky, ja, nicht einmal Wein war über seine Lippen gekommen. Außer dem Messwein, doch davon hatte er nie mehr als einen kleinen Schluck getrunken.

Alkohol war eines der Laster gewesen, denen er für ein Leben als Geistlicher abgeschworen hatte. Dieser Genuss, ob nun mäßig oder übermäßig, hätte ihn nur von den wahren Zielen abgelenkt.

Doch jetzt nachdem er sich im Flugzeug erschöpft in seinen Sitz hatte fallen lassen, fand er, er hätte sich einen Schluck verdient. Alkohol war immer noch der beste Mutmacher. Und Mut konnte er gebrauchen.

Bei der verdutzten Stewardess, die bisher wohl nur wenige Priester bedient hatte, bestellte er einen doppelten Cognac. Kunen war im ersten Moment ein wenig enttäuscht von der Plastikflasche und dem Plastikbecher. Als er die Flasche öffnete und der süßliche Geruch des Cognacs ihm entgegenströmte, bereute er seine Entscheidung nicht.

Er goss die goldene Flüssigkeit in den Becher und schwenkte ihn so langsam, als handelte es sich um ein richtiges Cognacglas. Simon Kunen schloss die Augen und nippte an dem edlen Tropfen. Als er seine Lippen benetzte, gelang es ihm, den Plastikgeschmack des Bechers zu verdrängen.

Kunen trank einen Schluck und atmete tief durch. Er hatte es geschafft, an den strengen Flughafenkontrollen vorbeizukommen. Fraglos mit Gottes Hilfe, aber er hatte es geschafft!

Zwar wusste er noch nicht, wie er die Prüfungen überstehen sollte, die ihn noch erwarten würden. Etwas sagte ihm, dass ihm auch das gelingen würde. Oder war das schon die Wirkung des Alkohols, die ihn alles lockerer betrachten ließ?

Simon Kunen dachte an den Bischof, an seinen Bischof. Wenn der ihn so sehen könnte, würde er vom Glauben abfallen. Kunen musste lächeln, obwohl er nichts Ungesetzliches tat, ja, er tat nicht einmal etwas, das gegen die Regeln des Ordens verstieß. Im Augenblick zumindest.

Er trank lediglich einen Cognac und flog nach Neapel, genau wie besprochen. Dass dieses Kreuz in seinem Gepäck war, durfte Bischof Obrist nicht wissen, niemand durfte das wissen. Niemals!

Nur dann würde sein Plan funktionieren, ohne dass er selbst in den Abgrund gerissen würde.

Auch dieses Risiko würde er notfalls eingehen. Er würde alles tun, wenn es dem einen Ziel diente. Seinem Körper, der durch die lange Ordenszeit verweichlicht war, würde er das noch beibringen. Es gab Wichtigeres als sein eigenes Überleben oder das Überleben der anderen. Es gab sogar Wichtigeres als das Überleben des Ordens. Es ging um das große Ganze!

Irgendwann würde selbst der Bischof erkennen, warum er es getan hatte. Dann endlich würde dieser von Zweifeln geplagte Mann wieder sehen können. Denn nur wer sah, konnte auch führen. Aber noch war es nicht so weit, noch musste er den Bischof führen und

gegen dessen Ängste und dessen Zögerlichkeit an-
kämpfen.

Hätte Kunen ihm offen gesagt, was er vorhatte, hätte
Obrist ihm die Reise untersagt. Und nicht nur das, er
hätte ihn aus dem Orden ausschließen lassen und
wahrscheinlich sogar die Polizei verständigt. Doch der
Bischof musste ja nicht alles wissen. Es genügte, wenn
Gott alles wusste.

Und dass Gott seinen Weg guthieß, hatte er vor weniger als einer Stunde bei der Gepäckkontrolle bewiesen.

Kunen spürte plötzlich, dass er keine Angst mehr haben musste. Er lächelte zufrieden, schwenkte noch einmal den Plastikbecher und trank ihn in einem Zug leer.

Als die Stewardess an seinem Platz vorbeiging, war
Kunen versucht, einen weiteren Drink zu bestellen. Er
hielt sich zurück. Ein wenig Anregung und Zerstreuung
war gut, er wollte sich jedoch nicht betäuben. Er wollte
alles erleben, jeden Moment in sich aufsaugen. Denn
war er erst an seinem Ziel angekommen, könnte jeder
Augenblick der letzte sein.

Simon Kunen nahm die in Leder gebundene Taschen-
bibel zur Hand, die er für den Flug bereitgelegt hatte.
Zielsicher schlug er sie beim Fünften Buch Mose auf,
auch Deuteronomium genannt, Zweite Gesetzgebung.
Schnell hatte er die richtige Stelle gefunden.

*Wenn es sich um einen Mann handelt, der mit einem
andern verfeindet war, wenn er ihm auflauerte, ihn
überfiel und tödlich traf, sodass er starb, und wenn er
in eine dieser Städte floh, dann sollen die Ältesten seiner Stadt ihn von dort holen lassen und in die Gewalt
des Bluträchers geben und er soll sterben. Du sollst in
dir kein Mitleid mit ihm aufsteigen lassen. Du sollst das*

*Blut des Unschuldigen aus Israel wegschaffen und es
wird dir gut gehen.*

Doch wollte der Bischof überhaupt Rache?

Kunen wusste es nicht. Sie hatten sich immer nur
über die Bedeutung von Roland Obrist unterhalten,
darüber, warum der Bruder des Bischofs hatte sterben
müssen, und darüber, was er über den Jesusklon gewusst hatte. Allerdings hatten sie nie über die Gefühle
des Bischofs gesprochen. Über die Gefühle des Mannes,
der seinen einzigen Bruder verloren hatte.

Waren sie und ihre Gefühle überhaupt noch wichtig?
In einer Situation, in der alles auf dem Spiel stand?

In der sich die katholische Kirche der größten Bedrohung seit mehr als fünfhundert Jahren gegenübersah?
Wenn man die Geschichte nüchtern betrachtete, war
die Kirchenspaltung im 16. Jahrhundert eine Folge der
damaligen katholischen Politik gewesen. Die Spaltung
war in ihrem Kern keine Frage des Glaubens gewesen,
sondern eine Frage der Macht.

Man hatte an denselben Gott, dieselbe Dreifaltigkeit,
dieselben Heiligen geglaubt. Aber die Autorität des
Papstes war nicht mehr von allen Gläubigen anerkannt
worden.

Die heute bestehenden Unterschiede zwischen den
Konfessionen hatten sich erst mit der Zeit entwickelt,
aus Gründen der gegenseitigen Abgrenzung. Und so
war die Kirchenspaltung doch noch zu einer Frage des
Glaubens geworden.

Jetzt hingegen ging es nicht um Autorität, Macht oder
irgendwelche Dogmen und Riten. Nein, es ging um den
Kern des Glaubens. Um nichts anderes! Es ging um eine

einzige Frage. Die Frage, die alles beantwortete: Gibt es tatsächlich einen neuen Heiland?

Gab es ihn, hatte der alte Glaube ausgedient.

Ja, es gäbe einen neuen Glauben, mit einem neuen Propheten und neuen Geboten.

Eine neue Spaltung, eine neue Religion würde kommen, wenn man nicht eingriff. Vielleicht würde es ein Jahr dauern, vielleicht zehn, vielleicht zwanzig, aber sie würde kommen. Darin bestand die existenzielle Bedrohung für die katholische Kirche. Ja, sogar für die gesamte Christenheit!

Kunen bezweifelte, dass alle das begriffen hatten. Die Protestanten mit ihrem Kuschelglauben waren so unbestimmt und weich wie immer. Er kannte jedoch genügend Katholiken, die nicht verstanden, dass es nur einen Weg geben konnte. Entweder man war für den Jesusklon, oder man war gegen ihn!

Wofür man sich entschied, diesen Weg musste man mit aller Entschlossenheit gehen.

Genau das würde er tun.

Denn er, Simon Kunen, hatte sich entschieden.

60

Das Müllproblem in italienischen Großstädten war schon seit Jahren ungelöst. Immer wieder wurde darüber berichtet, auch in der internationalen Presse. Von Abfallsäcken verstopfte Gehwege, brennende Müllhaufen und illegal entsorgte Giftstoffe traten so regelmäßig auf wie der Montag nach dem Sonntag. Kurz und schlecht, es herrschten mafiöse Zustände.

Kein Wunder, denn die Mafia mischte bei dem Geschäft kräftig mit. Sie ließ genehmigte Deponien leer stehen und ungenehmigte füllen. Sie ließ den Müll durch halb Europa karren, bis die mit minderwertigem Mafiabeton gebauten heimischen Müllverbrennungsanlagen endlich funktionierten. Dann holte sie den eigenen oder gar fremden Müll wieder nach Hause, um die mühsam gebauten Anlagen schon nach einem halben Jahr Betriebszeit einer Generalüberholung zu unterziehen und den Müll erneut fortzuschicken.

Manche unkten, die Mafia habe sich dieses Geschäft nur deshalb gesichert, weil sie dadurch die ein oder andere Leiche unauffällig entsorgen könne.

Doch das war nur ein willkommener Nebeneffekt. Denn die Renditen im Müllhandel waren denen ihres Kerngeschäfts durchaus ebenbürtig.

Wie ein Großkonzern hatte die Mafia im Laufe der Jahre ihre Geschäfte diversifiziert. Es hatte mit Erpressung begonnen, dann waren Drogenhandel und Zuhälterei hinzugekommen, schließlich Schlepperdienste und nun der Müll.

Sicherlich waren die Zustände in Rom nicht so prekär wie in den Städten des Südens, aber auch in der Hauptstadt hatte die Mafia die Müllabfuhr inzwischen übernommen. Zwar war ihr das erst nach einem langen Bieterstreit gelungen, der ein paar Schießereien und nicht ganz legale körperliche und finanzielle Zuwendungen mit sich gebracht hatte, jetzt war sie jedoch im Geschäft.

Als erste Maßnahme hatte sie eine happige Zusatzgebühr für die Anwohner beschlossen und ihre Mitarbeiter angewiesen, in den Straßen den Müll stehen zu lassen, in denen diese Gebühr nicht bezahlt wurde.

So bevölkerten gut gefüllte Mülltonnen die Gassen der Ewigen Stadt, je nach Zahlungsbereitschaft der Anwohner in Zahl, Dauer und Gestank variierend.

Pandera waren die Müllprobleme italienischer Großstädte ziemlich egal, nur gerade, in diesem Augenblick, kamen sie ihm sehr gelegen. Während er vor dem schwarzen Mercedes davonrannte, entdeckte er nämlich ein knapp zwei auf anderthalb Meter großes metallenes Ungetüm mit rundem Schiebedeckel. Ausgerechnet diese überquellende Mülltonne bot ihm eine Chance, den Verfolgern zu entfliehen.

Den Mercedes dicht hinter sich, sprang er in vollem Lauf hoch und landete auf dem Deckel der Mülltonne. Gerade als er wieder hinunterspringen wollte, knallte der Mercedes mit voller Wucht gegen die Tonne.

Der Deckel schoss nach oben, erwischte Pandera an den Beinen und schleuderte ihn auf der anderen Seite zu Boden. Er stürzte auf das Kopfsteinpflaster, rappelte sich auf und rannte weiter.

Durch den Aufprall hatte sich die Bomberjacke vom Scheibenwischer losgerissen. Sie landete dort, wo sie hingehörte, nämlich im Müll.

Die Mülltonne vor ihm nahm dem Fahrer zwar immer noch die Sicht, er beschleunigte trotzdem. Wie einen wild gewordenen Bullen trieb der Mercedes die Tonne durch die Gasse.

Funken sprühten, Metall knirschte, ein Rad der Mülltonne löste sich. Der Fahrer drückte das Gaspedal durch und schloss zu Pandera auf. Ein zweites Rad der Tonne brach. Sie schwankte, kippte und knallte krachend um.

Die Tonne verfehlte Pandera nur um wenige Zentimeter.

Der Benz stoppte kurz, dann fuhr er los und trieb das Metallungetüm weiter vor sich her.

Wieder öffnete sich der Deckel der Tonne, und Küchenabfälle, Kartons, ein Lampenschirm und ein paar Sperrholzbretter schossen heraus.

Der Mercedes ließ sich davon nicht aufhalten und raste hinter Pandera her. Der hin und her schwingende Deckel der Tonne klapperte auf und zu wie das riesige Maul eines gefräßigen Hais.

Mit einem Knall verkeilte er sich zwischen einem Häusergang und einer Straßenlaterne. Die Frontpartie des Mercedes wurde von der Tonne eingedrückt, und der Wagen streifte die rechte Häuserwand.

Schließlich blieb er stehen.

Der Gorilla hinter dem Steuer gab Gas und ließ die 250 Pferdestärken des Benz aufheulen. Die Tonne kam wieder in Bewegung, der Wagen schob sie über das

Kopfsteinpflaster, begleitet von einem durchdringenden metallischen Kreischen. Pandera blickte sich um.

Der Mercedes holte auf.

Nach wenigen Metern streifte er eine Straßenlaterne und knickte sie um wie ein Streichholz. Die Verankerung der Laterne war offensichtlich in Mafiabeton gegossen worden, denn die abgebrochene Spitze des Laternenstumpfs schoss ruckartig nach oben. Scharf wie ein Skalpell schlitzte die Verankerung den Wagenboden auf. Der Mercedes zuckte, als hätte ihm jemand die Lebensader durchtrennt. Die Elektronik versagte, der Motor erstarb.

Die Männer begriffen, dass es nun endgültig nicht mehr voranging. Sie zogen ihre Pistolen und griffen nach den Türöffnern. Die beiden sahen aus wie routinierte Killer, die sich durch nichts aufhalten ließen. Allerdings nur auf den ersten Blick. Denn auf den zweiten sahen sie aus wie Anfänger. Wie blutige Anfänger.

Das fand zumindest Pandera, als er sich umdrehte und verfolgte, wie die Männer versuchten, die Wagentüren zu öffnen. Es blieb bei dem Versuch, denn in der engen Gasse waren rechts und links nur wenige Zentimeter Platz. Sie waren eingeklemmt. Der Fahrer wollte den Wagen erneut starten, doch auch mit Treten, Hämmern und Fluchen ließ er sich nicht mehr vom Fleck bewegen.

Pandera musste vor Erleichterung so laut lachen, dass sein Magen schmerzte. Er rannte weiter, bog in die nächste Seitengasse ab und verschwand in den Straßen der Großstadt.

61

»Was soll das heißen?« Simovic zog die Vorhänge in seinem Hotelzimmer zu. »Warum habt ihr keine Ahnung, wo der Kerl steckt?« Er blickte die Männer in den schwarzen Anzügen wütend an. »Wofür bezahle ich euch Idioten eigentlich?«

»Wir werden ihn schon noch finden«, sagte der ältere der beiden.

Der Mann war groß wie ein Bär. In Simovics Augen wies er auch nur dessen Intelligenz auf. Wenn überhaupt.

»Wie wollt ihr das anstellen?«, giftete er. »Was, wenn er Rom inzwischen verlassen hat?«

»Wir ... wir haben ein paar Hinweise ...«, stammelte der Bär und nestelte an seiner Krawatte.

»Hinweise?«, fragte Simovic. »Was für Hinweise denn?«

»Wir könnten diesem Pandera folgen.«

»Der weiß ja selbst nicht, wo Wismut steckt!«, unterbrach Simovic ihn. »Außerdem habt ihr die Spur von dem Kerl auch verloren, oder?«

»Das war eine Verkettung unglücklicher ...«

»Red keinen Stuss!«, unterbrach Simovic ihn. »Und sag deinem Boss, das nächste Mal soll er persönlich hier aufkreuzen, wenn ich mit ihm reden will!«

Der Bär nickte wortlos und wandte sich zum Gehen.

Simovic packte ihn an der Schulter. »Und wenn er mir nicht innerhalb von drei Tagen den Aufenthaltsort von Wismut liefert, hetze ich ihm die Bullen auf den Hals!«

Der Mann zog die Brauen zusammen und stapfte mit seinem Kollegen aus dem Hotelzimmer. Kaum waren sie draußen, zog Simovic die Vorhänge wieder auf.

»Scheiße, Scheiße, Scheiße!« Voller Wut feuerte er den Aschenbecher an die Wand. Das Glas zerbrach und fiel zu Boden.

Einen Augenblick lang bereute Simovic seinen Ausraster. Er bückte sich, um die Scherben vom Parkettboden wegzuräumen. Mit Abscheu blickte er auf das Durcheinander von Glassplittern und Kippen.

Sah so sein Leben aus?

Was war los, verdammt noch mal? Beruflich lief es doch perfekt! Er war ganz oben angekommen, und er konnte senden, wann und wie lange er wollte. Außerdem hatte er zwei Angebote der Konkurrenz erhalten, nicht irgendwelchen Schrott, sondern Angebote, die sein Gehalt mit einem Schlag verdreifachen würden.

Sobald er eine freie Minute hatte, würde er sich mit *Biggest-News*-CEO Vinzenz unterhalten, ihm die Angebote auf den Tisch knallen und genüsslich darauf warten, was der Chef dagegensetzen würde.

Nein, es war nicht der Beruf, der ihn frustrierte, es war etwas anderes. Er war prominent geworden. Natürlich war es toll, prominent zu sein. Man wurde überall erkannt und hofiert. Man konnte sogar in dem ein oder anderen Restaurant essen gehen, ohne bezahlen zu müssen, weil sich der Besitzer im Glanz der Prominenz sonnen wollte.

Doch es gab verschiedene Arten von Prominenz. Es gab solche, die keinerlei Verpflichtungen mit sich brachte, ja, die sogar Zügellosigkeit einforderte, wie die Prominenz eines Rockstars oder eines Schauspielers.

Als Gesellschaftsredakteur hatte er so oft über diese angenehmen Aspekte der Prominenz berichtet, dass er sie bisher für die normalen Begleiterscheinungen der Popularität gehalten hatte. Genau das hatte er immer angestrebt.

Aber wie er gelernt hatte, gab es noch eine andere Art der Prominenz. Nämlich diejenige, die moralische Verpflichtungen mit sich brachte, so wie die Prominenz eines Politikers, eines Bischofs oder eines integren Journalisten. Dummerweise war er durch seinen Mediencoup in diese Schublade geraten, er war gewissermaßen ein moralisches Vorbild geworden.

Nicht dass er selbst viel dazu beigetragen hätte. Nein, man hatte nur die Eigenschaften, die man mit dem Jesusklon verband, auf ihn übertragen, auf den Überbringer der Nachricht.

So war es schon immer gewesen, der Bote wurde gefeiert oder gefoltert. Weil der Professor und der kleine Junge von der Bildfläche verschwunden waren, war die ganze Aufmerksamkeit auf ihn gerichtet, auf den Reporter.

Simovic fragte sich, warum er das nie bedacht hatte.

Inzwischen kannte er eine Menge Gründe dafür. Verblendung, Gier, Machtgeilheit ... Nur was nützte es, die Fehler der Vergangenheit zu beweinen? Es ging um die Zukunft.

Und eines war ihm klar geworden – all seine Anstrengungen durften nur noch einem Ziel dienen. Er musste Wismut finden und ihn ins Licht der Öffentlichkeit zerren, ob es dem Professor nun passte oder nicht.

Wehmütig dachte Simovic daran zurück, wie er früher seine Erfolge gefeiert hatte.

Und was waren das für lächerliche Erfolge gewesen! Klein und unbedeutend gegen das, was er inzwischen erreicht hatte. Früher hatte er jede Gelegenheit zu einer Party genutzt, manchmal mit guten Freundinnen, meistens mit gekauften.

Nur drei Dinge hatten gezählt: Schampus, Kaviar und Sex. Das war es, was Simovic vermisste, wilde Partys ohne Rücksicht auf Verluste. Er wollte kein Vorbild sein! Nein, Vorbilder waren Langweiler, Asketen oder im besten Fall Scheinheilige.

Er war keiner von denen.

Doch Simovic wusste, was geschehen würde, wenn er sich wieder so geben würde wie früher. Reporter würden ihn aufstöbern, sie würden ihn dabei ablichten, wie er in der Wanne lag, in der einen Hand eine nackte Blondine, in der anderen eine gleich gekleidete Brünette. Und dann würden sie die Fotos veröffentlichen.

Und das waren nur die harmlosen Exemplare seiner Gattung, die Schmarotzer, Vertreter der *Cuculus journalisticus*. Die viel gefährlichere Art, die *Hyaena journalistica*, gab sich hingegen nicht mit ein paar Bildern zufrieden. Die *Hyaena journalistica* wusste um den Wert der Bilder und begann direkt mit deren Versteigerung, nachdem sie auf den Auslöser gedrückt hatte.

Jeder konnte bieten, Fernsehsender, Magazine oder die fotografierten Opfer selbst. Oder ganz andere, die vielleicht noch eine Rechnung mit dem Opfer offen hatten.

Ob es ihm passte oder nicht, er hatte mit der Story die Seiten gewechselt.

Adieu, schönes Leben! Bonjour, tristesse!

Es war völlig absurd. Er war auf dem Höhepunkt seiner Karriere angekommen und konnte das nicht einmal feiern. Ja, er konnte sich nicht einmal richtig freuen.

Dann jedoch musste er an den Morgen danach denken, an die Fehlentscheidungen, die früher er in der Euphorie teilweise getroffen hatte.

Vielleicht war es sogar gut, wenn er diesen Teufelskreis durchbrach und ein wenig gesitteter lebte.

Ein wenig Partyabstinenz hatte noch niemandem geschadet. Ein Grinsen huschte über sein Gesicht. Es musste ja nicht für immer sein.

62

Alex Pandera klopfte an die grüne Holztür. Er ahnte, wer dahinter wartete, er war trotzdem misstrauisch. Zu viel hatte sich ereignet, seit er das letzte Mal an diese Tür geklopft hatte.

Pandera hatte die Hoffnung, dass sich alles zum Guten wenden würde, dass hinter der Tür Kurt Sander stand und ihn freudig begrüßte. Doch was wäre, wenn jemand anders in dem Zimmer war? Vielleicht einer der Gorillas aus dem schwarzen Mercedes? Was, wenn Kurt Sander gar nicht mehr lebte? Wenn er für den Tod seines Freundes verantwortlich war, nur weil er ihn gebeten hatte, ihm zu helfen?

»Wer ist da?«, hörte Pandera jemanden mit tiefer Brummbärstimme rufen.

Pandera atmete auf. Diese Stimme kannte er nur zu gut. »Ich bin's.«

Die Hoteltür öffnete sich.

»Mensch, Alex!« Der Alte umarmte ihn und drückte ihn an sich.

Pandera spürte, wie sich Tränen in seine Augen stahlen. Sofort kniff er sie zusammen.

Sander klopfte ihm auf die Schulter, trat einen Schritt zurück und betrachtete ihn. »Was ist denn mit dir passiert?« Er zeigte auf die schwarze Militärhose, das blutige Hemd, die Beule am Kopf und die blauen Flecke.

»Ein paar Jungs in einem schwarzen Benz haben mich vorübergehend aus dem Verkehr gezogen.« Pandera zuckte mit den Schultern. »Bist du allein?«

»Gabriele schläft nebenan«, flüsterte Sander. »Die Kerle in dem Benz habe ich übrigens auch schon kennengelernt.«

»Wie bitte?«

»Mich haben sie nicht bekommen.« Sander grinste. »Ich bin ja kein Anfänger.«

»Gut, dass wir das geklärt haben.« Pandera musste schmunzeln. Sofort wurde er wieder ernst. »Was hast du herausgefunden?«

»Wismut ist verschwunden, seine Wohnung stand leer.« Er gab Pandera einen Katalog mit den Kreuzfahrtreisen. »Das ist alles, was ich habe.«

Verdutzt blickte Pandera auf den Prospekt. »Ich glaube nicht, dass der Mann Urlaub macht.« Er legte ihn zur Seite, ohne ihn sich näher anzuschauen.

»Das habe ich anfangs auch gedacht«, sagte Sander. »Und dann hab ich herausgefunden, dass eine Kreuzfahrt die unauffälligste Art des Reisens ist.«

»Unauffällig? Diese riesigen Tanker? Wieso denn das?«

»Warst du schon mal auf so einem Schiff?«, fragte Sander.

»Bin ich hundert?«

»Noch nicht ganz.« Sander grinste. »Also hör zu. Bei Schiffsreisen gibt es kein Flugticket, keine Terrorismusdatenbanken, keine Vorabüberprüfung der Reisenden, du brauchst nicht einmal eine Hotelübernachtung.«

Pandera nickte nur.

»Außerdem sind die Sicherheitsvorkehrungen bei Weitem nicht so streng wie bei einem Flug. Bist du erst einmal an Bord, kannst du in fast jedem Land, in dem das Schiff ankert, kommen und gehen, wie es dir gefällt. Wenn du willst, verschwindest du einfach, und niemand kann etwas dagegen tun.«

»Meine Daten sind doch registriert?«

»Klar«, antwortete Sander. »Nur wie willst du jemanden finden, der nicht wieder an Bord geht? Auf dem Schiff bist du quasi anonym. Oft sind mehr als tausend Gäste an Bord, da weiß niemand, wie der andere heißt.«

»Du glaubst also, Wismut macht eine Kreuzfahrt?«

Sander nickte. »Fragt sich nur, welche.«

Pandera dachte nach. So unwahrscheinlich diese Lösung zunächst geklungen hatte, so plausibel erschien sie ihm jetzt. »Welcher Kreuzfahrthafen liegt am nächsten bei Rom?«

»Civitavecchia«, sagte Sander wie aus der Pistole geschossen. »Das ist quasi der Hafen von Rom, nur siebzig Kilometer von der Hauptstadt entfernt, bequem mit dem Zug zu erreichen.«

»Wie viele Kreuzfahrtschiffe legen dort täglich an und ab?«

»Wenn man die kleinen mitzählt, knapp ein Dutzend.«

»Wie sollen wir da das richtige finden?«, fragte Pandera. »Wismut wird kaum unter seinem echten Namen reisen.«

»Das denke ich auch. Nur bin ich kein Greenhorn. Mir ist nämlich an dem Ding hier etwas aufgefallen.« Sander zeigte auf den Katalog.

Pandera nahm ihn wieder in die Hand und blätterte darin. »Und was ist dir aufgefallen?«

»Du hast nichts bemerkt, oder?« Sander zog die Brauen hoch.

»Nein«, sagte Pandera. »Sag schon!«

»Wismut war so schlau, im Katalog nichts zu markieren oder anzustreichen. Dafür hat er ein paar Seiten an der oberen Ecke mit einem Post-it beklebt. Die hat er später weggenommen, aber die Reste des Klebstoffs kann man nachweisen. In dem Fall kann man sie sogar spüren.« Sander zeigte auf eine der Ecken.

Pandera fuhr mit den Fingern darüber und nickte. »Ich bin beeindruckt.«

»Den Trick hat mir Deckert gezeigt.« Sander zuckte mit den Schultern. »Ich frag mich zwar, wie der mit seinen Wurstfingern so was spüren kann ...«

»Und wie viele Markierungen hast du gefunden?«, unterbrach Pandera ihn.

»Drei.« Sander schlug den Katalog an den entsprechenden Stellen auf. »Einmal mit der *Costa Marina* von Rom über Sizilien, Tunesien und Marokko auf die Kanaren, einmal mit der *Voyager* über Ägypten nach Dubai und einmal mit der *MS Atlantis* quer durchs Mittelmeer und dann über Spanien und Brasilien nach Florida.«

»Nach Florida?«

»Ich glaube nicht, dass er dahin will«, erwiderte Sander. »Die Amis machen nämlich keinen Unterschied, ob du mit dem Schiff einreist oder mit dem Flieger. Für die ist jeder verdächtig.«

»Und Brasilien?«

»Keine Ahnung. Wenn der Kerl nach Brasilien will, warum hat er dann zwei Kreuzfahrten markiert, die ganz andere Ziele haben?«

»Gibt es einen Ort, an dem alle drei Kreuzfahrten vorbeikommen?«

»Wir sind doch nicht beim *Tatort*«, antwortete Sander. »So leicht ist das nicht. Die erste und die dritte Kreuzfahrt haben allerdings, solange sie im Mittelmeer sind, fast dieselbe Strecke, also erst Italien, dann Tunesien, Marokko und die Kanaren.«

»Und die zweite?«

»Tja, die geht in eine ganz andere Richtung, durch den Suez-Kanal nach Dubai.«

»*Mierda!*«

»Ich habe da übrigens eine Idee.« Sander grinste. »Nebenan ist ein sehr gutes Restaurant. Etwas teuer, aber Gabriele wollte da unbedingt mal essen gehen. Und ich bräuchte etwas, um sie zu besänftigen, weil sie etwas von meinen Ermittlungen mitbekommen hat.«

»Bist eingeladen.« Pandera seufzte. »Ich hoffe, die Idee ist es wert.«

»Ich bin nur ein einfacher Rentner.« Sander deutete auf seine Stirn. »Doch wenn sich da oben mal was tut, dann lohnt es sich meist.«

63

Simon Kunen betrat die riesige Halle und schaute sich um. Rechts und links von ihm lange Schlangen von Passagieren, davor ganze Batterien von Durchleuchtungsgeräten, dazwischen Sicherheitspersonal.

So hatte er sich die Kontrolle im Hafen von Neapel nicht vorgestellt. Er rückte sich den Priesterkragen zurecht und stellte sich ans Ende der einen Schlange.

Schon bald kam ein junger Mann in Uniform auf ihn zu.

»Monsignore«, sagte er und verbeugte sich. »Sie müssen nicht warten.« In Neapel schien man Priester noch als Respektpersonen zu behandeln.

Der Bedienstete führte Kunen an der Warteschlange vorbei zum Abfertigungsschalter des Schiffspersonals. Dort stellte er Kunens Koffer auf die Förderbänder und verbeugte sich wieder.

Alles ging so schnell, dass er gar keine Zeit hatte, nervös zu werden. Erst als er seinen Koffern hinterhersah, wie sie auf das Durchleuchtungsgerät zu zuckelten, schlug sein Herz schneller.

Die junge Frau hinter dem Röntgenmonitor schenkte Simon Kunen ein Lächeln, dann unterhielt sie sich angeregt mit dem jungen Mann, der ihn hergebracht hatte. Die Frau schien für alles Augen zu haben, nur nicht für den Monitor vor ihr. Also beschloss der Kunen, sich keine Sorgen zu machen, sondern Gott zu danken.

Er hatte allen Grund dazu, denn nach einer halben Minute hatte er seinen Trolley wieder.

Er verabschiedete sich, verließ die Halle und trat hinaus an den Quai. Die *MS Atlantis* türmte sich vor ihm auf, als wäre sie ein Wolkenkratzer. Kunen war noch nie auf einem solchen Schiff gewesen.

Beeindruckt hielt er den Atem an. Er hatte immer gedacht, ein Kreuzfahrtschiff wäre nichts anderes als ein Wasserbus mit Cocktailbar. Beim Anblick des weißen Riesen musste er zugeben, dass es ein verdammt großer Wasserbus war, der wahrscheinlich viel mehr als nur ein paar Cocktailbars zu bieten hatte.

Im nächsten Moment fragte er sich, wie er auf diesem riesigen Schiff den Mann finden sollte, den inzwischen die halbe Welt suchte.

Und er fragte sich, warum er sich eigentlich so sicher war, dass er ihn auf diesem Schiff finden würde. Natürlich hatte ihm sein Kontakt gemeldet, dass ein Mann, der wie Wismut aussah, auf dem Schiff sei. Das konnte bei zweitausendfünfhundert Passagieren auch Zufall sein. War es also nur ein Gefühl, das ihn geleitet hatte?

Nein, es war eine Erinnerung. Eine Erinnerung an das letzte Telefonat mit Roland Obrist, wenige Stunden vor seinem Tod. Obrist hatte angerufen und seinen Bruder, den Bischof, sprechen wollen. Der hatte jedoch gerade in einem Flugzeug zurück aus Rom gesessen.

Es war ein kurzes Telefonat gewesen. Verdammt kurz.

Seit dem Vorfall mit der Fremdenlegion war sein Verhältnis zu Roland Obrist nicht das beste gewesen. Selten hatten sie mehr als nur die nötigen Worte gewechselt. So auch dieses Mal.

Niemand außer dem Bischof wusste von dem Telefonat. Die Polizei hatte keine Ahnung davon, denn wie immer hatte Roland Obrist von einer Telefonzelle aus angerufen. Kunen mochte Telefonzellen. Er fand, sie waren Mahnmale einer vergangenen Zeit, in der noch nicht jeder glaubte, ständig erreichbar sein zu müssen.

Simon Kunen trat an den Landungssteg und zeigte dem Sicherheitspersonal seine Bordkarte. Dabei bemerkte er, dass er fotografiert wurde. Er fragte den Fotografen nach dem Grund und erfuhr, dass man diese Fotos später kaufen könne. Manche Gäste schienen das zu wollen. Er nicht.

Die Bordkarte selbst sah aus wie eine Kreditkarte, sie trug seinen Namen. Genau genommen trug sie nicht seinen wirklichen Namen, sondern Soliere, den Namen, den er bei der Fremdenlegion benutzt hatte und auf den sein französischer Pass lautete. Eine reine Vorsichtsmaßnahme, schließlich musste nicht jeder wissen, dass er sich an Bord befand.

Kunen ging schnellen Schrittes zu seiner Kabine und registrierte zufrieden, dass ihn dabei kaum jemand gesehen hatte. Alles lief nach Plan.

Er öffnete die Tür, betrat die Kabine und schloss die Tür hinter sich. Ein wenig enttäuscht von der Zwergenstube blickte er sich um. Es war eben nur eine einfache Außenkabine mit einem Bullauge.

Als Erstes legte er die Priesterkleidung ab und hängte sie in den Schrank. Er würde sie so schnell nicht mehr benötigen. Dann stellte er sich unter die Dusche und ließ das warme Wasser auf seinen kahlen Kopf prasseln.

Wie gut das tat! Er schloss die Augen. Sofort war die Erinnerung wieder da. Die Erinnerung an das letzte Telefonat mit Robert Obrist.

Er hatte in seinem Büro am Schreibtisch gesessen und über die katastrophale finanzielle Lage des Bistums nachgedacht, die der Bischof beständig ignorierte. Er regte sich so sehr darüber auf, dass er das Telefonat beinahe nicht angenommen hätte, dann griff er doch zum Hörer.

»Ich muss mit meinem Bruder sprechen«, begann Roland Obrist ohne Umschweife. »Dringend!«

»Er ist gerade auf dem Heimflug von Rom«, sagte Kunen wahrheitsgemäß.

»Mist!«, fluchte Obrist, als wäre er kein Mönch.

»Soll ich etwas ausrichten?«, bot Kunen an, und das nicht nur aus Gefälligkeit.

Er spürte, wie Obrist mit sich rang. Wie er überlegte, ob er sagen sollte, was er wusste. Da kam nur ein leises »*Nein*« durch den Hörer.

»Der Bischof ist erst in drei Stunden wieder hier. Kann es wirklich so lange warten?«, fragte Kunen noch einmal nach.

»Sag ihm nur, dass ich weiß, wie Wismut es gemacht hat. Wenn etwas schiefgeht, findet ihr die Antwort auf der *MS Atlantis*, die erste Fahrt ab Rom nach der Verklärung des Herrn.«

Und bevor Simon Kunen etwas hatte sagen können, bevor er hatte fragen können, ob der Klon echt sei oder nicht, hatte Roland Obrist schon aufgelegt. Keine drei Stunden später war er tot.

Sein Geheimnis hatte er mit ins Grab genommen.

64

Alex Pandera war wieder Teil der mobilen Welt. Zumindest für jemanden, der seine Nummer kannte. Er hatte sich in einem von einem Araber betriebenen Mobilfunkladen an der Via del Corso ein Prepaidtelefon gekauft, das so billig war, dass man damit wahrscheinlich nichts anderes konnte als telefonieren. Gut so! Sein Diensttelefon hatten die Entführer im Tiber versenkt, wenn er den letzten Lokationsdaten glauben konnte, bevor der eingebaute GPS-Empfänger den Geist aufgegeben hatte.

Pandera hatte sich schon seit drei Tagen nicht bei Jackie gemeldet. Natürlich gab es einen Grund dafür, schließlich war er entführt worden. Nur das wollte er ihr nicht erzählen, da sie sich sonst nur Sorgen machte.

Ursprünglich hatte er versprochen, er würde nach ein paar Tagen wieder zu Hause sein, aber daran glaubte er selbst nicht mehr. Er musste Professor Wismut finden, und dazu musste er wissen, mit welchem Schiff der Mann reiste.

Nach dem gemeinsamen Mittagessen hatte er sich von Kurt Sander verabschiedet. Der ehemalige Kollege würde noch ein in Rom bleiben, falls Pandera ihn brauchte.

Doch bevor Pandera mit seiner Frau sprechen konnte, musste er erfahren, wie es weitergehen sollte. Er rief Tamara Aerni an.

»Und wie läuft es?«, fragte sie.

»Nicht gut, ich muss auf eine Kreuzfahrt.«

»Du *musst* auf eine Kreuzfahrt?«

»Wismut ist auf einem Kreuzfahrtschiff und will sich wahrscheinlich irgendwo im Mittelmeerraum absetzen«, sagte Pandera.

»Und was meint Edeling dazu?«

»Mit dem habe ich nicht gesprochen«, antwortete Pandera. »Wie ist er denn so drauf?

»Der hat seit geraumer Zeit so merkwürdig stechende Rückenschmerzen.«

»Hat das was mit der Voodoopuppe zu tun?«

»Na ja, ich hab mir eine neue gebastelt.« Sie lachte. »Und es kann sein, dass der Rücken aus Versehen was abbekommen hat. Auf alle Fälle ist Edeling mehr beim Arzt als im Büro und geht deshalb langwierigen Diskussionen aus dem Weg. Deine Chancen für eine weitere Lustreise stehen also gut.«

»Man hat mir einen Baseballschläger über den Kopf gezogen, mich entführt, wollte mich anschließend überfahren, und nur dank einer Mülltonne hab ich überlebt«, sagte Pandera. »Wenn du also tauschen willst.«

»In dem Fall streite ich mich lieber mit Edeling herum«, sagte sie. »Pass auf dich auf!«

Nachdem sie sich gegenseitig über den letzten Ermittlungsstand informiert hatten, rief Pandera Edeling an.

Tamara hatte nicht zu viel versprochen. Schon fünf Minuten später hatte Pandera den Widerstand seines Vorgesetzten gegen eine Verlängerung der Dienstreise gebrochen. Edeling erinnerte Pandera lediglich daran, die italienischen Behörden in jeden seiner Schritte einzubinden und das nächste Mal besser auf sein Diensttelefon aufzupassen. Und Pandera solle in Gottes Namen seine Alleingänge unterlassen.

Edeling hielt ihn offensichtlich für einen Libero mit Zweikampfschwäche, schoss aber selbst dauernd Eigentore. Daher tat Pandera, was schlaue Spieler von schlechten Trainern tun: Er ignorierte die Anweisungen.

Er würde eine Kreuzfahrt machen. Das klang tatsächlich nach Urlaub, doch Pandera wusste, es würde alles andere werden als das.

Endlich hatte Pandera Zeit, die heimische Nummer zu wählen.

»Hier Ben Pandera, Herrscher von Roboterland«, meldete sich sein Sohn.

»Und hier ist dein Daddy«, sagte er. »Na, wie geht's dir?«

»Super!«

»Kannst du mir mal Mami geben?«

»Mami ist in der Schule, lernen.«

Stimmt, sie ist ja um diese Zeit an der Uni, fiel Pandera ein. »Dann bist du jetzt sogar Herrscher von Panderaland!«

Ben kicherte. »Oma und Opa sind auch da.«

»Kannst du Mami was ausrichten?« Pandera dachte gar nicht erst darüber nach, seine Schwiegereltern ans Telefon holen zu lassen. Das würde nur unnötige Diskussionen geben. »Also Ben«, begann er. »Sag ihr, mir geht es gut, ich muss nur für ein paar Tage auf ein Schiff und dort arbeiten.«

»Auf welches Schiff?«, fragte der Kleine. »Ein großes mit Piraten und Kanonen?«

»Nein, eines, wo man Urlaub drauf machen kann.«

»Fahren wir in Urlaub?« Sein Sohn jubelte.

»Nein, Ben, ich muss arbeiten. Wir fahren bald wieder in Urlaub.«

»Ach so«, sagte der Kleine enttäuscht. »Wo fährt dein Schiff hin?«

»Das weiß ich nicht.« Pandera kam sich reichlich blöd vor.

»Warum weißt du das nicht?«

»Ich habe noch nicht entschieden, welches Schiff ich nehme.«

»Dann muss das der Entscheidomat machen!«, platzte Ben heraus.

»Nein, das kann ich schon allein«, sagte Pandera.

Doch der Kleine hörte gar nicht mehr hin. »Entscheidomat! Entscheidomat! Entscheidomat!«

»Na gut.« Pandera seufzte. »Was braucht der Entscheidomat für seine Entscheidung?«

»Die Namen der Schiffe«, sagte Ben.

»Und wie gibst du die ein?«

»Ich drück auf eins und Aufnahme.«

»Gut.« Pandera lächelte. »Bist du bereit?«

»Ja.«

»Schiff eins ist die *Costa Marina* nach Gran Canaria.« Er machte eine kurze Pause. »Hast du das?« Alex Pandera hörte im Hintergrund, wie der Roboter die Eingabe bestätigte.

»Schiff eins ist die *Costa Marina* nach Gran Canaria.«

»Schiff zwei ist die *Voyager* nach Dubai«, sagte Pandera. Auch dieser Satz wurde wiederholt.

»Und Schiff drei ist die *MS Atlantis* nach Florida.« Die Bestätigung folgte. »Und jetzt?«

»Der Entscheidomat rechnet und sagt dir, was du tun sollst.«

»Das ist alles?«

»Ja klar, das ist ein schlauer Roboter, der muss nicht mehr wissen«, sagte Ben mit stolzer Stimme. Dann schrie er auf, als hätte der Siliziumklotz gerade das Wunder des Lebens enträtselt. »Er hat sich entschieden!«

»Und wo fahre ich hin?« Pandera war nun doch ein wenig gespannt, was die Kiste ausspucken würde.

»Ich halte das Telefon an den Robi, dann kannst du ihn besser verstehen«, sagte Ben aufgeregt.

»Gut.« Pandera lauschte. Ein paar Tasten wurden gedrückt, und eine synthetische Stimme erklang.

»Da kommt die Entscheidung«, sagte sie. Direkt danach vernahm Pandera seine eigene Stimme, die der Roboter abspielte. Das Ding wiederholte seine Aussage ein paarmal, als wollte es Pandera hypnotisieren.

Er hatte es schon beim ersten Mal verstanden. Die Wahl war auf Schiff zwei gefallen, auf die *Voyager nach Dubai.*

65

Professor Wismut blickte in den dunklen Nachthimmel. Der Wind trieb die Wolken vor sich her wie ein Hirtenhund seine Schafe. Doch die Schafe waren nicht weiß, sondern tiefschwarz und regengeschwängert.

Wismut knöpfte seinen Mantel zu, ließ den Blick über die Reling in die Tiefe schweifen und seine Gedanken mit den Wellen umherschaukeln. Wie konnte man ein Schiff nur *Atlantis* nennen?

Atlantis, die sagenumwobene mythische Insel, mächtig, unermesslich reich und geheimnisvoll. Leider auch mit einem Schönheitsfehler – sie war im Meer versunken. Da hätten sie den Kahn ja gleich Titanic taufen können.

Vom Namen einmal abgesehen, Wismut gefiel die *MS Atlantis* besser, als er gedacht hatte. Zwar hatte er jedes Detail seiner Flucht lange im Voraus geplant, dennoch war er unsicher gewesen, ob ihn das Leben auf einem Kreuzfahrtschiff nicht nach kurzer Zeit langweilen würde. Oder ihm gar unerträglich wäre. Ein einziges Versteckspiel auf einem selbst gewählten Luxusgefängnis, aus dem er nicht ausbrechen konnte.

Das war nicht der Fall. Im Gegenteil, er hatte sich sogar schon ein wenig eingelebt. Und das, obwohl er sich bisher fast nur in seiner Kabine aufgehalten hatte.

Um nicht aufzufallen, hatte er die Mahlzeiten dort eingenommen. Er wollte sich nicht von irgendwelchen belanglosen Tischgesprächen stören lassen.

Wismut hasste Small Talk, und er hasste dieses angeberische Getue der Halb- und Viertelgebildeten, die sich über die große weite Welt unterhielten, ohne sie je studiert zu haben. Außerdem barg jeder Kontakt zu anderen eine potenzielle Gefahr für sich. Die Story hatte weltweit eingeschlagen, und so könnten ihn einige Passagiere aus dem Fernsehen kennen. Vor allen Dingen, wenn sie ihn zusammen mit dem Jungen sahen.

Natürlich hatte er Vorkehrungen getroffen und bereits am Tag der Sendung begonnen, sich einen Bart wachsen zu lassen. Außerdem hatte er seine randlose Brille gegen Kontaktlinsen getauscht und sein blondes Haar in seinen grauen Zustand zurückversetzt.

Bisher hatte er fast ausschließlich mit seinem indonesischen Kabinenboy Ken gesprochen. Der brachte ihm die Mahlzeiten ins Zimmer, ab und an einen Kaffee sowie morgens eine an Bord gedruckte Tageszeitung. Darüber hinaus hatte er nur noch Kontakt mit der Kinderanimatorin Sunny, die den kleinen Jesus jeden Morgen freudestrahlend entgegennahm.

Tagsüber verließ Wismut nur die Kabine, solange das Zimmermädchen dort arbeitete. Zum Glück war die Bibliothek um diese Zeit in der Regel leer. Wenn er sich die anderen Passagiere anschaute, war das wahrscheinlich nicht nur morgens der Fall. Abends, wenn der Junge eingeschlafen war und die meisten Gäste in ihren Kojen lagen, begann für Wismut das Leben auf dem Schiff. Dann ging er auf das Oberdeck, stellte sich an die Reling und ließ sich die Meeresluft durch die grauen Haare streichen. Er mochte die Nacht auf See. Besonders wenn er allein war.

Wie heute Nacht. Selbst der aufkommende Sturm konnte ihn nicht vertreiben. Sein Blick war so fest auf die unruhigen Wellen gerichtet, als wäre er in Trance.

Die tänzelnden Schaumkronen halfen ihm nachzudenken, brachten seine Synapsen in Schwung.

Je länger er an der Reling stand, desto intensiver wurden seine Gedanken und desto mehr zweifelte er daran, dass er wirklich das Richtige getan hatte.

Auch wenn er durch und durch Atheist war, beneidete er die Gläubigen um eines. Für sie ging das Leben nach dem Tod erst richtig los. Wenigstens konnte sich ein Moslem, Buddhist oder Christ mit dieser Aussicht trösten.

Doch die meisten Menschen, die sich als gläubig bezeichneten, glaubten gar nicht an ein Leben nach dem Tod. Aber aus welchem Grund sollte man all die Regeln und Beschränkungen, die jeder Glauben mit sich brachte, denn auf sich nehmen, wenn nicht für die Vorstellung vom ewigen Leben?

Jeder, der ernsthaft glaubte, was in der Bibel geschrieben war, musste den Tod als Erlösung begreifen, zumindest wenn er die Zahl seiner Sünden im überschaubaren Rahmen gehalten hatte.

Für ihn hingegen war der Tod alles andere als eine Erlösung. Und das nicht nur, weil er gesündigt hatte. Er war sich sicher, dass nach dem Tod nichts kommen und nichts von einem bleiben würde.

Absolut nichts.

Deswegen hatte er Angst vor dem Tod. Und es gab nichts, was er dagegen tun konnte. Natürlich hätte er sich klonen können, das ergab allerdings keinen Sinn. Ein Bewusstsein konnte man nicht transferieren, das hatte selbst der Papst erkannt. Man konnte nur ein neues formen.

Und genau das hatte er vor. Nur nicht bei sich selbst.

Wieso maßte sich die katholische Kirche an, ihm Moral zu predigen? Hatten die Männer der Kirche in der Vergangenheit nicht selbst schon Schlechtes getan, um das Gute zu bewahren? Waren die Ziele der Kirche manches Mal nicht sogar hinterhältig gewesen, verächtlich und intrigant?

Und hatte dieser Priester im Jesuitenkolleg ihm damals nicht eindrücklich gezeigt, dass er kein besserer Mensch war als die anderen, sondern ein schlechterer?

Obwohl die Vergangenheit ihn bedrückte, an seinen Zielen zweifelte er nicht. Sie würden der Menschheit helfen, endlich erwachsen zu werden.

Genau darum ging es. Dafür mussten Opfer gebracht werden, so schwer es ihm auch fiel.

Wismut rieb sich über den Bart und sah zum Himmel hinauf. Die Wolken schoben sich immer dichter zusammen. Der Wind war kalt geworden. Ein Unwetter zog auf, so heftig, als wäre es vom unnachgiebigen Gott des Alten Testaments befohlen worden. Wismut war weder gläubig noch abergläubisch, er hoffte trotzdem, dass der Sturm kein Zeichen war.

66

Wer immer die Chaostheorie begründet hatte, der wusste nichts über Italien. Zumindest nicht während eines Streiks der Fluglotsen. Nicht nur am Flughafen Fiumicino herrschte *Stop and no go*, auch an vielen Taxiständen und auf den Autobahnen Richtung Mailand und Neapel, deren Flughäfen nicht bestreikt wurden. Es ging das Gerücht, dass es am besten sei, die Stadt per Zug zu verlassen.

Als Alex Pandera den Bahnhof Roma Termini betrat, hatte er den Eindruck, dass die italienischen Staatsbahnen dieses Gerücht gestreut hatten, um ihre Zugkapazitäten mal bis auf den letzten Quadratzentimeter ausnutzen zu können. Roma Termini, das waren zurückgelassene Gepäckwagen, verwirrte Rentner, schreiende Kinder und Geschäftsmänner, die verzweifelt versuchten, ihre Trolleys durch die Menge zu schleusen.

Pandera hatte geplant, eine halbe Stunde vor Abfahrt seines Zugs am Bahnhof einzutreffen, für einen Mann mit der Veranlagung, zu spät zu kommen, also ausgesprochen früh. Der unvermeidliche Stau auf dem Weg dorthin hatte von der halben Stunde nur fünf Minuten übrig gelassen.

Pandera kämpfte sich zu einem Ticketautomaten vor und gab als Zielort Palermo ein. Der Automat bediente ihn so langsam, als steckte in der Blechkiste die geballte Power eines Commodore C64.

Palermo war Panderas letzte Chance, das Kreuzfahrtschiff noch zu erreichen. Verpasste er den Zug, war es zu spät, den Professor abzufangen.

Pandera hatte versucht, einen Mietwagen zu ergattern, aber die waren aufgrund des Streiks alle ausgebucht. Und jene Taxifahrer, die bereit waren, in den Süden zu fahren, verlangten mehr dafür, als ihre Rumpelkisten wert waren. Natürlich hätte Pandera auch die Kollegen von der italienischen Polizei fragen können, doch er wollte sie lieber nicht dabei haben. Besser, er hatte freie Hand.

Und Wismuts Reise würde sicher nicht bis zur letzten Station der Kreuzfahrt gehen. Kurt Sander war aufgefallen, dass alle drei Kreuzfahrten, die Wismut markiert hatte, moslemische Länder anfuhren. Daher vermutete er, der Wissenschaftler würde mit dem Jesusklon in einem solchen Land untertauchen. Zum einen würde der Junge dort aufgrund seiner Hautfarbe nicht auffallen, zum anderen wäre das Thema schneller wieder aus den Schlagzeilen verschwunden, und es wäre einfacher, unentdeckt zu bleiben.

Fast zwölf Stunden in einer klapprigen Eisenbahn zu sitzen, klang zwar nicht gerade verlockend, Punkt zwanzig Uhr legte das Kreuzfahrtschiff jedoch in Palermo ab, mit oder ohne ihn.

Pandera blickte auf seine Armbanduhr. Er hatte vor dem Automaten schon drei Minuten vergeudet, und jetzt erst fiel der Kiste ein, dass man ein Ticket für Palermo nur am Schalter kaufen konnte.

Er schaute sich um, die Schlange am Schalter war viel zu lang, und er hatte nur noch zwei Minuten bis zur Abfahrt des Zugs. Pandera musste hoffen, dass er nicht pünktlich abfuhr und dafür in Palermo pünktlich ankam. Eigentlich kannte er das nur andersherum.

Pandera nahm seine Reisetasche und rannte los. Wenn er sich recht erinnerte, war er das letzte Mal im Alter von elf Jahren schwarzgefahren. Prompt war er erwischt worden.

Als Strafe hatte er in seinem Waisenheim eine Woche lang die Toiletten putzen müssen, eine mehr als heilsame Erfahrung. Jetzt er hatte keine andere Wahl. Ihm blieb nur die Hoffnung, dass auch die Zugschaffner streikten.

Er hetzte zu den Bahnsteigen und suchte nach Gleis 24. Er erreichte Gleis 7, entdeckte die Nummer 8 und blickte weiter nach rechts. *Mierda!* Sein Zug fuhr von einem der Nebengleise ab! Auf der riesigen Bahnhofsuhr über ihm rückte der Zeiger gerade auf 7:19 Uhr vor. 7:19 Uhr, die Abfahrtszeit seines Zugs.

Pandera wollte fluchen. Er sparte sich den Atem und rannte los. Bei einem Amateurclub in Basel hatte er eine Saison lang Rugby gespielt und dabei einiges einstecken müssen. Immerhin hatte er zu den wendigen und schnellen Spielern gehört. Ein Rugbymatch war allerdings nichts gegen das Chaos aus verzweifelten Reisenden, überforderten Bahnangestellten und hinterlistigen Taschendieben, die ihm hier im Weg standen. Er hielt seine Reisetasche wie einen Schutzschild vor der Brust und kurvte durch die Lücken zwischen den Passagieren. Er schaffte die fünfhundert Meter Hindernislauf in knapp zwei Minuten, keine schlechte Zeit für einen vierzigjährigen Polizisten in Lederschuhen.

Kaum hatte er den Zug erblickt, pfiff der Schaffner in einer halb offenen Zugtür zur Abfahrt. Mit einem Knall schlossen sich die Türen. Zwei Minuten zu spät und trotzdem zu früh. Pandera rannte weiter. Als er den letzten Waggon erreichte, fuhr der Zug los. Mehr aus Verzweiflung als aus Hoffnung rüttelte er am Türgriff.

Er ließ sich öffnen! Vielleicht war die italienische Bahn doch nicht so schlecht. Er warf seine Tasche in den Waggon und sprang hinterher.

Keuchend schloss er die Zugtür und blieb im Gang stehen, die Hände auf die Oberschenkel gestützt, wie ein Leichtathlet nach dem Zieleinlauf. Seine Lunge brannte, und dennoch musste er lachen. Er konnte gar nicht mehr aufhören.

Er wollte sich gerade einen Sitzplatz suchen, als er den Schaffner erblickte. Der kleine Mann in Uniform kam mit schnellen Schritten auf ihn zu und schimpfte so heftig, als wollte er Pandera aus dem fahrenden Zug werfen. Instinktiv griff Pandera in die Anzugtasche, aber dort befand sich nur das Ticket für das Kreuzfahrtschiff.

67

Tamara Aerni schaute auf das Display ihres Smartphones, als stammte es aus einer anderen Welt. Seit Tagen versuchte sie, mit dem Bischof zu sprechen. Man hatte sie zuerst hingehalten, dann vertröstet und schließlich ihre Bitte abgelehnt.

Daraufhin hatte sie sich dafür eingesetzt, den Bischof zum Verhör zur Kantonspolizei Solothurn vorzuladen, sowohl der dortige Kommandant als auch der Staatsanwalt hatten dem allerdings nicht zugestimmt. Die katholische Kirche sei momentan schon genug unter Beschuss, sie wollten der Presse keine zusätzliche Munition liefern.

Sie solle versuchen, das Gespräch auf dem kleinen Dienstweg zu organisieren. Als gäbe es zwischen der katholischen Kirche und der Polizei einen kleinen Dienstweg! Da taten sich inzwischen nur noch tiefe Abgründe auf, sonst gar nichts.

Die einen waren Hüter von Gesetz, Moral und Ordnung, die anderen nur ein korrupter Haufen geistig minderbemittelter Polizisten. So in etwa hatte die Absage geklungen, die Tamara von der Bistumsverwaltung erhalten hatte, natürlich diplomatischer formuliert.

Und nun stand auf ihrem Telefondisplay, dass jemand vom Bistum anrief. Und es war nicht irgendein Mitarbeiter, sondern der Bischof persönlich. Tamara schloss die Tür zu ihrem Büro und nahm das Gespräch an.

»Hier ist Bischof Obrist«, meldete sich eine heisere Stimme. Sie war so kraftlos wie schmelzendes Eis. Man konnte jedes seiner achtundsiebzig Jahre hören. Und noch ein paar mehr, die er sich in Form von Sorgen auf den Buckel geladen hatte.

»Hallo, Herr Bischof.« Tamara hatte keinen blassen Schimmer, wie sie den Mann anreden sollte, und es war ihr egal. Sie war schließlich kein Mitglied in diesem Verein, und sie wollte keines werden. »Was haben Sie auf dem Herzen?«

Die Stille, die folgte, sagte mehr als tausend Worte. Tamara wartete. Sie wusste, es war nicht an ihr zu sprechen.

Der Bischof seufzte. »Ich habe lange mit mir gerungen. Aber ich denke, es ist unausweichlich.«

»Was ist unausweichlich?« Tamara kam sich vor, als säße sie im Beichtstuhl, nur mit vertauschten Rollen. Ein Polizist spielte bei einer Befragung auch immer ein wenig den Beichtvater. Doch nicht immer entsprach das, was andere beichteten, der Wahrheit, und nicht immer saß einem ein katholischer Würdenträger gegenüber, zumindest virtuell.

»Es ist unausweichlich, dass wir uns unterhalten«, sagte Obrist. »Unter vier Augen.«

»Also ohne den Herrn Vikar?«, fragte Tamara. Bisher waren die beiden im Doppelpack aufgetreten.

Johann Obrist antwortete mit einem tiefen Seufzer, und Tamara fragte sich, wie sie das deuten sollte.

»Wir werden unter vier Augen reden«, sagte der Bischof schließlich. Er sprach so leise, dass Tamara das Telefon ans Ohr pressen musste. »Vikar Kunen ist ... Er ist ... ein Teil des Problems.«

»Ich verstehe«, sagte sie. »Wann soll ich in der Bistumsverwaltung sein?«

»Dort gibt es zu viele Augen und Ohren«, antwortete der Bischof. »Was ich Ihnen erzählen werde, muss unter uns bleiben.«

»Sie wissen, dass die Polizei kein Beichtgeheimnis kennt?«

»Ich denke, Sie haben mich verstanden«, sagte der Bischof, jetzt wieder etwas kräftiger, ja, fast bestimmend. »Wir werden uns morgen um diese Zeit in der Krypta des Basler Münsters treffen. Nur Sie und ich.«

»Im Basler Münster? Wirklich?« Tamara war nun wirklich keine Kirchenexpertin, aber das Münster war eine evangelische Kirche, das wusste selbst sie.

»Wir haben das Münster erbaut«, sagte der Bischof mit trotziger Stimme. »Also ist es ein heiliges Haus, was immer seitdem geschehen ist. Und es ist einiges geschehen, das können Sie mir glauben.«

68

»Und ihr seid euch sicher?«, fragte Simovic. Er blickte die beiden Männer im Fond des Wagens skeptisch an.

Sie nickten.

»Er ist also im Zug nach Palermo«, sagte Simovic. »Und was hat der Kerl dort vor?«

»Wir wissen es nicht«, erwiderte der Glatzköpfige.

»Theoretisch kann er unterwegs aussteigen«, sagte der andere, dessen kurze Haare schon angegraut waren.

»Dann hätte er wohl kaum ein Ticket nach Palermo kaufen wollen.« Simovic schüttelte den Kopf. »Könnt ihr vor ihm dort sein?«

Der Mann mit den grauen Haaren blickte auf die Uhr. »Wir können ab Neapel einen Hubschrauber nehmen. Kein Problem.«

»Worauf wartet ihr dann noch?« Simovic öffnete die Beifahrertür. »Und vermasselt es nicht wieder!«

»Wir sind Profis.« Der Grauhaarige faltete seine riesigen Pranken zusammen und ließ die Fingerknochen knacken.

»Profis?« Simovic schloss die Autotür. »Profis, denen ihr Gefangener entwischt, bevor sie ihn verhört haben? Profis, die halb Rom zerlegen und sich anschließend vom Abschleppdienst befreien lassen müssen? Ihr solltet mir Informationen besorgen, ihr solltet den Kerl nicht umbringen!«

»Das waren die Kollegen«, widersprach der Grauhaarige. »Die sind gefeuert.« Er setzte seine Sonnenbrille auf. »Heute Abend gehört der Kommissär Ihnen.«

»Das will ich hoffen«, sagte Simovic. »Ich will wissen, was der Kerl treibt. Heftet euch an seine Fersen, und wenn er aufs Klo geht, geht ihr mit. Ist das klar?«

Die beiden nickten.

Simovic öffnete die Tür und stieg aus. Der BMW fuhr los und hinterließ nichts als den rußigen Atem des Dieselmotors.

Roger Simovic ging die paar Meter zu seinem Hotel zu Fuß. Er hatte seit der Aufzeichnung des Interviews nichts mehr von Wismut gehört. Und das, obwohl der versprochen hatte, sich noch am Tag der Sendung zu melden. Sie hatten sogar gemeinsam Pläne entwickelt, irgendwann eine Realityshow über das Leben des Jesusklons zu drehen. Mit wöchentlichen Updates, Erleuchtungen des Kleinen und vielleicht dem ein oder anderen Wunder. Nichts davon war bisher passiert.

Allmählich wurden die Nachfragen der Kollegen lauter, wo der Professor und das Jesuskind denn steckten. Man wollte den Jungen. Man wollte den eindeutigen Beweis für dessen Existenz. Und den Beweis dafür, dass es sich wirklich um den Jesusklon handelte. Natürlich stimmten die beiden von Wismut an die Institute gegebenen Blutproben überein. Die Proben waren jedoch nichts wert, wenn sich die Wissenschaftler nicht davon überzeugen konnten, dass sie auch tatsächlich von dem Jungen und von den Grabtüchern stammten.

Heute Vormittag hatte sich selbst *Biggest-News*-CEO Vinzenz eingemischt und detaillierte Informationen zu den von Simovic geplanten Sendungen gefordert. Am liebsten wollte Vinzenz den Jesusklon gleich persönlich kennenlernen. Nicht einmal dem CEO hatte Simovic bisher die Wahrheit gesagt, doch er wusste, der würde sich nicht mehr lange hinhalten lassen.

Jeder popelige Adelige konnte heutzutage rund um die Uhr lokalisiert werden, der kleine Jesus, der mehr wert war als alle Königshäuser dieser Welt zusammen, war allerdings verschwunden. Und jeder dachte, dass Simovic wusste, wo sich der Kleine befand.

Er war sich darüber im Klaren, dass er diese Vermutungen noch anheizte, solange er sich als Insider ausgab. Simovic konnte nicht zurück. Er hatte hoch gepokert und darauf gesetzt, dass er den Aufenthaltsort des Jungen bald erfahren würde.

Aber die Leute, die er angeheuert hatte, waren Versager. Nach fast einer Woche ohne Kontakt zu Wismut, gab es keinen Zweifel mehr, der Professor dachte überhaupt nicht daran, ihn noch einmal zu kontaktieren.

Wismut hatte ihn benutzt.

Deswegen hatte der Professor es zur Bedingung gemacht, dass nur er selbst sich melden konnte, dass nur er Herr über ihre Verbindung blieb. Wismut hatte die größtmögliche Aufmerksamkeit gewollt, und er hatte sie bekommen. Und er würde sie von jetzt an jederzeit wieder bekommen, egal an welchen Sender oder Reporter er sich wenden würde.

Es gab nur einen Weg, das zu verhindern. Simovic musste den Professor finden, und er musste den Jungen finden. Und zwar vor allen anderen! Dann würde er auch das Geheimnis hinter der Story aufdecken.

Denn eines war klar. Jemand, der nichts zu verbergen hatte, verschwand nicht einfach spurlos! Nicht, nachdem er zuvor die Öffentlichkeit gesucht hatte wie eine

Motte das Licht. Hatte Roland Obrist doch recht gehabt mit seiner Warnung, er solle Wismut nicht trauen?

Egal, das war Vergangenheit. Sobald er Wismut gefunden hatte, würde er sich mit ihm über die neuen Bedingungen ihrer Zusammenarbeit unterhalten. Und zwar nicht mehr wie ein Bittsteller, sondern auf Augenhöhe.

Denn es war nun auch *seine* Story, die Story von Starreporter Roger Simovic. Die Story seines Lebens.

69

Pandera hatte seine ganze Überredungskunst gebraucht, um den Schaffner davon zu überzeugen, ihm im Zug ein Ticket zu verkaufen. Allerdings mit einer Reservierung für den nächsten Tag. Heute sei der Zug voll, das sehe Pandera ja selbst, und ohne Reservierung dürfe er in einem Schnellzug kein Ticket verkaufen.

Mitfahren durfte Pandera trotzdem, aber eben ohne zugewiesenen Sitzplatz.

Das nannte man wohl italienische Flexibilität.

Nachdem Pandera zwei Stunden im Gang gestanden hatte, fand er einen Sitzplatz in einem engen, mit Koffern vollgestellten Abteil.

Es waren ja nur neun Stunden.

Er hatte nichts gefrühstückt und bisher nichts zu essen oder trinken kaufen können. Und in dem vollen Zug war für den Mann mit der Minibar sicher kein Durchkommen, falls es den überhaupt noch gab.

Pandera versuchte zu schlafen, doch all seine Bemühungen misslangen, die Geräusche und Gerüche im überfüllten Zug auszuschalten. Er döste vor sich hin und sah immer wieder auf die Uhr.

Als der Zug in Palermo ankam, hatte Pandera nach wie vor nichts gegessen. Nachdem er sich zum Bordrestaurant vorgekämpft hatte, war alles außer Wasser ausverkauft. Pandera hätte einen Arm gegeben für einen von Deckerts Hamburgern.

Trotzdem fühlte er sich überraschend gut. Die Beule am Hinterkopf pochte zwar heftig, er war jedoch in Palermo. Endlich! Und dazu pünktlich! Er hatte eine

Stunde Zeit, um zum Hafen zu gelangen. Er hob seine Reisetasche so schwungvoll aus der Ablage, als wäre er nur ein paar Minuten unterwegs gewesen, sprang aus dem Waggon, lief durch die Bahnhofshalle und hielt direkt auf die Taxistände zu.

Eine halbe Stunde später stand er am Check-in-Schalter der Kreuzfahrtgesellschaft, und nach einer weiteren halben Stunde war er in seiner Kabine. Sie war nicht größer als eine Gefängniszelle, er fühlte sich dennoch wohl darin. Außerdem hatte das Zimmer eine Minibar. Ohne Rücksicht auf sein Spesenkonto leerte Pandera alles, das nicht hochprozentig war. Danach ging es ihm nicht besser, wenigstens hatte sein Magen jetzt etwas zu tun.

Ein Steward, ein Filipino, der bemerkenswert gut Deutsch sprach, brachte ihm seine Tasche in die Kabine. Pandera wollte ihm Trinkgeld geben, der Steward ignorierte es.

»Sie am Ende der Reise ein Trinkgeld geben«, sagte der kleine Mann und lächelte. »Wenn Sie zufrieden mit Arnold.«

Pandera bedankte sich überrascht, hängte seine Sachen in den Schrank und stellte sich unter die Dusche. Nachdem er sich rasiert hatte, zog er einen schwarzen Anzug an und schlenderte zum Bordrestaurant. Das schien der ideale Ort, um Professor Wismut zu suchen, denn hier kamen alle Gäste zusammen. Außerdem hatte er trotz seines Minibarüberfalls immer noch Hunger.

Pandera lief in den Vorraum des Restaurants, stellte sich hinter eine Säule und blätterte in einem Bordmagazin. Jeden Gast, der vorbeiging, beobachtete er unauffällig. Der Professor reiste wahrscheinlich allein oder in Begleitung des Jungen. Immer mehr Gäste strömten aus dem Restaurant, andere hinein.

Der Vorraum füllte sich, und Pandera versuchte, nicht den Überblick zu verlieren. Das wurde immer schwieriger, inzwischen hielten sich mehr als fünfzig Passagiere in dem Vorraum auf, und wie Arnold ihm erzählt hatte, hatte das Restaurant noch zwei andere Eingänge. Zu allem Übel existierten drei zusätzliche Restaurants auf dem Schiff.

Pandera fluchte. Musste er auf Kommissar Zufall hoffen? Der Kerl war nicht gerade sein bester Freund. Mit Kommissar Logik und Inspektor Intuition war er bisher besser gefahren.

Er konzentrierte sich darauf, den Jungen zu entdecken. Irgendwann gab er auf. Entweder es waren nur wenige Kinder an Bord, oder die Eltern besuchten mit ihnen eine der Snackbars, wo die Atmosphäre nicht so steif war.

Pandera versuchte dort sein Glück. Er zählte zehn Kinder, aber keines erinnerte an den kleinen Jesus und keiner der Erwachsenen an Wismut.

Er aß etwas, doch er konnte es nicht richtig genießen. Seine Zweifel an dem, was er hier tat, wurden immer größer. War er überhaupt auf dem richtigen Schiff? Was, wenn er sich geirrt hatte? Hatte er sich die Entscheidung nicht viel zu einfach gemacht? Er durfte keine Zeit mehr verlieren, so viel war klar.

Er schlang das Essen herunter, überprüfte die anderen Restaurants, ging durch jede Bar, ins Theater, ins Kino und blieb schließlich im Casino hängen. Dort dröhnte gerade *Personal Jesus* aus den Boxen, ein alter

Hit von Depeche Mode. Wie passend, dachte Pandera, vielleicht hat bald jeder seinen eigenen, persönlichen Jesus.

Pandera trank einen Wild Turkey und stellte sich an den Roulettetisch, von wo aus er das Casino gut überblicken konnte. Ein paar Japanerinnen verloren ein halbes Polizistenvermögen. Das schien ihre gute Laune nicht zu schmälern.

Nach zwei weiteren Runden durch das ganze Schiff kehrte Pandera zurück zu seiner Kabine. Im Gang traf er auf Arnold. Erst jetzt fiel ihm auf, dass der Name Arnold überhaupt nicht zu dem schmächtigen Filipino passte.

Der Steward lächelte ihn freundlich an. »Kann ich helfen?«

Pandera nickte. »Könnten Sie kurz mit in meine Kabine kommen?«

»Ist nicht in Ordnung?«, fragte Arnold und sah Pandera besorgt an.

»Alles ist perfekt.« Er lächelte. »Aber ich bin nicht auf dem Schiff, um Urlaub zu machen. Ich bin von der Polizei. Ich hoffe, ich kann Ihnen vertrauen.«

Arnold begann zu zittern. »Meine Papiere in Ordnung.«

»Keine Angst, mit der Einwanderungspolizei habe ich nichts zu tun«, sagte Pandera schnell. »Davon abgesehen verdient ihr hier durch ehrliche Arbeit ehrliches Geld.«

Der Steward lächelte unsicher. Er schien dem Frieden noch nicht ganz zu trauen.

»Ich bräuchte Ihre Hilfe«, sagte Pandera.

»In Helfen ich bin gut«, sagte Arnold.

»Perfekt, ich hätte zwei Bitten. Erstens darf niemand an Bord wissen, dass ich Polizist bin.«

Arnold nickte. »Ich schon vergessen, Herr Feuerwehrmann.«

»Gut.« Pandera lächelte. »Ich suche einen ungefähr fünfundvierzig Jahre alten Mann. Er heißt Wismut. Professor Franz Wismut. Ich muss wissen, ob er an Bord ist.« Er zeigte Arnold ein Foto des Mannes.

»Ich hab nicht gesehen.« Der Steward schüttelte den Kopf.

»Er reist möglicherweise mit einem kleinen Jungen«, ergänzte Pandera.

»Auch nicht mit Kind gesehen«, sagte Arnold.

»Ich weiß, das ist eine ungewöhnliche Bitte. Aber können Sie mir die Passagierliste besorgen?«

»Passagierliste?« Arnold zog die Brauen hoch. »Ich kann Job verlieren.«

Pandera biss sich auf die Unterlippe. »Okay, dann vergessen wir das. Könnten Sie vielleicht in der Liste nachschauen, ob dieser Professor Wismut an Bord ist?«

Der Steward runzelte die Stirn. »Das kein Problem. Wenn ich nicht habe Liste, niemand kann mich damit erwischen.« Er öffnete die Kabinentür und nickte Pandera so selbstverständlich zu, als hätte er ihn nur um ein Glas Wasser gebeten.

70

Professor Wismut ging auf der *MS Atlantis* einer Angewohnheit nach, die er eigentlich nur Klatschtanten zuschrieb. In der Zeit, die den Damen zwischen Schminken, Essen und Bridgespielen blieb, warteten sie vor den Stellwänden, an denen unzählige Fotos hingen. Bilder, die Schiffsfotografen von den Passagieren geschossen hatten und die hier zum Kauf angeboten wurden. Zu einem Preis, für den der Begriff *Wucher* mehr als verharmlosend war.

Daher kauften die Damen die Fotos auch nicht, sondern standen in Grüppchen zusammen und kommentierten sie mehr oder eher weniger intelligent.

Wismut begab sich erst nachmittags zu den Stellwänden, also dann, wenn sich die Damen dem Kuchenbüfett widmeten. Manchmal tauchte er auch spät abends auf, während die meisten Gäste in ihren Betten schnarchten oder das Erbe ihrer Kinder im Casino verspielten.

Die Fotos wurden mehrmals täglich aktualisiert, und natürlich hingen dort auch die Aufnahmen der neu angekommenen Gäste. Jedes Bild, das Wismut noch nicht kannte, betrachtete er genau. Er tat das nicht aus Neugierde oder aus Tratschsucht, sondern um zu kontrollieren, ob er abgelichtet worden war.

Denn die Bordfotografen waren überall und jederzeit bereit, auf den Auslöser zu drücken. Das konnte auch von Vorteil für ihn sein. Sobald er sich auf einem Foto entdeckte, selbst wenn es nur im Hintergrund war, kaufte er es. Damit verschwand es von der Stellwand, und er war wieder inkognito unterwegs. Abends, wenn er allein an der Reling stand, verbrannte er die Bilder und ließ die Asche in den Ozean rieseln.

Er wusste, das war riskant. Aber in der Kabine fehlte ihm die Freiheit, die er hier, mitten auf dem Meer, spüren konnte. Die Schönheit der Natur, die sich selbst in der dunkelsten Nacht zeigte, in der man nichts als das endlose Wasser sah. In solchen Momenten konnte er verstehen, warum manche diese Schönheit als Ergebnis einer Schöpfung betrachteten. Warum manche glaubten, es gäbe einen Gott, der das alles erschaffen hatte.

Wenn ein Tsunami wie der am zweiten Weihnachtsfeiertag fast eine Viertelmillion Menschen dahinraffte, dann wollten diese Menschen plötzlich nichts mehr davon wissen, dass ihr Gott diese Erde mit all ihren Fehlern erschaffen hatte. Für solche Katastrophen war der Allmächtige nicht verantwortlich, denn er war ja der *liebe* Gott. Und der liebe Gott hatte mit der Natur auf einmal nichts mehr zu tun, die er in allen Details aus dem Nichts erschaffen hatte. Die Natur, die nicht nur schön, sondern auch grausam sein konnte. Sogar grausamer als der Mensch.

Die Spanische Grippe hatte zwischen 1918 und 1920 fünfundzwanzig Millionen Todesopfer gefordert, der Erste Weltkrieg trotz aller Brutalität dagegen *nur* siebzehn Millionen. Hatte die Pest von 1347 bis 1353 noch ein Drittel der europäischen Bevölkerung vernichtet, so hatte der furchtbarste aller Kriege, der Zweite Weltkrieg, nicht einmal jeden zehnten Europäer dahingerafft.

Natürlich konnte man diese Fakten nicht in der Öffentlichkeit diskutieren. Meist kam es zum Eklat, wenn man solche Zahlen sprechen ließ. Doch ein Toter war nicht mehr oder weniger wert als ein anderer. Er war und blieb tot, ob nun grausam ermordet oder friedlich entschlafen. Ob von Menschenhand getötet oder von der Hand eines vermeintlichen Gottes.

Je länger sich Wismut mit diesem Thema befasste, desto mehr waren ihm die Beliebigkeitsgläubigen zuwider. Diese scheinbar Gläubigen, die sich aus ihrer Religion die Rosinen herauspickten. Die nur in die Kirche gingen, um ihr Gewissen zu beruhigen. Mit ihrer Scheingläubigkeit gaben sie all denen ein Alibi, die den Glauben für ihre eigenen Zwecke benutzten.

Die wahren Gläubigen, die in aller Stille beteten, waren nicht seine Gegner. Sie wollten andere nicht unterjochen und betrieben keine Machtspiele. Sie verstanden den Glauben als ihre persönliche Aufgabe und nicht als die der anderen.

Ja, er verspürte beinahe Respekt vor dieser selbstlosen Gläubigkeit. Auch weil er wusste, dass er diese Gläubigen nicht würde bekehren können.

Wismut blickte auf seine Armbanduhr. Er trug sie rechts, obwohl man ihn damals im Jesuitenkolleg zum Rechtshänder umerzogen hatte. Und nicht nur dazu, auch zu Demut, Obrigkeitshörigkeit und bedingungslosem Gehorsam dem Orden und dem Papst gegenüber. Vielleicht war er deswegen Wissenschaftler geworden, weil in der Wissenschaft die Fakten regierten und nicht die Willkür.

Und Fakt war, er musste der Fotowand einen Besuch abstatten. Er war sich zwar sicher, dass ihn heute niemand fotografiert hatte, doch er wollte kein Risiko eingehen.

Außerdem dienten seine Besuche noch einem anderen Zweck.

Wismut verließ das Oberdeck, lief die Treppen hinunter und erreichte schließlich die Stellwand mit den Bildern. Als Erstes betrachtete er die Fotos mit den neu angekommenen Gästen.

Es dauerte nicht lange, da hatte er ihn entdeckt. Ja, das musste er sein.

Er sah genauso aus wie in der Zeitung. Wismut nahm die Aufnahme von der Wand und kaufte es.

Während er in seine Kabine zurückkehrte, hatte er schon den ersten Entschluss gefasst.

Er musste seine Deckung aufgeben. Er musste dringend ein paar Gespräche führen. Wismut sah wieder auf die Uhr. Es war spät, aber noch nicht zu spät. Sein Herz schlug schneller. Es war an der Zeit, auf die Jagd zu gehen.

71

Das sanfte Schaukeln des Schiffs lullte Alex Pandera ein, als wäre er ein Baby im Kinderwagen. Obwohl er unbedingt wach bleiben wollte, wurden seine Augenlider immer schwerer.

Das Nächste, was Pandera bemerkte, war, dass jemand energisch an seine Kabinentür klopfte. Er sah auf seine Uhr. Kurz nach elf Uhr abends.

Er stand auf und horchte an der Tür. Als es wieder klopfte, schob er sie einen Spaltbreit auf. Arnold stand vor ihm, ein Tablett mit einem Cocktail in der Hand. Pandera bat den Steward hinein und schloss die Tür.

»Fällt nicht so auf, wenn bringen Pina Colada.« Arnold grinste und stellte den Cocktail auf den hölzernen Ecktisch. »Ist auf Haus und schmecke lecker.«

»Sie sind ein guter Agent«, lobte Pandera.

»Aber hab ich keine guten Nachrichten.« Arnold seufzte und blickte Pandera aus traurigen Augen an. »Kein Professor Wismut auf Schiff. Auch kein anderes Professor.«

Pandera wollte an dem Cocktail nippen und stellte das Glas wieder hin. Langsam und wie benommen setzte er sich aufs Bett. *Ich bin auf dem falschen Schiff! Ich hätte doch auf den blöden Roboter hören sollen. Dann wäre ich auf der* Voyager *und nicht auf der* Atlantis!

»Alles in Ordnung?«, fragte Arnold.

Pandera schüttelte den Kopf.

Der Steward stand unsicher neben der Tür, sagte kein Wort.

»Kannst du herausfinden, welche Gäste mit kleinen Kindern reisen?«, fragte Pandera schließlich.

»Nein. Kann nur Tabelle mit Namen und Kabine sehen auf Bordcomputer.«

»Ich muss morgen wieder von Bord«, sagte Pandera geistesabwesend. »Das ist das falsche Schiff.«

»Ich hab Idee«, sagte Arnold. »Wir haben Kinderparadies auf Oberdeck. Dort viele kleine Kinder, wenn Erwachsene an Land. Du gehen morgen früh schauen, wer bringe Kinder. Dann du finde Kind.«

»Brillant!« Pandera strahlte den kleinen Filipino an. »Wenn im Kommissariat eine Stelle frei wird, gebe ich dir Bescheid.«

»Ich nix Kommissar, ich nur Steward. Und Steward böse, wenn Kommissar nicht trinke lecker Pina Colada.«

Pandera lachte und nahm das Cocktailglas. Einen Moment lang dachte er, was eigentlich wäre, wenn Arnold mit dem Professor unter einer Decke stecken würde. Wenn die Pina Colada gar keine wäre.

Dann blickte er den kleinen Mann an und vergaß den Gedanken sofort wieder. Arnold war auf seiner Seite, daran gab es keinen Zweifel. Pandera trank einen großen Schluck. Das tat gut!

»Komme an Bar«, sagte Arnold. »Sind nette Fraue da.«

»Ich bin verheiratet«, antwortete Pandera, zeigte seinen Ring und grinste. »Aber der Cocktail ist wirklich lecker. Ich werde an Deck gehen und noch einen trinken.«

Aus einem wurden fünf, und das Letzte, woran sich Pandera erinnerte, war, dass er den ganzen Abend mit ein paar brasilianischen Rentnern über Fußball diskutiert hatte. Ein unerschöpfliches Thema.

***

Am nächsten Morgen fühlte sich Pandera, als hätte Arnold tatsächlich Gift in den Drink geschüttet.

6:30 Uhr zeigte der Wecker. Vier Stunden Schlaf und ein paar Cocktails zu viel. Wenn er rechtzeitig auf dem Oberdeck sein wollte, bevor die ersten Passagiere ihre Kinder dort abgaben, musste er aufstehen.

Er tröstete sich damit, dass er sich in einen Liegestuhl legen könnte und nur abzuwarten brauchte, bis Wismut mit dem Jungen erschien. Wenn er denn an Bord war. Und wenn er den kleinen Jesus überhaupt jemand anders anvertrauen wollte.

Als Pandera die Tür zum Oberdeck öffnete, blies ihm ein kalter Wind entgegen. Nur ein Wahnsinniger würde sich bei dem Wetter auf einen Liegestuhl legen. Sein Blick fiel auf eine Joggingstrecke, die fast über den ganzen Mittelteil des Oberdecks führte, auch am Kinderparadies vorbei.

Pandera lief zurück in seine Kabine und zog sich um.

Um Punkt sieben Uhr war er wieder auf dem Oberdeck und machte sich auf der Joggingstrecke warm. Wenn das bei der Kälte überhaupt ging. Erleichtert beobachtete er, dass sich die Türen zum Kinderparadies gerade öffneten. Er hatte nichts verpasst. Drei wartende Jungs, begleitet von ihren Müttern, schossen an der blonden Betreuerin vorbei in die mit bunten Papierfliegern geschmückten Räume.

Der kleine Jesus war nicht dabei.

Pandera joggte los.

Nach einer halben Stunde schnaufte er so stark, dass er sich fragte, wie er früher einen Marathon geschafft hatte.

Er setzte sich in einen Liegestuhl und keuchte, als hätte ihn jemand gezwungen, eine Packung Zigaretten zu rauchen.

Drei Mädchen und zwei Jungen waren in der Zwischenzeit vorbeigekommen, doch keiner sah dem Jesusklon ähnlich.

Er durfte keine Zeit mehr verlieren. Er musste endlich handeln!

Pandera wischte sich den Schweiß von der Stirn, stand auf, nahm seine Tasche und ging zu der Kinderbetreuerin. Dort stellte er sich vor und zeigte ihr die Bescheinigung der italienischen Polizei.

Kritisch musterte die junge Frau das Schreiben. »Wie kann ich Ihnen helfen?«

»Ich suche diesen Mann und dieses Kind«, sagte er und gab der Betreuerin das Foto von Wismut und dem kleinen Jesus. »Sind Ihnen die beiden aufgefallen?«

Während die junge Frau das Foto aufmerksam betrachtete, sah Pandera auf ihr Namensschild. Sunny, ein passender Name für ein blondes Kindermädchen mit Sommersprossen.

»Nein, die hab ich noch nie gesehen.« Sie strich sich eine Strähne aus dem Gesicht.

»Und Ihre Kolleginnen?«, fragte Pandera.

»Ich bin eigentlich immer hier«, antwortete Sunny. »Wir haben nur frei, wenn die Kleinen im Bett sind.«

»Ich verstehe. Es werden wahrscheinlich nicht alle Kinder bei Ihnen abgegeben, oder? Manche bleiben sicher auch bei ihren Eltern.«

»Am ersten Tag veranstalten wir eine Begrüßungsparty, bei der alle Kinder ein T-Shirt mit Lucky, unserem Maskottchen, geschenkt bekommen.« Sie zeigte auf eine Delfin-Comicfigur, die durch einen Ring sprang. »Das lässt sich kein Kind entgehen. Spätestens am zweiten Tag sind alle T-Shirts abgeholt. Ich hab die Kleinen also alle gesehen. Der Junge, den Sie suchen, ist mit Sicherheit nicht an Bord.« Sie zuckte mit den Schultern und lächelte.

Doch ihr Lächeln schien nur aufgesetzt, fast abweisend.

Würde nicht jeder so reagieren, wenn ein Unbekannter, der sich als Polizist ausgab, nach einem Kind fragte?

Pandera bedankte und verabschiedete sich.

Er fragte sich, ob er einfach nicht zugeben konnte, dass er sich getäuscht hatte. Mit jeder Stufe, die er die Treppe vom Oberdeck hinunterstieg, wuchs seine Überzeugung, dass er auf dem falschen Schiff war und die *Atlantis* so schnell wie möglich verlassen musste.

72

»Zum letzten Mal, ich werde nicht zu Ihrer Gemeinde-versammlung kommen!« Roger Simovic warf sein Smartphone an die Wand.

Automatisch rief er nach Jerome, dann fiel ihm ein, dass er seinen Assistenten gestern gefeuert hatte.

Simovic hob das Telefon vom Boden auf, es hatte nur eine kleine Schramme und schien noch zu funktionieren.

Eine reife Leistung angesichts des dritten Vorfalls dieser Art innerhalb von zwei Tagen. Wenn der Hersteller weiterhin so unkaputtbare Geräte baute, war er bald pleite. Man musste gut sein, um zu überleben, ja, man musste nicht nur gut sein, man musste besser sein als die Konkurrenz. Nur das kleine Stückchen besser, das notwendig ist, um zu gewinnen. Alles andere war Vergeudung von Ressourcen und Potenzial. Gedanklich musste man immer zwei Schritte weiter sein als die Konkurrenz, und es reichte, wenn man nur einen davon ging. Und genau das musste er tun.

Er spürte den Atem der Konkurrenz im Nacken. Doch er kam überhaupt nicht dazu, sich um den nächsten Schritt zu kümmern. Ständig riefen diese Spinner bei ihm an! Seit er von der Pressekonferenz zurückgekehrt war, war es bereits der vierte Anruf gewesen.

Die einen wollten eine neue Gemeinde in Rom gründen und ihn dazu einladen, die anderen hatten sich schon gegründet und wollten ihn zu ihrem Oberhaupt wählen, und wieder andere fragten, ob man bei ihm

irgendwelche Reliquien des kleinen Jesus erstehen
könne.

Und dann gab es auch noch jene, die fragten, ob sich
sein Leben denn geändert habe, seit er dem Erlöser begegnet sei. Und wie es sich geändert hatte. Aber nicht
zum Positiven!

Es war wie vor zweitausend Jahren – ein wildes
Durcheinander von Meinungen, Lügen und Intrigen.
Es gab Pharisäer, Gläubige und Mörder.

Und vielleicht sogar ein bisschen Wahrheit.

Die neuen Christen, wie sie sich nannten, fühlten sich
im Recht. Sie konnten sich auf die Vorkommnisse vor
zwei Jahrtausenden berufen. Auch damals hatten die
Christen als Erste die neuen Zeichen erkannt. Auch damals hatten sie gegen die allgemeine Meinung und gegen den herrschenden Glauben aufbegehrt. Gegen den
Glauben, aus dessen Mitte der neue Prophet getreten
war, um die Mauern des alten Glaubens niederzurei-
ßen und einen neuen aufzubauen.

Die neuen Christen wollten einen echten Glauben, einen, der direkt von Gott kam, nicht von irgendwelchen
alten Männern im Vatikan, die mehr an der Jungfräu-
lichkeit Marias interessiert schienen als am Wohlergehen der Menschheit.

Eigentlich war Simovic nur aus einem einzigen
Grund in der katholischen Kirche geblieben. Das öffnete ihm viele Türen. Weil er trotz der großen Zahl an
Nichtgläubigen als Atheist Außenseiter geblieben
wäre. Und er wollte kein Außenseiter sein.

In der Pressekonferenz hatte er sich sogar dabei erwischt, wie er zu moralisieren begann. Dabei war das

Moralisieren die Kernkompetenz der katholischen Kirche.

Die Rolle des Glaubensführers wurde ihm aufgedrängt. Hatte er sich anfangs noch geschmeichelt gefühlt und gern vor den Massen in Rom gesprochen, so
merkte er nun, dass nicht *er* es war, der dort sprach.
Dass er, genau wie der Papst, nur ein Stellvertreter war.
Ein Stellvertreter für Jesus, der nicht verfügbar war.

Doch im Gegensatz zum Papst wollte Roger Simovic
kein Stellvertreter sein.

Er ging zur Minibar und goss sich einen Gin ein.
Kaum hatte er einen Schluck getrunken, klingelte sein
Telefon schon wieder. Genervt sah er aufs Display.

Diesmal waren es keine Christen, die ihn anriefen,
nein, das waren sie definitiv nicht.

»Was gibt's?«

Durch das Telefon dröhnte die tiefe Stimme des Grauhaarigen. »Wir haben ihn gefunden. Was sollen wir
jetzt tun?«

73

Obwohl sie bereits einige Jahre lang in der Stadt lebte, hatte Tamara Aerni das Basler Münster noch nie besucht. Die größte Kirche der Stadt war aus dem für Basel typischen roten Sandstein gebaut. Die beiden Kirchtürme muteten wie ungleiche Brüder an. Kein Wunder, denn sie waren nicht gleichzeitig entstanden, wie Tamara gelesen hatte.

Ihr Blick fiel auf das kreuzförmige Kirchdach mit seinem Rautenmuster aus grünen, beigefarbenen und braunen Dachziegeln, das in der Sonne funkelte.

Staunend trat sie durch das reich verzierte Portal in den kargen und nüchternen Innenraum. Calvinistisch, wie es sich für die Schweiz gehörte. Die weiß getünchten gotischen Gewölbe des Münsters wurden durch Säulen aus rotem Sandstein getragen. An den Wänden fand Tamara kein einziges Bild, keine Statue schmückte das Innere des Gotteshauses. Ein paar Grabplatten und Sarkophage erinnerten eher an einen Friedhof als an eine Kirche. Nur die bunten Glasfenster zeugten von einer anderen, prunkvolleren Zeit.

Bis auf ein paar betende alte Frauen und Männer sah Tamara niemanden in der Kirche. Kein Wunder, schließlich war Mittwochvormittag, es fand kein Gottesdienst statt, und die Touristen saßen noch beim Frühstück.

Wollte sich der katholische Bischof hier mit ihr treffen, weil sich keines seiner Gemeindemitglieder an diesem Ort aufhielt? Vielleicht aber auch, weil der Bischof in viel größeren historischen Zusammenhängen dachte als nur in ein paar Jahrhunderten? Oder weil er das, was seine Kirche einmal geschaffen hatte, nicht aufgeben wollte?

Tamara ging zum Chor. Neben dem Altar führte eine Treppe hinunter in die Krypta. Als sie das Gewölbe erreichte, zog ihr ein modriger Geruch in die Nase.

Noch bevor sie jemanden sehen konnte, hörte sie eine dunkle Männerstimme. »Hier ist der Atem von Jahrhunderten zu spüren.«

So kann man es auch ausdrücken, dachte sie und drehte sich um. Vor einer Wand der Krypta stand ein einfacher Altartisch, davor reihten sich Holzstühle aneinander. Der Raum hatte etwas von einer kleinen Kapelle. Nur wo war der Bischof? Das war doch seine Stimme gewesen.

Jetzt erst trat er aus einer Nische hervor. Tamara Aerni gab ihm die Hand und nickte freundlich. Johann Obrist war in Zivil erschienen, er trug eine dunkelgraue Hose und einen grünen Wollpullover, über dem ein kleines goldenes Kreuz baumelte. Mit seinem langen grauen Bart hätte er auch ein Landstreicher sein können.

»Hier liegen meine Vorgänger«, sagte der Bischof und zeigte auf eine Reihe steinerner Särge und Grabplatten, die sich in einem separaten Raum hinter dem Altar befanden. »Sie wurden bestattet, als die christliche Kirche noch nicht gespalten war.« Seufzend setzte sich Obrist auf einen der Stühle.

Sie nahm neben ihm Platz.

»Wie gefällt Ihnen das Münster?«, fragte der Bischof.

»Äh ...« Tamara stockte. Sie fühlte sich wie eine Touristin. »Ganz schön, aber vielleicht etwas nüchtern.«

»Sie haben es erfasst«, sagte Obrist. »Diese Kirche diente einst auch in ihrem Inneren der Verherrlichung Gottes. Bis die Protestanten im Basler Bildersturm alles zerstört haben. Die Reliquien, die Gemälde und die Statuen. Selbst die Wandmalereien wurden übertüncht!« Er deutete auf ein nur unvollständig erhaltenes Deckengemälde. Es zeigte Szenen aus dem Leben Marias. »Das ist alles, was von der ehemaligen Pracht geblieben ist.«

»Ich muss zugeben, ich habe noch nie vom Basler Bildersturm gehört. Wann war das?«

»Am 9. Februar 1529«, antwortete der Bischof, ohne zu zögern.

»Und wer hat die Kirche übernommen?«

»Zwinglis Helfershelfer.«

»Zwingli? Der Reformator? Warum hat er denn die Bilder zerstört?«

»Weil Bilder nur dem Götzendienst dienen würden. Doch wer Bilder übermalt und jahrhundertealte Statuen umstürzt, ist nicht besser als jemand, der Bücher verbrennt.«

Tamara wollte dem Bischof zustimmen, er war allerdings noch nicht fertig.

»Haben Sie draußen am Turm die Statue des heiligen Martin gesehen?«, fragte er. »Es ist eine der wenigen, die den Bildersturm überlebt hat.«

Sie schüttelte den Kopf.

»Ursprünglich war darauf auch der Bettler abgebildet, mit dem Sankt Martin seinen Mantel geteilt hat. Aus dem Bettler hat man Anfang des 17. Jahrhunderts einen Baumstumpf gemeißelt.«

»Warum das denn?«

»Manche sind anscheinend der Meinung, Bettler gehörten nicht in die Kirche.«

»Und dennoch glauben Sie an denselben Gott.« Tamara hatte vieles erwartet, nur nicht, dass dieses Gespräch in eine Lektion über Kirchengeschichte ausarten würde.

»Wir glauben an denselben Gott.« Der Bischof nickte. »Aber auf unterschiedliche Art und Weise.« Sein Mund zog sich zu einem Strich zusammen. »Die Kirche wurde damals unwiderruflich gespalten. Und die Gefahr besteht, dass es zu einer weiteren Spaltung kommt.«

»Der Jesusklon?«

»Ja. Es gibt verschiedene Wege, das zu verhindern«, erklärte er. »Und ich befürchte …« Der eben noch so selbstsichere Bischof geriet ins Stocken. Es schien, als überlegte er sich jedes seiner Worte zweimal.

»Was befürchten Sie?« Eine dunkle Ahnung erfasste Tamara.

»Der Vikar … Herr Kunen. Wir sind nicht in allen Punkten der gleichen Meinung«, sagte Obrist. »Wie Sie wissen, gab es früher schon einmal Probleme zwischen ihm und meinem verstorbenen Bruder.«

Tamara blickte den Bischof mit wachen Augen an. Sie wusste, wenn ein Verdächtiger erst einmal angefangen hatte zu reden, war es das Beste, ihn nicht zu unterbrechen. Beim Bischof würde das nicht anders sein.

»Ich wollte von Anfang an mit der Polizei kooperieren«, betonte Obrist. »Aber Vikar Kunen war dagegen. Ich habe auf ihn gehört. Das war ein Fehler.« Er blickte zu Boden. »Kunen ist meine rechte Hand und sehr erfahren in solchen Situationen. Er hat manche unschöne Verwicklung entwirrt, immer im Einklang mit den Regeln des Ordens. Daher habe ich ihm vertraut.«

Tamara nickte, auch wenn sie sich bewusst war, dass die Regeln des Ordens nicht immer mit denen des Gesetzgebers übereinstimmten. Deckert hatte ihr das mehr als deutlich gemacht.

»Ich habe lange Zeit nicht verstanden, warum er nicht mit der Polizei zusammenarbeiten wollte.« Obrist seufzte und bekreuzigte sich. »Doch gestern ist mir vieles klar geworden.«

74

Ein paar dreiste Lügen auf Basis tief verwurzelter Vorurteile, herzzerreißende Emotionen und der Vorwurf brutaler Gewalt gegen Kinder. So wiegelte man das Volk auf.

Dabei war es gleichgültig, ob die Anschuldigungen gegen den Feind der Wahrheit entsprachen. Denn selbst wenn sich der Feind noch wehren konnte, glaubte man ihm nicht.

Diese Methode hatte vor Herodes funktioniert, mit ihm und nach ihm erst recht.

Doch Herodes I. war das bekannteste und raffinierteste Beispiel. Den Vorwurf, er habe Kinder ermorden lassen, hielt man schon seit über zwei Jahrtausenden für die Wahrheit. Dabei belegten seriöse Quellen, dass Herodes I. mindestens sieben Jahre vor der in der Bibel erwähnten Volkszählung gestorben war, wegen der Maria und Josef nach Bethlehem gekommen waren, wo sie dann Jesus auf die Welt gebracht hatten.

Trotzdem stand im Matthäusevangelium, dass Herodes aus Angst vor dem kleinen Jesus alle Knaben, die jünger gewesen seien als zwei Jahre, habe umbringen lassen.

War es nicht weitaus wahrscheinlicher, dass Herodes im Matthäusevangelium zu Unrecht an den Pranger gestellt wurde? Zumal keine weitere zeitgenössische Quelle diese barbarische Untat auch nur andeutete. Selbst in den drei anderen Evangelien wurde sie mit keinem Wort erwähnt.

In den meisten Quellen wurde Herodes I. als einer der ruhmreichsten Herrscher Judäas beschrieben, der ein harter und unerbittlicher Vasallenkönig der Römer war und gleichzeitig ein erfolgreicher Staatsmann. Warum nicht im Matthäusevangelium?

Für Professor Wismut war die Antwort klar. Das Evangelium war ungefähr achtzig Jahre nach Herodes' Tod entstanden. Der Autor des Evangeliums hatte sich von den Juden abgrenzen wollen, da sie Jesus getötet hatten.

Er brauchte ein Feindbild. Was lag da näher, als Gewalt gegen Kinder vorzutäuschen und den Herrscher zu verunglimpfen? Das war nicht weiter schwierig, man musste nur als Tatsache hinstellen, dass jener Herrscher zu der Zeit regiert habe, als Jesus geboren wurde. Nach achtzig Jahren lebte damals schließlich kein Zeitzeuge mehr, der sich an Herodes erinnern konnte.

Die Menschen waren eben einfach gestrickt, sie glaubten lieber der Bibel als den Fakten. Ja, sie glaubten nicht nur der Bibel, sie glaubten alles, was sie glauben wollten, wenn man ihnen nur die richtigen Gründe dafür nannte.

Ken und Sunny waren da keine Ausnahme. In ihrem Fall war er ausnahmsweise froh darüber.

Gleich nachdem er das Problem mit dem neuen Passagier erkannt hatte, hatte er seinen Steward Ken gebeten, Sunny zu holen. Keine zehn Minuten später hatten die Kinderbetreuerin und der Steward in seiner Kabine gesessen, ein wenig unsicher, was er wohl von ihnen wollte.

Er erzählte ihnen, er sei der Vater des kleinen Jungen, den er bei sich habe. Was ja in gewisser Weise auch stimmte. Die Mutter des Kindes, eine stolze und liebevolle Irakerin, sei leider direkt nach der Geburt im Kindbett gestorben. Deswegen wolle die Familie der Mutter, die noch im Irak lebe, den Kleinen zurück. Allerdings nicht, um für ihn zu sorgen.

Nein, sie hätten etwas ganz anderes mit ihm vor. Sie wollten das Kind nur aus einem einzigen Grund haben – um den Tod der Mutter an ihm zu rächen.

Ja, er wisse, das sei unglaublich, und er habe alles versucht, das Kind zu schützen. Er habe der Familie Unterstützung angeboten, er habe vorgeschlagen, für die Ausbildung der anderen Kinder der Familie und eine Haushaltshilfe zu bezahlen, aber nichts habe gefruchtet. Dann habe er noch mehr Geld geboten, alles, was er besitze, doch sie wollten nur den Jungen. Das gebiete ihre Tradition und ihr Glaube.

Jetzt sei er auf der Flucht, weil er keinen anderen Ausweg mehr sehe. Nun sei die Familie ihm auf die Spur gekommen, und er fürchte um die Sicherheit des Kleinen. Er habe gehofft, die Flucht sei gelungen, bis er diesen Mann an Bord gesehen habe, dann sei ihm klar geworden, das sei eine Illusion.

Er habe nur noch ein Ziel, er wolle den Kleinen bei einer befreundeten Familie unterbringen, wo dieser unerkannt leben könne. Es breche ihm das Herz, der Junge sei bei ihm, seinem Vater, nicht mehr sicher.

Seine Feinde könnten ihn jederzeit töten, auch hier auf dem Schiff! Denn dieser Mann, den sie an Bord geschickt hatten, sei zu allem fähig! Er gebe sich als Polizist aus, als Mann des Gesetzes, doch er sei nichts anderes als ein schmutziger Privatdetektiv, der schon mehrere Leichen im Keller habe.

Er deutete auf das Foto, das bei Panderas Ankunft auf dem Schiff aufgenommen worden war. Dieser Detektiv würde nach ihm fragen, vor allem aber nach dem Jungen. Er würde versuchen, den Kleinen zu entführen und der Familie seiner Frau zu übergeben.

Und wenn er ihn nicht entführen könne, würde er ihn umbringen. Der Kerl sei brutal und skrupellos. Deswegen dürfe er den Jungen nicht zu Gesicht kriegen, ja, er müsse denken, der Kleine sei nicht auf dem Schiff.

Und genau da kämen sie ins Spiel. Wenn er sie darauf ansprechen würde, müssten sie dem Mann sagen, der Junge sei nicht an Bord. Sie seien die Einzigen auf dem ganzen Schiff, denen er vertrauen könne.

Er war gewiss kein Schauspieler, er hatte seine Rolle jedoch so überzeugend gespielt, dass Ken ihm sofort geglaubt hatte. Sunny hatte noch gezweifelt. Warum er denn wisse, dass der Mann auftauchen würde, wenn er keinen Kontakt habe zu der Familie?, hatte sie gefragt. Und woran er den Mann erkannt habe?

Wismut hatte nicht über diese Fragen nachgedacht, ohne Zweifel eine Nachlässigkeit. Trotzdem waren ihm sofort die richtigen Antworten eingefallen, ganz so, als würde er selbst daran glauben, was er da erzählte.

Die Schwester seiner Frau sei die Einzige in der Familie, die auf seiner Seite stehe. Obwohl sie damit ihr eigenes Leben in Gefahr bringe, informiere sie ihn über jeden Schritt ihrer Verwandten. Nur dank ihrer Hilfe sei er bisher entkommen. Daher wisse er von dem Mann und wie er aussehe. Heimlich habe die Schwester ihn fotografiert und ihm das Foto geschickt.

Als Sunny das Foto sehen wollte, hatte er, ohne rot zu werden, erzählt, dass er es inzwischen vernichtet habe, weil sonst jeder, der es finden würde, herausfinden könne, von wem es stamme. Auf keinen Fall wolle er auch noch seine Schwägerin in Gefahr bringen.

So hatte er Sunny überzeugt, schließlich liebte sie Kinder über alles. Sie und Ken waren noch gestern Nacht zu einem Teil seiner Deckung geworden.

Sie würden ihn sogar dann noch decken, wenn er von Bord gegangen war. In ein paar Tagen war es so weit.

75

Die Worte des Bischofs hallten nach.

Tamara Aerni verstand, dass in dieser Situation selbst die Jesuiten nicht mehr mit einer Stimme sprachen. Dass deren legendäre Obrigkeitshörigkeit ihre Grenzen hatte, nämlich dann, wenn es um so elementare Dinge ging wie Leben und Tod.

»Sie haben uns also etwas zu Simon Kunen mitzuteilen?«, fragte sie. Sie wussten beide, es war eine rhetorische Frage, eine, um den Gesprächsfaden wiederaufzunehmen.

»Kurz vor seinem Tod hat mein Bruder versucht, mich telefonisch zu erreichen«, sagte der Bischof. »Leider saß ich gerade in einem Flugzeug von Rom nach Basel. Daher hat mein Bruder mit Vikar Kunen gesprochen.« Er zupfte unsicher an seinem Bart. »So zumindest hat Kunen es mir berichtet, und ich wüsste nicht, warum er in diesem Punkt gelogen haben sollte.«

In diesem Punkt hat er nicht gelogen, dachte Tamara. In welchem dann?

»Wie schon gesagt, die zwei verstanden sich nicht gut«, fuhr Obrist fort. »Kunen warf meinem Bruder vor, gottlose Wissenschaft zu betreiben, ja, den Jesusklon mit der Untersuchung des Grabtuchs erst ermöglicht zu haben. Deswegen hat mein Bruder dem Vikar nur das Nötigste berichtet. Ich wünschte, ich hätte mit Roland reden können.« Er hielt inne und sah Tamara mit großen Augen an. »Das wird doch nicht aufgezeichnet, oder? Ich verlasse mich auf Ihre Integrität.«

»Das ist keine offizielle Vernehmung«, antwortete sie. »Gegebenenfalls müssen wir das später auf dem Kommissariat nachholen. Jetzt erzählen Sie erst einmal.«

»Mein Bruder hat Kunen berichtet, dass er wisse, wie der Professor den Jungen geklont habe«, sagte der Bischof.

»Und wie hat er das gemacht?«

»Das hat mein Bruder nicht erwähnt. Er wollte es ihm wohl nicht offenbaren.«

»Das war alles?«

»Nein«, antwortete der Bischof. »Angeblich will Wismut Italien auf einem Kreuzfahrtschiff verlassen.«

»Das haben wir auch herausgefunden«, sagte Tamara.

Der Bischof sah sie erstaunt an. »Woher wissen Sie das?«

»Wir haben unsere Quellen.«

»Vikar Kunen ist vor zwei Tagen aufgebrochen, weil er auf die *MS Atlantis* wollte. Eigentlich hätte er sich längst melden sollen.«

»Nur das hat er nicht getan.«

Der Bischof nickte. »Daraufhin sind mir Zweifel gekommen.« Er holte ein Taschentuch heraus und tupfte sich über die Stirn. »Sie müssen wissen, Kunen ist im Grunde immer ein Soldat geblieben. Zwar ein Soldat Gottes, aber ein Soldat.«

»Und Sie befürchten, er könnte erneut jemanden töten?«

»Was meinen Sie mit *erneut?*« Der Bischof sah sie unsicher an.

Jetzt erst fiel Tamara auf, dass man das Wort *erneut* auch anders deuten konnte. Nicht nur in Bezug auf Kunens Zeit in der Fremdenlegion.

»Ich denke, dass wissen Sie«, sagte sie nur.

»Sie sind ausgesprochen gut informiert«, gab der Bischof zu. »Ich denke, wir haben die Polizei unterschätzt.« Er legte das kleine Kreuz, das um seinen Hals hing, in seine Handfläche und blickte es an, als könnte es ihm Mut zusprechen. »So sei es denn.« Obrist atmete tief durch. »Sie müssen wissen, dass sich ein Jesuit niemals von gewissen Dingen trennt. Mein Bruder Roland hat den Orden nie verlassen.«

Tamara nickte stumm.

»Wir pflegen im Bistum einen offenen Umgang miteinander. Geheimnisse kann man nach außen haben, jedoch nicht nach innen.«

Davon macht ihr wahrscheinlich auch reichlich Gebrauch, dachte sie.

»Mir war schon vor längerer Zeit aufgefallen, dass sich der Vikar nicht mehr an diese Regeln hielt. Sein Zimmer war häufig abgeschlossen, ebenso sein Schreibtisch. Als sich Kunen nicht wie vereinbart gemeldet hat, bin ich unruhig geworden. Ich habe mit einem Zweitschlüssel des Bistums sein Zimmer und seinen Schreibtisch geöffnet.« Der Bischof räusperte sich. »Leider haben sich meine Befürchtungen bestätigt.« Er tupfte sich mit dem Taschentuch über die Augen, als würde er Tränen trocknen.

Tamara überlegte, ob die Tränen nur gespielt waren.

Nein, wahrscheinlich nicht. Das alles war eine ungeheure Belastung für den Bischof. Er war von seinem engsten Mitarbeiter hintergangen worden und musste nun die Konsequenzen daraus ziehen.

»Ich habe Unterlagen gefunden, die beweisen, dass Vikar Kunen hinter der Gruppe namens *Sacramentum* steht.«

»Er wollte Proben des Grabtuchs kaufen?« Tamara schaute den Bischof irritiert an. »Ich dachte, er wollte das verhindern.«

»Aus den Unterlagen geht hervor, dass er bei allen drei Instituten Proben des Grabtuchs kaufen wollte«, sagte Obrist. »Weswegen auch immer.«

»Das heißt nicht zwingend, dass er etwas mit den Morden zu tun hat«, entgegnete Tamara.

»Ich habe leider noch mehr gefunden.« Der Bischof seufzte. Er holte ein Ledersäckchen aus der Hosentasche und öffnete es. Ein goldener Siegelring glitt in seine Handfläche. Tamara nahm den Ring und betrachtete ihn. Das Siegel zeigte ein Kreuz, es thronte auf drei Buchstaben: *IHS.*

»Was bedeuten die Buchstaben?«

»Das ist das Abzeichen der Jesuiten«, erklärte der Bischof. »*Iesum habemus socium.*«

»Und was heißt das?«

»Wir haben Jesus als Gefährten. Gleichzeitig ist es eine im Mittelalter gebräuchliche Schreibweise für den Namen Jesu.« Der Bischof schluckte. »Mein Bruder hätte diesen Siegelring niemals aus der Hand gegeben.« Er nahm den Ring zurück und drehte ihn so, dass man die Gravur erkennen konnte. »Sehen Sie das?«

»*SJ Roland Obrist*«, las sie laut.

»SJ steht für Societas Jesu«, erklärte der Bischof. »Jeder Jesuit führt diesen Titel in seinem Namen. Und so wie man diesen Titel niemals ablegt, legt man diesen Ring niemals ab.« Wieder tupfte er sich mit dem

Taschentuch über die Augen. »Es kann also nur einen Grund geben, dass Vikar Kunen im Besitz dieses Rings ist.«

Tamara ahnte den schrecklichen Zusammenhang, sagte jedoch nichts.

»Vikar Kunen hat meinen Bruder ermordet«, sagte der Bischof und bekreuzigte sich. »Und es wird nicht sein letzter Mord sein.«

76

Alex Pandera wünschte Arnold alles Gute. Der Kabinensteward schien es als persönliche Niederlage anzusehen, dass der Gast, für dessen Wohlergehen er zu sorgen hatte, das Schiff verließ. Der schmächtige Mann versuchte, Pandera zum Bleiben zu überreden, aber es gelang ihm nicht. Erst als Arnold ihm die Hand gab, fiel Pandera auf, dass dem Steward ein Glied des kleinen Fingers fehlte.

»Philippinische Mafia.« Arnold ließ für einen Moment sein Lächeln verschwinden. »Manchmal muss tun, was nicht will, um Familie zu schützen.«

»Auch hier an Bord?«, fragte Pandera.

»Nein, nein!« Er schüttelte den Kopf. »Hier alles okay, Schiff ist in italienisches Hand. Keine Mafia.«

Hätte Arnold nicht so traurig ausgeschaut, hätte Pandera herzhaft lachen müssen. Er umarmte Arnold, dankte ihm noch einmal und ging. An der Rezeption ließ er für Arnold einen Umschlag mit Trinkgeld zurück.

Pandera hatte inzwischen herausgefunden, dass die *Voyager* in Alexandria vor Anker lag. In ein paar Stunden könnte er von Tunis aus dorthin fliegen und schon heute Abend auf dem anderen Schiff sein. Er war sich allerdings nicht sicher, ob er Professor Wismut dort finden würde. Zu viel Zeit war vergangen. Vielleicht hatte Wismut es sich auch anders überlegt und war gar nicht auf ein Schiff gegangen. Hatte der Professor wirklich jeden Schritt im Vorfeld geplant?

Es gab nur einen Weg, die Wahrheit herauszufinden. Er musste so schnell wie möglich auf die *Voyager.*

Pandera nahm seine Tasche und ging zu den Treppen, die zum Ausgang führten. Er hatte sich entschieden, niemandem außer Arnold von seiner Abreise zu erzählen. Vielleicht war es ja zu etwas nutze, wenn man glaubte, er wäre immer noch auf diesem Schiff.

Er erreichte den Ausgangsbereich der *MS Atlantis*, zeigte dem Sicherheitspersonal seinen Bordausweis und betrat die schmale Landungsbrücke. Sie spannte sich gut zehn Meter über dem Wasser, Pandera war jedoch so in Gedanken, dass er sogar seine Höhenangst vergaß, die ihn in solchen Situationen immer begleitete.

Vielleicht lag es auch daran, dass ihm vom Joggen die Knie schmerzten und er einen Muskelkater hatte wie nach einem Vierzig-Kilometer-Marsch.

Er fragte sich, ob er in fünfzehn Jahren genauso kugelrund sein würde wie Deckert, und nahm sich vor, wieder mehr Sport zu machen.

War es wirklich ein Fehler gewesen, die *MS Atlantis* zu wählen? Es war das einzige Schiff gewesen, das neben den islamischen Ländern auch die Möglichkeit bot, sich in Südamerika abzusetzen. Außerdem war es das größte der drei Schiffe und daher zum Untertauchen geeigneter als die relative kleine *Costa Marina* oder die *Voyager.* Daher hatte er sich für die *Atlantis* entschieden. Oder war es mehr sein Bauchgefühl gewesen?

Wer wusste schon, welche Pläne Wismut hatte?

Vielleicht wollte er auch einfach nicht wahrhaben, dass ein Roboter eine bessere Entscheidung getroffen hatte als er selbst.

War seine Intuition so viel mehr wert als die Fakten?

Was war das überhaupt, Intuition? Ein direkter Draht zu seinem Unterbewusstsein? Oder nur ein paar chemische Botenstoffe, die ihn genau das glauben ließen, was er glauben wollte?

Er wusste es nicht.

Wie eine Marionette stapfte er über die Landungsbrücke, und als er wieder festen Boden unter den Füßen spürte, fühlte er sich nicht einmal erleichtert.

Er drehte sich um und betrachtete das riesige Schiff.

Der weiße Rumpf, die Bullaugen und die Balkonkabinen, die er nicht ein einziges Mal zu Gesicht bekommen hatte. Zweitausendfünfhundert Passagiere waren auf der *MS Atlantis,* und er hatte allen Ernstes geglaubt, er könnte unter all den Menschen einen ganz bestimmten Mann finden? Innerhalb von nur einem Tag? Was änderte das schon?

Dann lief er los Richtung Hafen. Seine Entscheidung war gefallen.

77

Pandera sah sich ein letztes Mal um. Die *MS Atlantis* war ein schönes Schiff. Sie hatte ihm jedoch kein Glück gebracht. Er musste Tunis so schnell wie möglich verlassen. Noch einmal ließ er den Blick nach oben schweifen, die weiße Bordwand entlang. Von hier unten aus konnte er sogar die Passagiere auf dem Oberdeck erkennen, die an der Reling standen.

Ein Mann schaute mit einem Feldstecher in seine Richtung.

Pandera drehte sich um und lief zum Taxistand. Alle Taxis waren gerade mit Passagieren unterwegs, und so musste er warten. Neben dem Stand war ein Souvenirladen. Pandera ging hinein, kaufte für Jackie ein Silberkettchen, für Lara ein Stoffkamel und für Ben eine kleine Holztrommel. Er hatte das Gefühl, dass er die Geschenke noch brauchen würde.

Dann fiel sein Blick auf ein paar Hüte. Seltsam, alles wurde immer gleichförmiger. Heutzutage konnte man in New York Pariser Mode und in Paris überteuerten amerikanischen Kaffee kaufen. Und hier in Tunis gab es neben dem Fes, der landestypischen roten Filzkappe, Panamahüte, die nicht einmal aus Panama kamen, sondern aus Ecuador. Die Welt war verrückt geworden. Vielleicht war sie es aber auch schon immer gewesen.

Pandera schaute wieder hinaus zum Taxistand. Gerade kehrte ein Wagen zurück. Pandera lief aus dem Laden, ging zum Taxifahrer und einigte sich schnell mit ihm auf den Preis für eine Fahrt zum Flughafen.

Sie hatten den Hafen kaum verlassen, als ein Mobiltelefon mit dem Singsang eines islamischen Vorbeters klingelte. Pandera bemerkte erst nach einigen Sekunden, dass es sein neues Telefon war, das klingelte.

»Ja?«, meldete er sich und nahm sich vor, den Klingelton zu wechseln.

»Hier ist Tamara. Du bist doch noch auf der *MS Atlantis*, oder?«

»Bin grad von Bord gegangen und auf dem Weg zum Flughafen.«

»Shit!«

»Was?«

»Kunen ist auf dem Schiff«, sagte sie. »Weil sich Wismut damit absetzen will.«

»Und woher weißt du das?«

»Der Bischof hat es mir erzählt«, sagte sie. »Er hält Kunen für den Mörder.«

Pandera bat den Fahrer zu wenden, ließ sich von Tamara erzählen, was sie noch herausgefunden hatte, und stieg am Hafen wieder aus dem Taxi.

Dann eilte er zurück an Bord der *MS Atlantis*.

Zum Glück legte die erst in paar Stunden ab, damit die Passagiere Gelegenheit hatten, Ausflüge zu unternehmen.

Pandera war sich sicher, dass weder Wismut noch Kunen davon Gebrauch machten.

Er musste sich Zutritt zu den Kabinen verschaffen. Und er wusste auch schon, wie.

Zum Glück schien die Sonne, als hätte es den kalten Morgen nie gegeben. In seiner Kabine zog er eine Badehose an, dann ging er an den Swimmingpool und legte sich in einen Liegestuhl.

Natürlich hätte er sich lieber neben die netten Schwedinnen gelegt, die ihn aus blauen Augen anblinzelten, doch er war nicht zum Spaß hier. Und er war auch nicht hier, um Ärger mit Jackie zu bekommen.

Er war hier, um einen Mörder zu finden. Also legte er sich neben zwei übergewichtige Amerikanerinnen und ignorierte ihre schmachtende Blicke. Denn sie hatten etwas, das er unbedingt haben wollte.

Die Frauen aus dem Land der unbegrenzten Möglichkeiten und ebensolcher Hüftumfänge unterhielten sich angeregt. Endlos lange beklagten sie sich in breitestem texanischem Akzent über das fade Essen an Bord, über die kleinen Portionen und die mangelnde Hygiene der Europäer.

Pandera ahnte, das waren die Richtigen für ihn.

Genau wie er vermutet hatte, hielten es die Kalorienkillerinnen nicht allzu lange am Pool aus, sondern gingen zur Snackbar. Ihre Handtaschen und ihre Jacken ließen sie zurück. Genau darauf hatte Pandera gehofft. Aus der Sommerjacke der einen blinzelte ihn ein Bordausweis an. Er wusste, jetzt musste es schnell gehen.

Er stand auf und sprang in den kleinen Pool. Er schwamm eine Runde und beobachtete die Frauen. Sie waren gerade dabei, ihre Tabletts vollzuladen.

Pandera stieg aus dem Wasser, lief zu seinem Liegestuhl und nahm sein weißes Handtuch. Während er sich abtrocknete, griff er, vor neugierigen Blicken durch das Handtuch geschützt, in die Jackentasche der Frau und nahm die Karte. Geschickt ließ er sie im Handtuch verschwinden und legte sich in seinen Liegestuhl.

Denn der unerfahrene Dieb verließ sofort den Tatort und zog dadurch die Aufmerksamkeit auf sich.

Er hingegen wartete, bis die Frauen zurückkehrten und sich auf ihr Essen stürzten. Erst dann stand er auf, verabschiedete sich mit einem freundlichen Blick von ihnen und schlenderte in seine Kabine.

78

Simon Kunen ballte die Hand zur Faust. Was machte dieser Cimex hier, diese Wanze? Er hatte den Kerl nur ein paar Sekunden lang mit seinem Fernglas vom Sonnendeck aus gesehen. Das hatte gereicht, um alle Zweifel auszuräumen.

Es war dieser verdammte Polyp!

Kunen war sofort in seine Kabine gegangen und hatte versucht nachzudenken.

Dort saß er immer noch. Seine Gedanken waren wie festgefroren.

Mit unendlich langsamen Bewegungen öffnete er die Minibar. Er warf einen Blick auf die Flaschen, nahm einen Cognac und füllte ihn in ein bauchiges Glas.

Er schloss die Augen. Das fruchtige Aroma belebte ihn. Das Leben, es kam zu ihm zurück. Jetzt konnte er wenigstens wieder denken.

Was hatte der Kerl auf dem Schiff zu suchen? Nein, das war die falsche Frage. Der Polizist suchte dasselbe wie er. Den Jesusklon und den Professor. Aber wie war er auf diese Spur gekommen? Hatte der Bischof geplaudert?

Impossibilis! Ausgeschlossen. Der Alte wusste gar nicht, was er wirklich vorhatte.

Kunen war geübt darin, gründlich, genau und verschwiegen zu sein. So wie der Orden es seit Jahrhunderten war, durch alle Verbote, Kriege und Friedenszeiten hindurch. Nein, dieser Pandera konnte seine Geheimnisse nicht kennen.

Mit einem Schluck trank Kunen das Glas leer. Hastig wischte er sich den Mund ab, ganz so, als hätte er etwas Verbotenes getan.

Sollte er noch einen zweiten nehmen?

Nein! Er musste einen klaren Kopf bewahren. Kunen stellte sich an das Bullauge seiner Kabine. Er blickte hinaus auf das Meer, auf die Freiheit, auf die Unendlichkeit.

Musste er seinen Plan ändern?

Dann wäre alles vergebens!

War ein junger Jesus nicht viel attraktiver als einer, der seit zweitausend Jahren tot war?

Der Jesusklon würde dem Zeitgeist nach dem Mund reden. Ihm fehlte die göttliche Eingebung, und genau deswegen war er so gefährlich. Er würde die ewigen Wahrheiten verleugnen.

Die Kirche wäre nicht mehr dieselbe.

Kein Jahrhundert würde es dauern und sie wäre in ihrer heutigen Form ausgelöscht.

Ausgelöscht wie der römische Heidenglauben, dem dieses mächtige Reich vor dem Christentum gehuldigt hatte. Dem sie Gotteshäuser gebaut hatten wie den Saturntempel oder den Tempel der Vesta, nicht kleiner und weniger prunkvoll als die heutigen Kirchen.

Und doch war alles vom christlichen Glauben hinweggefegt worden – oder vereinnahmt, wie das Pantheon. Der römische Heidenglauben war ein Überrest einer längst vergangenen Zeit. Und dem Christentum konnte dasselbe Schicksal drohen.

Das neue Christentum wäre nur eine leere Hülle, die mit Populismus, Beliebigkeit oder Opportunismus gefüllt werden könnte. Geklont! Austauschbar, ohne

Inhalt, ohne Härte, ohne Prüfung für den Menschen. Mit einem Wort: wertlos!

Eines war klar, er musste schnell handeln.

Kunen gab die Zahlenkombination in den Kabinensafe ein und holte den goldenen Schlüssel heraus. Er nahm den Lederkoffer, den er im Wandschrank aufbewahrte, und öffnete ihn.

Das goldene Kreuz blitzte ihn so heftig an, als hätte es auf ihn gewartet.

Seine Zeit war gekommen.

Heute Nacht war es so weit!

79

Er war nur ein Schatten.

Dunkel, gesichtslos und bedrohlich.

Und doch war er real.

Er lehnte sich an die Holzverkleidung und zündete sich eine Zigarette an. Natürlich herrschte auf dem Schiff Rauchverbot wie fast überall in der zivilisierten Welt, aber es kümmerte ihn nicht.

Das war *sein* Refugium, bezahlt von *seiner* Spesenabrechnung. Hier durfte er tun und lassen, was er wollte. An diesem Ort konnte ihm niemand etwas vorschreiben. Es war *seine* Welt!

Diese Welt würde nie mehr so sein wie früher, sie würde nie mehr vor den alten Göttern auf die Knie fallen. Vor diesen Götzen, die nichts mehr erklären, nichts mehr schaffen und nichts mehr sagen konnten.

Die nichts mehr zu sagen hatten!

Die alten Götter waren so tot wie eine platt gedrückte Ratte unter einer Planierraupe.

Der christliche Glauben ist wie ein Computer ohne Internetanschluss, seit zweitausend Jahren keine Updates.

Das war nicht gerade der beste Kundenservice.

Und die anderen Religionen waren auch nicht besser. Alle bestanden nur aus überflüssigem, obsoletem Wissen, aus unsinnigen Verhaltensregeln, die beispielsweise dadurch zu erklären waren, dass es vor zwei Jahrtausenden noch keine Kühlschränke gegeben hatte. Welchen Grund gab es heute, kein Schweinefleisch zu essen, wenn man kein eingefleischter Vegetarier oder Rheumatiker war?

Oder solche Regeln, die damit zu erklären waren, dass vor zweitausend Jahren weder Pille noch Kondom existiert hatten. Natürlich war es heute genauso richtig wie damals, Kinder erst dann in die Welt zu setzen, wenn man sich eine sichere Existenzgrundlage geschaffen hatte. Damals hatte das bedeutet, auf Geschlechtsverkehr vor der Ehe zu verzichten. Heute führte diese Einstellung nur zu verklemmtem Sex, Teenagerschwangerschaften oder den absurdesten Kompensationen, je nach Willensstärke der Gläubigen.

Trotz all der Aufklärung hängten die Menschen nach wie vor Kruzifixe in Schulklassen oder stürzten sich mit vollgetankten Flugzeugen in Hochhäuser. Was, so fand er, im Grunde dasselbe war – falsche Taten, begangen aus einem falschen Glauben heraus.

Man sollte nur deswegen glauben wie ein Kind, weil man Kinder so schön verarschen konnte. Weil man Kindern alles erzählen konnte. Weil sie an den Klapperstorch, an den Osterhasen und an den Weihnachtsmann glaubten. Weil Kinder nicht wissen konnten, dass die Jungfrauengeburt nur eine kümmerliche Ausrede für misslungene Verhütung war.

Er würde das ändern. Er würde diesen Unglauben aus der Welt schaffen. Ja, anders konnte man das nicht nennen, was die Religionen boten: Unglauben!

Irrealen Schwachsinn!

Er würde ein neues Zeitalter begründen. Das Zeitalter der Information. *Sein* Zeitalter!

Simovic blickte zufrieden auf das Videobild auf seinem Laptop. Es war etwas pixelig, aber es würde ausreichen.

Obwohl er erst vor ein paar Stunden auf der *MS Atlantis* angekommen war, hatte er alles vorbereitet.

Jetzt konnte nichts mehr schiefgehen.

80

Simon Kunen trug das Kreuz, als wäre es eine schwere Bürde. Dabei war es nur sechzig Zentimeter lang, gut dreißig Zentimeter breit und nicht aus purem Gold.

So reich war die Kirche auch wieder nicht.

Zumal es gar nicht der katholischen Kirche gehörte, sondern ihm, ihm ganz allein.

Das Kreuz war mit einer millimeterdünnen Blattgoldschicht verkleidet, unter der sich ein Bleimantel verbarg. Blei fühlte sich für den Laien ähnlich schwer an wie Gold, und es war für Röntgenstrahlen kaum zu durchdringen.

Trotzdem wog das Kreuz nicht so viel, dass es für Kunen hätte eine Bürde sein können, zumindest nicht für einen durchtrainierten Mann wie ihn. Der kleine Koffer, der es umgab, war auch nicht von Belang.

Nein, es war die Macht, die von dem Kreuz ausging.

Die Macht, an der er so schwer trug.

Diese unheimliche Kraft, die er nur zu gut kannte. Von der er geglaubt hatte, er würde ihr nie wieder verfallen, damals als er die Fremdenlegion verlassen hatte.

Aber nun spürte er sie wieder, er spürte sie ganz deutlich – die Macht, einen Menschen zu töten.

Kunen nahm den Koffer, verließ seine Kabine und ging zur Treppe. Am Heck des Kreuzfahrtschiffs stieg er hinauf zum Oberdeck.

Die Sonne hatte den Kampf mit der Dunkelheit schon verloren. In der Ferne schimmerten die letzten Lichter von Tunis.

Das Heck lag etwas höher als das Sonnendeck im mittleren Teil des Schiffs. Der unbestreitbare Vorteil dieses Platzes war der riesige Schornstein, der unablässig schwarze Dieselwolken in die Luft schoss. Nicht dass ihm das behagte, es missfiel ihm genauso wie den meisten Gästen.

Deshalb war das Heck ausgestorben wie ein Frühstücksbüfett nach dem Einfall einer Horde Touristen.

Außerdem war man hinter dem dicken Schlot perfekt geschützt vor den Blicken anderer und konnte sie selbst gut beobachten. Erst recht, wenn man sich wie er darin verstand, nicht gesehen zu werden.

Bei seinen Besuchen auf dem Oberdeck hatte Kunen es sich zur Gewohnheit gemacht, ein kleines Fernglas mitzunehmen. Das war nicht einmal auffällig, denn tagsüber gab es viele Passagiere, die eines trugen. Was immer sie damit beobachteten, die Vögel, das Land oder ihre Ehegatten im Gespräch mit irgendwelchen Deckschönheiten.

Und er beobachtete eben einen Wissenschaftler.

Er war sich sicher, dass Wismut ihn nicht entdeckt hatte. Denn Kunen hatte das Foto, das auf der Landungsbrücke von ihm geschossen worden war, an der Stellwand gefunden, es sofort entfernt und gekauft.

Er dachte an die letzte Nacht zurück. Der Professor war an Deck gekommen, ein paar Schritte gegangen und hatte sich dann an die Reling gelehnt. Er hatte dort reglos gestanden, versunken in den Anblick des Meeres und der unendlichen Weite.

Wismut war eine halbe Stunde an Deck geblieben, hatte sich dann plötzlich umgedreht und war wieder in der Dunkelheit verschwunden. Diese halbe Stunde hatte Kunen ausgereicht, um zu erkennen, dass der Professor die Freiheit und das Meer so sehr liebte, dass er zurückkehren würde.

Heute Nacht.

Doch diesmal würde er nicht so einfach wieder verschwinden.

81

Wir haben keine Ahnung, wie die Dinge funktionieren, die uns umgeben. Trotzdem benutzen wir sie. Wir denken, wir wären Meister der Technik, weil wir Geräte bedienen können, die wir gar nicht verstehen. Dabei sind wir nichts anderes als Zauberlehrlinge!

Alex Pandera war kein Technikfeind, ganz im Gegenteil. Er liebte es, den Dingen auf den Grund zu gehen. Auch er war nur ein Zauberlehrling, aber wenigstens einer, der wusste, wie man den Zauberstab zu halten hatte.

Er schloss den Scheckkartenleser zum Lesen und Beschreiben von Zugangsausweisen an seinen Laptop an. Den Leser hatte er immer im Gepäck. Es dauerte nur zwei Minuten, dann sah er die Datenstruktur des Bordausweises auf seinem Bildschirm.

Obwohl er kein Hacker war, in seiner Zeit im Dezernat für Wirtschaftskriminalität in Frankfurt hatte er einiges gelernt. Im Prinzip konnte jeder eine Zugangskarte knacken, wenn er über die richtige Software und einen Kartenleser verfügte. Die Sicherheitsvorkehrungen auf solchen RFID-Karten waren so effektiv wie eine Tresortür aus Papier. Wenn sie überhaupt vorhanden waren. Denn häufig lagen die Daten ungeschützt in ihrem digitalen Bettchen, und jeder konnte sie wecken, ob es Rotkäppchen war oder der böse Wolf.

Das war auch hier der Fall. Die Daten auf dem RFID-Chip des Bordausweises waren unverschlüsselt. Es war erschreckend, wie naiv der Umgang mit dieser Technik immer noch war. Doch hier und heute war nicht der Ort und Zeitpunkt, sich darüber zu beklagen.

Besaß man nämlich zwei unterschiedliche Bordausweise, konnte man mit der richtigen Software die Datenbereiche vergleichen und eine Masterkarte bauen, die Zugriff auf alle Kabinen des Schiffs bot.

Deswegen hatte er den Bordausweis am Pool mitgehen lassen. Die Amerikanerin würde an der Rezeption einen neuen erhalten. Und sein eigener Ausweis war der zweite, den er zum Abgleich der Daten brauchte.

Eine halbe Stunde später hatte Pandera die Ausweise umprogrammiert. Nun besaß er Zugangsberechtigung für das gesamte Schiff. Sogar die Kabine des Kapitäns hätte er damit betreten können, aber der interessierte ihn nicht, das war eh nur ein besserer Busfahrer im weißen Anzug.

Noch eine halbe Stunde später hatte er Arnold überzeugt, seine Kollegen nach Simon Kunens Zimmernummer zu fragen. Arnold war so erfreut gewesen, ihn wiederzusehen, dass er sich ohne Zögern darauf eingelassen hatte. Das einzige Problem war, dass der Steward warten musste, bis die Passagiere zu Bett gegangen waren, denn erst dann trafen sich die Bediensteten in ihrem Aufenthaltsraum tief unten im Schiff, um nach dem langen Arbeitstag ein wenig zu entspannen.

Gegen ein Uhr in der Nacht kam Arnold zurück und brachte Pandera einen Whisky Sour. Unter dem Glas lag ein Zettel.

Pandera sah ihn erwartungsvoll an. »Haben Sie es geschafft?«

Arnold strahlte ihn an und sprudelte los. »In einer Kabine ist junges, lustiges Paar, das will heirate, doch beide Eltern dagege, habe er zu den anderen gesagt. Sie wille heirate spontan auf Schiff, aber sie katholisch und sie mich gefragt, ob Priester an Bord. Weiß einer, ob Priester da?«

»Clever.« Pandera nickte.

»Bei mir einer, der hat Priestergewand in Schrank, sagt Kollege. Sieht nur nicht aus wie ein Priester, mehr wie Schwarzenegger ohne Haare. Frage, ob Priester habe komische Bart um Mund, und Kollege habe genickt. Dann ich wollte wisse, wie er heiße, um kann ihn bitte, zu traue Paar.«

»Und was hat er gesagt?«, fragte Pandera.

»Das Antwort.« Arnold zeigte auf den Zettel.

Pandera nahm ihn. *Soliere, Zimmer 434,* stand darauf.

Soliere. War das nicht der Name, den Tamara genannt hatte, als sie von Kunens Einsatz bei der Fremdenlegion erzählt hatte?

Pandera bedankte sich und wollte Arnold ein Trinkgeld geben.

»Reise immer noch nicht zu Ende«, sagte der Steward und lehnte ab.

Pandera lächelte. »Stimmt, vielleicht brauche ich Sie noch einmal.«

Er nippte an dem Whisky Sour. Der Drink schmeckte verdammt gut, Pandera wollte jedoch lieber nüchtern beliebe. Denn jetzt konnte es endlich losgehen.

82

Der Wind peitschte über die See, als wäre er auf der Jagd. Wem hetzte er hinterher? Der längst untergegangenen Sonne? Oder den Menschen, den Feinden der Natur?

Der Mensch war für die Natur zu mächtig geworden, er hatte Schiffe gebaut, die selbst im stärksten Sturm nicht mehr untergingen. Die *MS Atlantis* war ein solches Schiff, groß, wuchtig und unsinkbar, sofern man das nach der *Titanic* noch von einem Schiff behaupten konnte.

Außerdem war das Mittelmeer nun mal kein Ozean mit Eisbergen, sondern eher ein Tümpel, selbst wenn die Seefahrer es früher zu den sieben Weltmeeren gezählt hatten.

Genau das war es, was den Mittelmeerraum heute noch auszeichnete – seine Vergangenheit. Die große Herrscher, große Kulturen und große Religionen hervorgebracht hatte. Simon Kunen spürte, dass es nicht der Zufall gewesen war, der ihn hierhergeführt hatte.

Er klappte das Revers seines Jacketts hoch. Es war eine kalte, stürmische Nacht. Eine, in der man außer dem Pfeifen des Windes und dem Schlagen der Wellen nicht viel hören konnte. Genau wie gestern lehnte er auf dem Oberdeck.

Doch gestern war heute schon Geschichte.

Er korrigierte sich. Es war Vergangenheit. Geschichte würde das werden, was er heute Nacht tun würde.

Bereits seit zwei Stunden wartete Kunen am Heck des Schiffs. Er fragte sich, ob der Professor heute wirklich auftauchen würde, schließlich gab es gemütlichere Orte auf dem Schiff. Andererseits hatte Wismut wie jemand gewirkt, der das Deck nicht deshalb aufsuchte, weil es ihm gefiel, sondern weil er es musste. Weil ihn etwas bedrückte.

Weil er eine Bürde zu tragen hatte.

Wenigstens das hatte er mit ihm, Simon Kunen, gemeinsam.

Er blickte nach oben. Der dunkle Rauch des Schornsteins vermischte sich mit den dichten Wolken der stürmischen Nacht. Kein Stern war zu erkennen, kein Licht deutete darauf hin, dass über den Wolken noch jemand lebte.

Doch natürlich herrschte *Er* dort und schaute auf die Erde und ihre Bewohner herunter.

Und *Er* schaute auf ihn.

Kunen ließ den Blick wieder nach unten gleiten und erschrak. Auf dem mittleren Teil des Sonnendecks stand eine Person. Gut hundert Meter entfernt, in der Nähe der Treppen. Der Wind blies so laut, dass er ihn nicht hatte kommen hören. Simon Kunen betrachtete den Mann durch sein Fernglas.

Kein Zweifel, es war Franz Wismut, der Professor.

Den Blick auf Wismut gerichtet, öffnete Kunen lautlos seinen Koffer und nahm das goldene Kreuz heraus. Den Koffer versteckte er unter einem der Liegestühle, die wegen des Sturms angekettet waren.

Mit flinken Händen löste Kunen zwei Schrauben am linken Querbalken des Kreuzes und drückte ihn kräftig gegen den Längsbalken. Mit einem Klicken löste sich die Arretierung des Querbalkens. An dessen Stelle blieb ein kleines goldenes Visier zurück.

Kunen ertastete die beiden schmalen Vertiefungen an der Unterseite des Längsbalkens und steckte den abgenommen Querbalken dort so schräg ein, dass es wie das Magazin einer Kalaschnikow vor dem verbliebenen rechten Querbalken ruhte. Daran löste er noch eine Schraube und zog den Abzug heraus. In weniger als einer Minute hatte er das goldene Kreuz in ein kleines Maschinengewehr verwandelt.

Eine normale Pistole hätte es auch getan, sie wäre wahrscheinlich sogar besser zu bedienen gewesen.

Wer brauchte schon dreihundert Schuss in der Minute?

Nur Anfänger.

Er konnte zielen.

Zwei Kugeln würden reichen.

Doch eine normale Pistole hätte er weder ins Flugzeug noch an Bord bringen können. So war seine Wahl auf das Maschinengewehr Gottes gefallen.

Er musste grinsen.

Das Maschinengewehr Gottes. So hatte man früher den deutschen Jesuitenpater Johannes Leppich genannt. Dass es so etwas wirklich gab und nicht nur im übertragenen Sinne, dafür reichte die Fantasie der meisten nicht aus.

Zumindest nicht die der Sicherheitskräfte. Und das war gut so.

Der Professor betrachtete immer noch den Nachthimmel an der Reling.

Kunen entsicherte das Gewehr, strich an dem Schornstein vorbei und hastete lautlos die paar Stufen zum Sonnendeck hinunter.

Von nun an war Kunen ungeschützt. Wenn sich der Mann umdrehte, war alles verloren.

Der Sturm brauste so stark, dass Kunen nicht einmal seine eigenen Schritte hören konnte.

Selbst bei Totenstille wäre das schwer genug gewesen, denn er hatte einiges gelernt bei der Legion. Dazu zählte das lautlose Anschleichen.

Nicht nur das.

Kunen bewegte sich schnell, zwanzig, dreißig Meter in ein paar Sekunden. Dann verlangsamte er sein Tempo und duckte sich.

Wismut hatte sich bewegt.

Der Mann stand nicht mehr vorgebeugt an der Reling, sondern aufrecht. Er sah aus, als spürte er etwas. Simon Kunen hielt inne, bald bemerkte er, was Wismut irritiert hatte.

Erst ein, dann zwei und dann wieder ein paar Tropfen. Es begann zu regnen.

Jetzt kam es auf jede Sekunde an.

Der Professor schaute hinauf zum Himmel, danach auf seine Uhr und schließlich wieder auf das dunkle Meer. Er schien nicht gehen zu wollen. Kunen schlich weiter, durch den immer stärker werdenden Regen.

Nur noch zehn Meter.

Wenige Sekunden später hatte er den Feind direkt vor sich.

Wismut drehte sich erschrocken um. Da richtete Kunen schon die Waffe auf ihn.

83

Alex Pandera war kein Freund von Waffen, trotzdem beruhigte es ihn, dass sein Jackett momentan an der richtigen Stelle ausgebeult war.

Schließlich wollte er nachts allein in ein fremdes Zimmer eindringen. Theoretisch hatte er nichts zu befürchten, denn außer den Sicherheitskräften durfte niemand auf dem Schiff bewaffnet sein. Ebenso theoretisch waren hier alle in Urlaub.

Die Kollegen der italienischen Polizei hatten ihm nach dem Verlust seiner Dienstwaffe eine Beretta überlassen.

Und da er sich als Polizist ausweisen konnte, hatte das Sicherheitspersonal des Schiffs ihm erlaubt, die Pistole an Bord zu bringen.

Pandera fragte sich, was Simon Kunen sagen würde, wenn er mitten in der Nacht mit vorgehaltener Waffe an seine Kabinentür klopfte.

Oder wenn er sich nicht mit Anklopfen aufhielt, sondern die Tür einfach öffnete. Wäre es nicht besser, tagsüber in die Kabine einzudringen?

Wenn er Kunen überwacht hatte und sichergehen konnte, dass er nicht in seiner Kabine war?

Aber Pandera war überzeugt, es würde etwas geschehen, mit oder ohne sein Zutun. Deswegen musste er handeln. Sofort!

Pandera schlich durch den Kabinengang. Wie ausgestorben lag er vor ihm, nur der Wind blies sein entferntes Lied.

Theater, Disco, Bar und selbst das Casino hatten geschlossen. Alle schienen zu schlafen. So luxuriös das Schiff von außen aussah, so einladend manche Räume waren, in den schmalen Gängen, die zu den Kabinen führten, wirkte es nur wie eine Massenabsteige.

Pandera passierte einen Übersichtsplan und suchte Kabine 434. Sie befand sich ganz in der Nähe.

Mit schnellen Schritten ging er dorthin und horchte an der Tür.

Neben dem gedämpften Pfeifen des Windes war nur das Brummen der Klimaanlage zu hören. Entweder Kunen schlief, oder er war unterwegs.

Pandera führte die manipulierte Bordkarte in den Leser an der Kabinentür. Das Gerät klickte, ein grünes Licht leuchtete auf. *Vamos!*

Er drehte den Knauf, öffnete vorsichtig die Tür und blickte in die Kabine.

Sie lag im Dunkeln. Kein Atmen war zu hören, nur das dumpfe Rauschen des Meeres mischte sich in das Pfeifen des Windes und das Brummen der Klimaanlage.

Pandera huschte hinein und schloss die Tür hinter sich.

Während er nach dem Lichtschalter tastete, blitzten in seiner Erinnerung Bilder auf. Bilder von Toten, die blutüberströmt auf dem Bett lagen, von Männern, die sich selbst gerichtet hatten oder die Opfer eines Mörders geworden waren.

War die Welt wirklich so grausam, wie die Boulevardzeitungen behaupteten? Oder erschien sie einem nur so, wenn man bei der Polizei arbeitete?

Pandera fand den Lichtschalter, stellte sich auf das Schlimmste ein, drückte ihn und sah – nichts!

Ein unberührtes Bett, ein zugezogener Vorhang vor dem Bullauge, ein halb offener Kleiderschrank. Er öffnete die Tür zum Bad.

Es war leer.

Wenn der Vikar nicht hier war, wo war er dann? Alle öffentlichen Räume des Schiffs waren geschlossen. Neben dem Kabinentrakt waren nur noch die oberen Decks zugänglich, bei diesem Sturm hielt sich dort allerdings niemand Vernünftiges freiwillig auf.

Bei jedem anderen hätte er ein amouröses Abenteuer vermutet, aber nicht bei Vikar Simon Kunen, dem Krieger des Glaubens.

Pandera blickte sich um.

Es war eine einfache Außenkabine. Wenigstens ist das Reisebudget des Bistums nicht größer als meins, dachte er, doch nicht einmal die Andeutung eines Lächelns huschte über sein Gesicht. Pandera zog Einweghandschuhe an und öffnete die Nachttischschublade. Nur eine Bibel lag darin. Die gehörte bestimmt nicht dem Vikar, so unbenutzt, wie sie aussah. Dann nahm er sich den Kleiderschrank vor, sah Kunens Priestergewand, durchsuchte jede Tasche und jedes Stückchen Stoff. Leider fand er keinen Hinweis darauf, was der Vikar plante.

Bevor Pandera die Kabine wieder verließ, schob er den Vorhang vor dem Bullauge zur Seite und löschte das Licht.

Dann schlich er sich hinaus und zog die Tür zu.

Über die Treppe hastete er zum Oberdeck. Vor der Glastür nach draußen blieb er stehen. Es regnete in Strömen, ein heftiger Wind wehte.

Pandera zögerte.

Ja, er musste da raus. Er brauchte die Gewissheit, alles getan zu haben. Also öffnete er die Tür und trat hinaus in die kalte Nacht.

Der Sturm heulte wie hundert Wölfe. Pandera zog den Kopf ein und rannte über das Deck. Schon nach wenigen Augenblicken war er nass bis auf die Haut. Das Deck war wie ausgestorben. Und keine Spur von Kunen.

Da, der Schornstein am Heck, dort hatte er noch nicht nachgesehen. Es wäre ein gutes Versteck. Geduckt lief er dorthin und huschte um den massigen Turm.

Nichts.

Er wollte sich wieder auf den Weg zurück machen, als er einen kleinen Koffer unter einem der angeketteten Liegestühle entdeckte.

84

»Wie haben Sie es gemacht?«, zischte Kunen und trieb den Professor durch den Gang vor sich her, das geladene Kreuz in dessen Rücken. »Wie haben Sie der Welt vorspielen können, Sie hätten den Heiland geklont?«

»Ich ... ich habe es nicht vorgespielt«, stammelte Wismut. »Ich habe ihn wirklich geklont.«

»Unsinn!« Kunen trieb den Professor weiter. »Wo ist Ihre Kabine?«

Wismut antwortete nicht.

Er packte ihn an der Schulter und riss ihn herum. »Wo ist Ihre Kabine?«

Der Professor blickte ihn abschätzig an. »Sie sind nicht einmal fähig, die Nähe unseres Jesus zu spüren.«

»Ihr Jesus ist nicht echt!« Kunen ließ eine Hand in die Jacketttasche des Professors gleiten und zog den Bordausweis heraus. »Es steht zwar keine Kabinennummer darauf, aber Sie reisen sicher nicht auf den billigen Plätzen.«

Wismut reagierte nicht.

Kunen stieß ihn weiter vor sich her bis zum Kabinentrakt von Deck 10, dem Luxusdeck der *MS Atlantis*.

»Ich wette, Sie haben eine Suite mit schönem Balkon und unverbaubarem Meerblick.« Er bemerkte, wie sich Wismut immer stärker wehrte, und schloss daraus, dass seine Vermutung korrekt war.

Er nahm den Bordausweis und schob ihn an der ersten Kabine in den Kartenleser. Eine rote Lampe leuchtete auf. Kunen schubste den Professor vorwärts.

»Das kann vielleicht ein bisschen dauern«, flüsterte er. »Also erzählen Sie, wie Sie es angestellt haben.«

»Ich habe mir Proben der beiden Grabtücher besorgt, daraus die DNA extrahiert und Jesus geklont.«

»Das klingt wie auswendig gelernt. Und wahrscheinlich ist es das auch. Was haben Sie wirklich getan?«

»Es ist so, wie ich gesagt habe«, erwiderte der Professor. »Und wenn Sie mit Roland Obrist gesprochen hätten, wüssten Sie, dass er herausgefunden hatte, dass ich Proben der Grabtücher von Plattner gekauft habe, über einen Mittelsmann im Berner Inselspital.«

»Das weiß ich«, knurrte Kunen. »Und ich weiß, dass Sie mit den Proben nichts anfangen konnten.«

»Und wie erklären Sie dann den Jesusklon?«

»Roland Obrist war überzeugt, Sie würden den größten Betrug des Jahrhunderts planen.«

»Ich glaube nicht, dass Sie mit Obrist gesprochen haben«, sagte Wismut, doch seine Stimme wurde immer brüchiger. »Er war schon lange nicht mehr Mitglied in Ihrem Orden. Er ist im Streit gegangen.«

»Das war nur Tarnung«, erklärte Kunen. »Niemand sollte wissen, dass er im Auftrag der Kirche arbeitete. Ich habe ihm sogar seinen Siegelring abgenommen. Das entspricht zwar nicht den Regeln des Ordens, und er hat sich dagegen gewehrt. Genau deswegen war seine Tarnung ja perfekt.«

»Sie ... Sie wollen den Jungen töten!«

»Was Sie nicht sagen.« Kunen blickte zornig auf das rote Licht des nächsten Kartenlesers.

»Sie können den Jesusklon nicht töten.« Wismut drehte sich um. »Er wird auferstehen. Sie können nicht ändern, was geschehen ist. Selbst wenn er tot ist – seine Gene werden überleben!«

Kunen blickte den Professor mit finsteren Augen an.

»Los, weiter!«, zischte er.

»Wenn Sie mit Obrist gesprochen haben, wissen Sie, dass noch andere Proben der Grabtücher kaufen wollten«, sagte Wismut. »Selbst wenn Sie mich und den kleinen Jesus umbringen, wird ein anderer Jesus klonen.«

»Komisch, was Sie alles von Bruder Obrist wissen«, sagte Kunen. »Man könnte meinen, Sie wären die besten Freunde gewesen. Mir ist zufällig bekannt, wovon Sie reden. Von den Hütern des letzten Sakraments.« Kunen lachte. »Die ominöse Gruppe namens *Sacramentum*.«

»Woher wissen Sie ...?« Wismut blickte ihn erschrocken an.

»Ich war *Sacramentum*«, antwortete Kunen. »Niemand wusste davon. Ich musste schließlich sichergehen, dass kein Labor Proben verkauft, also habe ich so getan, als wollte ich welche kaufen, und mich so von der Aufrichtigkeit der Laborleiter überzeugt. Nur Plattner wollte verkaufen, woraufhin ich Obrist verdeckt Informationen über *Sacramentum* zugespielt habe und er herausfand, dass Plattner bereits einen Teil der Probe verkauft hatte. An Sie.«

Wismut zuckte mit den Schultern. »Warum sind Sie gegen den neuen Jesus? Ist er nicht auch eine Chance für Ihre Religion? Ein neuer Heiland, der den Glauben wiederbeleben kann? Haben die Menschen nicht zweitausend Jahre lang darauf gewartet, dass er zurückkommt auf die Erde? Und jetzt wollen Sie ihn umbringen?«

»Das ist kein neuer Heiland! Das ist nicht einmal eine billige Kopie. Sie wollen die Menschheit nur glauben machen, er wäre der neue Jesu.« Kunen führte den Bordausweis in einen Kartenleser ein, wieder ohne Erfolg. »Sie sind ein gottloser Verräter! Sie spielen mit dem Glauben der Menschen, Sie zerstören ihre Hoffnungen! Sie zerstören ihre Träume und ihre Seelen!«

»Das Gute trägt nicht automatisch ein Kreuz«, entgegnete Wismut. »Sie sind das beste Beispiel dafür.«

»Und das Böse trägt schon lange keine Teufelshörner mehr, sondern den Mantel der Wissenschaft«, konterte er. »Ihr versucht, die Welt und das Universum zu erklären, doch ihr wisst nicht einmal, wie Leben entsteht.«

»Ich habe Leben erschaffen!«

»Sie haben kein Leben erschaffen, Sie haben es nur missbraucht!«, rief er. »Sie sind nichts anderes als eine Hyäne, die sich an Gottes Schöpfung labt!«

Wismut blickte zu Boden. Er atmete nervös ein und aus. Kunen führte die Karte in das nächste Lesegerät. Wieder nichts. Lange konnte es nicht mehr dauern.

»Warum lügen Sie mich an?«, fragte er. »Warum lügen Sie selbst noch in der Stunde Ihres Todes?«

Wismut schwieg.

Kunen versuchte es an der nächsten Tür. Es leuchtete grün. Kabine 1023.

Er war am Ziel.

<h1 style="text-align:center">85</h1>

Alex Pandera zog den Koffer unter dem Liegestuhl hervor und öffnete ihn. Die Regentropfen färbten das mit rotem Samt ausgeschlagene Innere so dunkel, dass es aussah, als wäre es mit Blut getränkt. In der Mitte befand sich eine Vertiefung in Form eines Kreuzes.

Das konnte nur von Kunen sein.

Pandera untersuchte den Koffer nach einem Geheimfach, doch er fand nichts. Plötzlich sprang er auf, rannte zurück zum mittleren Teil des Oberdecks und lehnte sich über die Reling.

Kaum blickte er nach unten, wurde ihm schwindelig. Das war definitiv zu hoch für ihn. Aber solange er das Gitter fest umklammert hielt, würde es irgendwie gehen.

Hastig zählte er die Fensterreihen der Kabinen und fand Deck 4. In der ganzen Reihe brannte kein einziges Licht. Kunen war noch nicht wieder zurück in seiner Kabine. Oder der Vikar hatte den Vorhang wieder vorgezogen. Nur warum hätte Kunen das tun sollen? Schließlich konnte ihn auf hoher See niemand beobachten.

Panderas Blick glitt am Schiff entlang. In keiner der Kabinen auf dieser Seite brannte Licht. Kein Wunder, es war drei Uhr nachts, und morgen wartete ein erlebnisreicher Tag in Algier auf die Urlauber.

Pandera lief auf die andere Seite des Schiffs und blickte auch dort über die Reling. Er zählte vier beleuchtete Kabinen. Drei auf den unteren Decks und eine auf Deck 9. Er wollte schon losrennen, als plötzlich noch ein Licht anging. Auf Deck 10, direkt über der hellen Kabine auf Deck 9.

Das konnte kein Zufall sein. Pandera zählte die Kabinen ab und rannte los.

Außer Atem erreichte er die Kabine auf Deck 10. Er strich sich das Wasser aus den Haaren, lehnte sich an die Tür und lauschte.

Zwei gedämpfte Männerstimmen. Die eine klang wie Kunen.

Pandera nahm seine Pistole in die eine Hand, die Bordkarte in die andere und steckte sie in den Leser. Das Licht sprang auf Grün. Er griff nach dem Türknauf, um ihn zu drehen, er bewegte sich jedoch nicht. Er versuchte es erneut, mit mehr Kraft, ohne Erfolg. Anscheinend verfügten die Suiten über eine Sperre, sodass man sie von innen abschließen konnte. *Mierda!*

Pandera horchte wieder an der Tür. Die beiden Männer unterhielten sich immer noch. Anscheinend war ihnen nichts aufgefallen.

Er ging eine Tür weiter und führte seine Bordkarte in den Leser ein. Gott sei Dank war sie nicht von innen verriegelt. Er hatte keine Ahnung, was er den Gästen in dem Raum erzählen sollte. Was war die Alternative? Warten, bis er einen Schuss hörte?

Er knipste das Licht an und blickte auf ein leeres Bett. *Sind alle im Schiff auf einer verdammten Geheimparty, und nur ich bin nicht eingeladen?*

Pandera steckte die Waffe weg, löschte das Licht und öffnete die Tür zum Balkon. Sofort peitschte ihm der Sturm den eisigen Regen ins Gesicht. Er schaute nach links, zur anderen Kabine. Zwischen den beiden Balkonen war eine metallene Trennwand als Abgrenzung angebracht. Sie reichte vom Boden bis zur Decke und von der Kabinenwand bis ans Geländer.

Pandera lehnte sich über das Geländer und versuchte, in die Kabine nebenan zu blicken. Auf deren Balkon standen zwei Stühle und ein Tisch. Da der Vorhang nicht zugezogen war, erspähte er auch einen kleinen Teil vom Inneren der Kabine. Erkennen konnte er eine Ecke des Betts. Die Männer standen offensichtlich weiter hinten. Er beugte sich noch ein Stück vor, mehr konnte er dadurch nicht sehen.

Pandera wusste, es gab nur einen Weg. Er blickte in den Abgrund und fluchte. Vierzig Meter unter ihm toste das Meer, der Sturm wütete.

Er spürte, wie ihm die Knie weich wurden.

Pandera atmete tief durch und kletterte auf das Geländer. Er klammerte sich mit beiden Händen an die nasskalte, glitschige Trennwand. Auch die abgerundete Handauflage des Geländers war rutschig.

Pandera verfluchte die Ledersohlen seiner Schuhe, die ihm bei der Nässe kaum Halt boten. Der Wind blies, als gäbe es kein Morgen. Pandera konnte jetzt nicht aufgeben. Zentimeter um Zentimeter kämpfte er sich vorwärts.

Als er genau zwischen beiden Kabinen stand, tödliche vierzig Meter über dem Meer, erfasste ihn eine heftige Böe. Sie zog so kräftig an ihm, dass seine Hände am Metall der Trennwand entlangglitten.

Panik stieg in ihm auf.

Er verlor den Halt.

Er versuchte fester zuzugreifen, doch seine eiskalten Finger gehorchten ihm nicht mehr.

86

Roger Simovic fragte sich, ob er nicht ein bisschen zu viel getrunken hatte. Er war von einem Geräusch aus dem kleinen Lautsprecher neben seinem Kissen geweckt worden. Er hatte auf den Bildschirm seines Laptops geblickt und nichts gesehen, nur dichten Regen. Simovic hatte näher herangezoomt und immer noch nichts erkennen können.

Hatte ihn der Sturm geweckt? Er hatte sich schon wieder hinlegen wollen, da war auf einmal das Licht in der Kabine über ihm angeschaltet worden.

Von da an saß er mit offenem Mund vor dem Laptop und tat nichts weiter, als dem Geschehen über ihm atemlos zuzuschauen. Nur ab und an bewegte er den kleinen Kamerakopf, um die Personen im Bild zu behalten. Er hatte einiges in diese Ausrüstung investiert. Als er noch ein Promireporter gewesen war, hatte sie ihm so manche Story gesichert. Eine Videokamera, nur so groß wie ein Hemdknopf, montiert an einem flexiblen einarmigen Metallstativ.

Das Objektiv war per Fernbedienung steuerbar, die Kamera verfügte über eine drahtlose Datenübertragung. Natürlich war sie wasserdicht. Kurz und gut, die klassische Spionageausrüstung in der Version für gut situierte Starreporter.

Er klopfte sich selbst auf die Schulter, weil es, wie so häufig, niemand sonst tat. Dabei war es so einfach gewesen, die Kamera am Boden des oberen Balkons zu montieren und so auszurichten, dass sie fast die ganze Kabine erfasste. Endlich waren die Jungs von dieser

Detektei ihr Geld wert. Sie hatten herausgefunden, wo sich Wismut versteckt hielt, und Simovic die Kabinennummer genannt.

Schließlich hatte es ihn noch zwei Riesen und das Versprechen eines Kapitänsdinners gekostet, die Bewohnerin der Kabine zu einem Tausch mit seiner nicht weniger luxuriösen Suite auf der anderen Seite des Schiffs zu überreden.

Er blickte noch immer gebannt auf den Monitor. Die Aufnahmen waren zwar etwas pixelig, aber wenn der Sturm nicht gerade einen Schwall Regen gegen die Kamera warf, konnte er alles erkennen. Es sollte ja auch kein Hollywoodfilm werden. Im Gegenteil, es sollte so authentisch aussehen wie möglich. Und bei Gott, es war verdammt authentisch!

Die Bilder fesselten ihn, wie ihn nie etwas zuvor gefesselt hatte. Nicht einmal 9/11 hatte ihn so berührt, obwohl er die Berichterstattung damals vierundzwanzig Stunden lang ohne Pause vor der Mattscheibe verfolgt hatte.

2001 war er noch zur Uni gegangen, doch schon zu jener Zeit war in seinem Inneren eine Weiche umgestellt worden. Sein Lebenszug hatte sich zwar erst Jahre später in Bewegung gesetzt, er hatte ihn allerdings genau dahin geführt, wo er sich heute befand. Die Weiche hatte dafür gesorgt, dass er nach dem schnell verdienten Geld an der Wall Street einen neuen Weg eingeschlagen hatte.

Trotz seiner Erfolge als Börsenmakler hatte etwas in ihm gebrodelt und ihn schließlich für den Reporterberuf Feuer und Flamme werden lassen.

So war er Journalist geworden, und in diesem Augenblick spürte er, was damals sein wahrer Beweggrund gewesen war: Er hatte diesen Nervenkitzel wieder spüren wollen. Diesen Adrenalinstoß, an den keine Droge der Welt auch nur annähernd herankam. Die Faszination, die Wahrheit zu verfolgen – und zwar live.

Ohne Drehbuch, ohne Regisseur und ohne Ahnung, was als Nächstes geschah. Die Geschichte mit dem Jesusklon war auch ein Höhepunkt, aber sie basierte bisher nur auf Aufzeichnungen. Sie war zwar perfekt, sie war jedoch nicht unmittelbar. Nicht direkt. Nicht live! Das hier war etwas ganz anderes.

87

Alex Pandera spürte, wie seine Füße auf dem glitschigen Geländer den Halt verloren. Seine Hände rutschten an der Kabinentrennwand entlang und suchten verzweifelt nach einem Halt. Panderas Finger glitten an die überstehende Kante der Trennwand.

Es war seine letzte Chance!

Er packte alle Kraft in die Fingerspitzen, der Sturm zerrte jedoch an ihm wie an einem Blatt im Herbst.

Seine Finger krallten sich fest. Sie schmerzten – hielten ihn. Seine Füße fanden wieder Halt auf dem Geländer.

Pandera presste sich an die Trennwand und wollte verschnaufen. Sein Blick fiel hinunter in das dunkle Meer. Magisch zog es ihn an. Er schloss die Augen. Es half nichts, seine Knie zitterten. Er musste weiter. Stillstand bedeutete Tod.

Er schob die Füße auf dem Geländer entlang, ganz langsam, immer näher zu der anderen Kabine. Es kam ihm vor wie eine Ewigkeit, bis er endlich die Trennwand überwunden hatte. Wieder erfasste ihn ein kräftiger Windstoß, doch da hatte Pandera schon den rechten Fuß auf den Balkon gestellt. Geduckt zog er seinen Körper nach, atmete noch einmal tief durch und blickte durch den dichten Regen in die Kabine.

Er erkannte die beiden Männer sofort. Vikar Simon Kunen, bewaffnet mit einem goldenen Ding, das aussah wie eine Mischung aus Maschinengewehr und Kreuz. Und Professor Franz Wismut, die Hände erhoben. Hinter dem Wissenschaftler stand ein kleines Reisebett aus rotem Plastik.

Darin lag ein Kind.

Nur der Kopf mit den schwarzen Haaren schaute unter der Bettdecke hervor. Auch wenn Pandera das Gesicht des Jungen nicht erkennen konnte, war er sich sicher: Das war er. Er, den alle suchten. Der Jesusklon.

Durch die geschlossene Balkontür konnte Pandera nichts hören, aber was er sah, sagte mehr als alle Worte. Wismut breitete die Arme aus, wie um das Kind zu schützen. Kunen bedrängte ihn, wollte einen Blick auf den Jungen werfen. Der Professor ließ es nicht zu.

Dann ging alles viel zu schnell.

Der Vikar drückte ab. Pandera hörte einen Schuss. Das weiße Hemd des Wissenschaftlers färbte sich dunkelrot. Wismut hielt sich die Hände vor den Bauch, entsetzt starrte er Kunen an. Pandera wollte eingreifen und rüttelte mit einer Hand an der Balkontür, während er mit der anderen seine Waffe ziehen wollte.

Doch die Tür war verschlossen.

Die Männer sahen erschrocken zu ihm. Kunen richtete seine Waffe auf Pandera. Er ließ die Beretta im Schulterholster, er war zu spät gekommen.

Im nächsten Moment erkannte der blutende Wismut seine Chance, warf sich auf Kunen und versuchte, ihm das Kreuz zu entreißen. Kunen reagierte so schnell, wie es nur ein Soldat konnte. Er stieß den Wissenschaftler weg, hob das Maschinengewehr und drückte ab.

Wismut zuckte getroffen zusammen und brach neben dem Kinderbett in die Knie.

Blut tropfte darauf und auf den Teppich.

Kunen zielte aus mehreren Metern Entfernung auf das Kinderbett. Die Kugeln durchschlugen das Bettchen, als wäre es aus Pappe. Der kleine Junge bewegte sich nicht.

Noch bevor Pandera reagieren konnte, richtete Kunen seine Waffe auf ihn. Pandera hob die Hände. Wismut wurde immer blasser und sackte schließlich neben dem Reisebettchen zu Boden.

Blut pulste aus seinen Wunden.

Simon Kunen kam mit erhobener Waffe auf Pandera zu.

88

Der Wind warf den eisigen Regen in immer neuen Wellen auf den Balkon. Alex Pandera starrte auf die Mündung des tödlichen Kreuzes, die auf ihn gerichtet war. Mit erhobenen Händen wich er weiter zurück, bis er das Geländer in seinem Rücken spürte. Vor wenigen Augenblicken hatte er mit ansehen müssen, wie Simon Kunen zwei Menschen erschossen hatte. Der Priester würde sicher nicht auf die Knie fallen und um Vergebung bitten.

Dieses Kreuz kam direkt aus der Hölle. Die Schüsse hatten gedämpft geklungen, es schien also über einen Schalldämpfer zu verfügen. Pandera bezweifelte, dass irgendjemand anders die Schüsse gehört hatte, zumal der tosende Sturm jedes Geräusch verschluckte wie ein kreischendes Ungeheuer. Er wusste, von diesem Balkon würde ihn niemand retten.

Ohne einen Blick auf den Professor oder den Jungen zu richten, lief Vikar Kunen auf ihn zu. Vor der Balkontür blieb er stehen. Der Blick des Priesters war kalt und entschlossen. Kunen öffnete die Tür, während er mit der freien Hand die Waffe wie ein Profi hielt, als hätte er sein ganzes Leben nichts anderes gemacht. Pandera wusste, dass jeder Versuch, den Priester zu überwältigen, zwecklos wäre. Der Mann würde sofort abdrücken.

»Los, rein! Mit erhobenen Händen!«, schrie Kunen in den Wind hinein.

Pandera ging langsam auf die Kabine zu. Kaum hatte er sie betreten, stellte sich der Vikar hinter ihn und drückte ihm den Lauf der Waffe in den Rücken.

»Habe ich mich gestern doch nicht geirrt«, flüsterte er.

»Warum haben Sie das getan?«, fragte Pandera.

»Einer muss unseren Glauben retten.«

Pandera war schon mehreren Mördern begegnet. Er hatte jedoch noch nie einem direkt nach der Tat in die Augen geschaut.

Es gab immer ein erstes Mal.

Und es gab immer auch ein letztes Mal.

Der Priester wirkte, als hätte er eine Schutzhülle um sich errichtet, als wäre er ein von unsichtbaren Mächten Getriebener, zu allem entschlossen.

»Sie können den Lauf der Zeit nicht aufhalten.« Pandera sah Kunen fest an.

»Werfen Sie den Klon über Bord!«, befahl der Priester.

Pandera wollte widersprechen, doch als er in Kunens kalte Augen sah, verstand er, dass er besser tat, was der Vikar von ihm verlangte.

Er ging zu dem Kinderbettchen und beugte sich hinunter. Der Kopf des kleinen Jesus schaute immer noch unter der Decke hervor, die Augen blickten ins Nirgendwo.

Irgendetwas stimmte nicht.

»Los!«, rief Kunen. »Ins Meer mit ihm!«

Pandera zog dem Kind die Decke über den Kopf und nahm das blutverschmierte Bettchen an den Trageschlaufen. Sein Blick fiel auf Wismut, der reglos auf dem Boden lag. In seinen Augen blitzte ein Funkeln auf. Lebte der Mann etwa noch?

»Was ist?«, rief Kunen und hob seine Waffe.

Pandera nickte beschwichtigend und trug das Bettchen auf den Balkon. Der Regen prasselte auf ihn herunter, als würde der Himmel weinen.

Pandera hob das Reisebett über das Geländer. Der Wind fegte die Bettdecke davon wie ein sterbendes Blatt. Es gab keinen Zweifel mehr. Pandera ließ los. Das Bettchen fiel hinab in die Tiefe.

»Niemand wird ihn finden! Es wird keine Klone mehr geben!«, rief Kunen und stürzte zur Brüstung.

Er schob Pandera zur Seite und blickte hinunter, die Waffe weiter auf ihn gerichtet.

Das Plastikbettchen drehte sich im Wind und knallte gegen die Bordwand. Der kleine Körper fiel heraus und schlug auf das endlose Meer auf. Sofort schlossen sich die Wellen über ihm und zogen ihn in das schwarze Nichts. Das Bettchen plumpste hinterher und tanzte auf dem Wasser wie ein leeres Schlauchboot. Wenige Augenblicke später wurde es von einer Welle erfasst und versank in den Fluten.

Trotz des Regens spürte Pandera, dass eine Träne über sein nasses Gesicht lief. Aus den Augenwinkeln nahm er wahr, dass sich Kunen bekreuzigte. Immer noch hatte er die Waffe auf Panderas Oberkörper gerichtet.

Dann löste sich der Vikar vom Geländer und lief ein paar Schritte rückwärts, bis er in der Balkontür stand. Pandera ahnte, was nun kommen würde. Er wandte den Blick vom Wasser ab und drehte sich um. Er wollte dem Mann ins Gesicht sehen.

Pandera hatte das Gefühl, als geschähe alles in Zeitlupe. Jeden Augenblick rechnete er mit dem tödlichen Schuss. Jede Sekunde erwartete er, dass die Kugeln ihn zerschmettern und ihn in das schwarze Meer schleudern würden. Starr stand er da und wartete auf den Schuss. Doch er fiel nicht.

Noch nicht.

89

Roger Simovic war so gefesselt von den Bildern, dass er noch gar nicht verstand, was gerade passiert war. Dass der Heiland, den er maßgeblich erschaffen hatte, in den Fluten untergegangen war.

Dass er, Roger Simovic, von jetzt an nicht mehr als Ikone der neuen Christen verehrt werden würde. Dass er wieder ein stinknormaler Journalist sein würde und nicht mehr der große Starreporter.

Dann kam die Einsicht. Die Einsicht, dass alles verloren war. Die Story seines Lebens! Er wollte fluchen, er wollte schreien, aber irgendetwas hielt ihn zurück.

Simovic konnte nichts anderes tun, als dem Geschehen mit offenem Mund zuzuschauen.

Plötzlich wurde ihm klar, dass er gar nichts verloren hatte.

Nein, im Gegenteil, er war frei!

Im Grunde hatte der Jesusklon ihn nie interessiert. Und die neuen Christen erst recht nicht. Sondern einzig und allein die Aussicht auf diese unglaubliche Story.

Was ihn so sehr in den Bann schlug, das würde auch das Publikum faszinieren. Diese Bilder waren mindestens so bedeutend wie die vom Kennedy-Attentat. Ach was, Kennedy war Dreck dagegen! Amerikanische Präsidenten kamen und gingen, spätestens alle acht Jahre. Aber auf einen neuen Jesus warteten die Christen schon fast zweitausend Jahre!

Und der Vatikan – was spielte er für eine Rolle in dieser Geschichte? Die des Teufels! Ja, der Vatikan hatte seine hässliche Fratze gezeigt, so wie er es seit der Inquisition nicht mehr getan hatte: ein mordender Priester mit einem goldenen Maschinengewehrkreuz! Einer, der Jesus ermordete!

Wenn er dieses Filmchen an den Papst schicken würde, hätte er für immer ausgesorgt. Wie viel wäre das Teil dem Heiligen Vater wohl wert? Oder anders gefragt, wie viel wäre ihm die weitere Existenz seiner Kirche wert? Eine Milliarde Dollar? Oder noch mehr? Simovic grinste.

Alles hatte seinen Preis.

Er stellte sich vor, wie sich sein Leben verändern würde, als ihm dämmerte, dass all das nur ein paar Meter von ihm entfernt geschah. Es war kein Fernsehen, auch wenn es so aussah. Es war echt, kein Reality-TV mit geschminkter Wirklichkeit. All das, was er auf seinem Laptop verfolgte, passierte tatsächlich, jetzt, genau in diesem Moment. Zwei Menschen waren ermordet worden, nur eine Etage über ihm, direkt vor seiner Kamera. Und bald würde es einen dritten Toten geben, kein Zweifel. Was sollte er tun?

Könnte er es verhindern?

Wollte er es überhaupt verhindern?

Simovic strich sich über das gegelte Haar. Bis er in der Rezeption angerufen hatte und die Sicherheitskräfte vor Ort waren, wäre es schon zu spät.

Und wenn er selbst eingreifen würde?

Nein, sich in Gefahr zu begeben, war keine Option. Er hatte nichts zu tun mit diesem Kleinkrieg. Sobald er eingreifen würde, wäre seine Deckung dahin. Man würde ihm Fragen stellen, und er müsste seine Aufnahmen zeigen. Man würde den Film konfiszieren. Womöglich würde sich der Vatikan einmischen und eine Ausstrahlung verhindern. Und das, ohne zu zahlen!

Nein, er würde sich die Story seines Lebens nicht zerstören lassen.

Er war kein Polizist. Der da oben war einer. Was konnte er dafür, wenn sich der Kerl einmischte?

Er war nur ein Reporter.

Und er würde weiter draufhalten.

Das war seine verdammte Pflicht.

Das und nichts anderes!

90

Es regnete immer noch, als hätte jemand alle Schleusen geöffnet. Alex Pandera stand auf dem Balkon der Kabine und blickte in den Lauf des goldenen Kreuzes.

»Ich verstehe, dass Sie die beiden getötet haben«, sagte er unvermittelt.

Der Blick des Priesters löste sich aus seiner Versteinerung. »Das verstehen Sie?«

»Sie wollten die katholische Kirche schützen. Das kann ich nachvollziehen. Ich sage nicht, dass es richtig war, aber ich verstehe es.«

»Wer weiß schon, was richtig ist und was falsch?«, erwiderte Kunen.

»Ich dachte immer, Gott weiß es.«

»Gottes Wege sind unergründlich.« Der Vikar hob den Lauf seiner Waffe ein Stück höher. »Er hat mich hierhergeführt, und dennoch lässt er mich zweifeln.«

»Er lässt Sie zweifeln, weil ich kein Feind der Kirche bin«, sagte Pandera. »Ich bin nur ein Polizist, der versucht, den Mord am Bruder des Bischofs aufzuklären.« Er ließ seine erhobenen Hände ein wenig sinken. »Wollen Sie mich wirklich töten, nur um sich selbst zu retten? Um der Strafe zu entgehen, die jeder Mörder zu tragen hat?«

Der Priester legte die Stirn in Falten. »Es geht nicht um Sie und mich. Wenn die Öffentlichkeit erfährt, was hier geschehen ist, war alles umsonst!«

Kunens Worte trafen Pandera wie eine Kugel. Gemessen an seiner eigenen Logik, hatte der Priester recht. Er,

Pandera, würde nicht verschweigen, was er gesehen hatte. Für kein Geld und für kein Amt der Welt.

»Sie würden einen Unschuldigen töten, um die Kirche zu retten?«, fragte Pandera, obwohl er die Antwort längst wusste.

»Das habe ich bereits getan«, entgegnete der Priester. »Doch das Kind wurde nur benutzt. Von Feinden der Kirche, die sie vernichten wollten.« Er bekreuzigte sich. »Ich musste es tun.«

»Sie hätten das Kind auch am Leben lassen und es selbst erziehen können«, widersprach Pandera. »Sie hätten seine Macht für den christlichen Glauben nutzen können. Sie haben den Jungen getötet, um den Papst zu retten. Der Glaube der Menschen bedeutet Ihnen nichts.«

Kunen strich sich übers Kinn. »Der Papst ist die Kirche, und die Kirche ist der Ort des Glaubens.« Es klang wie eine Floskel. Der Vikar zitterte leicht.

Pandera nahm die Hände noch ein Stück herunter, sie waren fast auf der Höhe seines Brustkorbs. Nur ein Handgriff, und er konnte seine Waffe ziehen.

Er machte einen Schritt auf Kunen zu.

Plötzlich verhärtete sich das Gesicht des Priesters wieder, und er blickte Pandera mit der alten Entschlossenheit entgegen. »Zweifel sind Schwäche!«, rief er und nahm das Kreuz fester in die Hand.

Sofort hielt Pandera die Hände höher. Er hatte die Gelegenheit verpasst.

»Was geschehen ist, ist nun mal geschehen!«, rief Kunen in den Wind hinein. »Sie wollen mich vom rechten Weg abbringen! Doch was ich getan habe, war Gottes Wille!«

Pandera begriff, dass jedes weitere Wort überflüssig war. Es war das Ende. Er könnte den Priester anflehen, ihm sagen, er habe Frau und Kinder, aber das würde nichts ändern. Kunens Entscheidung war gefallen.

»Zurück an das Geländer!«, befahl der Vikar. »Wenn Sie ein letztes Mal beten wollen, jetzt wäre der richtige Zeitpunkt dafür.«

Pandera faltete die Hände. Ihm war allerdings nicht nach Beten zumute. Er dachte an seine Eltern, die viel zu früh gestorben waren.

Er dachte an Jackie, an Lara und Ben. Er dachte sogar an seine Schwiegereltern. Er würde sie alle vermissen. Er würde das Leben vermissen. Ja, er würde es sogar vermissen, neben Deckert im Drive-in zu sitzen, während der einen Hamburger nach dem anderen in sich hineinstopfte.

Pandera löste die Hände und legte sie auf das Geländer.

Er war bereit.

91

Simon Kunen traute diesem Pandera nicht, auch wenn es schien, als hätte er aufgegeben. Der Mann stand reglos da und wartete auf den Schuss. Kunen musterte ihn, Panderas Blick blieb auf dem nassen Dielenboden hängen.

Kunen folgte dem Blick. Da! Irgendetwas bewegte sich, direkt neben der Trennwand. Es funkelte, gab ein künstliches Licht von sich. Kunen machte einen Schritt auf den Polizisten zu.

Und noch einen.

Hatte jemand gefilmt, was hier passiert war?

Der Vikar war nur einen winzigen Augenblick lang unachtsam, doch der genügte. Zu spät sah er, wie Pandera in sein Jackett griff und eine Pistole zog. Dann fiel ein Schuss.

Kunen hob noch die Waffe, krümmte den Finger am Abzug, aber es war zu spät. Er sackte zur Seite. Das Maschinengewehr spuckte ein paar Schüsse aus, sie peitschten durch den Regen in die Dunkelheit. Kunen ließ die Waffe fallen und brach zusammen.

Dann war alles Dunkelheit, und dann spürte Kunen, wie sich eine Hand unter seinen Kopf schob. Unter seinen flatternden Lidern sah er, dass sich Pandera zu ihm herunterbeugte.

»Ich wollte die Kirche retten«, flüsterte Kunen. Sein Mund schmeckte nach Blut, alles tat weh. »Vergeben Sie mir?«

Pandera nickte.

»Ich vergebe Ihnen auch.« Mit zitternden Fingern bekreuzigte sich Kunen.

Er schloss die Augen. Sein Kopf sackte zur Seite. Dann
war nichts mehr.

***

Alex Pandera hatte gehofft, nie einen Menschen töten
zu müssen. Nun war es geschehen. Er hatte keine Zeit,
darüber nachdenken. Es war noch nicht vorbei!

Pandera blickte an den Rand des Balkonbodens. Was
hatte dort gefunkelt? Was hatte Kunen irritiert?

Nur wenige Augenblicke später fand Pandera die
knopflochgroße Kamera am Boden der Trennwand.

Ohne zu überlegen, trat er zu. Die Kamera zerplatzte
unter seinen Schuhen wie eine Küchenschabe.

Sie hatte ihm zwar das Leben gerettet, aber sie hätte
genauso gut seinen Tod filmen können. Sie war seelen-
los. Und Pandera ahnte, wer dahintersteckte.

Er stürmte zurück in die Kabine und beugte sich über
Wismut. Die Haut des Wissenschaftlers fühlte sich kalt
an. Er hatte die Augen geschlossen. Pandera nahm das
Handgelenk und fühlte den Puls. Er war nur noch ganz
schwach zu spüren.

Pandera legte die Hand auf die Stirn des Wissenschaftlers. »Professor Wismut?«

Er öffnete die Augen. »Wo ist der Priester?«

»Er ist tot.«

Wismut seufzte.

»Sie müssen ...« Er hustete und spuckte Blut. »Retten
Sie den Jungen! Er ist ... der einzige ... Unschuldige.«

Wismuts Blick deutete ins Nebenzimmer. Pandera
sprang auf, öffnete die Verbindungstür und blickte

wieder in das unbewohnte Zimmer, durch das er einge-
stiegen war.

Dann erst hörte er ein leises Schniefen.

Er riss die Tür zum Bad auf, schob den Duschvorhang
beiseite, und da, in der Dusche, lag der kleine Jesus in
einem anderen Reisebett und schlief so friedlich, als
wäre nicht das Geringste geschehen.

92

Casablanca. Natürlich kannte Pandera den Film mit Humphrey Bogart und Ingrid Bergman. Er dachte an die Szenen in *Rick's* Café und am Flughafen.

Doch er wusste, dass der Film in einem Hollywoodstudio gedreht worden war, selbst die Außenaufnahmen stammten aus Los Angeles. Und dennoch stellten sich auch heute noch viele die größte Stadt Marokkos so vor, wie der berühmte Film sie zeigte. Inzwischen gab es sogar ein *Rick's Café* in Casablanca. Wahrscheinlich hatten die Einwohner keine Lust mehr, den Touristen zu erklären, dass es dieses Café nie gegeben hatte.

Alex Pandera war noch nie dort gewesen. In einer Stunde würden sie anlegen. Er freute sich darauf, zumal er gestern den ganzen Tag von der algerischen Polizei vernommen worden war. Er hatte ihnen das gesagt, was jeder wusste.

Oder zu wissen glaubte.

Ein paar Dinge hatte er für sich behalten. Dass Professor Wismut in seinen Armen gestorben war und ihm alles erzählt hatte.

Es war nicht einfach gewesen, den Jungen zu beruhigen, nachdem er aufgewacht war, aber schließlich hatte Pandera es geschafft.

Denn nicht nur bei der Polizei lernte man einiges, sondern auch als Familienvater.

Wieder musste er an die gestrige Nacht zurückdenken. Der Vikar war in seinem Wahn so verblendet gewesen, dass er nicht gesehen hatte, in dem Bettchen hatte nur eine Puppe gelegen. Wismut hatte den Vikar von dem Bettchen ferngehalten und die Puppe so vor den Blicken des Geistlichen geschützt.

Kunen war in dem Glauben gestorben, der Jesusklon wäre tot.

Nur glauben war nicht Wissen.

Pandera hatte es begriffen, als der Wind die Bettdecke davongeweht hatte. Es war eine Puppe mit fast perfektem menschlichem Antlitz, aus zwei Metern nicht von einem echten Kind zu unterscheiden. Und trotzdem nur eine Puppe. Genau wie der Klon. Nur eine Kopie, wenn auch nicht aus Fleisch und Blut.

Pandera schaltete den Bordfernseher an. Gleich würde die Sendung wiederholt, die dieser Simovic gestern vom Oberdeck der *MS Atlantis* aus gesendet hatte. Pandera erwartete nichts.

Für ihn waren diese Revolverblattreporter alle gleich. Ob sie nun beim Privatfernsehen arbeiteten oder mit Papier und Druckerschwärze. Einer hatte sich gestern erdreistet zu schreiben, der Jesusklon habe nicht in den Fluten sterben müssen. Wäre er echt gewesen, hätte er über das Wasser laufen können. Es war geschmacklos. Und falsch.

Denn der Junge lebte.

Die Sendung begann. Nach ein paar einleitenden Worten startete Simovic den Film, den er in der Nacht aufgenommen hatte. Pandera konnte kaum hinschauen, als man sah, wie Simon Kunen den Professor ermordete und wie der Jesusklon in den Fluten des Mittelmeers unterging. Und mit ihm die Hoffnung, dass sich etwas ändern könnte.

Anschließend hielt Simovic einen Monolog, der wirkte, als würde er für die Anzahl der Worte bezahlt.

Und für seine Polemik. Es war eine einzige Anklage gegen die katholische Kirche.

Pandera war schon drauf und dran abzuschalten, als der Reporter plötzlich behauptete, Vikar Kunen habe auch Roland Obrist und Walter Leuenberger ermordet. Selbst Bischof Johann Obrist, den Reporter in Basel vor die Kamera gezerrt hatten, unterstützte diese Theorie. Mit Tränen in den Augen distanzierte sich Obrist von seinem Stellvertreter und erzählte, wie er die Polizei über Kunen informiert habe.

Der Vikar sei ein Fehlgeleiteter, der dem Teufel anheimgefallen sei.

Pandera wunderte sich, dass jetzt schon Reporter und Bischöfe glaubten, Mordfälle aufklären zu können.

Als Kriminalpolizeichef Edeling in Basel vor die Kamera trat, verwandelte sich sein Erstaunen in Entsetzen.

Edeling verkündete, dass man die Ermittlungen zu den beiden Mordfällen in der Schweiz als abgeschlossen betrachten könne. Im Übrigen arbeite man mit dem Basler Bistum in dieser Sache vertrauensvoll zusammen.

Alle Fakten sprachen dafür, dass Vikar Kunen ein Einzeltäter gewesen sei. Kunen sei der Mörder von Roland Obrist und Walter Leuenberger. Edeling vergaß auch nicht zu erwähnen, dass sein Mitarbeiter, Kriminalkommissär Alex Pandera, vor Ort alles aufgeklärt und den Mörder zur Strecke gebracht habe.

Hättest besser mal mit mir gesprochen, dachte Pandera. Dann grinste er.

Als Simovic ihn schließlich noch zum Helden des Tages kürte und Pandera sein eigenes Gesicht im Bordfernseher sah, schaltete er ab.

Das war jetzt alles unwichtig. Der Mörder war tot, daran bestand kein Zweifel. Der Junge hingegen lebte, und er war, genau wie Wismut gesagt hatte, der einzige Unschuldige.

Außer Kabinensteward Arnold natürlich.

»Wir können los«, flüsterte der, kaum dass er an die Tür geklopft hatte.

Zu dritt gingen sie den Gang entlang, quer durch ein paar Mannschaftsräume und erreichten schließlich die Landungsbrücke für das Personal. Arnold nickte den beiden Wachhabenden zu. Sie ließen Pandera und den Jungen ohne Kontrolle passieren.

»Das hätte Arnold Schwarzenegger nicht besser gekonnt.« Pandera klopfte dem Steward auf die Schulter.

»Ich gern helfe gute Mensche«, sagte Arnold und lächelte. »Die beide glaube, du seie Vater von Junge und hole Mutter nach Europa.«

Stimmt ja auch fast, nur umgekehrt, dachte Pandera und bedankte sich noch einmal bei Arnold. Er freute sich darauf, ihn heute Abend wiederzusehen.

Pandera ging am Quai entlang und setzte sich in ein Taxi. Als er die Adresse nannte, schaute der Taxifahrer ihn ungläubig an. Dann sah er den Jungen und verstand.

Casablanca wirkte genauso wie jede andere arabische Metropole. Enge Straßen, auf denen zu viele Autos unterwegs waren, sodass sich immer wieder ein neuer Stau bildete. Das ganze Leben fand auf der Straße statt.

Dagegen herrschte in Rom die reinste Ordnung. Doch eines hatte Casablanca selbst der Heiligen Stadt voraus. Hier stand das höchste religiöse Bauwerk der Erde, das Minarett der Hassan-II.-Moschee. Es dominierte die Stadt, wie es in Europa früher die Kirchen getan hatten.

Pandera hatte für all das keine Augen. Er überlegte immer wieder, ob er das Richtige tat.

Natürlich hätte er alles aufklären können, hätte sagen können, dass der Junge noch am Leben war. Nur was hätte das geändert? Kunen war tot, Wismut auch. Pandera bezweifelte, dass der Junge als Jesusklon glücklich werden würde. Das Kind würde ein Leben voller Verfolgungen und falscher Erwartungen führen müssen, ständig in Angst vor einem Attentäter.

Denn es würde immer jemanden geben, der Jesus töten wollte.

Außerdem war der Junge Teil einer anderen Kultur. Pandera war gerade dabei, diese Kultur kennenzulernen.

Sie gefiel ihm.

Das Taxi fuhr eine Stunde lang durch Casablanca, anschließend durch mehrere Vororte und durch eine karge Wüstenlandschaft. Endlich hielt es in einer staubigen Straße an. Nur ein paar gemauerte Häuser und drei Wellblechhütten erinnerten daran, dass er sich nicht in der Wüste befand. Auf einer der Hütten prangte ein großes selbst gemaltes Coca-Cola-Logo.

Davor stand ein älterer Mann, gekleidet wie ein Beduine.

Auf dem Kopf trug er eine grüne Filzkappe. Er winkte Pandera zu sich. Er hatte nur noch zwei Zähne, doch sein Lachen war so herzlich, dass Pandera sofort wusste, hier war er richtig. Der Alte sprach zwar nur gebrochen Französisch, Pandera verstand ihn auch so.

Als Pandera den kleinen Ismail, wie der Mann den Jungen nannte, aus dem Taxi holte, hätte er schwören können, dass er den aufgeregten Herzschlag des Alten hören konnte.

»Wenn mein Sohn hätte ihn so könne sehe«, sagte der Mann leise. »Aber er ist andere Weg gegange.«

In den Augen des Mannes blitzte Wehmut auf. Sie verrieten, dass er viele Tage und Nächte der Trauer durchlebt hatte. Schon im nächsten Moment strahlte der Alte wieder und nahm den Jungen auf den Arm.

Er drehte sich um und zeigte auf eine der Hütten. Eine junge Frau steckte den Kopf heraus. Sie zupfte unsicher an den Ärmeln ihrer schwarzen Bluse herum und lächelte.

»Sie seine Mutter«, sagte der Mann. »Sie sehr froh.«

Der Alte ließ den Jungen hinunter, und der rannte sofort zu der Hütte.

»'umm!«, rief er und lachte.

»Was heißt das?«, fragte Pandera.

»Ist Arabisch«, sagte der Alte und zwinkerte.

Pandera verstand, es war nicht seine Welt.

»Es heißt Mama«, sagte der Alte.

Die Frau kam aus der Hütte, lief dem Jungen entgegen und umarmte ihn, wie es nur eine Mutter tat.

Pandera dankte dem Mann und winkte dem Jesusklon zum Abschied zu. Dann drehte er sich um und ging zu seinem Taxi.

Der kleine Ismail war endlich zu Hause.

93

»Zwei Salsa Burger, einen Triple Hamburger, einen Double Stacker und einen Chicken Crunchy.«

»Sonst noch etwas?«, flötete die junge Frau hinter der Theke.

»Du hast den XXL-Chiefburger vergessen«, sagte Deckert und sah Pandera vorwurfsvoll an.

»Ich dachte, das ist nur der erste Gang?«

»Ich hab seit zwei Wochen nix Vernünftiges mehr zwischen die Kiemen bekommen«, beschwerte sich Deckert, »während du auf dem Kreuzfahrtschiff Luxusmenüs gefuttert hast. Und endlich löst du mal deine Wette ein. Das ist also gerade mal der Gruß aus der Küche.«

»Du isst nichts?«, fragte Tamara und deutete auf Panderas Tablett, auf dem nur eine Cola Light stand.

»Meine Schwiegereltern kochen heute Abend mir zu Ehren ein Festessen.« Er grinste. »Die sind nämlich mächtig stolz, dass ihr Schwiegersohn Polizist ist. Ein Polizist, der im Alleingang die Jesusklon-Verschwörung aufgeklärt hat und ...«

»Im Alleingang?« Deckert prustete los. »Ohne meinen unermüdlichen Einsatz wäre das nie was geworden. Waren die im falschen Film?«

»Ja, das waren sie.« Pandera schmunzelte, während er daran dachte, wie überschwänglich er zu Hause begrüßt worden war. Seine Geschenke für die Daheimgebliebenen wären gar nicht notwendig gewesen. Es hatte trotzdem Spaß gemacht, ihre überraschten Gesichter zu sehen. »Aber sie sind nicht die Einzigen, die im falschen Film waren«, sagte er und überlegte, was er erzählen wollte.

»Wie meinst du das?«, fragte Tamara, die immer noch an der offiziellen Erklärung zweifelte, dass Vikar Kunen für alle Morde verantwortlich war.

»Wenn Wismut noch gelebt hätte, als ich zu ihm kam, hätte er mir vielleicht eine andere Version der Geschichte erzählt als diejenige, die wir aus den Medien kennen.«

»Und wie sollte die lauten?«, fragte Deckert und biss in einen der mehrstöckigen Hamburger.

»Als Erstes hätte Wismut mir erzählt, dass Roland Obrist ihm auf die Spur gekommen war und wusste, dass er die Proben gekauft hatte, um Jesus daraus zu klonen.«

»Was ihm auch gelungen ist«, warf Tamara ein.

»Vermeintlich große Wissenschaftler sind manchmal einfach nur große Schwindler«, sagte Pandera. »Und Jesuiten sind eigentlich Agenten.«

Die Kollegen sahen ihn verständnislos an.

»Wie meinst du das?«, fragte Deckert mit vollem Mund.

»Roland Obrist hatte den Verdacht, dass Wismut mit falschen Karten spielt. Er hat sich Zugang zu dessen Labor verschafft, einige Unterlagen gestohlen und ...«

»... wurde erwischt«, beendete Tamara den Satz.

»Sagen wir so, Wismut hat ihn enttarnt, ist ihm in sein Labor gefolgt, hat die gestohlenen Unterlagen wieder an sich genommen und Obrist ermordet.«

»Und als er Angst hatte, dass Leuenberger plappern würde, musste auch der sterben«, kombinierte Tamara.

»Genau, mithilfe einer Überdosis Kokain«, erklärte Pandera. »Nach unserem Besuch in Bern hat Leuenberger Wismut angerufen und ihm davon erzählt. Wismut ist noch am selben Tag von Rom in die Schweiz geflogen, hat Leuenberger ermordet und ist am nächsten Morgen wieder nach Rom zurückgeflogen.«

»So weit, so gut«, sagte Tamara. »Aber weswegen hat er die beiden überhaupt umgebracht? Das ergibt nur Sinn, wenn er vertuschen wollte, dass der Jesusklon nicht echt ist.«

»Bingo.« Pandera nickte. »Professor Wismut war ein Fanatiker. Er wollte die Kirche zerstören.«

»Und deswegen hat er einen Jesusklon geschaffen?«, fragte Deckert. »Das ist doch absurd!«

»Warum? Er wollte den Menschen zeigen, dass ihr Glaube nur auf Betrug beruht.«

»Das verstehe ich nicht«, sagte Deckert, nahm den nächsten Hamburger vom Tablett und biss hinein.

»Wismut wollte den alten Glauben vernichten und mit dem Jesusklon einen neuen schaffen. Sobald sich der neue Glaube durchgesetzt hätte, wollte er auch diesen zerstören.«

»Jetzt komme ich gar nicht mehr mit«, sagte Deckert. »Wie wollte er den denn zerstören?«

»Er wollte beweisen, dass er gar nicht Jesus geklont hat, sondern den Sohn eines islamischen Selbstmordattentäters«, sagte Pandera. »Wenn der Jesusklon erst erwachsen war, sollte er seine Herkunft offenbaren. Er sollte den Gläubigen erzählen, dass es keinen Gott gibt und nur die Menschen selbst das Schicksal der Erde bestimmen.«

»Und dann hätten alle erkennen müssen, dass sie einem Betrug aufgesessen wären.« Tamara nickte. »Und sie müssten ihren Glauben hinterfragen.«

»Moment, Moment«, warf Deckert ein. »Ich hab nie geglaubt, dass er Jesus wirklich geklont hat. So weit kann ich dir folgen. Aber ich habe ein paar Fragen. Erstens, warum hat er die Proben der Grabtücher überhaupt gekauft, wenn er Jesus ohnehin nicht klonen wollte?«

»Weil ...«

»Ich bin noch nicht fertig. Zweitens, warum klont er dann ausgerechnet den Sohn eines Selbstmordattentäters? Und drittens, wo bleibt dein Portemonnaie? Ich hab Hunger!«

Pandera zeigte auf das Tablett, auf dem noch ein Hamburger lag. »Was ist mit dem?«

»Der ist für den langen Weg zur Kasse.«

Deckert schnappte sich die Geldbörse und ging zur Theke. Pandera blickte nach draußen.

Es zogen ziemlich dunkle Wolken auf, als hätte er das Wetter vom Kreuzfahrtschiff zurück in die Schweiz genommen.

Kurz darauf kehrte Deckert zurück, sein Tablett war nur halb voll.

»Was ist los, ist dein Hunger nach Erkenntnis größer als nach Buletten?«, fragte Pandera.

»Quatsch«, antwortete Deckert. »Die sind überfordert und bringen den Rest noch. Also, ich bin ganz Ohr.«

»Wismut wollte ursprünglich tatsächlich Jesus klonen und musste dann feststellen, dass es mit der DNA, die er auf den Tüchern fand, unmöglich war. Sie war zu alt, verunreinigt und unvollständig.«

»Und warum hat er dann ausgerechnet den Sohn eines Selbstmordattentäters geklont?«

»Die DNA auf den Tüchern ist zwar unvollständig, sie weist jedoch bestimmte Charakteristika auf. Wismut benötigte jemanden aus demselben Genpool, um behaupten zu können, dass er einen Klon daraus erschaffen habe.«

»Deshalb stammt der Junge aus dem Mittelmeerraum?«

»Genau. Auf diese Weise konnte Wismut zwar nicht beweisen, dass er Jesus geklont hatte, es kann ihm auch niemand das Gegenteil nachweisen.«

»So funktioniert Glauben.« Tamara lächelte. »Behaupte irgendetwas, das sich nicht widerlegen lässt, und du brauchst keine Beweise. Die Existenz Gottes wurde auch noch nie bewiesen. Die katholische Kirche ist über zweitausend Jahre durchgekommen mit dem Trick.«

»Ihr Agnostiker seht das vielleicht so«, widersprach Deckert. »Ich bin da anderer Meinung. Nur zum Spaß: Nehmen wir mal an, das stimmt alles. Wie hat er dann die Wissenschaftler überzeugt, dass er Jesus geklont hat?«

»Er hat den Wissenschaftlern eine DNA-Probe zur Verfügung gestellt, die er angeblich von den Grabtüchern entnommen hatte, und eine des geklonten Jesus. Die Probe der Grabtücher hat er vorher mit der des ermordeten Sohns des Selbstmordattentäters versetzt. Aus dessen DNA hat er seinen Klon hergestellt und das lückenlos dokumentiert.«

»Du meinst also, die Wissenschaftler und die Medien waren so geblendet davon, dass der erste Mensch geklont worden ist, weshalb sie die Vergleichsprobe gar nicht mehr hinterfragt haben?« Tamara nahm sich einen Hamburger und biss hinein. Deckert konnte gar nicht so schnell protestieren.

»Sie konnten die Proben nicht überprüfen, weil die katholische Kirche die Grabtücher unter Verschluss hält«, erklärte Pandera. »Sie hatten nur Wismuts gefälschte Proben. Vielleicht hätte die Kirche nach Jahren der Diskussion einer Untersuchung zugestimmt, nur wer hätte ihr dann noch geglaubt? Wie gesagt, sie hätten niemals beweisen können, dass Wismut seine Ergebnisse gefälscht hat. Außerdem kann eine Probe von einer anderen Stelle des Grabtuchs eine andere DNA tragen.«

»Gut, er musste jemanden aus dem Mittelmeerraum nehmen, aber warum ausgerechnet den Sohn eines islamischen Selbstmordattentäters?«, fragte Tamara.

Diese Frage hatte Pandera sich ebenfalls gestellt, während Wismut ihm alles gebeichtet hatte. »An dem Abend, an dem der Professor erkannt hatte, dass er von den Grabtüchern Jesu keine DNA würde rekonstruieren können, versuchte ein Selbstmordattentäter, die amerikanische Botschaft in Jerusalem in die Luft zu sprengen. Der Attentäter war so grausam gewesen, seinen Sprengsatz zur Tarnung in einem Kinderwagen zu deponieren. In dem sein eigener Sohn lag.«

Pandera blickte in den dunklen Nachmittagshimmel, der aussah, als würde die Welt bald untergehen. Genau wie auf dem Schiff. Die ersten Regentropfen fielen. Pandera dachte noch einmal an Wismuts letzte Worte. Er hatte die Angaben überprüft, das Attentat war genau so geschehen, wie der Professor es geschildert hatte.

»Zehn Unschuldige sind dabei gestorben«, sagte er. »Darunter der Sohn des Attentäters.«

Deckert legte seinen angebissenen Hamburger zurück auf das Tablett. »Das ist ganz schön hart, was du uns hier erzählst.«

»Einen Jungen zu klonen und als Jesus auszugeben, der von einem militanten Islamisten abstammt, war für einen Atheisten wie Wismut die größtmögliche Provokation«, erwiderte Pandera. »Außerdem wollte er so einem unschuldigen Opfer des Glaubenskriegs das Leben zurückgeben.«

»Wenn auch nur als Klon«, sagte Tamara.

»Wenn auch nur als Klon«, wiederholte Pandera. »Wismut hatte arrangiert, dass die palästinensische Familie des Selbstmordattentäters vor zwei Jahren nach Marokko ausgewandert ist. Dort konnte er den Jesusklon besser schützen und seine Herkunft verschleiern.« Er trank einen Schluck. »Die Herkunft des Jungen war Wismuts Rückversicherung, der Jesusklon würde später erkennen, dass er nicht der Auserwählte war. Wismut wollte ihm zu gegebener Zeit die Augen öffnen und ihn damit zu einem Mitstreiter gegen den Fanatismus des Glaubens machen – jedes Glaubens, wohlgemerkt.«

Es donnerte, und innerhalb weniger Sekunden schoss aus den dunklen Wolken dichter Regen hervor.

»*Mierda*«, rief Pandera. »Gestern habe ich das Hardtop vom Cabrio abgenommen ...«

Er stürmte hinaus.

Als er am Cabrio ankam, waren die Sitze nass wie ein Fisch im Wasser. Er fuhr den Wagen in ein nahe gelegenes Parkhaus und lief zurück zum Fastfoodrestaurant.

Deckert schleckte inzwischen ein Eis. Das kleinste natürlich.

»Dein Geldbeutel war nicht verfügbar, also musste ich selbst ran«, sagte er. »Das heißt, du hast wieder mal nicht bezahlt, bis ich satt war, also musst du die Wette ein anderes Mal einlösen.« Er strahlte, als hätte er gerade die Glühbirne erfunden. Wahrscheinlich fühlte er sich auch so.

Pandera strahlte mit. Die Situation erinnerte ihn an das Gespräch mit dem Kriminalpolizeichef, das er am Morgen geführt hatte.

Edeling war selbstredend dagegen gewesen, Kurt Sanders Einsatz zu bezahlen und ihm ein Dankesschreiben zukommen zu lassen. Panderas dezenter Hinweis, dass er seinen Vorgesetzten nach dessen vorschnellem Fernsehinterview auch hätte ins offene Messer laufen lassen können, hatte Edelings Meinung schnell geändert. Der Mann war so berechenbar wie eine Formel ohne Unbekannte.

»Und was ist mit Simovic?«, fragte Tamara.

»Ich hab vorhin mit dem Staatsanwalt gesprochen. Gegen den Reporter wird ermittelt – wegen unterlassener Hilfeleistung und Anstiftung zu schwerer Körperverletzung.« Er zeigte auf seine blauen Flecke. »Ich denke, das Nächste, worüber er berichten kann, ist ein Vergleich zwischen den Gefängnissen im Vatikan und in der Schweiz.«

Tamara lächelte. »Also, noch mal, du meinst wirklich, Wismut war der Mörder, und es gab nie einen Jesusklon?«, fragte sie.

»Papperlapapp!«, widersprach Deckert und wandte sich an Pandera. »Dass der Jesusklon nicht echt ist, glaube ich dir gerne. Aber du hast gegenüber den algerischen Kollegen ausgesagt, Wismut habe nicht mehr gelebt, als du ihn gefunden hast. Also hat er dir gar nix gebeichtet. Laut deiner Aussage ist der Jesusklon im Mittelmeer versunken wie ein Stein.«

»Du hast recht«, erwiderte Pandera. »Das habe ich ausgesagt. Alles andere ist pure Spekulation.«

»Das heißt, du hast dir das alles nur ausgedacht?«, fragte Tamara enttäuscht.

»*Mundus vult decipi*«, antwortete Pandera. Es waren Wismuts letzte Worte gewesen. Er hatte sie sich gut gemerkt.

»Hä?«, fragte Deckert.

»Die Welt will betrogen sein«, übersetzte Pandera, dann schwieg er. Er hatte genug erzählt. Was wäre gewonnen, wenn der wahre Mörder bekannt würde? Der Mann war tot. Kein Staatsanwalt würde deswegen noch ermitteln.

Er blickte Tamara an, und plötzlich kamen ihm Zweifel. Die Kollegin war viel zu intelligent, sie würde sich nicht an der Nase herumführen lassen. Sie würde nicht lockerlassen, bis sie die Wahrheit kannte.

Später einmal würde er ihr erzählen, wie es wirklich gewesen war. Zum Teil.

Denn selbst ihr würde er nicht alles anvertrauen. Sie würde nur erfahren, was mit dem Fall zu tun hatte. Und eines war klar: Der Jesusklon gehörte nicht dazu.

Niemand außer Pandera wusste von seiner Existenz. So sollte es bleiben. Pandera hatte noch nie einem Mörder etwas versprochen. Bisher war es auch noch nie um das Leben eines Kindes gegangen.

Der Junge war schon einmal ermordet worden. Doch als Klon mit eigenem Leben, mit eigenem Gedächtnis und mit eigenen Erinnerungen wusste er nichts davon.

Pandera war sich sicher, wenn er schwieg, würde der Junge es auch nie erfahren.

Und das war gut so.